ERIK
LARSON

THUNDERSTRUCK

无线
追凶

〔美〕埃里克·拉森　著

邢玮　译

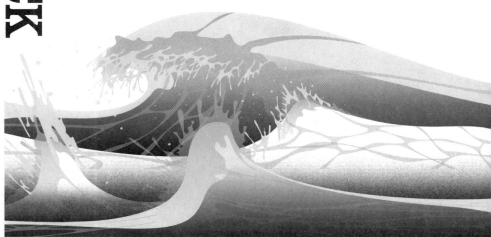

南海出版公司

新经典文化股份有限公司
www.readinglife.com
出　品

谨以此书献给我的妻子和三个女儿。
同时，这本书也为纪念我已故的母亲而作，
她是第一个跟我讲克里平故事的人。

如果想回忆过去，你大可用力打开一个满满当当的抽屉，这无疑是个稳妥的方法，但有时也会令人毛骨悚然。如果奔着某样物品去，你八成找不到，但抽屉深处总会掉出些更有趣的玩意儿。

——詹姆斯·马修·巴里，《彼得·潘》题献

一九〇四年

致读者

　　本书讲述了全英国第二著名的凶杀案，尽管如此，我想创作的并不只是一部血腥的长篇作品。正如 P. D. 詹姆斯在小说《凶杀案陈列馆之谜》中借人物之口所说："作为一种独特的犯罪形式，凶杀案堪称时代缩影。"我以相互交织的方式讲述了一名凶手和一位发明家的故事，我这么写，是希望向读者展示一幅一九〇〇年至一九一〇年间的鲜活画卷。其时，大英帝国由爱德华七世统治，他用染着雪茄烟渍的微胖的手发号施令，向臣民强调责任很重要，但乐趣亦然。他不无风趣地说道："你做什么都成，只要别吓着人。"

　　雷蒙德·钱德勒对这桩凶杀案非常着迷，阿尔弗雷德·希区柯克同样如此，后者甚至将案件的许多元素融进了自己的电影，其中最有名的当数《后窗》。当时，世界各地不计其数的民众通过报纸关注着案件进展，随后的大追捕甚至推动了一项技术的进步，我们今天对这项技术早已习以为常了。正如身为爱德华时代后裔的剧作家兼散文家 J. B. 普里斯特利所写："这在当时确实是爆炸性新闻，世界历史舞台上正发生着前所未有之事。"该事件也带有一丝辛酸，许多人回首时才意识到，其时堪称一战前夕最后的灿烂时光，用普里斯特利的话来说，这时"真正的战争尚未到来，死亡的电报尚未抵达大人物们的府邸"。

这是一部非虚构作品，引号中的内容均出自信件、回忆录或其他文献材料。我的写作很大程度上有赖于伦敦警察厅的调查报告，据我所知，很多内容此前从未公开。我很喜欢跑题，希望各位读者可以谅解。比方说，你可能会觉得我对人体某块肉的描写实在过于详细，并无必要，我为此提前道歉，不过我得承认，这道歉也只是说说而已。

埃里克·拉森
西雅图
二〇〇六年

目录

神秘乘客

　　一九一〇年七月二十日，周三，斯海尔德河上飘着蒙蒙薄雾，船长亨利·乔治·肯德尔正在做"蒙特罗斯号"邮轮出航前的最后准备。邮轮计划从安特卫普出发，直接驶往加拿大魁北克市，这本应是一次再平常不过的航行。早上八点半，乘客开始登船。根据行话，肯德尔称这些乘客为"灵魂"——舱单显示，共有二百六十六个。

　　肯德尔船长有着线条硬朗的下颌和一张大嘴，可以轻易露出迷人的微笑，因此博得了乘客的一致欢迎，女性乘客更是对其青睐有加。他很会讲故事，喜欢大笑。另外，他从不饮酒。按当时的标准，三十五岁就当上船长的他相当年轻，但绝非未经磨砺。他丰富的人生经历丝毫不逊于约瑟夫·康拉德笔下的任何人物。顺带一提，"蒙特罗斯号"驶入大西洋广阔无垠的深蓝腹地后，康拉德的小说总会成为乘客手中的抢手货，除此之外，惊悚小说、侦探小说，以及呼吁警惕德国侵略的新作，也都颇受欢迎。

　　肯德尔早年在一艘船上做过实习水手，那艘船上风气残暴，却有个浪漫的名字："约兰斯号"。他在船上亲眼看到一名精神失常的船员杀害另一名船员，凶手得知此事后开始尾随他，试图将肯德尔灭口。他因此离开"约兰斯号"，去到澳大利亚掘金，想碰碰运气，结果落了个血本无归、食不果腹。后来，他偷偷溜上了另一艘船，不料被船长抓了现行，被只身丢到了昆士兰北部托雷斯海峡的星期四岛。肯德尔在岛上以采集珍珠为生，不久后又成了一艘挪威小型三桅帆船的船员，一次，该船满载着海鸥排泄物前往欧洲农场，不料航行中桅杆被风暴卷折，航程也因此成了一场灾难，船员们不得不忍受长达一百九十五天的饥饿和恶臭。尽管如此，他对船舶与海洋的热情依旧。他继而成了"尚普兰湖号"的一员。"尚普兰湖号"是一艘小型蒸汽货轮，隶属于加拿大比弗航线，后被加拿大太平洋铁路公司收购。一九〇一年五月，他当上了该船的二副，同时，"尚普兰湖号"也成了第一艘配有无线电设备的商船。由于得到上级赏识，肯德尔很快又晋升为铁路公司的旗舰邮轮"爱尔兰女皇号"的大副。一九〇七年，他被提拔为"蒙特罗斯号"的船长。

"蒙特罗斯号"算不上顶级豪华邮轮，和新邮轮"爱尔兰女皇号"相比更是黯然失色，后者几乎有三艘"蒙特罗斯号"那么大，奢华程度也难以相提并论。早在一八九七年就下水了的"蒙特罗斯号"曾为布尔战争输送过部队，也为英国运过牛。它有一根烟囱是按加拿大太平洋铁路公司商标的颜色上的漆，主体为黄褐色，顶部为黑色，上面飘扬着红白相间的格子旗。"蒙特罗斯号"的客舱只分两级，二等舱和三等舱，后者常被称为"统舱"，最初指甲板下专用于操舵的空间。至于二等舱，当时太平洋铁路公司的时刻表是这样描述的："二等舱位于'蒙特罗斯号'船体中部最平稳的位置。其内部宽敞、明亮、透气，设有舒适的女士化妆间及吸烟室。还有宽阔的甲板可供散步。另提供精致菜肴。所有邮轮均配有外科医生和女乘务员。"公司的口号是"比最好再好一点"。

根据舱单，此次航程乘坐二等舱的仅有二十人，余下的二百四十六人都在三等舱，多为移民。此外，"蒙特罗斯号"有一百零七名船员，其中包括一名叫卢埃林·琼斯的无线电报员。太平洋铁路公司热衷于为旗下的远洋邮轮配置无线电设备，"蒙特罗斯号"虽然有些年头了，装潢相对朴素，却拥有最先进的设备。

· · ·

肯德尔知道，要成为一名优秀的船长，仅有出色的航海知识和操船技能是不够的。他必须穿着得体、富有魅力、善于交谈，与此同时，还要有精力确保上千种操作细节不出差错，如救生艇能否足以保障安全，应有的食物和酒水是否已经入库。现在，他又有了一项新职责——检查马可尼无线电设备和天线是否正常运转，确保邮轮起航后电报员可以顺利接收雪花般涌来的琐碎信息。可以想见，无线电报的内容不外乎是些笑话、谜语以及"旅途顺利"之类的祝福语，但大家还是乐此不疲，侧面说明这项全新的、几乎是超自然的通信手段对公众来说有多新奇。敲击无线电设备电键所产生的蓝色电火花，随之发出的仿佛小型雷鸣的短促噼啪声，常常令初次乘坐邮轮的乘客着迷。不过，根据航运公司的经验，一名乘客的客舱离电报室越近，他的新鲜感消失得也就越快。此外，航运公司很清楚马可尼无线电不能离驾驶室太近，否则会干扰船上的罗经所记录的磁场。

身为船长，肯德尔要在晚餐时招待贵宾。为了解时事、储备谈资，他每次出航前都会尽可能多地阅读报纸。那是个从来不缺大事件的年代，因此也不用愁没话可聊。一年前，路易·布莱里奥驾驶飞机横跨英吉利海峡，从加来飞到了多佛尔。飞机在塞尔弗里奇百货公司展出时，共有十二万仰慕者前往参观。人人似乎都在关注科学，大家晚餐时总会乐此不疲地讨论 X 射线、辐射、疫苗等话题。要是聊科学聊得太久，觉得没劲了，还可以聊聊德国，这个国家日益变得高调和好战，总会激起大家的兴趣。如果想拯救一场死气沉沉的谈话，又不想提及过于暴力的话题，不妨谈谈日渐凸显的社会道德败坏，这是个万无一失的法子。萧伯纳新近创作的戏剧《错姻缘》就是令人震惊的典型代表，正如社会改革家比阿特丽斯·韦布所说："精彩是精彩，但内容令人作呕，剧中的每个人都想和其他人发生性关系。"如果这些话题都无法奏效，还可以聊聊鬼魂。这时，整个国家似乎都热衷于寻找死后世界存在的证据，心灵研究学会备受推崇，其研究成果常常登上报纸。如果大家的讨论变得过于激烈，场面近乎失控了，为了救场则可以提提自己对爱德华国王离世的感受，再就哈雷彗星出现的时间与国王离世的时间基本吻合这一诡异的巧合发表一番议论。

乘客登船前不久，肯德尔买了一份欧洲大陆版的伦敦《每日邮报》，这份在欧洲发行的英文报纸详细报道了一起发生在伦敦北部一间地窖的凶杀案。报纸称，警方正在全力搜捕两名犯罪嫌疑人，一名医生和他的情人。"蒙特罗斯号"泊靠伦敦码头期间，伦敦警察厅泰晤士河分局的两名警官曾在码头搜捕逃亡者，还为此上了一趟"蒙特罗斯号"。

没有人可以抵抗悬案的诱惑。肯德尔刚一读到就知道它会成为整趟航程的焦点，乘客们讨论的将不再是飞机、离世的国王或乡间的鬼屋，而是这起残忍的谋杀。

那对亡命鸳鸯如今身在何处？这是大家首要关注的问题。

· · ·

航程的开端与以往并无区别，肯德尔向登船的二等舱乘客热情致意，表示欢迎。乘客通常在旅途起点状态最好，他们都穿得像模像样，脸上因兴奋和紧张焕发出光泽。他们走上舷梯时，随身行李总是很少，这并不意味着他们轻装上阵，只是因为大大小小的行李箱和旅行箱已经提前上船，要么在甲板下的仓库里，要么已经被送到了客舱。多数乘客只会随身带一只小手提箱，里面装着他们最重要的物件，如个人证件、珠宝和纪念品等。在肯德尔眼中，这拨乘客并无任何异常。

同以往一样，"蒙特罗斯号"在挥舞的白手帕和告别声中缓缓驶离码头，沿着斯海尔德河顺流而下，向北海进发。乘务员引导着乘客熟悉船上图书馆、餐厅及酒廊（通常称为"沙龙"）的位置。"蒙特罗斯号"谈不上奢华，但二等舱乘客依旧可以享受体贴入微的服务，单从这个角度来说，"蒙特罗斯号"丝毫不逊于"卢西塔尼亚号"[1]。乘务员会为乘客提供毛毯和书籍，乘客可以根据需求点茶、比利时热可可和苏格兰威士忌，还可以让乘务员提供便笺和信封，书写信息，然后用马可尼无线电发报。肯德尔每天都会坚持在甲板上巡视几趟，检查船员的制服是否整洁、船上的物件是否遭到锈蚀等问题。他跟乘客打招呼时会尽量加上乘客的名字，良好的记忆力对一位优秀的邮轮船长而言十分关键。

---

① 著名的英国豪华邮轮，第一次世界大战期间被德国潜艇击沉。——编注

邮轮出发三个小时后，肯德尔看到两名乘客在救生艇附近散步。他知道这是鲁宾逊父子，此程是要回美国。肯德尔朝他们走了过去，但没多久就停下了脚步。

他看到二人异常亲密，男孩紧紧地握着父亲的手。照常理，即将成年的男孩即使愿意牵父亲的手，也不会如此亲密。两人看上去远比父子更为亲昵。肯德尔觉得眼前的场景"奇怪，不自然"。

驻足片刻后，他又朝他们走了过去。等走到他们身旁，他停了下来，问候他们上午好。趁这个当口，他仔细打量了一番二人的外貌。接着，他先是微笑着祝他们旅途愉快，然后继续向前走去。

肯德尔并没有跟自己的副手或船员提起这两名乘客。不过，为保险起见，他还是让乘务员将船上所有的报纸收好锁起来。他的住舱里一直备着一把左轮手枪以防万一，如今，他将手枪装进了口袋。

"那天，我并没有进一步的动作。我得确保自己的判断是正确的，在此之前，我不想打草惊蛇。"

· · ·

要不了二十四小时，肯德尔船长就会发现，"蒙特罗斯号"成了海上最著名的船，他本人也成了从纽约百老汇到伦敦皮卡迪利广场的人们茶余饭后都在谈论的话题。肯德尔在不知不觉中走到了两个故事的交汇点，这两个故事风格迥异，此时却在他的船上碰撞出火花，这场发生在爱德华时代末期的撞击，最终将对二十世纪产生微妙的影响。

· 一 ·

鬼魂与枪声

三心二意

在一些人看来，故事的真正起点可以一直追溯到一八九四年六月四日晚的英国皇家研究院。皇家研究院位于伦敦阿尔比马尔大街二十一号，是英国举足轻重的科研机构，尽管如此，其办公大楼却相当低调，只有三层，外立面的柱形装饰也是后来加建的，并无实际功用，目的是让整栋建筑物稍微显得气派些。大楼里有一个学术报告厅、一个实验室和多个生活区，另外，里面还设有一个吧台，以便会员探讨科学界的前沿动态。

学术报告厅内，一位著名物理学家正在准备晚上的讲座。他当然希望能打动观众，但他并不知道，这将成为他生命中最具意义的一次讲座，并将成为一场前后持续了几十年之久的争端的源头。这位物理学家名为奥利弗·洛奇，对他而言，事情的结局确实不太如意，不过，这也怨不得别人——谁让他的工作模式存在他自己都承认的硬伤呢。讲座开始前，他对实验台上的电子仪器做了最后的调试，有些仪器观众见过，但大部分都是首次在报告厅登台。

皇家研究院外的阿尔比马尔大街上，警察正在应付交通堵塞，这对他们而言早已是家常便饭了。几十辆马车堵在街道上，看上去就像是一大段煤层。不同于梅费尔周边上层住宅区所弥漫着的柠檬和温室花朵过于浓郁的香味，阿尔比马尔大街上充斥着尿液和粪便的恶臭。穿红色工服的年轻"街道清洁工"穿梭于马车之间，辛勤地打扫马匹不合时宜的排泄物，但收效甚微。乘客一下车，大都会的警察就会引导马车驶离阿尔比马尔大街。这些乘客中的男士大多穿着黑西服，女士则穿着礼服。

皇家研究院成立于一七九九年，秉持"传播知识，普及机械改良的成果"的宗旨，见证了许多了不起的发现。正是在皇家研究院的实验室里，汉弗莱·戴维发现了金属钠和钾，并发明了安全矿灯；迈克尔·法拉第发现了电磁感应现象，即电流通过闭合电路时会引发另一个电路产生感应电流。皇家研究院开设的"星期五晚讲堂"广受欢迎，楼外的街道常常因此水泄不通，最后，伦敦市政府只得将阿尔比马尔大街改成伦敦的首条单行道。

洛奇是新成立不久的利物浦大学的物理学教授，他在学校的实验室曾是精神病院的软壁病房。这位教授看上去如同已具规模的英国科学界的化身，他留着略显灰白的大胡子，长着一颗"伟大的头颅"，只是耳朵以上的头发都掉光了，看上去就像个蛋壳，余下的鬓发则集中梳到了后脑勺。他身高六英尺三英寸①，体重约二百一十磅②。一位年轻女士和他跳舞后曾称自己仿佛在跟圣保罗大教堂的穹顶共舞。

洛奇在人们眼中是位善良的人，不过，他年轻时也有残忍的一面。随着年岁增长，他对年轻时的经历既悔恨又惊奇。他小时候在

---

① 1英尺=30.48厘米，1英寸=2.54厘米，此处等于190.5厘米。

② 1磅≈0.45千克，此处约等于95千克。

规模不大的库姆斯教区学校上学，在校期间曾创立库姆斯教区鸟巢破坏团，专门组织会员寻找鸟巢，然后大搞破坏，鸟蛋一律摔碎，幼鸟一律杀死，再用弹弓朝它们的父母大肆开火。洛奇在回忆录中说他小时候还曾用玩具鞭子抽打一条狗，但又称这不外是小孩子在调皮捣蛋，并写道："我可能有这样或那样的问题，但我绝不是一个残忍的人，性格残暴是不可饶恕的恶习。"

洛奇成年后正好赶上了这样一个时代，科学家逐渐透过未知的迷雾，揭示了一些此前看不到的现象，这一点在电磁领域尤为明显。回忆往事时，洛奇认为，正是皇家研究院的讲座点燃了他的想象力。"听完讲座后，我漫步在伦敦的街巷或菲茨罗伊广场，感到周遭的一切都不再那么真实了。宇宙的奥秘在我面前逐渐展开，日常的事物随之变得微不足道。广场、围栏、房屋、马车、行人，似乎都成了镜花水月、虚幻泡影，它们某种程度上遮挡了精神与灵魂的真相，又在某种程度上早已被其渗透。"

对洛奇而言，皇家研究院意义重大，堪称"圣地"，"在这里，人们看重的是纯粹的科学，崇拜的是科学本身"。他认为最顶端的科学当数理论科学，与他看法一致的科学家大多瞧不上所谓的"实践家"，认为这些异端、发明家、工程师和工匠绕开理论研究，一头扎进各种实验，无非是为了发财。洛奇就曾称申请专利的程序"不合规矩，令人反感"。

在学界崭露头角后，洛奇也受邀到星期五晚讲堂主讲。他很高兴能借此机会向公众展示自然的奥秘。每当科学界有新突破，他都争取在第一时间将它展示给公众。洛奇的这一习惯最早可以追溯至一八七七年，他当时设法将一台首批生产的留声机带到英国，向观众做了演示，自此以后，这就成了惯例。但他对新事物的痴迷也有副作用，他容易分心，很难专注在一个领域。他涉猎甚广，对各领域的钻研虽不浅薄却也并不深刻，常常像是发展高级的业余爱好，晚年他也承认这是他的致命缺陷。他写道："我对很多领域都感兴趣，也确实涉足过很多方向，我想，这样的习惯对积累知识是有好处的，但并不能帮助我做出很多成果。"如他所说，每当他的科学研究即将有所突破时，他就会"被一种难以言说的兴奋感所裹挟，然后停下来，不再向光明的成果迈进……这是种很奇怪的感觉，许多研究之所以没能按最初的想法继续下去，原因都在于此"。

导致他分心的一大原因，就是他对灵异现象的浓厚兴趣，这一点很让他的同僚失望。他是心灵研究学会的会员。该学会成立于一八八二年，由一些头脑清醒的聪明人创立，其中大多数都是科学家和哲学家，他们致力于用科学的手段研究鬼魂、降灵会、心灵感应等超自然现象，正如他们在每期会刊中一再强调的："人体的功能，不论是真的还是假定的，都存在不少未解之谜，许多广为流传的猜想至今仍无法给出合理的解释，学会的目的就是抛去偏见，克服定见，以科学的精神进一步探索这些奥秘。"其纲领宣称会员"只认可物理学验证过的客观存在"。学会甚至设有一个专门的鬼屋委员会，而这在大家看来并没有什么不妥。经过一路吸纳会员，学会很快就拥有了六十位大学教师，一些风头最盛的大人物也加入了他们的阵营，包括约翰·拉斯金、H.G.威尔斯、威廉·尤尔特·格拉德斯通、塞缪尔·克莱门斯（人们更熟悉的是他的笔名马克·吐温）、C.L.道奇森牧师（他也有一个著名的笔名：刘易斯·卡罗尔）。未来的首相阿瑟·鲍尔福以及心理学先驱威廉·詹姆斯同样位列其中，一八九四年夏，詹姆斯还曾出任学会主席。

洛奇加入学会并不是因为相信鬼魂，而是出于旺盛的求知欲。

超自然现象对他而言是一个值得探索的未知王国，此时，心理学正在蓬勃发展，学会的研究在他看来正处在这一领域的前沿地带。在洛奇的时代，人类揭开了不少物理现象的神秘面纱，这在之前是难以想象的，海因里希·赫兹发现的电磁波即为一例，它让洛奇觉得精神世界必然也藏有很多秘密。电磁波可以在以太中传播，这似乎暗示着世界还存在一个未知的维度。既然人们可以通过以太发送电磁波，那么，沿着这个方向大胆推断，认为人类的精神内核是一种存在于以太之中的电磁灵魂，似乎也算不上离谱。如此一来，民间传说里随处可见的闹鬼和招魂也就讲得通了。在洛奇等会员眼中，无论是鬼屋、修道院的骚灵现象，还是降灵会中敲击桌子的鬼魂，都值得他们冷静地分析、研究，这与研究电磁波的无形传播并无二致。

刚开始，洛奇还可以用科学的态度对待学会，但没过几年，他冷静严谨的科学精神就因一些个人经历产生了动摇。威廉·詹姆斯在波士顿听家人说起一名叫丽诺·派珀的灵媒，人们称她为"派珀夫人"，据传她拥有特异功能，名气也因此越来越大。詹姆斯得知此事后，首先想到的就是如何戳穿她的把戏，他为此组织了一场降灵会，没承想自己最后也陷了进去。他后来甚至提议学会邀请派珀夫人到英国巡回展示。一八八九年十一月，派珀夫人和她的两个女儿乘船抵达利物浦，接着，她们前往剑桥主持了多场降灵会，每场都有会员在一旁认真观察研究。洛奇组织了其中一场，仪式中，他突然听到了已故姑姑安妮的声音。那是一位非常聪明的女性，和他感情非常要好，洛奇的父亲并不支持他做科学家，但安妮一直是他的坚强后盾。她有次对洛奇说，死后如果有机会的话，自己一定会回来看看他，这一刻，洛奇听到的声音正是记忆里姑姑的声音，她还提起了生前的承诺。他就此写道："这次经历太不同寻常了。"

在洛奇看来，这次重逢似乎足以证明人类死亡后意识的一部分会继续存在下去。"自此以后，我坚信人类在肉身消亡后可以继续存在，并且，在特定条件下，死者可以跟生者交流。"

不过，话说回来，广泛的兴趣和对新发现的痴迷也颇有益处，洛奇早在一八九四年六月就跻身皇家研究院明星主讲人的行列，其中自然也有"三心二意"的功劳。

· · ·

当晚讲座的题目是"赫兹的成果"。海因里希·赫兹于该年年初去世，研究院想请洛奇讲讲赫兹的实验。收到邀请后，他欣然应允。洛奇很仰慕赫兹，但他同时又觉得，自己如果没有三心二意的毛病，或许本可以抢在赫兹前面做出成绩，青史留名。事实上，洛奇在回忆录中就差否定赫兹、将自己称作证实电磁波存在的第一人了。他确实一度非常靠近终点，但没有将这项意义重大的工作坚持到底。在就避雷针写了一篇稀松平常的论文后，他就将这项工作抛之脑后了。

学术报告厅座无虚席。洛奇讲了一会儿后，就开始做实验展示。他用仪器制造了一个电火花，其噼啪声如枪击般紧紧地抓住了在场观众的注意力。不过，更大的惊喜还在后面。电火花出现后，另一个电子仪器也有了反应，跟着发起光来，而这两个彼此独立的仪器之间分明隔着不小的距离。后面这个发光电子仪器的核心元件由洛奇亲自设计，他称之为"金属粉末检波器"，它的外部是玻璃管，内部则装满了细小的金属粉末。洛奇将它连入了一个普通电路。实验刚开始，这些金属粉末并没有导电能力，但当洛奇制造的电火花在报告厅发射出电磁波后，金属粉末受到影响会重新排列组合，形成导体，电流便可以顺利通过了。接着，洛奇用手指敲了一下玻璃管，金属粉末恢复为绝缘的杂乱状态，电路又被切断。

这听起来并不复杂，但对观众而言却是前所未有的体验——洛奇驾驭了赫兹的电磁波，利用这种看不见的能量，不需要电线就让另一个远处的仪器运作起来。现场掌声如雷。

讲座结束后，杰出的数学家、物理学家、英国皇家学会秘书雷利男爵走向洛奇，向他表示祝贺。雷利知道洛奇做研究容易分心，但他刚刚的讲座似乎证明，即使对他而言，这也可以成为一条值得聚精会神、潜心钻研的道路。雷利对他说："现在你可以阔步前行了，这将是你毕生的事业！"

洛奇并没有按雷利的建议去做。相反，他无法坚持将一个问题研究到底的特点再次浮出水面。这一次，他选择离开英国，前往欧洲度假，其间，他将开始探索一个迥然不同的科学领域。洛奇的目的地是法国地中海沿岸的鲁博岛，在那里，他碰见了一些怪事，兴趣因此再次转移。洛奇还没意识到，这一切将发生在他职业生涯以及整个科学史的关键时期。

洛奇在鲁博岛上开启了新的探索，与此同时，另一个人正在南部很远的地方努力研究着。凭借自己的天赋、精力和偏执，他竭力探索着无形世界的能量，他使用的工具跟洛奇在皇家研究院做展示时用的如出一辙，这正是洛奇后来为什么会觉得痛苦和遗憾的一大原因。

广阔的寂静地带

准确地讲，他看到的并非某种幻象。那可不是在树上看到了圣母玛利亚，他没有类似的经历，他所感受到的，是脑袋里突然冒出了一句话，告诉他这肯定行得通。多数想法会随时间的流逝而消失或褪色，这句话却是个例外，它一直如此具体，如此明晰。后来，马可尼称其中多少有些神圣色彩，自己仿佛是被这种想法选中了一般。他刚开始还有些不解，为什么偏偏选他，而不是奥利弗·洛奇或托马斯·爱迪生呢？

事情的发生再平淡不过。一八九四年夏，他二十岁时，父母受不了当地的炎热天气，决定一家人去高海拔的凉爽地带避暑。离开博洛尼亚后，他们来到了意大利阿尔卑斯山脚下的比耶拉镇，该镇上方即奥罗帕圣地，一个为黑色圣母而建的建筑群。在小镇生活期间，马可尼刚好买了本名为《西芒托新讯》的科学期刊，在里面读到了海因里希·赫兹的讣告，作者是博洛尼亚大学的物理学教授奥古斯托·里吉。文章中的一些段落仿佛知识的电火花，在马可尼的脑中引起了连锁反应，他的思想瞬间就像洛奇的金属粉末那样重新得到排列。

他后来说："这个想法并不复杂，其逻辑如此基础、如此简单，很难相信竟然没有人想到将它付诸实践。实际上洛奇的确试过，遗憾的是他和正确答案擦肩而过。对我而言，这个想法再现实不过了，因此，我压根没意识到，它在别人眼中或许是天方夜谭。"

他想做的——**期望**做的，是利用赫兹的无形波向空中发送信息，实现长距离通信。在当时能够理解的物理学定律中，没有任何东西可以支撑他的这一构想。实际上，在科学界看来，他的想法几乎可与魔法、降灵会归为一类，堪称某种带电的心灵感应。

其时，马可尼最大的优势正是他的无知，以及他母亲对神父的厌恶。

· · ·

无论在古列尔莫·马可尼多大的时候第一次见到他，人们大多会觉得他比实际年龄大不少。他中等身高，长着黑头发，不过看上去还是和多数意大利人有所区别，他那苍白的皮肤和蓝眼睛都遗传自他的爱尔兰母亲。他看上去相当冷静、严肃，笔直的黑眉毛和嘴唇的形状更加深了人们的这一印象，同时，他眉宇间似乎还掺杂了一种厌恶和不耐烦的神情。据熟悉他的人说，他笑起来就像变了一个人，不过，多数人恐怕只有靠想象才能看到他的笑容，一项统计显示，一百张照片里他也就勉强笑了半次，而这种半笑不笑的表情是最招人烦的，因为其中透着一股子轻蔑。

他的父亲朱塞佩·马可尼是名富有的农场主和商人，为人严厉，希望儿子未来可以接他的班，母亲安妮·詹姆森是爱尔兰著名威士忌大亨的女儿，性格相对固执，也更具钻研的劲头。古列尔莫是家里的第二个孩子，出生于一八七四年四月二十五日。他们家族流传着这样一个故事：古列尔莫出生后，一名老园丁看到他的大耳朵，情不自禁地喊道："Che orecchi grandi ha!"[①] 古列尔莫的耳朵确实比人们预期的要大，并且这一外形特点一直伴随着他。安妮听后并不高兴，当即回应道："他以后肯定能听到空气里的轻声低语。"此外，家族中还流传着一个观点，母亲不仅给了他白皮肤和蓝眼睛，也给了他固执的脾气，他性格中的许多矛盾之处都与母亲的基因有关。多年以后，他的女儿德格娜说他是"矛盾的聚合体，既耐心又暴躁，既客气又严苛，既内敛又好听奉承。他对成果十分执着，但与此同时，他又可以毫不顾及亲人朋友的感受"。这最后一条尤为让德格娜痛苦。

马可尼在家里的格里福内庄园长大，庄园位于雷诺河畔的蓬泰基奥，在博洛尼亚以南大约十几公里。从庄园开始，地形就慢慢抬高了，沿此一路往上走就是亚平宁山脉。跟很多意大利庄园一样，格里福内庄园的主楼共三层，看上去就像巨大的石头盒子，表面粉刷成了秋天的小麦色。主楼正立面的二十扇窗户整齐地排成三排，每扇窗户都装有深蓝色的百叶窗。正门前的平台上摆着不少种着柠檬树的大花盆。凉廊边的地里则栽着泡桐，一簇簇淡紫色的花竞相绽放。正午时分，遥望南方，亚平宁山脉呈现出蓝色的模样，到了黄昏，在落日的映照下，则可以看到山脉逐渐变为粉红色。

马可尼小时候就对电非常痴迷。那个年代，凡是对科学感兴趣的人都会被这个领域吸引，在博洛尼亚更是如此，因为该地区长久以

---

① 意大利语，意为"他的耳朵真够大的！"。

来就和电的发展有着千丝万缕的联系。一个世纪以前，正是在博洛尼亚，路易吉·伽伐尼拿死青蛙做了不少与电有关的恐怖实验，他认为动物的肌肉组织内存在一种叫"动物电"的电流体，为验证猜想，他曾将铜钩插入青蛙的脊髓，将它们挂在铁围栏上，观察它们抽搐的样子。同样是在博洛尼亚，伽伐尼的学界朋友兼对手亚历山德罗·伏特伯爵发明了著名的伏打电堆，他将银、盐水浸湿的布、锌一层层地堆在一起，制造了世界上第一个可以产生稳定电流的电池。

马可尼从小就对电有股占有欲，称之为"**我的电**"。他对自己的实验越来越投入，花的时间也越来越长。不过，他在实践上的天赋并没有延伸至学术领域，这或许同他母亲的教育观念有关。他的外孙弗朗切斯科·帕雷谢是生活在二十一世纪慕尼黑的物理学教授。帕雷谢这样写道："长久以来，围绕在马可尼身上的一大谜团就是他几乎没怎么受过正规教育。我想这与安妮对天主教的强烈厌恶有关，她从小接受的是爱尔兰新教的教育，在博洛尼亚的见闻更坚定了她的想法。"当时，博洛尼亚和梵蒂冈有着密切的联系，当地最好的学校均由耶稣会操办，在安妮看来，马可尼决不能去这些学校，她希望竭力确保马可尼"受到我的信仰的正确引导，意大利小孩学到的多是迷信，我的孩子不能受他们影响"。她甚至让丈夫发誓，不会让儿子"受神父的误导"。

安妮选择亲自辅导马可尼或请家庭教师，她接受了他主攻物理和电的想法，但语法、文学、历史、数学因此被耽误了不少。她也教他钢琴。马可尼逐渐对肖邦、贝多芬和舒伯特产生了浓厚的兴趣，并发现自己不仅在读乐谱上颇有天赋，还可以在脑中任意变换音调。此外，她还亲自教马可尼英语，以确保他说得流利无误。

马可尼的求学经历断断续续，地点视家庭的出行计划而定，有时是佛罗伦萨，有时则是意大利的重要港口里窝那（英国人称之为"来航"）。十二岁时，父母将他送到了佛罗伦萨的卡瓦莱罗学院，这是他第一次真正意义上去学校。从小接受一对一教育模式的弊病这时显露了出来，他很内向，不懂得怎样去交朋友或与他人相处，而他的同学早在一年级就学会了这些技巧。他的女儿德格娜写道："古列尔莫的同学觉得他看上去很孤傲，但实际上，他脸上流露出的优越感不过是为了掩盖自己的内向与紧张。"

在学院，他发现因为忙于学习英语，自己的意大利语退步了不少。校长有天跟他讲："你的意大利语糟透了。"为了证明自己没说错或者单纯想羞辱小马可尼，校长让他当堂背诵那天刚学的一首长诗，还要求他"背大声点！"。

马可尼只勉强背出了第一句，班上的同学都笑话他。如德格娜所写："他的同学就像嗅到了猎物的猎犬一般狂吠不止。他们笑得很大声，乐得直拍大腿，有的还夸张地模仿起他支支吾吾说不出话的样子。"

多年后，一位老师接受采访时说："论日常表现，他是模范标兵，至于他的脑袋瓜，我觉得还是少说为妙。他不止一次两次被体罚，手掌都被打肿了，不过，他接受惩罚的态度倒是非常好，就像个小天使。他上学那会儿什么都记不住，我甚至觉得他没救了，我从没碰见过记忆力这么差的孩子。"老师们称马可尼为"小英国人"。

之后他还上过几所学校，跟过几位家庭教师，其中一位还是在里窝那颇有声誉的电学教授。在里窝那期间，他还结识了退休电报员内洛·马尔凯蒂，二人很快熟络起来，马尔凯蒂教他莫尔斯码以及如何发报，作为回报，马可尼会读书给视力一天比一天差的马尔凯蒂听。

多年以后，许多科学家都有和马可尼一样的困惑，为什么偏偏是马可尼？那个时代有那么多伟大的头脑，怎么就是他？自然，二十一世纪的人们会觉得他的想法很简单，没什么特别的，也很容易理解。但在时人看来，他的想法实在难以想象，有人甚至说他是喜欢吹牛的大骗子，更恶毒一些的则称他是**外国骗子**，而他前行的道路也因众人的质疑而变得障碍重重、凶险无比。

他的想法在当时到底有多新奇？如果想切身体会这一点，我们就要踏入历史长廊，回到过去，进入德格娜所说的"广阔的寂静地带"。

· · ·

最初，电磁能量所穿行的无形世界是空白的。这种能量确实存在，太阳、闪电或其他形式的自然电火花都会放射电磁波，但它们都以光速匆匆而过，并不具有任何含义。人类或许是在自己周边区域被雷劈得一片焦黑时最早遇到电火花，他们并不知道其本质或背后的原理是什么，唯一的体验就是这种能量之强悍，完全不同于世界上的其他存在。在多数历史学家看来，人类对电现象最初的懵懂认知可追溯至古希腊哲学家泰勒斯的发现——琥珀摩擦以后可以吸引胡子、头发或线头之类的细小物品。"琥珀"一词在希腊语中正是elektron。[1]

科技概念逐渐形成后，人类开始发明仪器，制造属于自己的电火花。不论是手动的还是机械的，这些最初的仪器的原理，都是让两个物体摩擦产生静电电荷（或称静电），直至足够生成可靠的人

---

[1] 英语中 electron 指电子，electricity 指电，与此同源。——译注

造电火花，电气工程师的术语叫"击穿放电"。一开始，对出生于一六四三年的艾萨克·牛顿和那个年代的科学家而言，能制造出一个电火花就很令人满足了，但科技很快就取得了进展，到一七三〇年，斯蒂芬·格雷设计出一个引人注目的实验，创意或噱头堪称史无前例。他给一个小男孩穿上了厚厚的衣服，确保其绝缘，但手、头、脚露在外面。格雷用不导电的粗绳将小男孩吊到空中，然后用带电的玻璃管去碰他光着的脚，紧接着，人们就看到电火花从他的鼻孔飞射而出。

一七四五年，莱顿瓶问世，它可以收集并放大静电，其出现极大促进了电学研究。来自德国和荷兰莱顿的两个人几乎在同一时间发明了这一仪器，二人的名字都很绕口，分别是埃瓦尔德·于尔根·冯·克莱斯特和彼得·范·米森布鲁克。法国科学家阿贝·诺莱给这项发明起了个简洁的名字：莱顿瓶。但此后一段时间，一些将其奉为本国专利的德国人依旧坚持叫它"冯·克莱斯特瓶"。最知名的莱顿瓶版本就是一个内外壁都包裹着金属箔的玻璃瓶。要想储存静电，使用者需要另找一台以摩擦发电为原理的静电发电装置给莱顿瓶供电。当导线将内壁的金属箔和外壁的金属箔相连时，瓶内的能量就会以醒目的电火花形式释放出来。为了扩大科学的影响力，阿贝·诺莱常常会聚集一群人用莱顿瓶做些奇怪的实验，有一次，他邀请了两百名修道士，让他们手拉手，然后把莱顿瓶拿到排头的修道士手上放电，在场的修道士几乎同时突然愤怒地拍打起长袍来。

此后，一场竞赛自然而然地拉开了序幕，大家都想看看究竟谁的电火花长度最长、威力最大。生活在俄罗斯的瑞典研究员耶奥里·里克曼以一种悲剧的方式获得了领先地位。一七五三年，他试图驾驭闪电来给他的静电装置充电，巨大的电火花从中弹出，砸到了他的头顶，他由此成为历史上第一位触电而亡的科学家。一八五〇年，海因里希·D.鲁姆科夫改进技术后发明了感应线圈，即在铁芯上先后缠绕一层原边线圈和一层副边线圈。这一发明可以轻松制造出强大、可靠的电火花，同时也推动了人类第一个汽车点火线圈的出现。几年后，英国研究者制造出了功能强大的鲁姆科夫线圈，喷射的电火花长达四十二英寸。一八八〇年，哈佛大学的约翰·特罗布里奇将这一纪录刷新至七英尺。

在此过程中，科学家开始猜想，这转瞬即逝的炫目火花是否还掩藏着许多不为人知的秘密。一八四二年，普林斯顿大学教授、未来的史密森学会主席约瑟夫·亨利提出，电火花可能并非一次性的能量释放，而是能量的高速连续释放和振动。不少科学家认同他的观点，其中，贝伦德·费德森最终凭借捕捉到这一现象的照片消除了质疑的杂音。

不过，真正意义上改变电学发展格局的，当数詹姆斯·克拉克·麦克斯韦。他在一八七三年出版的专著《论电和磁》中提出，上述振动会产生肉眼不可见的电磁波，并用一系列著名公式对其特征做出了描述。他还认为电磁波和光有许多共通之处，两者的传播媒介均为以太。当时的物理学家都相信以太这种神秘隐形物质的存在，但从未有人真的采集到样本，尽管如此，麦克斯韦依旧设法计算出了以太的相对密度。据他估算，密度为水的936/1,000,000,000,000,000,000,000,000。一八八六年，海因里希·赫兹在实验室成功验证了电磁波的存在，并发现其传播速度等同于光速。

与此同时，有些科学家观察到了一种奇怪的现象，即电火花可以改变金属粉末的导电性能。其中，法国的爱德华·布朗利为了提升实验效果将金属粉末装进了玻璃管，他发现，只需轻敲一下玻璃管，金属粉末就会重新回到绝缘的状态。一八九一年，他公开发表了自己的成果，但没有提到这一发明可以探测电磁波。他倒是给它起了个很有预见性的名字：无线导体。刚开始，并没有什么人关注他的成果，洛奇等人是第一批反应过来的，他们猜测或许正是赫兹的电磁波让金属粉末变成了导体。洛奇进而改进了布朗利的玻璃管，制造了金属粉末检波器，并在皇家研究院展示给了公众。

从洛奇讲座的发言来看，他并不觉得赫兹的电磁波有多大的实用价值，更没有想过将其用于通信。在他看来，电磁波传播不了多远，上限可能就是半英里[①]。一八九四年夏，要想和视线以外的世界打交道，有线通信仍是人们唯一的途径，而线路触及不到的地方则有些与世隔绝的意味，远洋航行尤其如此。后世的人早已习惯了短波通信和移动电话，世界对他们而言总是触手可及，恐怕难以体会这一曾经的生活事实。

一八九九年，布尔战争前夕，年轻的温斯顿·丘吉尔作为战地记者随英军总司令乘"邓诺特堡号"军舰前往开普敦，此次经历让他切身感受到了与陆地失联的滋味。他写道："和平与战争仅一线之隔，两者微妙的平衡随时都可能被打破，一声枪响，就足以让一切发展到无法挽回的地步，我们却偏偏在这个当口起航，驶往了七月的风暴。那个年代，海上自然没有无线电通信，因此，局势再紧张，英军总司令也只能眼巴巴地看着自己与世界失联。军舰出航四天后曾途经马德拉，但我们在那里并没有收获任何新消息。'邓诺特堡号'就这样继续在寂静中航行，十二天以后，也就是军舰抵达开普敦的前两天，我们才发现了一艘来自'信息大陆'的轮船，不消说，

---

① 1英里≈1.61公里。

船上的人肯定了解最近动态。我们当即给这艘轮船发送信号"——可视信号——"询问信息，轮船船员看到信号后调整航向，向军舰靠近，当两船距离不到一百码^①时，船员举起一块黑板，上面写着：'三场战役。佩恩·西蒙兹牺牲。'接着，轮船就开走了。总司令麾下的军队已然卷入战争，他却对此毫不知情，只能看着这简短、晦涩的信息，陷入沉思。"

· · ·

　　为了早日实现自己的想法，马可尼从阿尔卑斯山回来后立即投入工作，设计仪器。当时，他没有任何范式可循，也没有导师可尊，唯有内心一股劲作为指引，他坚信自己可以成功。母亲也察觉到了他的变化，马可尼一直喜欢捣鼓玩意儿，但这一次，他有了明确的方向。她并不了解他具体要做什么，只对儿子的愿景有个模糊的概念，但她可以看出他需要一个专门做实验的场所。她设法说服丈夫，将三楼阁楼的一部分借给儿子做实验室。马可尼的祖先曾在这间房里养过桑蚕，而现在，他在里面绕着线圈，制作着可以释放蓝色电能的莱顿瓶。

　　天一热，阁楼实验室就如同宁静的撒哈拉沙漠一般。马可尼日渐消瘦，面色更为苍白。母亲开始担忧起来。她每天都会把餐盘放到阁楼门外的平台上。父亲的脸色越来越难看。在朱塞佩眼中，儿子的做法扰乱了家庭的正常秩序，他觉得儿子着魔了。为了让生活重回正轨，他缩减了儿子的实验经费，这笔钱本来就不多，缩减后

---

① 1码≈0.91米。

更是少得可怜。"朱塞佩为了惩罚马可尼，把能想到的办法都用了。"德格娜写道，"很明显，钱在他看来是一种强大的武器。"为了凑钱买电线和电池，马可尼甚至卖掉了自己的一双鞋，不过，他的实际情况并没有那么拮据，这一象征性的行为只是为了博取母亲的同情——马可尼的鞋子很多，不差那一双。

阁楼实验室里，马可尼一直在和不利的实际情况做着斗争。简言之，实验结果跟他的预期出入很大。根据理论知识，马可尼大致清楚自己要打造的是个什么样的装置：一个用于产生所需要电火花的莱顿瓶或鲁姆科夫线圈，一个与布朗利所设计、洛奇所改进的仪器相似的金属粉末检波器，再将作为接收机的后者与测量电流的电流计连在一起。

但事情并不顺利，马可尼可以轻而易举地获得电火花，但检波器丝毫没有反应。作为改进，他缩短了洛奇的玻璃管的长度，反复调整金属粉末的颗粒大小和组成成分，检波器总算有了反应，但依旧很不稳定。据马可尼记录，有时候，它"离发报机三十英尺，也会有反应"，但"有时候，只有三四英尺也毫无动静"。

这实在令人抓狂。他更瘦了，面色也变得更差，但依旧在不断尝试。正如他所写："我并没有气馁。"但也像德格娜所说的："这葬送了他的青春。"根据德格娜的描述，从此以后，他整个人都变得沉默寡言了。

马可尼需要的是距离。要想实现无线电通信，必须能让信号传输至少数百英里，但在阁楼实验室里，他的接收机有时连相隔一臂远的电火花都没有反应。根据当时的理论，电磁波的长距离传播，也就是所谓的超视距传播，根本不可能实现。以洛奇为代表的正统物理学家认为电磁波的传播方式与光相同，也就是说，即使人类有能力将电磁波发送至数百英里以外，它也会以光速沿直线前行，没多久就摆脱地球曲面了。

　　换作别人，或许会同意那些物理学家的判断，认为长距离通信并不现实，但马可尼却不会因别人的想法限制自己的行动。他继续做着实验，不断地试错。他非常投入，可以说近乎癫狂。这种工作模式会成为他未来十年的常态，是他追求自己目标的方式。理论家提出公式，解释现象；马可尼则拿着电线去剪、去缠、去绕，他一遍遍地拼装出新设备，通上电，检查效果。他的做法看似有些盲目，却有着坚定的信念作为支撑，他确信自己是对的。随着研究的深入，他逐渐找到了门道，比方说，他意识到金属粉末的构成对检波器的性能至关重要。他购买、收集了各种金属，用凿子凿成不同的大小，并将其中一部分混在一起。他用过的金属包括镍、铜、银、铁、黄铜和锌，尝试过各种数量和组合方式。他配好粉末后，会小心地将混合物放入一根脆弱的玻璃管中，然后在两端加上银插头，封好后再接入接收电路。

　　他反复尝试每一种混合物。当时，监测发送信号的强弱或状态的仪器并不存在，因此，他全凭直觉和运气做判断。他就这样一天天、一周周地试着。在为检波器找到理想的混合物之前，他一共尝试了四百种组合。最后，他选定了如下的最佳配方：百分之九十五的镍、百分之五的银，碾成非常细小的粉末，再加上一点点水银。

　　马可尼起初试着用发报机敲响实验室角落的铃铛，但时而成功，时而失败。他将此归咎于布朗利的玻璃管，称它"太不可靠"，根本不实用。每次使用后都要用手指敲一下玻璃管，才能让金属粉末恢复到不导电的状态。他试图缩小玻璃管的体积。他把温度计倒空，通过高温加热，将剩下的玻璃壳重新加工至不同形状。他尽可能缩短玻璃管两个银插头的距离，好让电流经过的金属粉末相应地短一些。最终，他做出的检波器长约一点五英寸，宽则与三英寸钉子大致相同，马可尼后来回忆，单单做这么一个检波器，就花了足足一千个小时。正如他后来的同事所说，他的确拥有"长时间持续工作的能力"。

马可尼越来越执着于距离。他将铃铛挂到了隔壁房间，观察电磁波能否顺利穿过障碍物。随着工作不断推进，他时常感受到的一种担忧与日俱增，几乎成了一种恐惧——他害怕自己有天一觉醒来，突然发现有人先他一步做到了他想做的事情。他很清楚，随着电磁波研究的推进，别的科学家、发明家、工程师随时都可能想到他之所想。

这并非多虑。要知道，当时全世界的科学家都在做与电磁波相关的实验，只是他们的焦点暂时还都集中在电磁波的光学性质上。洛奇是最接近马可尼思路的人，不过，令人费解的是，他并没有继续研究下去。

伤疤

　　纽约布鲁克林，一位年轻女士走进了霍利·哈维·克里平医生的办公室。这位女士名为柯拉·特纳，更准确地说，至少现在叫这个名字。她注定会把克里平的人生搅得天翻地覆。当时十七岁的她，与三十岁的鳏夫克里平有不小的年龄差距，但由于特纳小姐的言行举止和外貌看上去都比实际年龄更成熟，两人之间并没有那么大的代沟。特纳小姐体形丰满，会很自然地让人想到**肉感**一词。从她闪亮的眼睛中可以看出，她有一套自己的认知体系，不是来自书本，而是源于曲折的成长经历。这也让她的道德观念比较淡薄，不会囿于成规，想必不是布鲁克林教堂牧师希望自己教区的居民学习的对象。特纳小姐是诊所老板杰弗里医生的病人。根据维多利亚时代的传统，她要看的病不能直说，只能被称为"女性"问题。

　　克里平落得孤单一人，多少与其基因有关。他长相平平，身材矮小，骨架也不大，与强壮和男子气概绝缘。他的头皮也在捣乱，逐年攀升的发际线见证了头发经年累月的撤退。好在他还有些资产。他虽然近视，但眼睛很大，给人一种善良、有同情心的感觉，不过，

霍利·哈维·克里平

柯拉·特纳

这都得以他戴眼镜为前提。最近他开始留窄 V 形络腮胡，颇有欧洲文化精英的派头。他穿着讲究，身上通常是当时的裁缝偏爱的硬高领和挺括西装，裁剪合体的行头很好地提升了他在周围景物中的辨识度，就如同用墨水勾勒了画中物体的轮廓一般。同时，他还是医生。在那个年代，医生正日益成为一种与科学挂钩的职业，人们一听到医生，就会想到智慧与魅力，并且这个职业越来越多地与高收入联系在一起。

克里平对柯拉·特纳可谓一见钟情。他不觉得年龄是个问题，于是开始他的追求，与她共进午餐、晚餐，一起散步，对她的了解逐渐深入。柯拉的父亲是俄裔波兰人，在她还不会走路的时候就离世了，她的德裔母亲后来改嫁，但现在已不在人世。柯拉讲着一口流利的德语和英语。继父弗里茨·默辛格住在布鲁克林的福里斯特大道。柯拉告诉他，有一年她过生日，继父带她去曼哈顿歌剧院听了一场歌剧，自此以后，她的梦想就被点燃了，立志要成为世界顶尖的女歌唱家。

二人熟络以后，克里平发现柯拉对歌剧的爱好堪称痴迷，甚至因此走上了歪路。柯拉独居一间公寓，租金由已婚并住在别处的火炉制造商 C. C. 林肯所出。他定期给柯拉提供生活费，供她吃饭、买衣服、上声乐课，作为交换，他可以享受一位年轻活泼、身材姣好的女性的陪伴，与之共享欢愉。不过，他们遇到了一个难题：她怀孕了。她之所以去杰弗里医生的诊所，并非出于普通的女性问题。克里平说："我估计她流产了，即使不是，八成也是类似的问题。"这可能是个婉转的说法，真实情况多半更糟。

尽管如此，克里平还是不可救药地坠入了爱河。柯拉对此自然很清楚，两人每见一次，她就越发肯定，这个男人可以帮她摆脱林肯，实现她的歌剧明星梦。她很会吸引他的注意力。有一次，他们一起散步，她说林肯刚刚提出要跟她私奔。不论真假，这个消息确实产生了她想要的效果。

"我告诉她，我绝不会允许这样的事发生。"克里平如是回应。

几天后，在一八九二年九月一日，二人前往泽西城，在一位天主教神父的家中交换誓言结为夫妻。想必神父并不知道她此前怀有身孕。

婚后不久，克里平就发现柯拉有很多秘密，并且随着时间流逝，这一特点越来越显眼。她曾经告诉克里平，柯拉·特纳并非她的真名，但随后所说的恐怕也很不可信，倒像是综艺表演剧院的喜剧演员随口编的。她说，自己的真名其实叫库尼贡德·麦卡莫茨基。

不过，她还是打算继续用柯拉这个名字。这是她从小就用的小名，此外还有一个更重要的理由，如果她想在歌剧界崭露头角，用库尼贡德·麦卡莫茨基这个名字显然颇有难度。

很快，这对新婚夫妇就会发现，由于错误的决定和不可控的外部环境，他们将遭受许多打击。

· · ·

一八六二年，霍利·哈维·克里平出生于密歇根的科尔德沃特，可以说，他出生于两场战争之间：一场是远方的内战，另一场则是家门口与撒旦的战争。对这座城镇的多数居民而言，后一场战争虽然看不见摸不着，却与穿灰色军装的南方人一样真实。

克里平家族很早就搬到了科尔德沃特，他们来时声势浩大，甚至载入了密歇根布兰奇县的史册，被称作"卫理公会教徒殖民团的到来"。他们不惜成本地在当地修建卫理公会教堂。不过，其中至少有一位重要的家庭成员是唯灵论者。这并非孤例，科尔德沃特是新教的天堂，但同时也是唯灵论者的温床，这是迁移带来的不可避免的影响。克里平家族和许多密歇根的邻居一样，都来自纽约州西部，这一地区也被人们称为"燃烧殆尽的地区"，因为其居民总会屈服于新的狂热信仰。

克里平的爷爷菲洛一八三五年来到科尔德沃特，不久就追求到了索菲娅·史密斯小姐，并于同年成婚。菲洛开了一家干货店，店面不断扩张，最后发展成科尔德沃特最大的几家店铺之一，是商业主干道芝加哥街（因与芝加哥收费公路交会而得名）一道亮丽的风景线。克里平家族似乎没用多长时间就接管了小镇——在珍珠街开了面粉厂，经营起专卖农作物和日用品的商店，家族成员哈蒂在卫理公会教堂弹管风琴，梅则成了学校校长。镇上甚至还有克里平楼和克里平街。

由于处在芝加哥收费公路和湖岸密歇根南部铁路的交会点上，科尔德沃特凭借优越的地理位置迅速发展起来，芝加哥街也逐渐成了密歇根南部的商业中心。只要有钱，你可以在琳琅满目的商店里买到靴子、枪支、帽子、手表、珠宝，以及正在让小镇越来越知名的本地雪茄和马车。当地最有名的产业当数育马，有个农场培育的赛马甚至享誉全国，如佛蒙特英雄、汉布尔顿·威尔克斯，以及最知名的格林山黑鹰。

从居民的房子就可以看出科尔德沃特颇为富裕，城镇中心遍布着用木头、砖头和石头搭建的风格典雅的房屋，很多都完好保留至今，被许多学习维多利亚时代建筑的学生奉为圣地。一本早期版本的科尔德沃特城市指南如此介绍："随处可见的高大枫树在舒适的马路上与公园中投下成片的树荫，长长的步道被维护得秩序井然，街道的照明设施一应俱全，坚固整洁的住宅，欣欣向荣的商业，这一切共同构筑了这座美好的城市。尤为幸运的是，这里的居民也都极具教养，头脑聪明，深思熟虑，无论在公开场合还是私下里，言行举止都忠于国家。"

菲洛·克里平和妻子很快生下了儿子迈伦。迈伦后来与安德蕾斯·斯金纳结婚，最终接手了家族的干货帝国，并担任当地首家病房的估税员和一家缝纫机公司的代理商。一八六二年，迈伦和安德蕾斯的第一个孩子霍利·哈维·克里平出生了，他出生的年头刚好赶上美国的动荡时期。科尔德沃特的报纸每天都在报道最新的战况，当地的育马员源源不断地把马匹送往前线，到战争结束，他们一共为联邦军输送了三千匹战马。一八六四年，克里平两岁时，四月二十九日周五的《科尔德沃特联邦前哨》给这座城镇带来了一片阴云，报道称："今年春天似乎出师不利。到目前为止，我军所遭遇的尽是灾难、战败和撤退。"布兰奇县的年轻人从战场回来后，有的缺胳膊少腿，有的添上了可怖的伤疤，讲述着战场的英勇事迹与轰鸣的炮弹声。这时菲洛的干货店里，也常常会有人聚在一起聊些血肉横飞的话题。

· · ·

尽管战火不断，克里平依旧有个美好的童年。他在门罗北六十六号的房子里长大，这栋房子离芝加哥街仅一个街区，门口的街道两侧都栽有笔直的树木，树冠葱郁浓密得如同西蓝花一般。夏日，阳光透过树枝的空隙在地面投下斑驳的树影，令空气和人们的心境都凉爽不少。

　　周日常常很安静。要知道，当时的周日是没有报纸的。镇上的居民会从家里出发，前往自己喜爱的教堂。炎炎夏日，知了的鸣叫谱写了一种困倦又虔诚的旋律。克里平的爷爷菲洛相当严肃，这是他那代人的常态。一八七〇年，约二十位早期科尔德沃特居民照了张合影，菲洛就在其中。当时，人们每次照相都颇为正式，这一方面源自传统，另一方面也与当时照相技术确实不成熟有关。照片里的这群人，这辈子估计都没怎么笑过。站在中间的是女人们，她们的神情介乎痛苦与愤怒之间，四周站着一圈留着怪异胡子的年长男性，样子简直就像有人在他们脸上随意洒了些胶水，然后把一桶白色的毛发泼了上去。那天的风想必不小，照片中最年长的艾伦·蒂比茨有着最长最怪的胡子，此时被吹成白乎乎的一团，乍一看像瀑布。爷爷菲洛站在后排，他个子很高，已经完全谢顶，但侧脸和下巴上倒还留有几缕白色毛发。他的耳朵很醒目，在命运和血脉的影响下，这也遗传给了克里平。

　　爷爷菲洛是一名性格强势、信仰坚定的卫理公会教徒，他对克里平家族有着地心引力般的影响：大家聊得再激情澎湃、眉飞色舞，只要他一进屋，气氛会立刻消停下来。他致力于消灭一切邪恶事物。他曾向卫理公会提议："拍卖会开场前摇铃吸引众人入场的做法应予以取缔。"当时，教堂的座位需要信众出钱从牧师手上买来，最贵的前排座位售价可高达每年四十美元，这是个不小的数目，甚至比今天的四百美元还多，不过菲洛还是义无反顾地付了这笔钱，并要求包括克里平在内的全家人和他一道这么做。一旦关系到上帝，花多少钱都不为过。

　　爷爷菲洛的信仰并不止于教堂牧师的"阿门"。在家时，他会大声朗读《圣经》，特别是有关罪人悲惨下场的段落（尤其是女性）。多年以后克里平这样告诉他的同事："从我小时候起，魔鬼就在我家里住下，从没离开过。"

祖孙三代，从某个角度讲，真是一代不如一代。爷爷菲洛和大爷爷洛伦佐都有着异常坚毅、历经沧桑、久遭考验的面庞，甚至因岁月洗礼有种石头般的质感，仿佛不是血肉之躯。两代以后，孙子辈的克里平则脸色苍白、身材矮小、眼睛近视，不时还会受人欺负，好在他很懂礼貌，学习工作也颇为用功。他在相当闲适的状态下度过了童年，偶尔会遇到一些令人兴奋的大事件，比如一八六六年镇上第一条平底雪橇滑道的落成，以及一八八一年镇上唯一的剧院纹章大厅被烈火吞噬。不过，旧的不去，新的不来，不久以后，一座富丽堂皇的歌剧院就此诞生。这座歌剧院由镇上的雪茄制造大亨巴顿·S.蒂比茨出资建造，竣工后不久就吸引了詹姆斯·惠特科姆·赖利等人登台演出——赖利当时在台上朗读了自己的诗歌。此外，歌剧院还上演过不少门槛较低的娱乐演出，如哈弗利戏班的《万元特技狗》、各种剧团改编的《汤姆叔叔的小屋》、层出不穷的读心术和灵媒演示等，不过最令人印象深刻的当数《邓肯·克拉克的女歌手和新天方夜谭》，《科尔德沃特共和党人报》评论称"这八名女性都没怎么穿衣服"，《科尔德沃特信使报》更将其列为"科尔德沃特有史以来最下流的演出"。

· · ·

一八八二年，克里平被密歇根顺势疗法学院录取。当时的医生和公众都很推崇顺势疗法，这一治疗方式由德国的塞缪尔·哈内曼医生创立，后来许多美国的医院都以他的名字命名。一八一〇年，哈内曼出版专著《理性治疗学工具论》，这本后来成为顺势疗法圣经的作品提出，医生可以借助各种药物和手段在病人身上诱发与疾病相似的症状，从而达到治愈病人的目的。他把自己的理论概括成三个词：similia similibus currentur，意为"同类治愈同类"。

一八八三年，克里平还没毕业就离开了学院，乘船去到伦敦，他本想在英国继续自己的学业，不料等待他的却是英国医学机构的怀疑与轻蔑。尽管如此，英国医学机构还是批准他去上课，并安排他到指定医院实习，包括伯利恒圣玛丽医院的精神病院，人们习惯称其为"疯人院"（Bedlam，这一单词后以首字母小写的形式被字典收录，泛指混乱和迷惑的状态）。整个伦敦，最看重克里平的医院莫过于此，这主要是因为没有多少医生愿意治疗精神病人。精神病在当时是治不好的，多数医生能做的就是给病人开些镇静剂，让他们免于伤害自己和他人。不过，正是在这样一个什么办法都不起作用的领域，人们更加愿意尝试新鲜事物，说到底，有希望总比没有强。

在精神病院的管理层看来，克里平掌握的医疗技能和对复合制剂的了解都对他们颇有助益。作为顺势疗法医生，克里平除普通的鸦片制剂外还对很多抑制剂非常在行，如从附子花的根中提取的乌头碱，从别拉多娜草（也叫致命颠茄）中提取的阿托品，从毒藤中提取的漆树毒素。这些东西剂量大时是致命毒剂，但如果剂量很小，再跟其他成分加以混合，就可以入药，引发类似疾病的症状，从而达到顺势疗法的目的。

在伯利恒医院，克里平尝试了一种新药物：从茄科草药莨菪（又称天仙子）中提取出的氢溴酸东莨菪碱。早在美国学习时，克里平就知道这种药物，但直到来了伯利恒医院才首次有机会使用。美国精神病院的医生会将这种药物用于镇定患有精神错乱或躁狂症的病人，或者用于治疗酒精中毒患者的震颤性谵妄。医生给病人注射该药物时，每单位剂量须低于百分之一格令（格令是历史上的一种计量单位，一格令指一粒小麦的平均重量，后来精确为 0.0648 克，亦为 0.002285 盎司 ①）。此外，克里平还知道莨菪常常用于眼科，因为它有放大人类和动物（自然也包括猫）瞳孔的功效，这一特性将对克里平的未来产生重大影响。使用这种药物时，剂量问题极为关键。小小四分之一格令（即 0.0162 克，或者说 0.0005712 盎司）的量，就很可能是致命的。

克里平并未定居伦敦。他觉得这个城市跟它糟糕的气候一样过于冷漠。回到美国后，他去到克利夫兰顺势疗法医院继续学习外科医学。不过，他后来称自己在那里学的都是理论，他从没给病人做过手术，无论对方是死是活。后来在一个场合，他一再坚称"自己这辈子从未解剖过尸体"。

· · ·

科尔德沃特镇对克里平有很高的期待。他没有成为叔叔洛伦佐和菲斯克将军那样的硬汉，而是走的头脑路线，因此似乎很适合医生这个职业。当地报纸曾报道过一些他的动态。一八八四年三月二十一日，《科尔德沃特信使报》称："迈伦·克里平的儿子霍利·克里平现在就在镇上。"他的奶奶菲洛·克里平夫人几天前刚刚去世，他是回来参加葬礼的。据说，如果真的可信的话，她临走时说的最

---

① 1盎司≈28.35克。

后一句话是：“愿得伟大的永生。”次日报纸上的一条公告称，霍利·克里平"下周将从克利夫兰医学院毕业"。

毕业后，克里平在底特律开了家顺势疗法诊所，两年后他又去了纽约，在纽约眼科医院学习，这也是家顺势疗法医院，位于纽约第三大道二十三街。这家医院在几十年前发生了戏剧性转变，从过去主打以激发与疾病相反症状为特征的对抗疗法变成了倡导顺势疗法，在此任职的外科医生们纷纷被请出医院，开始"永久休假"。由内科医生们组成的新任骨干带来了新的医疗方案。顺势疗法的忠实拥护者威廉·哈维·金医生在一九〇五年出版的《顺势疗法医疗史》中写道："这家医院过去有多失败，现在就有多成功。"尽管医院重要的新任领导之一的姓氏"戴迪"听上去不太吉利。① 根据记载，克里平一八八七年在此毕业，这并不容易，因为每年顺利完成学业并拿到学位的学生非常有限。但正如金所写的："要客观评价一家医院的好坏，重点并不在于每年能有多少人拿到学位，而在于它能否尽可能多地治愈或减轻人类的痛苦。"

二十五岁的克里平开始在纽约的哈内曼医院做实习医生，他在这里认识了来自都柏林的实习护士夏洛特·简·贝尔。不久以后，《科尔德沃特信使报》就报道了喜讯：一八八七年圣诞节前夕，霍利·哈维·克里平结婚了。

二人婚后离开了纽约，前往圣迭戈定居，克里平在当地开了家诊所。圣迭戈是座没有冬天的海滨城市，天空异常澄澈，他们二人在这里过得非常惬意。克里平的父母迈伦和安德蕾斯此时已从科尔德沃特搬到了洛杉矶，从圣迭戈坐火车一路向北，仅需一天即可到

---

① Deady，容易让人联想到"死亡"。——译注

达。一八八九年八月十九日，夏洛特生了个男孩，取名奥托。随后，克里平一家又搬到了盐湖城，夏洛特不久就再度怀孕。一八九二年一月，即将生产的夏洛特突然因中风离世。克里平将仍在蹒跚学步的奥托送去洛杉矶和爷爷奶奶一起生活，只身回到纽约，在杰弗里医生的诊所找了份工作，并寄宿在其家中。再之后，他就遇到了眼前这个将彻底改变他人生轨迹的年轻女性。

· · ·

婚后没多久，克里平和柯拉就从纽约搬到圣路易斯，克里平在当地找了家眼镜店做眼科医生。不过，他们并没有在圣路易斯住上多久。与纽约相比，圣路易斯显然不够喧闹辉煌，无助于柯拉实现登上世界舞台的梦想。不消说，正是在柯拉的再三坚持下，夫妻二人没多久又回到了纽约。

柯拉的"女性问题"越来越严重了，不仅痛，还流血。她看了医生，得知毛病出在卵巢上。医生建议她做卵巢切除手术。克里平对此颇有顾虑，相比内战时期野蛮落后的技术，此时外科手术的水平当然进步了不少，但作为医生，他见过许多外科手术，深知手术可能导致的后果，那可不是闹着玩的。尽管消毒剂的发展大大降低了大范围感染的可能性，麻醉剂的进步也减弱了病人手术过程中的痛苦，但整体而言，手术的风险毋庸置疑。不过，病痛已经远远超过了柯拉的忍受能力，她最后还是同意了做手术。

术后不久，柯拉就去长岛的妹妹特雷莎·胡恩夫人家做客。她给妹妹展示了自己"新鲜"的伤疤，其缝合处当时还红肿。后来，再次去妹妹家做客时，她又让妹妹查看了自己仍很明显的伤疤。特雷莎·胡恩夫人对此印象深刻，多年后，她还可以详细描述伤疤的样子："第二次来时，她的伤口基本愈合了，留下的伤疤大概有四五英寸长、一英寸宽，不过我也只能说出个大概。伤疤近似于淡黄色，看上去比她其他部位的皮肤要苍白一些，伤疤边缘，与肉交界的位置，颜色更苍白。"不过，胡恩夫人忽略了一个细节，她并未提及柯拉的肚脐是否还在——当时做卵巢切除手术，一般会连带切除病人的肚脐。

手术意味着柯拉丧失了生育能力，这对她而言是个沉痛打击。后来，她的好友阿德琳·哈里森夫人说："据我所知，他们夫妻二人的婚后生活只有一点小缺憾，那就是没有小孩。要知道，他们俩都很喜欢孩子。"考虑到克里平把儿子送到洛杉矶后再没有接回来，他是否像妻子那样想要孩子恐怕值得商榷。

路易丝·米尔斯夫人是柯拉同母异父的妹妹，她说姐姐"渴望做妈妈"，因为没有孩子，他们的婚姻蒙上了一层阴影。"我四年前去姐姐家做客，觉得他们非常幸福快乐。"她说，不过柯拉"会抱怨自己没有孩子的事。我担心她在婚姻的后半段恐怕会一天比一天孤独"。

在给另一个同母异父的妹妹的信中，柯拉写道："我喜欢孩子。我们要是有个孩子肯定会很不一样。一个家庭少了孩子就算不上完整，这正是我嫉妒你的地方。唉，我得说，有没有自己的孩子，差别真的很大。"

· · ·

压力逐渐增加。恢复健康后，柯拉开始全情投入声乐，克里平也乐于出钱，他的确希望自己年轻的妻子可以开心些。然而，一八九三年五月，整个美国都逐渐陷入经济危机，史称"一八九三大恐慌"，克里平的病人数量因此锐减。尽管仍在尽力为柯拉凑学费，但很快，持续恶化的经济条件让他只得叫停柯拉的声乐课，或者至少先缓一缓。他们换了个小点的房子。可克里平的收入仍在缩水，他们只得一而再再而三地搬家，最后甚至连搬家都搬不起了。柯拉嫁给年轻、富有的克里平医生时，从没想到自己会沦落到这个地步——按她先前的设想，他们现在应该舒适地住在曼哈顿、伦敦、巴黎或罗马才对，她也早该登上舞台了。但现实是残酷的，他们不但回到了布鲁克林，还陷入了一个更加屈辱的境地——二人迫于经济压力，搬到了柯拉的继父弗里茨·默辛格家暂住。

对柯拉来说，这件事堪称人生的转折点。自此以后，他们先是搬去了充满烟尘的偏远城市圣路易斯，接着又在越来越糟的经济环境中苦苦挣扎。大恐慌愈演愈烈，大把的人丢了工作，有家有口的人都在设法维持家里的生计。

柯拉一直在催克里平找事做，以改善二人的境遇，搬出继父家，离开布鲁克林。唯有如此，她才能拥抱自己的歌剧梦。曼哈顿歌剧院让她瞥见了一个新世界，那里的男士身着黑色西服和披肩，戴着高礼帽，坐在包厢里的女士无一不佩戴着名贵珠宝，远远看去闪亮得就如同冬夜里璀璨的群星。她想成为这个世界的一员。然而，顺势疗法虽仍合法，但魅力已经大不如前，难以再给克里平带来理想的收入。

按照克里平的性子，他本来多半会耐心等待。困难时期，看病对老百姓来说是可有可无、能省则省的奢侈品；等经济好转，老百姓看得起病了，生意自然会有起色。

但柯拉可等不起。乖乖等待或接受现状并非她的风格。二十世纪初的知名记者兼作家菲尔森·杨（全名亚历山大·贝尔·菲尔森·杨）曾如此形容柯拉："她坚定而富于野性，张扬而好斗，似乎能耗光周边的空气，让人觉得窒息。毫无疑问，跟她一起生活准不会好受。"

克里平在杰弗里医生的诊所里见到柯拉的第一眼就陷了进去，其中自然有她年轻貌美、身材丰满的功劳，但她那种年轻人的洒脱、骨子里的自信、充沛的精力，以及面对十九世纪末城市的困境依旧拒绝低头的固执更令他着迷。不过，随着时间的流逝，当初充满魅力的特质渐渐褪去了华丽的外衣，感情丰沛成了情绪阴晴不定，这让克里平觉得疲惫，甚至忧虑。

多年以后，克里平谈起与柯拉的早期婚姻生活时称"她性子总是很急"。不过，他很清楚，很少有人看出这一点。正如他所说："在外人看来，她很好打交道，性格也很好。"

就这样，二人婚姻中的矛盾越积越深。

怪事

　　位于法国海岸附近的鲁博岛，是地中海诸多小岛中的一座。岛上只有两栋房子，刚好位于岛的两端，一栋住着灯塔管理员，另一栋则属于生理学家查尔斯·里歇。十年后，后者将因发现过敏反应（一些人被蜜蜂蜇了或吃了花生以后身体会出现剧烈反应，当然还有别的过敏原）荣获诺贝尔奖。里歇岛上的房子主要用于避暑，但这次，岛上比欧洲大陆也凉快不了多少。一八九四年八月，欧洲的气温一反常态地高，不少人多年后仍对此印象深刻。里歇的屋里此时已经聚集了一拨人，他们的注意力很快就会从气温转向一系列怪事。不得不说，他们胆子真够大的，换作普通人遇到类似的事，可能早就划船回欧洲大陆了。

　　这天晚上天气晴朗，空气燥热而滞重，弥漫着海盐的气味。餐厅里共有四人，分别是洛奇、里歇和另外一男一女。院子里还有个人手上拿着笔记本站在窗户底下，负责记录房子里的人喊出来的观察结果。窗边轻薄的窗帘一直没有动过，足见当晚一点风也没有，确实很热。

女人是意大利人，名为欧萨皮亚·帕拉迪诺，此刻，她正坐在餐厅正中间的桌子旁。男人们在她脚下放了一个装置，任意一只脚离开都会触发响声。用洛奇的话来说，为了避免她用一只脚"干两只脚的事"，他们用隔板将两只脚隔开了。他们熄灭屋里的灯后，室内变得比室外还黑，窗户的方框泛着幽幽蓝光。

　　帕拉迪诺两边分别坐着里歇和另一位男士，洛奇的朋友弗雷德里克·W. H. 迈尔斯，一位诗人、督学，同时也是心灵研究学会的创始人之一。一八八六年，迈尔斯与人合作撰写的著作《生者的幻影》分上下两卷出版，其中涵盖了七百个被作者认为得到了客观分析的案例。迈尔斯和几名会员继而发起了一项名为"幻象统计"的问卷调查，来自世界各地的四百一十人主动参与分发，其中第一个问题就是："你在完全清醒的状态下，在没有任何外力干预的前提下，有没有突然看到或触碰过一些活着的存在或物体，或听到某种声音？"百分之十二的女性和百分之七点八的男性自称有过类似的经历。作者总结道："将死之人的幻象与死者之间存在的关联并非巧合。此乃业已验证的事实。"

　　此刻，在里歇这座避暑别墅一片漆黑的餐厅里，洛奇走向桌子，站到了欧萨皮亚·帕拉迪诺的身后。里歇握着她的右手，迈尔斯握着她的左手。洛奇将双手紧紧地按在她脑袋的两侧。

· · ·

　　帕拉迪诺当时四十岁。根据大多数记载，她并不识字，即使认识也认得不多。她说童年的大多数时光里自己都是孤儿。母亲生她时难产离世，父亲则在她十二岁时被歹徒杀死。自此以后，她就寄居在那不勒斯的一户人家里，靠洗衣为生。这家人对唯灵论很感兴趣，晚上经常聚在一起办降灵会，同时也邀请帕拉迪诺一起参加。后来，他们发现帕拉迪诺并没有表面上那么普通：她的参与会让家具突然无缘无故地晃动起来。

帕拉迪诺的事迹很快传开了，不久以后，她就成了各地降灵会的常客。用超自然领域的研究术语来说，她是不同于精神灵媒的"物质"灵媒。前者类似电话，只能和另一个世界取得联系；后者则能唤醒一些力量，它可以捏在场人的手，碰他们的脸，以及移动家具。两者的共同点在于都会招来一位被称为"主导"的灵体，引导他们与另一个世界交流。

帕拉迪诺的天赋可以说恰逢其时。唯灵论当时正在世界范围内大受欢迎，追随者越来越多，关于鬼魂、骚灵现象、灵验预言的报道屡见不鲜。很多家庭都购买了召灵盘，尽管他们用了以后常常把自己吓个半死。极具传奇性的灵媒应运而生，其中最有名的当数海伦娜·布拉法斯基夫人和D.D.霍姆，前者后来遭到揭穿，但后者没有，他本领高超，即使面对那些心存怀疑的人，也有能力让他们信服。

至一八九四年，欧萨皮亚·帕拉迪诺也成了世界知名的灵媒。洛奇、迈尔斯、里歇三人组这个局，就是想看看她的能力到底是真是假。

. . .

三人都紧紧摁住帕拉迪诺。此时，餐厅里一片漆黑、闷热无风，所有人都一言不发。帕拉迪诺进入冥想状态后，一位名为约翰·金的主导出现了，他附在帕拉迪诺身上接管了降灵会。洛奇写道："我并不知道他的真实身份，但从当时的情形看，帕拉迪诺**好像**确实被一名强大的男性控制了。"

每有新的动作，三人都会大声喊出来，好互相通气并让窗外的秘书听到，同时确保帕拉迪诺的双手和头仍处于他们的掌控之中。他们交流时用的是法语。正如洛奇所说："一有情况，我们就会立马说出来，好让其他人了解情况。"

迈尔斯喊道："J'ai la main gauche."①

里歇："J'ai la main droite."②

洛奇这时知道帕拉迪诺的双手都被伙伴们控制住了，但他还是感觉到有东西在碰他的手。

他说："On me touche!"③

洛奇写道："房间里仿佛还有什么人或什么东西，它可以四处走动，触碰和用力捏住别人的胳膊和后颈；总之，就像是还有什么在自由活动。这种情况短时间内接连发生了好些次，在场的三人都有亲身经历。"在此期间，洛奇还觉察到有"长长的胡子"从他的头顶滑过。"据说那是约翰·金的胡子，它从我头上滑过的时候真挺瘆人的，特别是那个时候我已经开始秃顶了。"

墙边放着张写字台。黑暗中，仍被紧紧抓住双手的帕拉迪诺示意三人看向写字台。"她每次这样示意时，写字台都会向墙的方向倾斜，就好像她手上握着一根长杆，在用它推桌子一般。"写字台一共倾斜了三次。在洛奇看来，这没什么吓人的，他只是觉得很困惑。

---

① 法语，意为"我抓着她的左手呢"。

② 法语，意为"我抓着她的右手"。

③ 法语，意为"有东西在碰我！"。

他写道："这里面肯定存在某种力学上的关联，单靠意念不可能让物体移动。"桌子的倾斜显示，这个世界上存在着某种"可以隔空传力却不为科学界所知的构造"。

降灵会继续进行，洛奇就此写道："有种类似第三只手的东西从她衣服里伸了出来。"那是某种颜色很淡近乎透明的鬼魅般的存在，但他确凿无疑地看到了，而且它还在动，绝不可能是从帕拉迪诺衣服里伸出的静态装置。著名物理学家、利物浦大学教授、皇家研究院成员、知名授课人、不久以后的伯明翰大学校长、未来的爵士洛奇写道："在昏暗的光线下，我看到那个东西继续延伸，在穿着白色外套的迈尔斯身边停了下来，先是向前移动，之后又后退，好像在犹豫什么，但最后还是碰了他。"

迈尔斯说完"On me touche"① 就淡定讲述起自己的感受，他感觉有一只手在抓他的肋骨。迈尔斯为何没有从椅子上跳起来，大喊大叫地跑出门去呢？对此，历史没留下任何记载。

• • •

洛奇设法用力学原理解释他看到的现象，而非诉诸鬼怪。他写道："在我看来，凡是真正意义上的运动，必定符合物质的一般规律。"接触过帕拉迪诺身上伸出来的东西以后，里歇创造了"外质"一词，专指类似的现象。洛奇写道："外质的运作方式不同寻常，但仍属于生理学和解剖学范畴，生物学家应对此加以研究。"他承认这是个充满不确定性的领域，需要小心辨别真伪。"大家一定要注意，

---

① 法语，意为"碰到我了"。

分泌物或物体的变形不属于外质。真正的外质有着自己的形态，它具有操控能力，可以对外发力。从嘴里流出来、只是挂在那儿的分泌物并不值得研究。"

岛上的经历让洛奇相信，人死以后，意识的一部分可以继续存在。他在提交给心灵研究学会的正式报告中写道："凡是可以放下偏见、客观公正看待问题的人，经历过类似事件后都会得出和我一样的结论，即确有某种迄今认为不可能发生的事情发生了。"

洛奇对有关以太的研究越来越上心，他认为物理法则和心灵现象的交会点可能正在其中。洛奇写道："心灵感应是否依托于某种物理媒介呢？空气中的以太是否承担着相应的功能？我们死后的世界是否与其有关，而非关乎物质？我们并没有确切的答案。逝者似乎这样认为，以我现有的经验和知识来判断，他们有可能是对的。"

欧萨皮亚·帕拉迪诺的神通再次诱发了洛奇三心二意的毛病，不过目前为止，这一软肋尚未给他带来重大损失。

枪声

时间对马可尼而言异常紧迫。他进一步缩小了金属粉末检波器的体积，银插头间用来装金属粉末的空间被他做得又窄又细。另外，他在密封玻璃管前会预先加热，如此一来，等其中的空气降至室温就可以部分达到真空状态，从而大大提升检波器的灵敏度。

让他闹心的是，每次使用完检波器，他都得用手敲一下，才能让检波器回到可以对新的电磁波产生反应的初始状态。没有哪个电报系统受得了这么大的人力消耗和不精确。

为此，马可尼专门设计了一种类似铃铛铜舌的响板，将其加进接收电路。他写道："只要我给接收机发送电波，响板就会触碰玻璃管，确保检波器迅速恢复到初始灵敏度。"

他将实验的地点移到了室外，先是成功给楼前草坪上的接收机发送了三个点，即莫尔斯码中的"S"。然后又进一步改进装置，将接收距离延长到数百码。但这似乎是上限，他再怎么捣鼓也无法增加距离了。

某一天，凭着运气或直觉，他把发报机的电线绑到了一根很高的杆子上，由此制造了开展实验以来最长的一根天线。这一做法当时没有任何理论作为支撑，他纯粹是抱着试试看的心态，却误打误撞找到了一个可以大幅增加信号波长的办法。波长增加，信号自然就能发送得更远，也可以越过更多障碍。

马可尼后来说："就在那时，我第一次发现自己面前有条康庄大道。这还算不上成功。离成功还远着呢。但那一刻，我知道自己找到了一条可行的路，它让我的发明有了生命力。那真是一个重要的发现。"

这是来自"实践家"的发现。马可尼掌握的物理知识相当有限，他后来甚至声称自己驾驭的波与赫兹的波完全不同，是一种人类尚未发现的新存在。

他找来哥哥阿方索帮忙，又从庄园里叫了几名帮手。他尝试着不同的天线高度和组合方式。他在天线的最下面做了一个铜板底座，嵌入土中，又在天线顶部系上一块立方体或圆柱体的锡。他让阿方索在实验中负责接收机，把设备带到庄园前的田野里。

马可尼逐渐找到了规律。他发现每增加一次天线高度，信号的最远传输距离就会增加不少，增幅远大于天线增加的高度。六英尺的天线可以让信号传播六十英尺，十二英尺的天线则可以让信号传播三百英尺。这组关系似乎蕴含着某种物理定律的强大威力，尽管此时的马可尼尚无法想象，他将来会为了探索这个规律做出何等惊人的举动。

后来，阿方索越走越远，远到两人无法直接交流，于是马可尼就给他一根顶端绑着一条手帕的长杆，每当接收机收到信号时，阿方索就会摇旗。

距离的增加自然是好事，"不过，"马可尼说，"我很清楚，如果我发明的设备通信时无法克服山体等自然障碍，一切都等于零。"

一八九五年九月，马可尼终于迎来了最关键的一场实验。

• • •

他坐在阁楼实验室的窗台上，看着哥哥和两名帮手从庄园出发，向楼前洒满阳光的田野走去。这两名帮手，一名是农民米尼亚尼，另一名是木匠沃尔内利。他们俩扛着接收机和一根长长的天线。阿方索则带着一杆猎枪。

根据计划，他们要先爬上远处的切莱斯蒂内山，然后从另一侧下山，等庄园这边看不到他们了，马可尼就会用发报机发送信号。这次的距离为一千五百码，是迄今最远的一次，但距离还不是重点，此次实验的重头戏在于，信号接收方超出了信号发送方的视野，换言之，信号发送方与信号接收方无法进行视觉通信。如果可以顺利收到信号，阿方索将鸣枪示意。

阁楼实验室里一如既往地闷热。蜜蜂在楼下的花丛中忙碌穿梭，一旁的树丛里，银灰色的树枝上结着许多橄榄。

远处的人影缓缓向切莱斯蒂内山走去。马可尼看着他们上山，接着与山顶耀眼的阳光融为一体，最后从自己的视野里彻底消失。

庄园里很安静，空气闷热，犹如静止一般。马可尼按下了发报机的电键。

很快，一声枪响打破了阳光下的宁静。

这一刻，马可尼改变了世界。不过，要想让世人认识到这一刻的重大意义，还需要耐心等待，其间他会经历许多波折。

治愈病痛

受一八九三大恐慌的影响，医药行业普遍不景气，唯独非处方药除外。经济危机可能恰好推动了非处方药的发展，人们因为觉得看医生太贵，常常通过邮件或药店购药，自己给自己看病。非处方药的蓬勃发展在当时显而易见，克里平只需随便打开一份报纸，就可以看到十几条吹捧各类万能药、保健品、药片和药膏的广告。如："你头疼的时候，是不是觉得仿佛有人在使劲敲你的脑袋，让你眼冒金星？""你的胃是不是时常痛得要命？牛蒡胃药将解决你的烦恼。"

这些打广告的公司里，总部设在费城的穆尼恩顺势疗法家庭医药有限公司尤为知名。J. M. 穆尼恩教授是公司的创始人和老板，其照片和肖像画经常出现在自家产品的广告里，因此，他的脸在美国很有辨识度，国际影响力也一天比一天大。广告中的穆尼恩四十来岁，长着一头茂密的、乱蓬蓬的黑发，又长又宽的额头让人觉得他的五官仿佛受到了重力的吸引，统统集中在下半张脸。照片中，他总是双唇紧闭，神情严肃而坚定，仿佛下定决心要将世界上的疾病铲除得一干二净。"我保证，我们的风湿药可以帮助您在两三个小时内缓解腰痛、坐骨神经痛及各类风湿性疼痛，只需服用数天，即可完全康复。"他同时承诺，人们"在所有药店"都能以二十五美分的价格买到这种瓶装药剂。事实也确实如此，几乎每家药店都有穆尼恩公司提供的木柜，里面摆着他家用于治疗各类疾病的药品，其中最醒目的当数公司的拳头产品穆尼恩痔疮膏。"用于痔疮，不论流血与否，内外服用均可。可快速止痒、缓解炎症、减轻疼痛。我们诚意推荐您使用该软膏治疗各类痔疮和肛裂。"

在一些广告中，穆尼恩教授还将他的药和上帝捆绑宣传。此时，他的神情依旧严肃，但一只手指向了天空，提醒读者除购买他的产品外，还要"留心十字架的指引"。后来，美西战争期间，他还发行了《穆尼恩自由之歌》的乐谱，封面上印有美国总统威廉·麦金莱、海军特级上将乔治·杜威等重要官员的照片，封底则是他自己，试图以这样的方式跻身时代大人物的行列。

一八九四年，克里平到穆尼恩的纽约分公司求职，该分公司位于第六大道的东十四街，地处纽约的富人区。当时，克里平身上的某种特质吸引了穆尼恩，可能是他的顺势疗法教育背景，也可能是他的伦敦行医经历，毕竟，在世界最知名的精神病院干过的人并不多。穆尼恩立即雇用了克里平，他还特意邀请克里平夫妇住到分公司的楼上。

克里平欣然接受了这份工作。上班后，不论是维护现有产品，还是研发新配方，他都做得有声有色。穆尼恩称克里平"是一员非常聪明的干将。他业务娴熟，我雇他时没有丝毫犹豫，后来也从未后悔"。

他对克里平温文尔雅的性格也颇为欣赏，用他的话来说，克里平"就像猫咪一样温顺"，柯拉则是完全不同的风格，"她为人轻浮，常常令丈夫很是担忧"。

他注意到了克里平的闷闷不乐，并将此归咎于柯拉的举止。她常常和别的男人兴高采烈地聊天，张扬地展示自己的性格魅力和身材。她整个人都透着一股欲望。穆尼恩认为克里平吃醋情有可原，任何男人身处其中都会有类似的感受。穆尼恩的儿子杜克也注意到了这一点。"她喜欢和丈夫以外的男性打交道，这很令克里平医生头疼。"

双双前往伦敦

马可尼觉得是时候将自己的发明搬上世界舞台了。据传，他最初的想法是将发明提供给意大利政府，具体而言是意大利的邮政和电报部门，但被拒绝了。他的外孙弗朗切斯科·帕雷谢在简短的回忆录中质疑了这一传言。"大家可能觉得这个故事挺有趣，而且类似的事情即使放在今天的意大利，也不是完全没有可能。尽管如此，没有任何证据证明他做过这件事。"这个故事听起来好像没什么问题，也很有趣，却与一个事实相悖：当时只有二十一岁的马可尼，在商业上的精明程度丝毫不亚于一个四十二岁的商人。马可尼对抢先申请专利的重要性再清楚不过了，他可能早就想好了下一步棋。

他决定将自己的发明带到伦敦。一方面，伦敦是当时公认的世界中心；另一方面，伦敦的专利法也非常有吸引力，它可以最大限度地保护首位专利申请人的权益，并且不要求该申请人必须是发明者或核心技术突破者。

马可尼的母亲支持他的计划，并说服了他父亲。一八九六年二月，母子二人共同前往伦敦。马可尼将设备锁在一个随身携带的箱子里。他头上戴的猎鹿帽不久将成为夏洛克·福尔摩斯的标志。

刚到英国，海关工作人员就没收了他的设备，他们担心这是炸药之类的危险品，如果不处理没准会危及女王的安全。

就在海关检查期间，设备被工作人员折腾坏了。

· · ·

克里平在穆尼恩公司做得风生水起。他晋升得很快，在纽约没干几个月就被调往费城，在费城生活了不到一年，又被派遣到多伦多负责分公司的运转，六个月后，他和柯拉再次返回费城。

这些调动对克里平事业的发展无疑有益，却让柯拉越来越不耐烦。她和克里平结婚已有五年，黄金期日益流逝，但丝毫没能离自己的歌剧明星梦近哪怕一点。她明确告知克里平自己想继续学习歌剧，且要学就学最好的，因此必须前往纽约。

克里平还是一如既往地惯着她，他同意给柯拉租一套公寓，并承担她的一切开支。当时，穆尼恩给他开的工资相当高。非处方药行业利润很大，公司根本不差钱。因此，他完全能够负担柯拉在纽约生活学习的费用。他担心的是别的问题，柯拉一个人在纽约生活后，他就没法再阻止她和其他男人往来了。后来的一系列事件证明，对柯拉而言，这种随心所欲的自由与好的声乐老师同等重要。

一八九七年，克里平被委以重任，穆尼恩让他前往伦敦，负责伦敦分公司的管理工作，这是目前为止他得到的最重要的一份差事。穆尼恩承诺给他涨工资，他的年收入将达到一万美元，这大致相当于二十一世纪的二十二万美元，而那个年代的美国还不存在联邦个人所得税。克里平跟柯拉讲了这个好消息，他觉得柯拉肯定不会拒绝。

他错了。柯拉坚持说自己不能放弃声乐课，她让丈夫先独自去伦敦，过一段时间她会去英国找他。但一谈到具体时间，她就含糊其词。

克里平仍像往常一样妥协了，而对柯拉来说，这一次她彻底自由了，他们之间隔着的将是广阔的大洋。

一八九七年四月，身材矮小的医生带着伤感与担忧坐上了前往英国的邮轮。他打算在英国定居，因此大包小包地带上了所有家当，包括他最喜欢的毒剂。

他就这样来到了英国。

· · ·

到了伦敦以后，克里平和马可尼都发现伦敦弥漫着一种之前并不存在的焦虑。表面上，帝国依旧固若金汤、温暖舒适，仅仅稍有尘垢，但倘若站在某些特定的角度，则不难觉察出一些异样。世界的风向正在变化，女王的身体越来越虚弱，由她执政的不列颠高光时刻即将成为往事。

伦敦仍然是世界上最大、最繁华的城市。这里有四百五十万人口、八千条街道（多数街道只有一个街区那么长）。居民可在七千五百家酒馆喝酒，两万匹马拉送着一万一千辆可搭乘的马车。伦敦的马车可以细分为两类，一类是四轮的"咆哮者"，另一类则是双轮的"汉瑟姆"，后者的发音听起来很像英语中的"帅气"一词，[1]

---

[1] "汉瑟姆"的英文是"hansom"，"帅气"是"handsome"。——编注

这种双轮马车看上去也的确非常拉风，但它的名字与外形并无关系，而是源于发明者约瑟夫·汉瑟姆的名字。克里平到伦敦时，约有一万五千名美国人在伦敦生活，碰巧等同于伦敦五个精神病院的病人总数。此外，最关键的是，对这个统治着全世界四分之一人口和土地的帝国而言，伦敦正是心脏。

人们叫车时会吹出租马车哨，吹一下是叫咆哮者，吹两下是叫汉瑟姆。公共马车在街道上也随处可见，这种双层马车的上层为可以观光的露天座位，为打消女士上楼时的顾虑，车里的楼梯采用螺旋楼梯。汽车当时被简单地称作"马达"，其出现让城市多了一种前所未有的喧闹，当然，也让人觉得有些危险。一八九六年以前，按规定，汽车时速不能超过两英里，且车前必须有侍从摇着红旗引导，但随着汽车日益普及，这一法规在一八九六年被废止。新的公路机车法案将时速上限提升至十四英里，且不再要求配备引导员，这自然是明智的决定。城市地下仿佛地狱般吵闹，乘坐地铁的乘客要忍受地底震耳欲聋的巨响，所有的烟雾、蒸汽、噪音都集中到了狭小的轨道上，列车与轨道几乎严丝合缝，就像活塞在气缸中运动一般。

这里自然少不了雾，而且常常出现一连好多天的大雾。比起其他地区，伦敦的雾浓到几乎可以单列为一类气象。伦敦人将自己城市糟糕的能见度戏称为"伦敦特色"。在这种浓烈且带有硫黄味的雾中，即使打着煤气灯，光线也显得非常暗淡，仿佛猫咪的琥珀色眼睛，街道也因此变得异常幽暗，令人不安。不过，这些昏暗的街道倒是促成了一桩买卖，穷人家的孩子会在这些街道上用火炬提供照明服务，人们要是觉得路太黑，就可以花钱雇小孩引路。微弱的光线给街上的行人罩上了一层薄纱，他们也因此多了几分鬼魅的色彩。一个人走夜路时不遇到别人还好，遇到别人反而会吓一跳。这种阴森恐怖的感觉在某些夜里会更明显，在一个人碰巧刚参加完降灵会时更是如此。降灵会在当时已经成了许多人的消遣，并不少见。每当人们参加完降灵会，走在回家的路上，总会觉得时间异常漫长，他们一路上常常满怀伤感和悲痛，并且时不时地回头看两眼。

人们变成这样，达尔文难辞其咎。他的理论试图阐明人之为人，更多是源自大自然的巧合，而非上帝的意图，这对维多利亚时代晚期的英国造成了极大的冲击。一位作家将达尔文所造成的巨大空虚感称作新的"达尔文式黑暗"，这一空缺导致很多人将科学奉为新信仰，但同时也让很多人投入了唯灵论的怀抱，希望借灵应盘上占卜写板的指向，找到死后世界的有力证据。一八九五年前后，全英国共有一百五十家唯灵论协会；到了一九〇八年，这个数字已然直逼四百。据传，一位灵媒自称可以跟维多利亚女王已故的丈夫阿尔伯特亲王取得联系，因此经常给女王帮忙。

有心人还可以从别的一些现象中看出，女王治下长期保持着自信与富足的英国，的确开始缓慢地走下坡路了。严重下滑的生育率；一八九三大恐慌给工业大亨带来的沉重打击；英法两国似乎也处在战争边缘，尽管真正值得警惕的实际上是德国。当时，公众还没怎么察觉到德国的动作，不过要不了多久，德国就会成为整个英国的焦点。英国长期以来都奉行"光荣孤立"政策，因为他们觉得不论在经济还是军事上，大英帝国都不需要盟友，不过，这个政策很快就会因德国而走向终结。

妇女参政论者要求赋予女性选举权，越来越高的呼声也让一些人感到不安。反对妇女参政只是表象，真正让他们苦恼的是，全社会范围内性观念的日益开放。大家表面上不会做出格的事，但不正当性关系确实随处可见，并且各个阶层的人都有参与。人们的脑中与心中总想着这件事，性关系随时可能发生在偏僻的小巷或乡间某栋房子奢华的架子床上。以人类心智为研究对象的新科学家也将性纳入了研究范畴，受达尔文进化论的影响，他们试图将性简化为一系列刺激与适应性的需求。从一八九七年开始，亨利·哈夫洛克·霭理士就在潜心创作七卷本巨著《性心理学研究录》，这套书在性心理学领域具有开创性意义，书中很多案例在常人看来可能都非常露骨和变态。第四卷《人类的性选择》中有一段话就很有代表性，作者如是写道："之后，狗的舌头和她的嘴巴接触，这足以让她产生快感。"

　　人们对贫困也有了更多的思考，逐渐认识到日益拉大的贫富差距。穷人与富人的生活方式可谓天差地别。德文郡公爵夫妇的查茨沃斯庄园规模之大，足以在周末的宴会中容纳四百位宾客及其成群结队的佣人。有钱人吃饭也极尽奢华之能事，据普里斯特利回忆："倘若足以胜任，主厨可能会做一道极具俄罗斯风情的菜肴，将不同的鸟类按大小依次放到最大号的鸟的肚子里，然后进行烹饪，最终效果近似于东方套盒。"巴巴拉·塔奇曼在《骄傲之塔》中描述过一场萨沃伊酒店的午宴，这场专门为歌唱家内莉·梅尔芭举办的宴会供应新鲜的桃子作为甜点，宾客尝完鲜后，就开始"玩扔桃子的游戏，拿它们砸窗下的行人"。

　　有些意识到巨大贫富差距的人，担心激进分子会利用阶层差异让英国卷入革命。此时，无政府主义的烈火已蔓延至整个欧洲，其中带头点火的常常是意大利人。一八九二年底，伦敦警察厅逮捕了两名试图炸毁皇家证券交易所的意大利人。在欧洲鼓吹革命的埃里科·马拉泰斯塔拥有一批热心的追随者，他的意大利名字也起得非常贴切，字面意思就是"邪恶的头脑"。一八九四年六月二十四日，一个名为桑特·卡塞里奥的年轻面包师用自己新买的匕首刺死了法国总统。上层社区梅费尔还发生过一起爆炸案，好在没有人受伤。很多英国人都担心未来会遇到更大的麻烦。他们认为英国如今之所以乱糟糟的，都是因为警察放了太多外国人到英国境内生活，以至于英国沦为了外国人的避难所。许多法国的无政府主义者都在伦敦生活，查尔斯·马拉托就是其中之一，他曾出版一本教人如何避开警察的指南，随书还附赠了一本囊括了实用短语的小词典，如"Je vous tirerai le nez"，意为"我会牵着你的鼻子的"。

不过，恐惧和担忧只是这个时代的背景颤音，通常只有作家、新闻工作者、改革者等用心倾听的人才能意识到它们的存在。多数英国人都对现状很满意。谋杀率是上升了不假，但整体的犯罪率下降了。伦敦警察厅——也就是大家口中的苏格兰场——的规模也壮大了不少，其总部已经搬到了泰晤士河北岸维多利亚堤区的白厅，新的总部大楼被人们称作新苏格兰场。这一选址起初遇到了些问题，但问题不大。工人挖地基的时候挖出了一具女人的躯干，头、手、腿均不见踪影。当时，"开膛手杰克"引发的恐慌尚未退去，人们都在担心这会不会是杰克的另一"杰作"。故事后来变得越发蹊跷。事发几周前，有人从泰晤士河打捞上了一只连带着腋窝的胳膊，法医试着将其与这具躯干组合，成功匹配上了。接着，一名记者带着一条狗去地基现场搜查，又找到了左腿，同样匹配。不久以后，又有人从泰晤士河打捞上了第二条腿。

结果无法匹配。

经检查，人们发现打捞的第二条腿也是左腿，有人说，这可能是医学生在捣鬼，故意将其扔进了泰晤士河。这个案件被称为白厅悬案，一直没被侦破。警察厅的这次搬迁还留了个部门在大苏格兰场的旧址，即失物招领部，和它一起留下的还有一万四千二百一十二把无人认领的伞。

　　整体而言，英国人的精神状态还是轻松的。如果说有谁能代表英国的这种精神状态，那一定是王储威尔士亲王艾伯特·爱德华。一八九七年春，五十六岁的他已因喜欢享乐、爱好美食、生活风流名声在外，尽管此时他已经和妻子亚历山德拉结婚三十四年了。亲王和情人的桃色新闻并非什么秘密，只是不宜在公众场合讨论。同样不能谈论的还有他的体重。他并不酗酒，但对吃特别感兴趣。鸽子馅饼、甲鱼汤、鹿肉布丁、松鸡、山鹬、丘鹬和鹌鹑，都很对他的胃口。生蚝上市后，他吃的炭烤生蚝更是可以堆成小山。没有人会当面说他胖，这会伤他感情，但私下里，朋友会亲切地称他为"肚肚"①。他不吃东西的时候总在抽烟。早餐前，亲王一般会抽一小支雪茄和两支香烟，到晚上睡觉前，他总共会抽二十支香烟和十几支雪茄，这些雪茄的直径跟枪管差不多。

　　亲王不喜欢一个人待着，他喜欢出席派对，参加俱乐部的活动，尤其热衷于和朋友一起去伦敦的各大综艺表演剧院，那是最不缺人的地方。维多利亚时代，综艺表演剧院的形象在相当长一段时间内都不怎么样，可以说是肮脏糜烂的代名词，不过，十九世纪九十年代末期，这种局面得到了彻底改善，综艺表演凭借丰富多彩的演出一跃成为英国最受欢迎的娱乐形式。伦敦各类综艺表演剧院的数量一路猛增至近五百家，其中比较有名的是蒂沃利、帝国、帕维利恩、阿兰布拉和加耶蒂。每天晚上的演出通常由十几个当时被称为"场"的小节目组成，内容包括喜剧、杂技、腹语、读心术，以及一些男

---

① Tum Tum，"tum"在英文中指"肚子"。——译注

扮女装和女扮男装的表演。

维多利亚女王目睹着帝国的每一次变化。一八九六年，她庆祝了自己的七十七岁生日。在她执政的近六十年间，英国一步步成长为史上疆域最广、实力最强的帝国。但与此同时，她自己却越来越虚弱。她的丈夫于一八六一年去世，此后的三十多年，她一直都活在哀思之中。丈夫去世后，她只穿黑色缎子材质的衣服。她的床边还摆着他的手部模型，每当思念他时，她都可以握着它，寻求一些宽慰。她的视力一天不如一天，并且变得越来越嗜睡。长时间以来，她都以一种温和、母性的方式统治着大英帝国，人们对此早已习以为常，他们很难想象一个没有她的未来。在一八三七她登基那年出生的人如今都已步入老年。女王也罢，普通人也罢，都逃不过自然法则。维多利亚终有一天会离世，考虑到她的身体状况和年龄，这一天恐怕并不遥远。

十九世纪即将步入尾声，生活在一千一百万平方英里疆域上的英国人，脑海中都有一个疑问：要是维多利亚不在了，世界会变成什么样？

往后究竟会发生什么？

·二·

背叛

神秘的盒子

人们很容易将马可尼和他母亲抵达伦敦的情景想象成狄更斯笔下的小说情节——两个人来到冷漠的新世界，被眼前一望无际的大都会、周围的大雾以及此起彼伏的喧闹声镇住。但那并非事实，二人一到伦敦，就得到詹姆森家族的热情款待，结交了当地的大家族，并和商界搭上了线，这意味着马可尼间接与大半个帝国建立了联系。他们在维多利亚火车站见到了马可尼的表哥亨利·詹姆森·戴维斯。在詹姆森的帮助下，他们很快就融入了穿着丝绸和法兰绒的伦敦上流社会，并习惯了喝下午茶、看德比赛马会、周日坐马车游览海德公园的生活。这位发明家从未吃过苦，假使有，也一定是有意为之，如今他到了伦敦，自然也不会过苦日子。

马可尼总担心其他发明家会带着相同甚至更好的设备突然出现，这一焦虑在设备坏了后变得更加严重。多亏了詹姆森·戴维斯，马可尼才能获得急需的元件，重新组装设备。完工后，他向詹姆森和其他移居伦敦的詹姆森家族成员做了演示。他们看完都非常惊讶，其效果不亚于从灵媒口中听到了已故亲人的声音。这种通信方式不仅可以隔空传播，还可以穿墙传递信息。

他们讨论下一步行动方案。首先肯定要申请专利。其次，如果能拉到赞助商就更好了——英国邮政局是一个选项，毕竟它控制着整个英国的电报通讯。

詹姆森的人脉帮了马可尼大忙。詹姆森·戴维斯通过中间人安排了马可尼与英国邮政局的首席电工威廉·普里斯的会面。凭借着职务，时年六十三岁、离邮政局规定的退休年龄还差两年的普里斯，成为英国电报行业最具影响力的人。此外，他还是英国著名的授课人。普里斯在工程师同行和员工中颇受欢迎，不过，在洛奇及其盟友看来，他很招人烦。洛奇和他的理论物理学家朋友组成了"麦克斯韦主义者"小同盟。克拉克·麦克斯韦用数学证明了电磁波的存在，他们出于对他的尊重用了这个名字。在麦克斯韦主义者眼中，普里斯就是实践家的头目。他和洛奇多次论战，普里斯认为日常实践更有助于人类挖掘科学真理，洛奇则认为理论对真理的贡献更大。

马可尼听说过普里斯，也知道普里斯曾尝试用电磁感应（一个电路可以在另一个电路中引发感应电流的现象）实现短距离通信，并取得了一定的成绩。至于普里斯，他从没听说过马可尼，但还是大度地同意见上一面。

不久以后，马可尼就动身前往圣马丁大道上的邮政局总部，它恰好位于圣保罗大教堂的北面。总部由三栋大楼组成，其中东大楼位于街道东侧，每年要负责处理和投递全英国二十一亿八千六百八十万封邮件，平均下来每位住户每年有五十四点三封。在伦敦地区，邮政局一天的送件次数可多达十几次。邮政总局东大楼对面是西大楼，普里斯负责的电报处就在这里办公。西大楼的电报设备大厅是全英国电报系统的心脏，只要有"银行家或其他知名人士"的推荐，任何人均可前往参观。西大楼有一间房间面积达二万七千平方英尺[①]，里面有五百台电报机和相应的电报员。事实上，这个房间正是世界上最大的电报站。在四个巨大的蒸汽机的驱动下，楼内的气动导管可以使电报即刻从大厅发出，直达遍布伦敦的商业区伦敦城的一座座办公室，以及附近的斯特兰德街区，该街区得名于泰晤士河旁的斯特兰德大街。

马可尼用两个大袋子装着设备，他依次取出感应线圈、火花发生器、金属粉末检波器等部件，不过还缺一个电键。普里斯的助手 P. R. 穆利斯帮马可尼找了个电键，和他一起在两张桌子上组装发送和接收电路。这个时候，普里斯掏出怀表，平静地说："都十二点了，带这位年轻人去餐吧好好吃顿午饭，记我的账。下午两点，我们再在这里会合。"

穆利斯和马可尼用完午餐、饮过茶后，就去法灵登路散步。马可尼对街上小商贩的独轮手推车颇感兴趣，"有的装着旧货，有的装着书本，有的装着水果"。据穆利斯回忆，这顿饭吃得很开心从容。但马可尼不这么看，他本来就担心自己的目标被别人抢占先机，现在还得用两小时慢悠悠地吃饭、散步，更糟糕的是，他的设备就放在普里斯的办公室，趁中午这个空当，谁都有可能去研究研究。

下午两点，他们回到办公室后再次见到了普里斯。马可尼当时很年轻，中等身高，体形偏瘦，不过他的气质很好，英语讲得地道，穿衣也讲究，身上高档的西装几乎没有褶皱。他清晰地讲解了自己

---

① 1平方英尺≈0.93平方米。

设备的构成，整个过程都很严肃，没有露出一丝笑容。任谁看到他，都会觉得他年龄不小、相当成熟，不过假使他们进一步观察，就会注意到他光滑的皮肤和清澈的蓝眼睛。

马可尼调试电路后按下电键，另一张桌子上的铃铛立刻响了。之后，他用手敲了一下金属粉末检波器，再次按下电键，铃铛又响了。

穆利斯看了一眼上司："我注意到首席电工安静的神态和嘴角的一丝笑意，就知道这事肯定有戏。"

• • •

普里斯很欣赏马可尼。他知道洛奇等人已经展示过金属粉末检波器等装置，但他也看出马可尼在他们的基础上做了改进，以一种优雅的方式将这些装置重新组合到一起。另外，洛奇等麦克斯韦主义者觉得不可能的事，这位男士（或者说男孩）却做到了（当然，前提是他没有撒谎）。据他所说，他不仅实现了长距离通信，还实现了视距以外的通信。

普里斯和马可尼可以说是惺惺相惜。他们都明白，一个人只要肯埋头苦干、坚持实验，总可以有新发现，离真理更进一步，而且这些发现常常带有实用价值，有时候甚至足以改变世界。在实践与理论的大战中，马可尼将成为普里斯的秘密武器。马可尼是发明家，他在理论上只是一个门外汉。他的年龄也不大，刚刚成年，却在某些领域超越了一些伟大的科学家。洛奇曾预言电磁波最远的传输距离可能是半英里，但据马可尼所说，他的最高纪录已经超过了一英里，并且现在，在普里斯的办公室，他说服普里斯相信，信号肯定可以传输得更远，他对此满怀信心。

　　普里斯曾试图利用电磁感应现象制造简易的无线电通信装置，实验中，他用尽了一切办法却依旧止步不前，他意识到这就是他的极限。前不久，他试图和一艘灯船实现通信，这艘灯船守卫的古德温暗沙位于英国海岸附近，是出了名的危险地带。他在船体上缠上电线后，又在海底布设了螺旋状的线圈。他特意将线圈做得足够大，这样不论风浪和潮汐多大，不论船怎样移动，都确保有一部分线圈位于船体底部。他希望通过控制海底线圈电流的通断，可以在船上的线圈引发同样的通断效果，从而实现莫尔斯码的收发。实验最后失败了。后来，普里斯说马可尼"出现的时机刚刚好。东古德温灯船的通信实验失败以后，我闷闷不乐，好在没多久，马可尼就出现了，他让我看到了希望"。

　　普里斯在邮政局工作多年，还有两年就要退休，他知道，发掘马可尼很可能是他任期内最后一件值得写入史册的事。他曾尝试实现无线电通信，但失败了，与其以失败工程师的身份画上职业生涯的句点，还不如做马可尼的伯乐，引领世界走向通信领域的变革。

　　普里斯的马夫进来后，他们的会面也告一段落。普里斯要回家了，他坐上了自己的布鲁厄姆四轮马车。春日凉爽的空气里传来了嗒嗒的马蹄声，马车就这样朝着温布尔登的方向去了。

· · ·

　　马可尼给父亲写了封信，提到了这次会面。"他许诺，倘若我想向公众展示我的设备，我大可使用**大不列颠联合王国邮政局**下辖的大楼，所有城市和城镇的都可以，如果我需要帮手，只要这个人是邮政局的，他都会帮我搞定（自然是免费的）。他还提到，如果我想做实验研究海上船只之间的通信效果，他也可以帮我联系船只，安装和测试我的设备。"马可尼的父亲读到此处想必会大吃一惊，因为短短一年以前，他还对儿子的电学研究抱有深深的怀疑。

普里斯派了邮政局的工程师去帮马可尼，同时，他还雇了邮政局技工车间的工人改进马可尼的设备，把它打造得更加牢固可靠。紧接着，普里斯开始以政府官员为受众，积极策划演示。

不久以后，马可尼就站在了邮政总局的楼顶，给另一栋楼的楼顶发送信号。发报机放出电火花的一刹那响声很大，街道上的人都可以听到。一八九六年七月，他成功地将信号发送到了三百码以外，与格里福内庄园的纪录相比，这算不得什么，不过在普里斯等工程师眼中，这已然是了不起的成就。

随后，普里斯安排了一场迄今为止最重要的演示，观众是陆军和海军官员。演示地点定在军事演习区索尔兹伯里平原，就在巨石阵附近。经过一天的演示，他最远将信号清晰地发送到一点七五英里以外。

随着演示的成功，马可尼的人生步上新台阶。陆军部希望看到更多的演示。普里斯和马可尼一样高兴，他再次表示，只要马可尼有需求，他都会全力提供设备和帮助。之前，马可尼做无线电通信都是凭内心的一股劲，如今，这个局面突然发生了改变，外界开始对他有了殷切的期待。

他说："La calma della mia vita ebbe allora fine." [①]

---

① 意大利语，意为"我平静的生活就此画上了句点"。

・・・

马可尼知道，为设备申请专利刻不容缓。见过他发明的人越来越多，他也越来越担心会有发明家先他一步提出申请。他提交了《临时说明书》，确立了申请日期，声明他是第一个发明无线电通信设备的人。不过，他之后还需要提交更为详细的证明材料。

普里斯现在确信马可尼真的取得了非凡的成绩，决定将其成果推向世界。

普里斯举办了一系列重要讲座，介绍发明家马可尼及其全新的通信方式。第一场讲座举办于一八九六年九月，当时，英国科学促进协会（公众将其简称为"英国协会"）举办研讨会，他的讲座就安排在研讨会的开幕式上。他说："一个意大利人发明了一种盒子，能以新的方式发送无线电报。"他简要描述了这个盒子，并透漏它已经在索尔兹伯里平原的演示中大获成功。会场的许多听众都是英国知名的科学家，其中自然包括奥利弗·洛奇等麦克斯韦主义者，著名物理学家乔治·菲茨杰拉德也在台下。对洛奇和菲茨杰拉德来说，即便在状态好的时候，听普里斯的讲座也好似在听指甲划黑板。而这次讲座，他们听见普里斯把马可尼形容得像是用赫兹电磁波做实验的第一人，更是怒不可遏。他们俩都认为，早在一八九四年六月，洛奇就在皇家研究院的讲座中做过此事。

菲茨杰拉德在给朋友的信中写道："两天前，普里斯的言论令我们大吃一惊，他说自己发掘了一位意大利发明家，但这位发明家不过是和洛奇等人一样，远距离观测到了赫兹辐射。他这么做，无异于抹杀英国人的贡献来抬高一个意大利制造商的地位，我们很多人对此义愤填膺。'德国制造'的科学倒是常见，但是，由不知名的小作坊生产的'意大利制造'的科学恐怕不值得信赖。"洛奇会后给普里斯写信抱怨:"马可尼做的并不是什么新鲜事。"

在洛奇和他的朋友们看来,马可尼无非是在炒冷饭,但在多数人眼中,这依旧是新闻。消息很快就传开了,大家都听说一个意大利人**发明**了无线电报,报纸也大肆报道"马可尼电波",洛奇等麦克斯韦主义者认为这简直是在破坏赫兹的名誉。他们表示,这个意大利佬什么也没发明,如果非要推出一位发明家的话,那也只能是洛奇。

普里斯很清楚自己激怒了麦克斯韦主义者。不过,看到他们的反应,普里斯恐怕高兴还来不及呢,他不仅没有退缩,还决定把下一场大型讲座完全用来介绍马可尼和无线电。讲座安排在一八九六年十二月十二日,地点在伦敦的汤恩比馆——一家位于伦敦东区的贫民区,致力于推动社会改革的社区服务中心,开膛手杰克曾在此作案。普里斯知道,来参加讲座的除了科学家以外,还会有大量的文化精英和报界代表。与这次讲座相比,之前在英国协会的讲座不过是序曲。

随着开讲日期的临近,普里斯梳理出讲座的大致内容。他希望达到最佳演示效果。物理学家对赫兹电磁波的理解日益深入,但公众对它还很陌生。在汤恩比馆的听众看来,不需要电线即可发送电报是件不可思议的事,他们甚至可能将其看作超自然现象。

马可尼答应做演示,但又担心这会透露设备的底细。他的态度更像想方设法地保住自己魔术的秘密的魔术师,而非要将自己的发现分享给同行的科学家。他写道:"我觉得在现阶段,最好还是不解释我制造的这些现象的运作机制,否则,可能会有人讨论、研究我的设备。在我将全部研究正式公布给科学界之前,这是能免则免的。"

为了保密，马可尼特意做了两个盒子，并在上面涂了一层黑漆。之后，他将设备放了进去，一个放发报机，另一个放接收机和铃铛。讲座开始后，一个黑盒子被放在讲台上，另一个则被放在大厅的角落里。

在讲座的开场，普里斯简单讲述了自己的经历——他曾试图运用电磁感应实现水上通信。但今晚，他说，他将介绍一件了不起的发明，发明者是一位意大利年轻人，名为古列尔莫·马可尼。接着，他依照十九世纪末科学讲座的优良传统，将讲座推向了演示阶段。

普里斯在装有发报机的盒子前按下了电键，观众立刻听到了电火花响亮的噼啪声，几乎同时，接收机盒子里的铃铛也应声而响。

在场的观众基本上都看过魔术表演，还有相当一部分去过埃及馆（坐落于皮卡迪利大街的"英国神秘之乡"），至少专程欣赏过一场内维尔·马斯基林编排的鼎鼎有名的魔术表演。与将女人锯成两半或让男人飘至屋顶的魔术相比，普里斯的演示似乎乍一看算不上神奇。不过过了一会儿，观众反应过来了，这一次他们看的可不是魔术，而是英国邮政局声名显赫的威廉·普里斯做的科学演示，这是货真价实的科学！观众可以透过威廉·普里斯厚厚的眼镜看到他那双大眼睛，他的头一动，灰白的大胡子就会跟着乱颤。在观众眼中，他与以往一样象征着权威。尽管如此，依旧有不少人跟之前马可尼的父亲一样对此充满质疑，总觉得马可尼耍了什么把戏，将两个盒子用电线偷偷地连了起来。

接着，普里斯和马可尼为了彻底打消观众的怀疑，开始了演示的第二阶段。在得到普里斯的示意后，马可尼抱起了装着接收机的黑盒子，开始在演讲大厅里来回走动。电火花一次次地噼啪作响，铃铛声一次次地应声而起。随着马可尼的移动，观众这下看清了，他的身后确实没有电线。更让他们惊讶的是，他还只是个小伙子。马可尼走到哪儿，铃声就会跟到哪儿。

· · ·

马可尼顷刻间成了名人，新闻界为他的技术起了五花八门的名字，"空间电报""以太电报"，或者干脆直接叫"没有电线的电报"。《斯特兰德杂志》还特意安排作家 H. J. W. 达姆到马可尼家采访他。

达姆写道："他是一位又瘦又高的年轻男士，看起来有三十岁，给人的感觉比实际年龄成熟很多。他整个人都特别严肃淡定，谈吐也很清晰。"

马可尼对达姆说，他发现的电波与赫兹的电磁波很可能是两种不同的物质。达姆问他区别是什么，他说："我也说不上来，我不是科学家，不过，我觉得科学家也无法回答你的问题。"

他拒绝谈论设备的具体构成，倒是确切地向达姆表示，自己的电波可以"穿透一切"，包括战舰的钢筋铁骨。达姆敏锐地捕捉到了这一点。"果真如此，你岂不是可以在这个房间引爆街道对面楼里的火药？"

"没错。"他的语气一如往常地坚定。不过，他补充说，他要先找两根电线或金属板，插入火药，这样才能制造电火花引爆火药。

马可尼的事迹很快就传到了国外，他在奥匈帝国军事代表的邀请下做了演示。德国皇帝威廉二世在听闻他的事迹后不久就指示部下，务必对该项技术进行更多深入研究。意大利驻英国大使也邀请马可尼共进晚餐，晚餐结束后，他们共同乘坐使馆的马车前往邮政局，马可尼专门在邮政局为大使做了演示。马可尼后来给父亲写信，说大使"甚至就自己未能及时关注到我的成果向我略表歉意"。

洛奇及其同盟自然对此怒不可遏，老实讲，不光是他们，许多英国上层社会及科学界的人都在用怀疑甚至厌恶的目光打量马可尼。在他们眼中，马可尼是个大麻烦，不仅因为他想对最早由洛奇等科学家使用的设备提出专利申请，更重要的是他对传统秩序造成了冲击。正如马可尼所说，他并不是科学家，对物理理论的了解非常有限，对高等数学更是一窍不通。他是"创业家"式的人物，不过，这个概念要到大约一百年后才会与"创业公司"一道为世人所知。在马可尼的年代，类似的举动并不受待见，H．G．威尔斯在小说《托诺－邦盖》中塑造的那些靠卖假药发家的人就是活生生的例子。

马可尼对自己的设备总是藏着掖着，这也很令人不快。这个意大利年轻人声称自己掌握了新技术，却拒绝说出设备是如何运转的，这与英国科学界珍视的传统相悖。在别人看来不可能的事情，马可尼却做到了，他究竟是**如何**做到的？为什么偏偏是这个黄毛小子做到了所有人都做不到的事？他又为何不愿意发表自己的成果？别的科学家有了新发现后肯定会欣然发表。洛奇不无讽刺地写道："一个神秘的盒子对公众的启蒙效果，比许多份《自然科学会报》和物理学会的研究成果加起来还要强。"

更何况马可尼还是个**外国人**。英国人当时本来就对国内日益增多的无政府主义者、移民和难民感到头疼。

这一切都没有动摇马可尼的信心。从他早期写给父亲的信中就可以看出，他善于冷静地分析问题。没有任何人或事可以撼动他对未来的期许。不过，考虑到全世界的媒体都在报道自己的成功事迹，很多发明家闻讯后势必会加速对电磁波的研究，马可尼如今的主要顾虑在于：他能否快速研制出无线电设备，彻底甩掉他们？

　　在这场竞技中，马可尼可没心思考虑忠诚，他不会忠于普里斯，也不会忠于别人。

无政府主义者与精液

　　克里平原先的住处在圣约翰伍德附近，离摄政公园很近。穆尼恩伦敦分公司就在距此一段距离的沙夫茨伯里大街上，这条蜿蜒的大街位于布卢姆斯伯里与皮卡迪利广场之间，店铺、办公楼、餐馆林立，旁边的小街上住着许多演员、音乐家、德法移民和其他"外国人"，当然，也住着一些妓女。伦敦最有名的三家剧院都在沙夫茨伯里大街上，分别是皇宫剧院、沙夫茨伯里剧院和利里克剧院。穆尼恩分公司就在皇宫剧院对面。

　　克里平给了柯拉不少钱，好让她在纽约舒适地生活，没有后顾之忧地学习歌剧。不过，柯拉却逐渐对歌剧幻灭了。她的老师很早就说过，她的声音和舞台表现力都不足以支撑如此崇高的追求，她现在终于承认了这一点。她写信给克里平，说自己想换条路，尝试"歌舞演出"。在美国，人们习惯称之为"歌舞杂耍"，在英国则称之为"综艺表演"。

　　柯拉的想法让克里平非常苦恼。歌舞杂耍和歌剧相比似乎低俗不少，甚至和综艺表演相比也有差距。克里平知道，综艺表演在伦敦相当流行，大家也越来越尊重这个行业，据传，威尔士亲王也经常在晚上观看综艺表演。不可否认，个别综艺表演剧院仍是妓女或扒手寻找商机的场地，不过，多数综艺表演剧院已经变得正规和安全。综艺表演界比较有名的演员有萨拉·伯恩哈特、玛丽·劳瑞德、维斯塔·蒂莉，此后十年间走红的还有安娜·帕夫洛娃，她将俄国的芭蕾舞带到了英国，首演场地就是皇宫剧院。

克里平急忙给柯拉写信，希望她改变主意。他建议柯拉立即前往伦敦。在伦敦参与综艺表演至少不会伤及名誉。

她同意去伦敦与他会合，尽管这么做可能跟爱情或克里平的请求并无关系。柯拉来伦敦，多半是因为在纽约参演歌舞杂耍也不顺利，想换个地方碰碰运气。伦敦的观众更有内涵，更懂得欣赏她的才能，或许她可以在他们面前演唱。如今柯拉快到了，克里平必须换一套更大、更豪华的房子，因为柯拉自视甚高，他只有这么做，才能让妻子满意。他最后在布卢姆斯伯里找了一套新公寓，位于一条美丽的半圆形街道上，伦敦有许多这样的"新月形街道"。这条街叫南新月街道，紧邻托特纳姆苑路，距大英博物馆仅一个街区，去沙夫茨伯里大街上的穆尼恩分公司也是步行可及。

柯拉八月份到的伦敦，克里平一见到她，就觉得她变了。"我敢说，她从美国过来以后，对我的态度完全不一样了，她总是乱发脾气，就好像觉得我配不上她一样。她还吹牛，说邮轮上有很多上层男士围着她团团转，这或许是真的，确实有人来南新月街看过她，不过，我并不知道他们的名字。"

· · ·

克里平选择的街区堪称名家辈出，许多驱动英国发生深刻变革的力量都可以在布卢姆斯伯里找到源头。克里平家东面就是布卢姆斯伯里广场和布卢姆斯伯里街，要不了几年，以弗吉尼亚·斯蒂芬、瓦妮莎·斯蒂芬、批评家罗杰·弗莱、约翰·梅纳德·凯恩斯为代表的一批人将共同组成极具传奇色彩的布卢姆斯伯里文化圈，除上述代表人物外，圈里还有不少作家、诗人，以及不少极富个人魅力的人。弗吉尼亚结婚后将随丈夫改姓伍尔夫。往西几个街区，过了托特纳姆苑路，就是菲茨罗伊大街文化圈未来的大本营，他们崇尚视觉艺术，与布卢姆斯伯里文化圈刚好对立。他们常常聚在菲茨罗伊酒馆，该酒馆建于一八九七年，位于夏洛特路和风车路的转角。从克里平的新家往正西方向走四个街区，就可以看到这家酒馆。菲茨罗伊大街文化圈里最声名狼藉的当数画家华特·席格，他离世后的几年里，人们数次怀疑他就是开膛手杰克。与克里平夫妇在同样的人行道上漫步的，有许多那个时代的文化精英，其中包括 G. K. 切斯特顿、H. G. 威尔斯、福特·马多克斯·许弗（即后来的福特·马多克斯·福特），以及伦敦大学学院和大英博物馆的学者。

周边地带充斥着对性的关注。以布卢姆斯伯里文化圈为例，这朵文化之花一旦绽放，性的话题就不再是禁忌。据伍尔夫记载，禁忌的打破与批评家和传记作家利顿·斯特莱切有关，有一次，她和姐姐瓦妮莎坐在客厅里，他从外面走进了客厅。

伍尔夫写道："门开了，利顿·斯特莱切先生站在门口，他个子很高，看上去有几分冷酷。他抬手指向瓦妮莎白裙上的一处污渍。

"他问道：'精液？'

"我不禁想，大家真能说出这个词吗？接着，我们大声地笑了起来。仅仅一个词，就让所有的沉默与禁忌烟消云散。"

菲茨罗伊街区以逐渐为公众所知的菲茨罗伊酒馆为中心，它与布卢姆斯伯里之间的分界线是托特纳姆苑路，这条路同时也是世界政治的断裂线，它作为伦敦的一部分，尤为吸引伦敦警察厅和法国安全部门的关注。多年以来，托特纳姆苑路四号的地下室曾是共产主义工人俱乐部大本营，各个派别的激进分子都会登台演说、鼓吹斗争、说服听众。附近的夏洛特路三十号是法兰西杂货行，作为国际无政府主义运动的中枢，这里同样臭名昭著，甚至更为激进，法国卧底侦探会定期对它进行调查。当时英国巨大的贫富差距是这些人不满的一大原因。

每天早上，克里平都会步行去沙夫茨伯里大街，到气派的穆尼恩分公司上班，托特纳姆苑路是他的必经之地，当克里平从地下室的门前经过时，与他擦肩而过的说不定就有法国便衣侦探或英国政治保安处的工作人员，这些人受命负责监视附近的动态。

不过，没有人留意这位身材矮小的医生。至于眼镜后藏着一双大眼睛、行走时步伐矫健的克里平，也并未察觉到周围紧张的气氛。

• • •

柯拉·克里平将成名的梦想寄托在英国综艺表演的舞台上。英国观众热衷于看美国人的演出，因此，她的美国身份是一大优势。她决定为自己的首次登台亮相创作一出短音乐剧，主角自然是她本人。她让克里平支付一切制作费用，他高兴地答应了，觉得这或许可以改变柯拉对他的看法和态度。不过，她还是阴晴不定。似乎在她看来，情绪波动大与好的声音和昂贵的衣服一样，都是女歌唱家的必备特质，克里平在买衣服上自然也是欣然投资。

柯拉拟好了音乐剧剧本的初稿，不过她也看出剧本还需要进一步修改。柯拉约了女演员阿德琳·哈里森见面，哈里森还兼职做记者，同时充当顾问帮演员写剧本、改剧本。她俩的见面地点定在沙夫茨伯里街穆尼恩分公司的一间大办公室，因此，哈里森很有可能是克里平帮忙联系的。

哈里森回忆初见柯拉时的场景："绿帘子拉开后，一位女士走了进来，她看上去就像一只羽毛艳丽、歌声婉转的鸟儿。她一进来，她的个性似乎就填满了整间屋子。她明亮的黑色双眸透着生命的欢乐，活力焕发的圆脸上洋溢着迷人的微笑。她的牙齿露出的那一刻，闪过金子般的光芒。"

一张大约拍摄于该时期的宣传照很好地记录了柯拉的表演动作。照片里，她坐在一本歌曲集前唱歌，旁边的大花篮里装满了品种繁盛的鲜花（可能是兰花或马蹄莲，也可能两者都有）。她的体形非常丰满，手指很粗，几乎没有脖子。裙子和里面的层层内衬让她显得更加高大，看上去比一般女性雄壮许多。裙子上点缀着匕首形状的花瓣图案。她宽阔的肩膀显得紧身胸衣也很宽，但也更加凸显出她细得令人难以置信的蜂腰，她穿的可能是著名的"帕蒂"款紧身胸衣，由 Y. C. 紧身胸衣公司生产，"帕蒂"之名取自世界上最受欢迎的女高音阿德利娜·帕蒂的姓氏。柯拉的表情传递着自信以及良好的自我感觉，也带着几分自命不凡，但还不到高傲的地步。总之气场强大。

哈里森读了柯拉的剧本。剧本很一般。"只是几段没有力度的对白罢了。"她写道。

柯拉说她想把剧本写得长一些，并问哈里森有什么建议。柯拉想让它变得类似独立轻歌剧，而非综艺表演中简单的一场插曲。

哈里森说："我觉得加一些情节应该会有用。"

最后写出的音乐剧叫《未知的数量》，首演定在了古老的马里波恩综艺表演剧院，柯拉不太看得上这个剧院的档次。马里波恩综艺表演剧院以情节夸张的演出而著名，戏中常常带有棺材、尸体和血液。尽管如此，这家剧院依旧有着不错的知名度和信誉，足以为柯拉提供一展才华的机会。这就是现阶段她想要的一切。只要伦敦能关注到她，她的前途将一片光明。

根据当时的节目单，柯拉在剧中扮演的是麦卡·莫茨基，这名字恰好将柯拉的婚前姓氏拆分成两半，莫茨基在剧中是"维奥·莫茨基美国亮光公司的老板，公司隶属于主流美国剧院"。给她搭戏的是意大利男高音桑德罗·维奥，扮演"总经理兼独立董事"。克里平也在剧中客串了一个角色，扮演"代理经理"。剧情中有爱情，也有勒索，其中一段要求柯拉朝维奥扔一大把钞票。柯拉坚持用真钞，结果演出当晚遭到观众哄抢，这使得管理方要求后续的演出只能用假钞。演出持续了一周。事实证明，柯拉毫无天赋，一位评论家嘲讽她是"布鲁克林的莫茨基肉球"。

这次失败让柯拉觉得很丢人，她决定放弃综艺表演，至少暂时如此。

· · ·

克里平夫妇从南新月街搬到了吉尔福德街，这里离狄更斯的故居仅有一个街区。不过，就在一八九九年十一月前后，二人刚搬去没多久，穆尼恩教授便请克里平回费城总部管理公司几个月。柯拉并没有跟去。

他离开的这段时间发生了一些事，至于具体发生了什么，无人知晓。克里平一九〇〇年六月回到伦敦时不再是穆尼恩的员工，而开始管理另一家名为"特效药公司"的专利药品公司，该公司位于附近的纽曼街。他和柯拉也再次搬回了布卢姆斯伯里，这一次他们住在斯托尔街。一个世纪以前，玛丽·沃斯通克拉夫特[①]曾在这里居住。克里平的新家离之前南新月街的住所仅有半个街区的距离，走去公司也很近。

克里平不悦地发现，他在美国期间，柯拉又开始登台演唱，并且还是在"男士众多的吸烟音乐会，为了挣钱而献唱"。她甚至对他说，自己打算再次尝试综艺表演，并且有了一个新艺名：贝尔·埃尔莫尔。她的脾气也更糟了。他抱怨道："她总是有事没事找我的茬，每晚都为一些鸡毛蒜皮的事跟我吵，因此，我们上床睡觉时都带着一肚子火气。没过多久，我发现她没完没了，显然不想跟我好好过了，就问她到底怎么了。"

于是，柯拉，也就是如今的贝尔，将事情的缘由告诉了他。克里平离开期间，她认识了一个叫布鲁斯·米勒的男人，克里平说："这个男的经常来看她，带她出去，他们情投意合。"

---

① 18世纪英国作家、哲学家和女权主义者，代表作有《女权辩护》。——编注

德国间谍

德皇威廉二世注意到了马可尼的成果。他长久以来都对英国自命不凡的优越感心怀不满，尽管在维多利亚女王去世后，即将继承王位的威尔士亲王爱德华正是他的亲舅舅。威廉二世的野心也从来不是秘密，他希望将德国建成强大的帝国，用最先进的科技武装德国陆军和海军。如果无线电通信有应用价值，他也自然会为自己的军队配备。

马可尼在索尔兹伯里平原又做了一系列实验，最高纪录达到了六点八英里。实验期间，一个叫吉尔贝特·卡普的德国人给普里斯写信，找他帮忙。卡普说自己是受朋友委托，他在信中称这位朋友为"枢密院顾问斯拉比"，全名阿道夫·斯拉比，是柏林工业学校的教授。卡普在信中称斯拉比是"皇帝的私人科学顾问"，并写道："每有感兴趣的新发明、新发现，皇帝都会找斯拉比了解详情。最近，德皇读了您和马可尼实验的相关报道……他希望斯拉比可以就这项发明做一次详细汇报。"

卡普提了两个问题：

"第一，马可尼的发明是否真的有用？

"第二，如果答案是肯定的，能否安排我和斯拉比看看他的设备和演示？如果可行，我们下周末就去伦敦。"

他补充道："请务必对这封信的内容保密，也不要跟马可尼提起皇帝。"

如今，马可尼对旁人窥探的目光前所未有地警惕，尽管如此，一八九七年五月中旬，普里斯还是邀请斯拉比观看一场马可尼的实验，这是马可尼第一次尝试在水上发送信号。

· · ·

与此同时，马可尼也为普里斯准备了一份"大礼"。

马可尼原本觉得和邮政局签合同是最好的选择，一方面，他可以凭借发明获取收益；另一方面，他也可以利用邮政局的资源，尽快将发明转化为具有实用价值的通信手段。不过，时间宝贵，每一秒的流逝都让马可尼坐立不安，邮政局的决策速度令他很不满。他给父亲说："谈到政府，我觉得他们短时间内很难做出决定收购我的专利，另外，我觉得他们最后开出的价格也不会高到哪去。"

自从普里斯开始在讲座中推介马可尼，就陆续有投资人联系马可尼。两名美国人希望购买他在美国的专利，开价一万英镑，换算过来比今天的一百万美元还要多点儿。面对他们开出的价格和其他更早的报价，马可尼像敏锐的律师一般冷静地算了笔账，觉得他们提议的价格不够丰厚，因此拒绝了。四月份，他的表哥亨利·詹姆森·戴维斯亲自登门，提议一起组建公司，财团里的投资人都是与詹姆森家族有关的人。财团可以给马可尼提供一万五千英镑的现金，大致相当于今天的一百六十万美元，此外，他们承诺公司将由马可尼本人控股，并且许诺提供二万五千英镑作为将来的实验经费。

马可尼像往常一样仔细地分析了詹姆森·戴维斯开出的条件。这些条件非常诱人。一万五千英镑在当时绝对是一笔不小的财富。在H.G.威尔斯的小说《托诺－邦盖》中，一个人在得知自己的年薪达到三百英镑后欣喜若狂，这笔收入意味着他可以有一套小房子，跟妻子过上舒坦的小日子。再说，詹姆森是马可尼的家人，他对詹姆森知根知底，他信任詹姆森。投资的合伙人也都是詹姆森家族生意上的熟人。对马可尼而言，这样的条件太难拒绝了，但他也知道，接受詹姆森的提议很可能会得罪普里斯甚至邮政局。现在他要解决的问题是，自己能做些什么，确保即使普里斯受到伤害，也不至于让邮政局变成棘手的敌人？

为此，马可尼精心策划了一场戏，他要让普里斯觉得他和这项提议一点关系都没有，但作为一名商人，为了自己的发明着想，必须慎重考虑这项提议。

马可尼专门请了认识普里斯的专利顾问J.C.格雷厄姆帮忙。一八九七年四月九日，格雷厄姆给普里斯写了一封信，告诉他投资人开出的条件，并补充说马可尼"对于是否要接受他们开出的条件心存顾虑，因为他不想做忘恩负义的事，哪怕只是表面上伤害您。我跟他聊过，知道您对他有知遇之恩，他非常感激您"。

"这个事情沉甸甸地压在他的心头，眼下他只想做出正确的选择。我觉得由我来写一封信可能或多或少有些用。您尽可以放心，我把我所知道的全部内容都写在信里了。"

单单从这封信里恐怕很难看出格雷厄姆的动机，普里斯肯定也读了好几遍。格雷厄姆是在问普里斯的意见，还是只是想间接地告知普里斯，马可尼打算接受这份提议，希望他不要往心里去？

次日上午是星期六，马可尼去了趟邮政总局，但普里斯不在办公室。马可尼住在韦斯特伯恩公园附近的塔尔伯特路上，从邮政总局回去后，他给普里斯写了封信。

他一开头就写道："我遇到难题了。"

余下的内容看上去似乎是马可尼和詹姆森·戴维斯共同商量过的，格雷厄姆说不准也参与了。信的内容与格雷厄姆的大致相同，另外，两封信都没有提及，詹姆森·戴维斯是马可尼的表哥。

马可尼将詹姆森·戴维斯等投资人模糊地称作"这些先生"，事实上，整封信的精心措辞会让所有读信者认为，马可尼与发生的所有事情毫无关系，更别说有意促成了。一群投资人开出了如此慷慨的条件，一个可怜的年轻人能怎么样呢——只能认真考虑这些条件，尽管他在整个过程中备感煎熬。

马可尼陈述完细节后补充道："请允许我说明一点，我从没有主动联系过投资人，也从未鼓动他们这样做。"

后来，他在给父亲的信中说，根据他从普里斯的同事那儿听到的内容推断，"普里斯跟我还是朋友"。他在这件事情上的表现暴露出他的性格缺陷：他在人情世故上相当愚钝，以至于做事情时总是会忽视他人的感受。他的一生中，事业和人际关系常常因这个问题而受挫。

事实恰好相反，普里斯感到自己受到了深深的伤害。多年以后，他写了一本简短的回忆录，出于某些考虑，他写自己时用的是第三人称。他写道："一八九七年末，马可尼接触了一些商人，他们资助他办了公司，自此以后，普里斯作为政府官员，再也不可能与这位年轻的发明家保持原先那样亲切、情同父子的情感了。对这件事，最后悔的是普里斯。"

不过，刚开始的几个月里，普里斯受到了多深的伤害以及由此造成的后果都藏而不露。六月份，他将在皇家研究院举办讲座，马可尼依旧是他讲座的重头戏，马可尼的消息此刻并没有危及这一点。同时，他也没有立即终止对马可尼实验的资助。马可尼的新公司尚未成立，因此，普里斯觉得政府还有机会收购马可尼的专利。十年后，议会的特别委员会表示，普里斯当年应该再努力些，如此一来，"这样一项关系到国家命脉的事业就不至于落入私营公司的手中，后续的一系列麻烦事也本可以避免"。

· · ·

一八九七年四月，距马可尼的水上实验还有一个月，英国再次陷入了对无政府主义者和移民的恐慌之中。起因是伦敦地铁爆炸案，一颗炸弹在列车上被引爆，导致一死多伤。警察并未抓到投放炸弹的罪犯，但多数民众都将此事算到了无政府主义者、外国人和意大利人头上。

世界变得愈加混乱，并且一切都在提速。行人可以看到鲁德亚德·吉卜林坐着六马力①的汽车，以十五英里的时速在城市穿梭。航运公司的巨头都参与到一场愈演愈烈的竞技中，比拼谁的邮轮能在最短的时间内穿过大西洋。越造越大、越造越快的邮轮，自然也带来了越来越高的成本，其中，英国与德国航运公司之间的竞争还承载着日益加重的国家荣耀的重担。一八九七年四月，德国斯德丁的

① 1马力=0.735千瓦。

伏尔甘造船厂里，几千名工人加班加点打造世界上最大、最豪华、最快的远洋邮轮。邮轮计划在五月四日下水，届时它将正式加入北德意志劳埃德航运公司的邮轮序列。这艘新邮轮的方方面面都展示了德国想成为世界强国的雄心，其中最引人注目的，一是它的名字"威廉大帝号"，二是船上那些真人大小的肖像画，除了船名对应的德皇本人，还有俾斯麦和赫尔穆特·冯·毛奇元帅，值得一提的是，毛奇的侄子不久以后就会带领德国走向世界大战。德皇威廉二世还亲自观摩了"威廉大帝号"的下水仪式。

五月初，阿道夫·斯拉比坐船从德国出发前往英国，目的地是英格兰与威尔士之间的布里斯托尔湾。马可尼准备在布里斯托尔湾做下一场重要实验，邮政局的工程师乔治·肯普充当他的助手。

· · ·

马可尼希望他发送的信号可以横跨宽度为九英里的布里斯托尔湾，不过为保险起见，他一开始选的两个地点相隔并没有那么远，一个是威尔士的莱弗诺克角，另一个则是海峡中一座叫弗拉特霍姆的小岛，两地之间的距离约为三点三英里。五月七日周五，肯普带着发报机坐拖船前往小岛，落脚处是岛上的"一栋归火葬场负责人所有的房子"。

斯拉比到莱弗诺克以后，马可尼大方地给了他一个小型发报机，好让他在实验中有第一手的观摩体验，当然，这个举动算不上明智。

五月十三日周四，实验进行一周后，马可尼用电键敲下了："那就这样，顺其自然吧。"

发报机刺中空气后接连闪起蓝色电火花，每次电火花的释放都

英国邮政局的工程师正在检查马可尼的无线电设备，
即将在威尔士的莱弗诺克角与弗拉特霍姆岛之间进行演示

伴随着小型雷鸣般的声音，在场的人都因为噪音太大而捂上了耳朵。发报机产生的电磁波在海峡上空以光速飞行，瞬间就从弗拉特霍姆传到了莱弗诺克，马可尼的主接收机完整无误地收到了信号，没有一点失真。

斯拉比意识到，这个新情报将会引起德皇的极大重视。斯拉比非常仰慕威廉二世，他在之后给普里斯的信中，用生硬的英语写道："我对他的仰慕之情简直无以复加，他是有史以来最杰出、最可敬的皇帝，他对自己所处时代的历史走向有着最深刻的理解。最让我遗憾的是，他对英国有着深厚的情感，但那些可怕的政治迫使他成了您的同胞和整个国家的陌生人。"

斯拉比对德皇的极力拥护让他无法维持自身的学术中立，实际上他就是间谍。在柏林时，斯拉比为了生成电磁波，也用金属粉末检波器和感应线圈做过实验，因此本来就知道其中的基本原理。如今，他又事无巨细地记录下马可尼设备的设计、制作和组装方式。毫无疑问，倘若马可尼知道斯拉比在一旁搜集了多少数据，他一定会让斯拉比离开实验现场，不过他当时显然太过投入，根本没注意到斯拉比的举动。

接着，马可尼发送出更多的信息。

"这里很冷，而且起风了。"

"你怎么样？"

"去睡觉吧。"

"去喝茶吧。"

此外他还发送了一条带有幽默色彩的无线电报（大概也是人类历史上的第一条）："去赫尔吧。"（Go to Hull.）①

小试牛刀后，马可尼尝试跨越整个海峡发送信号。尽管收到的信号不大清晰，但它的确抵达了九英里外的对岸，这意味着马可尼再次刷新了自己的纪录。信号传送如此远的距离对斯拉比来说简直是匪夷所思。他写道："我用电磁波发送的信号顶多能在空中传送一百米。我立即想到，他肯定在我们已知的部件上加了什么东西——某种新东西。"

实验结束后，斯拉比迅速回到德国。他在两天之内抵达柏林，并立即给普里斯写信，感谢他安排此次活动。"我们之前并不认识，但您待我就如同老朋友一般，这让我再次感受到，人们可能因为政治和新闻报道而产生隔阂，但科学却可以将他们连为一体。"

---

① 与"下地狱吧"（Go to Hell）同音。——译注

马可尼可没体验到友好的情谊。之前，普里斯觉得马可尼背叛了他，这一次，普里斯邀请斯拉比观看实验以后，马可尼又觉得普里斯背叛了自己。不过，明面上他和普里斯依旧是合作伙伴，邮政局依旧支持马可尼的实验，普里斯也在继续为皇家研究院的讲座做准备，这场讲座，全伦敦都非常期待。

斯拉比回到柏林后立即投入工作，着手复制马可尼的设备。

· · ·

身在利物浦的奥利弗·洛奇已经从 X 射线和鬼魂研究中惊醒。马可尼不仅获得了广泛的关注，还得到了普里斯的大力资助，洛奇为此火冒三丈，并且雇了律师。一八九七年五月十日，他提交材料，为一项调谐技术申请专利，这项技术可以避免两台发报机发送的信号互相干扰。与此同时，他还为他发明的金属粉末检波器和碰触装置提出了专利申请，后一种装置会在每次发出信号后自动触碰金属粉末检波器，从而让里面的粉末回到绝缘状态。

不过后两项申请都未获通过。马可尼已经先他一步获得专利。

不消说，洛奇更生气了，而且普里斯还要在皇家研究院大谈马可尼的无线电报，这实在让洛奇忍无可忍。一八九七年五月二十九日周六，洛奇给普里斯写了封信，提醒他注意自己三年前在皇家研究院的那场讲座：

"报纸把马可尼的方法报道得跟新的一样，不过您很清楚，事实并非如此，只要科学界的同行了解事情的来龙去脉，媒体再怎么报道也无济于事。

"出于商业考量，您可能忘记了我在一八九四年发表的一些内容。我那时候就已经把黄铜粉末装入真空玻璃管了。他现在能做的，我三年前都可以做，只是我当时不知道它有如此大的商业价值。我早就掌握了自动碰触装置和其他所需的一切。"

. . .

普里斯照常在皇家研究院做了讲座。其间，他和马可尼做了类似在汤恩比馆的演示，《电工期刊》的描述称黑盒子里的铃铛"传出欢快的响声"，演示如同"巫师的魔法"。

普里斯告诉观众，"信号能够达到的传输距离已经相当可观"，并且强调"我们还远没有到达极限"。他有意地回击奥利弗·洛奇。尽管没有点名道姓，但他旁敲侧击地讽刺了洛奇三年前的预言：电磁波的传播距离的上限大概是半英里。"我们回过头看一些人的预测，会觉得非常好笑，"普里斯说，"他们能想象的极限就是半英里。"

《电工期刊》称普里斯"狠狠打压了对手"。

讲座的最后，观众席传来了响亮的掌声，不过，讲座给洛奇等麦克斯韦主义者带来的是更强烈的愤怒。维多利亚时代，科学界很讲究风度、礼数，但洛奇却因为此事公开表达了不满，其举动公然违背了这一传统。他在给《泰晤士报》的信中写道："很多人似乎觉得在空气中通过赫兹的电磁波发送信号，然后用布朗利的装着金属粉末的玻璃管接收是马可尼先生的创举。不过，物理学家都很清楚，我早在一八九四年就提出过一样的想法，也做了相应的演示。这一点，我想公众可能也希望知道。"他抱怨说："几个月以来，很多大众媒体的作家和记者用华而不实的语言吹捧马可尼，他们在文章中大谈‘马可尼电波’‘重要发现’‘了不起的新事物’，然而他们的表述实际上言过其实、荒谬不堪。”

乔治·菲茨杰拉德是洛奇的好友兼物理学家同行，他与洛奇观点一致，不过，看到洛奇撰文攻击马可尼以后，他仍深感震惊。《泰晤士报》登了洛奇的书信以后，菲茨杰拉德没多久就给洛奇写了封信，他提醒道："一定要避免将这件事变成你和马可尼的私人纠纷。公众并不在乎私人争端，你这样做，他们只会说：'这是他们两个人的矛盾，让他们自己解决吧。'"

菲茨杰拉德并未归咎于马可尼。"据我了解，这个年轻小伙才二十岁，"——实际上他二十三岁了——"我们要承认，他确实有毅力、热情和胆量，并且他肯定是一个特别聪明的家伙，不过你很难指望他能面面俱到，公正考虑每个人的贡献。"马可尼这个人不是"很坦诚"，他继续写道，"不过，考虑到现在的情形，他也难免膨胀，而意大利人和其他外国人本身就缺乏公允判断的能力，你想让他们一下子变得公正起来，这不现实"。

菲茨杰拉德谴责道，真正的问题出在普里斯身上。他建议洛奇集中炮火抨击普里斯，尤其是他和邮政局"一如既往地无知，简直**荒谬**"。他们对为马可尼的设备奠定基础的科学发现视而不见，反而盲目地被"神秘的盒子"诱惑。

他补充道："我认为普里斯明显是在有意嘲讽科学家，我们必须强势回击。"

· · ·

一八九七年七月二日，马可尼收到了完整的正式专利，在普里斯不知情的情况下，他和詹姆森·戴维斯走得越来越近，他们组建公司的计划也在稳步推进。

普里斯可能觉得自己已经阻止了马可尼的计划。七月十五日，他给上级写过一封信，提议应尽快收购马可尼系统的专利权。他写道："我明确告诉过他，由于他已经将方案提交给了邮政局、海军部和陆军部，正在等审核结果，从道义上讲，他不能再跟任何第三方进行任何谈判，也不能听取任何可能导致他的主要客户（如果不是唯一客户的话）感受到'胁迫'的建议。他听后也认同我的观点。"

普里斯建议政府只出一万英镑购买专利，这相当于今天的一百一十万美元，这笔钱谈不上丰厚，但普里斯认为，马可尼不会讨价还价，他觉得马可尼自认为没有讲价的资本。"我们要知道，马可尼先生非常年轻……他是一个外国人。他此前已经拒绝过别人开出的诱人条件，这足以证明他的坦诚和直率。他缺乏阅历。另一方面，没有我们的帮助，他也走不远。放眼整个英国，他要是想让自己的设备在电报领域有实用价值，也只能找我们帮忙。"

不过，短短五天后马可尼就创立了新公司。公司名为无线电报及信号有限公司，总部设在伦敦，詹姆森·戴维斯暂任总经理。他们达成共识，等公司正常运转起来后，詹姆森·戴维斯就会主动辞职。公司的股票每股一英镑，马可尼一人占了六万股，这意味着他持有公司六成股份。另外，他获得了一万五千英镑的现金，并且，公司将投入二万五千英镑用于技术研发。

短短六个月，马可尼的股票市值就增长了两倍，他的六万股一下子增值到了十八万英镑，相当于今天的两千万美元。二十三岁的马可尼，已然拥有了名声和财富。

‧ ‧ ‧

　　阿道夫‧斯拉比回到柏林后一直很忙。六月十七日，距他在布里斯托尔湾观看实验刚过一个月，这一天，他在给普里斯的信中写道："我已经完整地做了一套马可尼先生的设备，运行效果非常好。我打算先去海边度假，回来以后，我就会用设备尝试发送更远的距离。前一阵子我在莱弗诺克过得非常开心，也非常有趣，我一直感激您的热情款待。"

　　实际上，斯拉比在信中表达的感激之情掩盖了他对自己和德国所抱有的强大野心。不久以后，他就开始和两位合伙人合作，共同推广他的设备，德皇对他们非常支持，给他们投资的也都是德国有头有脸的大人物。自此，他将和马可尼暗中较劲，同时他们之间的无线电战争也将反映更大范围内国与国之间日益紧张的态势。

　　不过，目前为止，他还是会装作一副只在意科学和知识的样子。他在给普里斯的信中写道："我们是幸福的，因为我们无须卷入政治。因科学而结交的友谊坚不可摧，在此，我想再次表达我对您最真挚的情谊。"

布鲁斯·米勒

布鲁斯·米勒之前是职业拳击手，他那英俊却满是伤痕的面庞足以证实过去的经历。他为舞台表演放弃了拳击，打算来英国从事综艺表演。他刚到英国没几个月就遇到了贝尔。米勒是名副其实的一人乐队，他可以同时演奏鼓、口琴和班卓琴，来英国后，他已经在伦敦、滨海绍森德、滨海韦斯顿等地演出过。不过，他和贝尔初次碰面时正准备离开英国，前往法国参与一九〇〇年巴黎世界博览会，当时，他已经和别人商量好了去世博会演出。他们的见面是在一八九九年十二月的一个晚上，当时，克里平离开伦敦前往费城差不多有一个月了。米勒和一位美国音乐老师合租了一套公寓，位于布卢姆斯伯里的托林顿广场，在伦敦大学学院附近。当晚，贝尔去音乐老师的公寓吃饭，他就介绍贝尔和室友米勒认识了。米勒称，初次见面时，"我和她握了个手就走了"。

后来，可能经音乐老师介绍，他们又见了一次，之后他们就成了朋友。米勒健硕的身材和粗犷的脸庞都非常吸引贝尔。相应地，贝尔身上迸发出的活力以及她性感的身材也非常吸引米勒。米勒一八八六年就结了婚，妻子在美国，但在他看来，二人的婚姻并不成功，夫妻关系早已名存实亡。

米勒后来承认："我并没有和柯拉确切地说过'我结婚了'，但我不是有意这么做的。自始至终我都没什么好隐瞒的，我也没有理由对她藏着掖着。我刚到英国时，妻子不在我身边，她给我写信，求我回去跟她一起过。这些信件我都给贝尔·埃尔莫尔看过。"贝尔当时也认为他应该回美国，和妻子团聚。

贝尔则对自己的婚姻不够坦率。"我跟她第一次见面，室友介绍她时说，她是贝尔·埃尔莫尔小姐，"米勒说，"我们见了好几面以后，我才知道她结婚了。因为她聊天时，时常会提到克里平医生，我很好奇，就问她克里平医生是谁。"

"他呀，"贝尔说，"他是我丈夫。难道你的朋友没有告诉你，我已经结婚了吗？"

克里平在美国期间，米勒开始去吉尔福德街上的克里平家，每周去两三次。他说："有时候在下午，有时候在晚上。"不过，他后来声称自己只在客厅待过。

慢慢地，他开始称呼贝尔为"深褐色眼睛"，他还给了贝尔不少自己的照片，她将其中一张立在家里的钢琴上。他们常常一起出门，到戏剧圈经常光顾的餐厅用餐，琼斯与皮诺利、索霍凯特纳以及特罗卡德罗（"特罗卡"）是其中比较有代表性的三家，不过，最具魅力同时也最声名狼藉的当数摄政街的皇家咖啡馆。这家咖啡馆就在皮卡迪利广场附近，不少名人都是它的常客，其中就包括萧伯纳、G. K. 切斯特顿、性心理学家哈夫洛克·霭理士，以及热衷于描写性的弗兰克·哈里斯。王尔德在卷入同性恋风波之前也经常光顾这家店。据传，正是在皇家咖啡馆，巴斯夫人，也就是大家熟知的莉莉·兰特里，曾将冰淇淋泼到了王储爱德华的后背上。（不过，这个传言只有一半是真的，这件事确实发生过，但地点不在皇家咖啡馆，当事人也不是莉莉，而是另一名女演员。）光顾这些地方的人有赌徒，也有律师，顾客常常会点阿拉巴赞、爱心、柠檬饮、故友提神之类的酒水。

不过，布鲁斯·米勒和贝尔喜欢喝香槟，为了纪念二人的相聚，他们每喝一次香槟，都会在瓶塞上标记日期，最后攒的一排瓶塞都被贝尔小心收起来了。贝尔给米勒说："我经常和丈夫谈起我们做的每件事，他对我们的所作所为没有一点意见。"

克里平回到伦敦时，米勒已经去巴黎了。米勒通过书信和贝尔保持联系，"写信的频率足以维系他们的友谊"。克里平从没见过米勒，也不想听米勒的事，但贝尔总跟他讲。她还总在家里摆米勒的照片，最少一张。一九〇一年三月，她给米勒寄了六张自己的照片，并告诉他这是克里平"用柯达相机"拍的。她在暗示克里平知道她寄照片的事。

有一次，不知是意外还是贝尔故意设计，克里平看到了一封信，落款是"爱与吻，献给深褐色眼睛"。

这封信深深刺痛了小个子的克里平医生，他十分伤心。

• • •

将来，米勒将被要求解释清楚这些信件的内容，尤其是信件落款的真实含义。

敌人

马可尼获得了伦敦城的认可，在其他方面遇到的阻力却越来越大。这些阻力一如既往地由奥利弗·洛奇主导，如今他有了新盟友。

《电工期刊》是英国最具影响力的电学期刊，一八九七年九月刊就差指责马可尼盗用洛奇成果了。"实际上，洛奇博士在三年前发表的成果，足以让头脑最不灵光的'实践家'原封不动地照搬他的方法，搭建出一套实用的电报系统。"谈到马可尼的专利，该刊轻蔑地写道："据说，议会法案的漏洞足以让聪明的律师驾着四匹马拉着的马车安然穿过。倘若这样的专利都可以获得法律认可，那么以此推之，一个人的成果即使发表过、向公众演示过，杰出的专利律师也依旧可以提交有法律效力的专利申请，轻易夺走他的果实。"

与此同时，公众也开始变得不耐烦。没错，马可尼在邮政局、索尔兹伯里平原和布里斯托尔湾取得了一系列的成就，但他对自己的设备总是藏着掖着，而且也没有将技术转化为真正实用的电报系统。这个时代期待的是真正的进步。《电工期刊》曾刊载过一位读者的来信，他写道："我们想了解这一系列可疑成就背后的真相。我说可疑，是因为到目前为止，我们并没有看到真正意义上的成果，他们这样一味拖延，只会让我的脑海中出现更多的问号。我希望这些疑问尽快得到解答。

"现阶段的问题究竟出在哪里？出在发报机、接收机，还是无辜的中间介质以太身上？抑或是说，这不过是公司的投资人借神秘的实验和浮夸的新闻报道造势，进行的一场风险投资？"

以往，马可尼还可以找普里斯和邮政局撑腰，但如今普里斯也开始跟他对着干。不过，马可尼似乎没有意识到这一点，对它所带来的潜在风险也一无所知。以一八九七年九月初为例，当时邮政局在多佛尔组织测试，其中也包含马可尼的设备，但邮政局突然通知马可尼，说他不能去。马可尼找普里斯抱怨说，如果他不能到现场，测试可能会以失败告终。马可尼担心，在别人的操作下，他的无线电设备无法发挥出最佳性能；更何况他最近对设备做了改进，而邮政局工程师手中的是老款。他才二十三岁，普里斯六十三，但他在信中的语气就像在训斥学生："我希望终止这种新做法，多佛尔的测试一旦不成功，势必会对我的公司造成恶劣影响。"

不久以后，马可尼就从邮政局挖走了乔治·肯普，雇他做私人助理。这是他做过的最重要的人事决定。

目前为止，这些矛盾都发生在公众视野以外，不过，一八九八年初，邮政局的动作首次说明普里斯不再对马可尼抱有任何幻想。覆盖时间截止到一八九八年三月三十一日的英国邮政大臣年度报告指出，邮政局已经对马可尼的设备进行了测试，"但目前为止还没有取得实质性进展"。

马可尼遭到了沉重打击。他认为自己已经证实了无线电技术的实用性，这应该是公认的才对，他觉得自己的技术随时都可以投入

古列尔莫·马可尼（左）和乔治·肯普（右）在接收无线电信号

使用。一八九七年十二月，他和肯普前往怀特岛阿勒姆湾的三针石酒店，在这里架起天线，建造了世界上第一个永久性的无线电报站，之后，他们成功地将信号发给了沿岸的拖船，通信距离达到十一英里。一八九八年一月，他们在马德拉酒店建造了英国第二个无线电报站，该酒店位于伯恩茅斯，从酒店出发向东走十四点五英里就是海岸线。自此以后，两个电报站一直处于通信状态。

马可尼似乎并未察觉到普里斯的态度已经发生了转变，他提出以三万英镑的价格，将自己的专利在英国境内的使用权卖给邮政局，这个价格高得离谱，相当于今天的三百万美元。他的提议过于冒失，被政府回绝了。

现在，普里斯再次出手。一八九九年二月，他六十五岁，已经到了邮政局的法定退休年龄，不过他不仅没有退休，反而设法争取到了邮政局顾问工程师的职位，从某种意义上讲，他担任这一职务对马可尼的威胁更大。他的上级让他写一份报告，论证政府是否有必要给马可尼颁发许可证，允许其无线电报站处理邮政局电报处的电报。根据现有法律，邮政局实质上垄断了英国境内的电报，因此马可尼暂时没有权限收发电报。

一八九九年十一月，普里斯在报告中提议，不给马可尼颁发许可证。他指出，到目前为止，马可尼尚未在任何地方建立起有价值的商业服务。提供许可证只会激起"盲目投资"，让马可尼和他背后的投资者赚得盆满钵满。"大量资本会流入他的新公司，公众看到邮政大臣的许可、政府的支持后也会盲目跟风，最后引发另一桩南海泡沫事件。"

之后，普里斯给洛奇写信："我想给你看看我的报告。现在，报告已经提交给总检察长了。报告论证充分、有理有据，对马可尼持全面否定态度。"

・・・

洛奇读了信以后很满意。他在给西尔韦纳斯·汤普森的信中称："普里斯正在搅乱马可尼的计划。"

他写道："我不禁或多或少地认为，就应该这样，这样的结果才公道。尽管这来得晚了些。"

・・・

马可尼意识到他需要盟友，唯有如此才能更好地对付洛奇。另一方面，许多人都质疑他的发明，将无线电仅仅看作是稍纵即逝的新鲜事物，他也急需盟友帮他打消这些质疑。

开尔文勋爵在英国科学界备受尊崇，马可尼首先争取的就是他的支持。早先，开尔文声称他对无线电的实用价值持怀疑态度。他有一句话广为流传："无线电是不错，但相比之下，我更愿意把信交给骑马送信的小伙子。"

一八九八年五月，开尔文路过马可尼的伦敦办公室，顺便进去参观了一下。马可尼趁此机会给他做了演示。开尔文对此印象深刻，但对无线电通信的未来价值依旧持怀疑态度。此时，为了避免不同发报机发送的信号相互干扰，马可尼和洛奇都探索出了自己的调谐方式。不过开尔文认为，随着功率的扩大和距离的增加，信号干扰的问题只会更加突出。他在给洛奇的信中写道："我觉得，主要问题在于，在大部分实用场景下，两个人的通信距离一旦达到十五英里以上，他们发出的信号就会压制周边地面和空气中的其他信号。因此，在我看来，让方圆十英里的几十个人同时通信是不现实的。"

一个月以后，开尔文夫妇前往怀特岛参观三针石酒店的无线电报站，马可尼特意邀请他发送长途电报。这一刻，开尔文终于意识到无线电的商业价值。他发报后，坚持为自己的电报付款。这份电报由此成了历史上第一份付费电报，与此同时，它也为马可尼的公司贡献了第一笔收入。

马可尼请开尔文做自己的科学顾问。六月十一日，他暂时答应了，他的价值也立刻凸显出来。就在同一天，开尔文给奥利弗·洛奇写信道："如果你能给马可尼写封信，抛出橄榄枝，那就再好不过了。"他提到自己跟马可尼待了两天后，"对他的印象很不错。他问我能否给你写信……我知道他一直都想跟你合作，老实讲，我也觉得你应该参与到这项工作中来，这怎么看都是正确的选择"。他告诉洛奇，自己已经决定以科学顾问的身份和马可尼合作。他继续写道："我向他提议，也应该邀请你过来做同样的工作，他完全赞同我的观点。在我跟他正式合作以前，我希望你们可以达成和解，但愿（事实上，我坚信）你和我的看法是一致的。"

他又在信末加了一段兴奋的附言，谈到自己在马可尼的三针石电报站的经历："我亲眼看到（还亲手操作了！）电报透过以太，往返于此地和伯恩茅斯之间。太了不起了！非常实用！！！"

开尔文加入公司似乎是板上钉钉的事，不过，他突然犹豫了，他的顾虑与马可尼无关，也不牵扯到马可尼的技术。他担心自己一旦加入马可尼的公司，除了探索大自然的奥秘外，还要为公司的商业诉求卖命，而公司肯定是追求利益最大化的。六月十二日，也就是他给洛奇写信的后一天，他再次提笔，"在我担任科学顾问之前，我需要提出一个前提条件，便是公司不再向公众索要资金，至少暂时如此。在我看来，财团现有的资本足以让我们开展现阶段的工作和研究……投资人可能不会接受我的提议，但没有这一条，我是不会加入的"。

他开出的条件对马可尼而言根本不现实，开尔文最后也没能出任公司的科学顾问一职。

现在，马可尼将注意力转移到了洛奇身上。

• • •

洛奇看到马可尼关注自己后非常高兴。为了对付马可尼，他专门雇了朋友亚历山大·缪尔黑德帮忙，缪尔黑德有一家电报设备公司，生产的产品质量都很可靠。缪尔黑德在伦敦的改革俱乐部和詹姆森·戴维斯碰面后，立即给洛奇写了封信："今天只是游戏的开始。我很确定他们有意跟我们合并，耐心点，这一天早晚会来。"

七月，缪尔黑德提出以三万英镑的天价，将洛奇的调谐装置卖给马可尼，马可尼当初将专利的使用权卖给邮政局开的也是这个价。在一八九八年七月二十九日给洛奇的一封信中，詹姆森·戴维斯写道："我和其他董事都觉得价格太高了，更何况我们还不了解发明的具体情况。"他想了解更多的细节，但目前为止，他并没有看到这些。"我们非常想和您合作，如果您能解答我们的疑问，和我们达成商业上的共识，那就太好了。"

现在，马可尼也给洛奇写信，为了尽快拉拢洛奇，他一再炫耀自己的重要地位，信上的寄件人地址就非常耀眼：

怀特岛，考斯，"奥斯本号"皇家游艇

· · ·

凡是识字、能读报纸的人，都知道威尔士亲王爱德华就在"奥斯本号"上。他在巴黎参加舞会时不小心从楼梯上摔了下来，摔伤了腿，如今正在游艇上养伤。他母亲维多利亚女王更希望他到皇家庄园奥斯本宫养伤，好和她待在一起。不过爱德华还是选择了游艇，他想和女王保持一些距离。游艇停泊在大不列颠岛与怀特岛之间的索伦特海峡，距怀特岛约两英里处。放在过去，这意味着爱德华想要多少隐私就有多少隐私。不过，这一次就不行了，他母亲读过马可尼的报道，现在要让马可尼在奥斯本宫和游艇上搭设无线电。

马可尼一直以来都知道媒体报道的重要性，也善于抓住每一次宣传机会，因此欣然应允。在他的指挥下，工人加长了"奥斯本号"的桅杆，并在上面绕上电线。最后在离甲板约八十三英尺的高度上搭设了天线。他安装了发报机，发报机发送信号时的火花能点亮该舱室，并且爆发出如同小型闪电一样的响声，他只能在耳朵里塞上棉花。奥斯本宫有一栋外屋，叫莱迪伍德小屋，马可尼安排工人在小屋的庭院搭设另一根天线杆，高度为一百英尺。

有一次出于调试设备的需要，马可尼打算穿过奥斯本宫的花园，女王当时碰巧也在花园里，坐在轮椅上。女王很注重自己的隐私，因而吩咐下属赶走这个不速之客。花匠挡住了马可尼，让他"回去或绕道走"。

马可尼当时二十四岁，拒绝离开，他告诉花匠，要么放他穿过花园，要么他就打道回府不干了，然后转身回了酒店。

侍者将马可尼的回复转达给了女王，她像以往一样，用平和却充满威严的语气说："换一个电工。"

侍者说："天哪，陛下，英国可没有第二个马可尼。"

女王听后迟疑了一下，然后派皇家马车去酒店接马可尼。他就这样见到了女王，并和她聊了天。女王七十九岁，马可尼则还是黄毛小子。不过，他在交谈中充满自信，让人觉得他俨然是索尔兹伯里侯爵，女王也被他的谈吐所吸引。她称赞了他的工作，并祝愿他有美好的前程。

很快，女王和爱德华就借助无线电实现了日常交流。接下来的两周，维多利亚女王、爱德华以及他的医生詹姆斯·里德爵士共发送了一百五十封电报。电报的内容证明，不论通信手段有多么大的突破和创新，男人和女人都免不了说一些枯燥乏味的话。

一八九八年八月四日，詹姆斯爵士发电报给维多利亚女王：

"威尔士亲王殿下昨晚休息得很好，精神和身体状态都很好，膝盖也有所好转。"

一八九八年八月五日，詹姆斯爵士发电报给维多利亚女王：

"威尔士亲王殿下昨晚休息得很好，膝盖状态也不错。"

此外，还有这样一段火急火燎的对话，"奥斯本号"上一位女士给奥斯本宫的一个人发了这样一封电报："你哪天能抽空过来跟我们喝茶？"

很快，另一封电报就以电光石火的速度划过以太，发了回来："很抱歉，没有时间喝茶。"

·　·　·

爱德华对马可尼的新技术非常感兴趣，他得知马可尼在游艇上后很高兴，还给马可尼送了一枚皇家领带别针以示感谢。

马可尼在游艇上给洛奇写信，说他成功地帮女王母子实现了通信。"我真的很高兴，因为从一开始，一切就非常顺利，游艇和宫殿之间来来往往发送的单词成千上万，但没有一个单词需要我们重新发送。"他提到，虽然两地相距不到两英里，但都"在对方的视线范围之外，中间隔着一座山呢"。

最后他写道："我时间很紧。"然后，他用钢笔在自己的名字下加了一条粗粗的下划线。他之后的信件都保留了这个签名习惯。

·　·　·

马可尼拉拢洛奇期间，他的公司首次遭遇了死亡事故，不过，无线电本身与这起事故没什么关系。

爱德华·格兰维尔是马可尼公司的员工，他因工作需要前往遥远的拉斯林岛，协助伦敦的劳埃德公司做一场实验，小岛和北爱尔兰海岸之间相距七英里。他将帮他们在拉斯林岛和陆地上的巴利卡斯尔安装无线电发报机和接收机，看看能否借此将过往船只的情况及时报给伦敦的劳埃德公司总部。拉斯林岛和巴利卡斯尔之间的海域风浪很大，通信一直是个难题。

乔治·肯普在巴利卡斯尔负责陆地这边设备的安装，他在"悬崖附近找到了一位女士的房子"，设备就放在小孩的卧室里，电线通过窗户与外界的天线相连。如果一切顺利，以后不论有大雾还是大风浪，拉斯林岛的电报都可以通过无线电传递到巴利卡斯尔，然后再通过传统的电报系统转发给劳埃德公司。

有一天人们发现格兰维尔没了踪影，最后，搜救者在三百英尺深的悬崖下找到了他。

乔治·肯普自从加入马可尼的公司以来执行过各种任务，但如此心痛还是头一遭。一八九八年八月二十二日，肯普在日记中写道："我给伦敦发了电报，让他们尽快送一口棺材过来，此外，我让他们抓紧联系验尸官，找一艘轮船运送遗体。下午六点，我和医生去拉斯林岛检查了遗体的状况，清洗干净后放入了棺材。验尸官对尸体做了检查，最后给出了意外死亡的结论。岛上的居民经常看到格兰维尔爬上山崖，用锤子检查不同高度的地层。毫无疑问，这就是这场意外的源头。"

受格兰维尔意外死亡的影响，马可尼公司与洛奇的联络暂时中断，不过没多久，公司又寻求和洛奇合作，被他拒绝了。马可尼继而邀请他演示一下自己的研究成果，他还是回绝了。

马可尼等得不耐烦了。一八九八年十一月二日，他写道："我真诚希望您给我们做一场演示，或想个办法促成我们的合作，而不是对抗，因为我很清楚，对抗只会让我们两败俱伤。"同时他补充道："倘若您能友善地回答我们以下几个问题，事情也许……就会变得简单许多。"接着，马可尼问洛奇，在确保信号在给定区域内不互相干扰的前提下，他最多可以同时使用多少台发报机；他现在的传输距离的上限是多少，将来又有望突破多少。

这封信再次说明马可尼在社交方面比较愚钝。他的提问无异于让洛奇将自己的研究一五一十地告诉他，而仅仅几周以前，他却一口回绝了洛奇提出的类似的要求，他当时声称："很遗憾，出于商业考虑，我不能（至少现在还不行）告诉你我们的研究进度。"

他最不应该跟洛奇说这种话。要知道，洛奇对商业干预科学的做法是非常抵触的。但是马可尼根本没有意识到这个问题。

在同一封信中，他还草率地提出了另一个请求。他打算申请加入英国著名的电气工程师学会，但需要两名推荐人，因此，他希望洛奇可以当他的推荐人。

洛奇拒绝了。

• • •

另一个敌人也渐渐浮出水面，那就是天气。马可尼认为，无线电在海上或许大有可为，或许可以最终打破海上船只与世隔绝的状态。不过，要实现这个目标，他就必须在海上以及沿海地带开展实验，而这些地方往往是恶劣天气的高发地带。实验越具野心，天气因素的影响也就越大，一八九八年末的实验就证明了这一点。当时，领港公会作为英国所有灯塔和灯船的负责机构，同意马可尼在东古德温灯船进行实验。威廉·普里斯之前也在这艘船上做过实验，但他失败了。普里斯肯定会带着日益加剧的偏见，关注这场实验。

马可尼安排乔治·肯普登上东古德温灯船安装天线、发报机和接收机。肯普在日记里记述了随后这段煎熬的时光。

一八九八年十二月十七日上午九点，肯普乘小船从迪尔村的海滩出发，前往灯船。迪尔村在海难史上的名声并不好，一方面由于常常有船只在附近的古德温暗沙遇难，大量的尸体被冲上海岸；另一方面则因为历史上这里部分村民的职业。丹尼尔·笛福在作品中也提到过，这些村民将每一场新发生的海难都看作是发财的好机会。肯普乘小船到灯船一共花了三个半小时，南福尔兰角灯塔就在多佛尔附近，而灯船停泊在灯塔东北方向十二英里的海上。马可尼在多佛尔搭设了一个海岸电报站，用于此次实验。

肯普到达灯船时风浪很大，船一直在波涛汹涌的海面"前后左右地摇晃"。不过，肯普和灯船船员还是成功地在一根高高的桅杆上加高了二十五英尺，形成一根离甲板九十英尺的天线杆。他写道："除此之外我们基本上什么也没做，因为每个人多多少少都有晕船的症状。"下午四点半，肯普乘敞舱船（他称之为"救生艇加利"）离开灯船，小船回到迪尔村时已经是晚上十点。他克制地写了一句："这次坐敞舱船的经历可不好受。"

十二月十九日，他带着一周的补给再次返回灯船，这次他要在船上住一段时间。他一上船就投入工作，安装设备，并穿过天窗上的小洞布设电线。他在日记中说，海浪在不停地拍打灯船的甲板。

十二月二十一日和二十二日这两天风平浪静，但往后的天气就越来越糟糕了。十二月二十三日下午，他写道："风越刮越大，船也开始晃起来。"到晚上，"已经到了难以忍受的程度"。不过他还是迎头而上。他在平安夜给马可尼发送了祝福电报，此时的马可尼正舒适地住在南福尔兰角。平安夜当晚，马可尼为了让船员庆祝节日主动申请值班，监视船上的灯塔，船员一直"闹到第二天清晨"。

圣诞节当天，肯普和船员"吃了圣诞晚餐后"，海上就刮起了大风，船也跟着上下颠簸起来。灯船都是抛锚在海底的，因此无法像普通船只一样灵活机动。正如他所写，"船上的生活太煎熬了"，当风和海潮共同将船的侧面推向海浪时更是如此。

接下来两天，海浪不停地拍打着灯船，海水也顺着舱口流进来。不过，肯普依旧坚持发电报。他在十二月二十七日晚写道："中层甲板的所有东西和舱面上的一样湿。"

十二月二十八日，天气依旧恶劣。"天气还是很糟糕，我联系了福尔兰角的同事，说我不舒服，尽管如此，我还是设法发送了三厘米的电火花。"情况越来越糟，肯普依旧写下了"结果非常理想"，很难想象他是怎么做到的。"海浪在甲板上肆虐，我也不能上舱面呼吸新鲜空气。我很冷，想睡又睡不着，而且一切都很潮湿，太痛苦了。"

到了十二月三十日，意志坚定的肯普终于扛不住了。即使他想上舱面呼吸空气也不行，太危险了。他用船上的无线电发送了一封关于自己的电报。"我告诉过马可尼先生，我的身体状况很不好，不能再在船上待了，等风浪小了以后，他一定要派人来接我……我告诉过他，我们需要新鲜的肉、蔬菜、面包、培根，但他好像觉得我是在开玩笑。我十二月十九日登船时只带了一周的补给，他显然忘记了这一点，我在船上待了十二天，后面几天的口粮只剩正常量的四分之一，因此我只能向船员乞食，求船员借一些吃的给我，有时候甚至要去偷。"

一八九九年新年第一天是肯普在船上的第十四天，船上又冷又潮，海上则波涛汹涌、狂风大作，下着大雨。他于第二天写道："我浑身酸痛，身体很虚弱，想动一下都难。"

千盼万盼，一月四日天气终于好转，变得"风平浪静"。肯普的补给也到了，"有羊肉、一只家禽、两瓶波尔多红葡萄酒、两条面包、土豆、一颗卷心菜、豆芽，还有些水果"。后面他补充了一句话，为了强调还加了下划线，"我等了十七天，终于吃到了新鲜的食物"。

四个月以后，东古德温灯船的无线电设备实现了马可尼对无线电技术长久以来的期待。四月，大雾笼罩了古德温暗沙，"R. F. 马修斯号"轮船意外撞上了灯船。这艘轮船长二百七十英尺，从纽卡斯尔出发，船上装着近两千吨煤。船员用马可尼的无线电发报机将此事告知了领港公会和劳埃德公司。两艘船受损情况都不严重，船员也安然无恙。

· · ·

除了灯船实验、越过英吉利海峡发送第一封无线电报等实验获得成功以外，一八九九年对马可尼和他的公司而言可以说是颗粒无收，他的发明没有给公司带来任何收益，而且他们暂时也看不到一丁点赢利的希望。领港公会对古德温的实验结果印象深刻，但没有和马可尼签订合同。伦敦劳埃德公司的代表们也一样，他们对拉斯林岛的实验很满意，本打算继续使用马可尼在拉斯林岛安装的设备，不过威廉·普里斯突然介入，称邮政局对英国电报享有绝对的垄断权，之后就撤掉了马可尼的设备，安上了自己的电磁感应系统。与此同时，拦在马可尼面前的质疑声组成的高墙还像以往一样结实，难以被打破。人们不仅怀疑马可尼的动机和背景，还怀疑他的技术原理，认为它有潜在风险，甚至有传言说无线电可以炸毁军舰。

对有些人而言，怀疑演变成了恐慌。维姆勒电报站发生过的一件荒唐事就可以作为证据。马可尼为了做跨海峡实验，在法国海岸的维姆勒建了一个电报站，该电报站与马可尼为了灯船实验在南福尔兰角建的电报站相距三十二英里，隔英吉利海峡相望。

夜晚，行人经过电报房时可以看到闪烁的蓝光，以及每次电火花闪现时随之而来的霹雳响声。光和声音一起营造了恐怖阴森的氛围，倘若晚上起了海雾就更瘆人了，因为这个时候，行人将透过雾气看到惨白的光线。房间里，从墙纸到地毯再到铺在设备下的桌布，都印着、画着或缝着艳丽的花朵，马可尼的设备的摆放方式与室内装饰组合起来更显诡异。

在一个风雨交加的夜晚，工程师 W. W. 布拉德菲尔德正坐在维姆勒的发报机前，突然，门被撞开了。一位男士站在门口，这位闯入者显然淋过雨，看上去很狼狈，内心显然也承受着某种煎熬。他声嘶力竭地咒骂无线电报的传送，说这种害人的勾当不能再继续了。他手中的左轮手枪让当时的情形变得异常危急。

即使如此，布拉德菲尔德依旧像钟表匠一样平静地告诉这位不速之客，自己了解他的症状，这不是什么稀罕事。布拉德菲尔德说他很幸运，因为他"遇到了世界上唯一能治好他的病的人"。他需要的是"接种电疫苗"，布拉德菲尔德承诺，接种以后，他"就会对电磁波免疫，这辈子都不用再担心电磁波的影响了"。

他同意了。布拉德菲尔德说，为了他的个人安全着想，接种之前，他必须取出身上所有的金属物品，包括硬币、怀表，当然，也包括他的手枪。这位闯入者同意了，之后布拉德菲尔德给了他一次强力电击，让他有明显感觉，但又不足以致命。

电击过后，这个男人相信自己的病被治好了，就走了。

. . .

马可尼的竞争对手也面临着同样的困境：世界尚未做好接受无线电的准备。尽管如此，大家都在加速推进自己的研究。美国，一位名为雷金纳德·费森登的新人开始崭露头角；法国，发明家欧仁·迪克勒泰成功用无线电实现了埃菲尔铁塔与巴黎市拉丁区先贤祠之间的通信，引起了媒体的关注；德国，斯拉比和本国的格奥尔格·冯·阿尔科伯爵、卡尔·费迪南德·布劳恩展开密切合作，这两位物理学家也都在研究无线电；回到英国，经营埃及馆的魔术师内维尔·马斯基林也引发了一场轰动，他把自己设计的发报机放到气球里，再用发报机引爆了地面的炸药。至于洛奇，他原先很反感将科学商业化，但现在暂时抛开了成见，开始表现得像立志创业的商人，而非学者。此外还有很多人在研究无线电，他们的成果只是零星出现在电学领域的期刊上。总之有一点是公认的，无线电领域的竞争对手只会越来越多。

一场关于无线电的比赛已然打响，大家都想最大限度地扩大传输距离，率先做出实用的无线电通信系统。最终总会有人胜出，在这个过程中，保守和胆怯的打法只会帮倒忙。马可尼清醒地意识到，他需要做一场规模更宏大的实验，这次必须比以往更为大胆。几个月以来，他都在琢磨一个想法，这个想法很适合写进 H. G. 威尔斯的小说，但他也很清楚，董事会听了他的想法以后，即使不发疯也会做噩梦。

"先生，你是她的情人吗？"

　　布鲁斯·米勒与克里平夫人之间究竟是什么关系，伦敦警察厅后来对此事给予了关注，他们最后让出庭律师艾尔弗雷德·A.托宾出马，审问米勒。托宾属于伦敦最精英的一小撮律师，这批人说话滴水不漏、知识渊博，负责为民事及刑事案件出庭辩护。有时，检察长会委任出庭律师担任审讯的公诉人，此外，第二梯队的事务律师也会委托出庭律师受理案件。米勒受审的地方是老贝利，即伦敦中央刑事法庭。审问围绕他写给贝尔·埃尔莫尔的信展开。

　　"你是以情人的身份给她写信吗？"

　　米勒："不是。"

　　"你喜欢她吗？"

　　"喜欢。"

　　"你跟她说过'我爱你'吗？"

　　"怎么说呢，我没有用过这样的字眼。"

　　"你向她暗示过你爱她吗？"

　　"我觉得她一直都是这样理解的。"

“那我是否可以推断，你确实爱过她？”

“我没有这个意思，准确地讲我并不爱她。我把她当作朋友。她结婚了，所以我们并不会做出格的事，我们之间是柏拉图式的友谊……”

“你知道友情和爱情的区别吗？”

“知道。”

“你是否逾越过友谊的界限？”

“我和她只能做朋友，她有丈夫，而我有妻子。”

“先生，你是否逾越过友谊的界限？”

“我和她只能做朋友——我没有。”

这个时候，首席大法官阿尔弗斯通介入了：“正面回答提问，你是否逾越过？”

“我和她只是朋友。”

“你们之间是否存在不正当关系？”

“不存在。”

托宾再次提问：

“你给她写过情书吗？”

“我或许给她写过一些亲密的信。”

“你很清楚什么是情书，你到底有没有给她写过情书？”

“我不记得我写过情书，我常常给她写友好的信，或许它们是充满深情的。”

“也就是说，你给她写过充满深情的信，那么你有没有给她写过情书呢？”

“只是充满深情的书信。”

“你的落款是‘爱与吻，献给深褐色眼睛’？”

"我是这样写的。"

"先生，你觉得这样给一位已婚女士写信合适吗？"

"在当时的情形下是合适的……"

"你现在是否同意，这些信件是在一位已婚女士的丈夫离开伦敦期间，写给她的最重要的信件？"

"结合当时的情形来看，我不认为它们有这样的特殊含义。"

"先生，你是她的情人吗？"

"不是。"

"你是否以发生不正当关系为目的，和她去过伦敦的一些地方？"

"没有。"

"布卢姆斯伯里街上呢？"

"什么地方也没去过。"

"你吻过她吗？"

"吻过。"

"仅限于亲吻吗？"

"对。"

"你为什么止步于此呢？"

"因为我一直都是以绅士的姿态和她相处，从没做过出格的事。"

审问并没有解开二人关系的谜团。

弗莱明

在马可尼最早发送的跨英吉利海峡电报中，有一封言简意赅的电报从法国维姆勒电报站发往南福尔兰角电报站。电报抵达南福尔兰角后，由工作人员带到邮政局办公室，再走邮政局的传统发报方式转发给伦敦。之后，信差带着电报前往布卢姆斯伯里的伦敦大学学院（就在大英博物馆附近），将电报交给了电气工程学教授约翰·安布罗斯·弗莱明，他也是奥利弗·洛奇的好友。电报上的日期是一八九九年三月二十八日，此时四十九岁的弗莱明已经颇具名气，学术造诣和洛奇相比也不遑多让，是电力增幅与输送领域的专家。

电报非常简短，内容如下：

电波从布洛涅到南福尔兰角

穿越二十八英里以太

[之后]经邮政局转发

到达您手中

我很高兴用这种方式

向您传递问候 马可尼

　　从表面上看，这是再平常不过的问候，但事实上，这标志着马可尼开始了新一轮的示好行动，他后来的经历也证明，这次拉拢示好的意义最为重大。

　　马可尼很清楚，在公司既没有资金收益也没有签到合同，外界对他的工作又有很多质疑的情形下，他需要找一位德高望重又可靠的盟友，可以说，这种需求比以往更为迫切。此外，马可尼还希望从弗莱明身上得到实实在在的好处。他想通过自己的新想法一举夺得世界的关注与认可，但这意味着他需要更大的功率，同时，不论是从物理安全性还是资金角度来讲，他的实验都会面临前所未有的挑战。

　　他很清楚，弗莱明是电气工程领域的专家，要想实施大功率的工程，找弗莱明是不会错的。

· · ·

　　弗莱明与洛奇、开尔文二人的不同之处在于他喜欢听恭维话，也渴望得到公众的关注。他收到马可尼的电报后，立即将内容告知伦敦的《泰晤士报》，这就是明证。《泰晤士报》在马可尼的无线电波跨越英吉利海峡后，对此进行了专题报道，弗莱明的电报也被收录其中。没过多久，弗莱明又专程参观了马可尼的南福尔兰角电报站。他对此印象深刻，事后还给《泰晤士报》写了封信，赞扬马可尼及其技术，他在信中表示，在这位发明家的努力下，无线电技术已经摆脱了"实验初期不稳定的薄弱阶段"。他写道，如今无线电技术已然是一套实用的体系，"可靠，操作起来也相当便捷"。

对马可尼而言，弗莱明的信验证了他的战略的可行性，权威人士的站台确实可以提升他的信誉。奥利弗·洛奇也意识到，弗莱明的信让马可尼重新得到了公众的认可，这在他看来无异于背叛。他给弗莱明写信道："我读了你在《泰晤士报》刊登的信件，其中，你暗指包括我在内的科学界的部分人士，出于对赫兹的怀念而对马可尼心怀嫉妒。"他称弗莱明的信是在"公然谴责科学界"，让弗莱明给出一个解释。

弗莱明很恼火。"我在给《泰晤士报》的信中并没有攻击你，也没有攻击任何科学界人士，"他在回信中说，"我所做的无非是在呼吁公众关注一些重要成果。出于对公共利益的考虑，我觉得公众有必要知道、了解这些内容。"他提到，自己不过是在重申其他人已经认可的观点，"是时候变得大度一些了，我们应该认可马可尼先生的成就，他确实称得上一位具有原创精神的发明家。当然，在这件事上大家可以有不一样的观点，你如果不同意，完全可以保留你的看法"。

不久以后，马可尼就邀请弗莱明出任公司的科学顾问。一八九九年五月二日，弗莱明在给詹姆森·戴维斯的信中明确了一些条件，仔细界定了"我的立场以及观点"。

就算这句话让詹姆森·戴维斯心头一颤，担心弗莱明会不会和开尔文勋爵一样有自己的顾虑，他的疑虑也能很快被打消。弗莱明写道："我对该领域的科学前景非常有兴趣。此外我也坚信马可尼先生的发明蕴含着巨大的商业价值。我希望见证一家大公司的崛起。"后面还写了一段话，之后的一系列事件证明，这段内容与他的性格，尤其是他对公众认可的渴望相矛盾。他写道："在得到应有待遇的前提下，科学顾问的发明和建议都只应是公司的财产。我的经验告诉我，如果不这样做，迟早会引发问题或冲突。"

弗莱明同意先签一年的合同，一年以后，经双方同意可续签。他一年的薪酬为三百英镑，在当时看来，这是一笔不小的数目。

马可尼一直都想着自己宏大的实验计划，现在，他将实验的性质说给弗莱明听。这场实验需要两个巨大的无线电报站，它们所需的电能也远超马可尼之前的实验所用的电能。

到目前为止，马可尼实现的最大通讯距离为三十二英里，尽管如此，他依旧野心勃勃地提出，这一次，他要让无线电报跨过广阔的大西洋。

女士协会的诞生

贝尔公然表现出自己对布鲁斯·米勒的倾慕，这引发了严重的后果。她告诉克里平，她已经不在乎他了，甚至威胁说要离开他，去找米勒。他们依旧睡在同一张床上，但不会再碰对方，彼此也毫无温存可言。他们最后达成了一项协议，不让外人知道他们婚姻破裂的事。克里平说："我们已经达成共识，要一如既往地相处，就好像什么事都没发生过一样。"

他依旧是她的印钞机。"无论何时，她要什么我就给她买什么；如果她要钱，我也会给她。"她买了皮草、珠宝，以及数不胜数的衣服。有一次，他给了她三十五英镑（相当于今天的三千八百美元）用来买一件白貂皮披肩。公众场合，她一如既往地叫他"亲爱的"。

一九〇三年九月，克里平甚至专门在斯特兰德大街的查令十字银行开了一个联名活期账户。注册账户需要他和贝尔两人的签名，不过后期用支票取款时只需提供一人的签名即可。大概三年以后，克里平在同一家银行开通了一个储蓄账户，他存在二人名下的初笔存款是二百五十英镑，相当于今天的二万六千美元。

贝尔晚上和朋友出去玩也都是由克里平买单，他有时还会一起去，一直扮演着好老公的角色，对贝尔充满深情、宠爱有加。贝尔晚上和米勒外出也是由克里平买单。

后来米勒表示，他有时去贝尔家做客，会觉得克里平就待在某间屋子里。

一天晚上，米勒去斯托尔街的贝尔家做客，发现桌上摆着三个人的餐具。据米勒回忆，贝尔"等了很久"才开始用餐。贝尔说："我有些不高兴，本来应该是三个人一起吃饭的。"

第三个人从不出现，贝尔对米勒说："我常常会为此感到失望。"

她没有说第三个人是谁，米勒"推断这个人就是克里平医生"。

· · ·

克里平说："我从没有干涉过她的事。她进出自如，想怎样就怎样，跟我一点关系也没有。"

不过，他并没有百分百地说出自己的真实想法。"我当然希望，她有一天可以丢掉这个想法。"他指的是贝尔想某天和布鲁斯·米勒私奔。

此时，她成为综艺表演明星的梦想再次被点燃，而且意愿和以往一样强烈。不过，这一次她不打算再在伦敦的舞台上演出，而是下定决心在周边城镇和乡村的综艺表演剧院建立声誉，这些地方每天晚上都有两场综艺表演，百姓称之为"每晚两场"。克里平说："她曾受邀去特丁顿的城镇大厅演唱，之后还时不时地去一些综艺表演剧院演出。"她曾在牛津的一家剧院做了一周左右的喜剧演员，还在坎伯韦尔、巴勒姆、北安普敦等地演出过。

她最后也去了皇宫剧院，不过不是伦敦的那一家，而是在斯旺西。当时的海报称她为 B.埃尔莫尔小姐，她的节目被安排在南方丽人和日食三重奏两个音乐组合之间。

克里平说："她每次大概会出去两周，之后会回来待六周，大多数时候挣不了几个钱。"

她开始把头发染成金黄色，在当时的社会背景下，染发是与道德规范相悖的。W.J. 麦奎因－波普在《别了，皮卡迪利》中写道："当时很少有人染头发，染发被当作'禁忌'，人们常常将染发与轻佻联系到一起。"他还转述了一本小说的内容，作者是玛丽·科雷利。书中，染发的女士是一家评价颇高的乡村酒店的老板。尽管染了头发，她打官司还是胜诉了，不过法院判给她的赔偿金少得可怜。麦奎因－波普写道："她本可以得到更多的，但她的头发太扎眼了。"

对贝尔而言，保持头发的颜色是一项浩大的工程。据贝尔的朋友阿德琳·哈里森观察："早晨，在她披着头发的时候，你可以在她的发根看到头发本来的颜色。"她每隔四五天就会用漂白剂漂头发，克里平有时候也会帮忙。"她很担心别人看出她的深色头发，"克里平说，"她是一个很在意自己头发的女人。只有盯着她发根新长出的一小截头发仔细看，才能看出她的头发原本是深色。"

有一次，贝尔幸运地得到了在达德利当地的知名剧院帝国剧院演出的机会，这家剧院还装有滑动天窗。在当晚帝国剧院的节目单上，还可以找到备受欢迎的喜剧演员乔治·福姆比。那天，演员克拉克森·罗斯专程前往帝国剧院观看福姆比的演出，恰好也看到了贝尔。"她算不上一流演员，但也并不糟糕，她有自己的风格，多彩绚丽，给人既庄严又诙谐的感觉。"他的意思是贝尔的表演亦庄亦谐，结合了戏剧与喜剧。

剧院一晚有很多场演出，在吵吵嚷嚷的观众面前，哪名演员受欢迎，大家一眼就可以看出来。贝尔算不上观众喜欢的演员，她的歌声既不够婉转，也不够悲伤，无法打动观众。当时，观众熟悉和喜爱的演员除了乔治·福姆比以外，还有著名的喜剧演员丹·利奥，他们对贝尔的演出并无多大兴致。之后，她转战伦敦东部的穷人区，依旧没有任何起色，要知道，伦敦东部已经是公认的业内最底层了。一九〇二年罗伯特·麦克雷出版了《伦敦的夜生活》，他在这本城市夜间娱乐指南中写道："一名演员如果在东部的综艺表演剧院都一败涂地，就真的没有任何希望了，如果你非要问这意味着什么，我只能说这意味着流浪街头、饥饿以及死亡。"

　　贝尔当然不会沦落到这番田地。她有克里平，克里平会给她钱。另外，她也确实有一技之长——非常擅长社交，能迅速跟别人打成一片。她放弃演出事业后，很快就融入戏剧圈，热心地与他人交往起来。凭借着克里平的资金支持，她常常参与演员、作家的深夜狂欢，出席这些聚会的还有他们的伴侣、情人。为了维持外在形象，她有时也会带上克里平。他们都遵守之前达成的协议，维系着美好婚姻的幻象。他们会笑着看着对方，一起给别人讲他们生活中的动人故事。克里平厚厚的眼镜后面有一双被镜片放大的眼睛，在他人看来，这双眼睛似乎闪烁着真挚的温情与喜悦。

　　但并非一直如此。有一名照相师抓拍到了某次晚宴的场景，照片中，克里平穿着晚礼服：黑色的晚宴上衣和裤子、白色的蝴蝶领结，以及闪亮的白衬衫前襟，翻领上还戴着襟花。他身边都是穿着白色服装的女士，仿佛要消失在由塔夫绸、丝绸和蕾丝组成的云雾之中。贝尔与另外两名女士坐在他后面的台阶上。克里平的左右两侧各坐着一名年轻貌美的女子，他们靠得很近，女子的裙子甚至盖

克里平和贝尔在晚宴上

住了他的部分大腿，说明他们肯定有肢体接触，尽管隔着几层衣服。
这看上去有些许色情的意味。其中一名女子的胳膊还搭在他的胳膊
上。照相机捕捉到了五个女人各不相同的神情，这在当时还比较少
见，因为在那个年代，大家拍照时一般不会动，更不会笑。一名女
士目视前面，看上去有些疲倦或伤感，也可能兼而有之；另一名女
士微笑地看着远方；贝尔坐在克里平身后，露出一副好像要招呼一
屋子小孩坐好一般的痛苦神情。照片里只有克里平盯着镜头，他的
眼睛被厚厚的镜片集中和放大，脸上没有流露出任何表情，整个人
看上去如同腹语表演者的人偶一般神情呆滞。

· · ·

　　贝尔结识了一批杰出的综艺表演演员，与他们的家属也很熟。她的社交圈中有玛丽·劳瑞德、"霍索恩姐妹"中的利尔·霍索恩、著名的哑剧演员保罗·马丁内蒂、黑人歌手扮演者尤金·斯特拉顿等人。后来在一次聚会中，在场的女性决定组建一家慈善机构，资助事业不顺的演员。她们最后成立了女士综艺表演协会，该协会是水鼠社的女性版本，整体风格更为克制、柔和。水鼠社成立于一八八九年，被演员兼传记作家西摩·希克斯称作是"由世界知名综艺表演演员建立的最杰出的兄弟联盟"。水鼠社的主席被称作"鼠王"，相比之下，女士协会的领袖则只有会长头衔。玛丽·劳瑞德是第一任会长，也是会员中名气最大的一位。贝尔则成了协会的财务主管。

　　财务主管的职务让贝尔得到了她在舞台上从未得到过的认可。朋友们很喜欢她。她用不完的干劲也得到了他们的赞赏。协会每周三下午举行例会，她场场都去。她和不少人成了亲密的朋友，亲密到很多人都知道并看过她腹部的伤疤，有的甚至还摸过。贝尔为此感到骄傲，她觉得长长的深色伤疤为她增添了一丝神秘色彩。她的好友克拉拉·马丁内蒂也是协会会员，她看到贝尔的伤疤时脸色煞白，因为她从没有见过这么大的伤疤。她大声惊呼："贝尔，还疼吗？"

　　"不疼，"贝尔说，"已经不疼了。"她边说边用手捏了一下腹部的伤疤。

"一项庞大的实验"

所有物理学家都认为电磁波具有光的特性，也就是说电磁波和光线一样沿直线传播。而地球是有曲率的，因此，在物理学家看来，即使电磁波可以传播上千英里，也只会沿着直线一路向着遥远的太空进发，更何况电磁波根本不可能传播这么远。电磁波跨越大洋的可能性并不比从伦敦打一束光照射到纽约的可能性大。另外还有一个疑问：为什么要多此一举？既然海底电缆已经实现了跨洋拍发电报的功能，在这样的情况下，无线电真的能带来进一步的提升吗？一八九八年一共铺设了十四条海底电缆。每年，海底电缆会传输两千五百万到三千万个单词，而这仅用掉了海底电缆一半的传输能力。用海底电缆发送电报价格高昂，但胜在快捷、高效。

如今，马可尼提出要用无线电实现一样的功能，他想做的事既缺乏技术支撑，又与当时公认的物理学法则相悖，而且公司有可能因此走向破产。马可尼要想推行计划，首先要建两个足够大的电报站，功率也要足够大，这将花掉一大笔资金，一旦失败将会面临毁灭性打击。并且，这项计划失败比成功的可能性要大得多。马可尼此次预想的电报站规模远非他以往建造的电报站可比，这就好比一个木匠刚建好第一栋房子就打算修筑圣保罗大教堂。

在马可尼看来，更大的风险并不在于计划本身，而在于从商业角度讲他的公司缺乏活力。没错，他做到了让世界惊叹，但这没有带来多少购买设备的订单。无线电在公众眼中仍是新鲜玩意儿。马可尼很清楚，他必须干一票大的震惊世界，唯有如此才能让大家认可他的技术的价值与实用性。

马可尼从来不觉得他的计划是天方夜谭，他在脑海中真真切切地**看到**了这种可能，并且从他的经历看，他已经证明了物理学家是错的。他一次次的实验不仅增加了无线电的传输距离，还提升了信号的质量。他既然可以征服英吉利海峡，为什么就不能征服大西洋呢？对马可尼而言，这说到底只涉及两个基本要素，一方面是天线的高度，另一方面则是发送到空中的电磁波的强度。

不过，马可尼很清楚，他若要实现目标，就不能单打独斗。他如果想让电磁波传输上千英里，就需要一个足够大的发电站，这与之前用电线做感应线圈实现三十英尺的传输截然不同，因此他需要弗莱明。

起初，弗莱明对此尚有质疑，不过等到一八九九年八月，他研究完其中的难点以后，给马可尼写信道："我可以立马开工，搭建两座三百英尺高的天线塔，唯一的问题是将电磁波发往美国需要足够的经费。"

为了更好地评估该方案在实施中可能遇到的问题，马可尼订了船票第一次前往美国。此行的另一个目的是筹备一场公共宣传活动——《纽约先驱报》委托他用无线电在纽约之外报道美洲杯帆船赛。一八九九年九月十一日，马可尼在 W. W. 布拉德菲尔德等三位助手的陪同下前往纽约。

· · ·

马可尼一到美国就被记者包围了，他们看到他如此年轻后都很吃惊，《纽约先驱报》称他"还是个男孩"。还有一名记者注意到了他的异域风情。"你遇到马可尼以后，肯定会注意到他是一个'外国人'，他从头到脚都传递着这一信息。他的衣服是英式的，身材是法式的，靴子后跟带有西班牙军事色彩，头发和八字胡则带有德国风格，他的母亲是爱尔兰人，父亲是意大利人，这些拼接到一起，让马可尼成了正儿八经的世界公民。"这段话可不是在夸他。

马可尼和助手入住了曼哈顿二十四街和百老汇大道交会处的霍夫曼酒店，酒店对面正在挖一个三角形地基，不久以后这里就会建起熨斗大厦。他们刚入住和打开行李，酒店地下室的蒸汽锅炉就爆了。一位惊慌失措的客人说这肯定是马可尼的神秘装置害的。为了平息他的顾虑，马可尼的助手特意打开箱子，好让他看一看里面的设备处于静止状态。此时，他们突然发现少了一个最重要的箱子。要是少了这个箱子里的金属粉末检波器，马可尼报道美洲杯帆船赛的计划就只能泡汤。之前，马可尼信心满满，预测报道会大获成功，美国等多个国家的报纸都对此给予不小的关注。现在要是因为丢失行李这样站不住脚的理由而导致报道失败，各家报纸肯定会揪着不放，负面报道只会多不会少，公司的股票甚至都可能因此而下跌，果真如此，跨大西洋的实验经费就无从谈起了。

通常情况下，马可尼的表现都很冷静，也不怎么说话。《纽约先驱报》称马可尼散发着"一种独特的气质，致力于研究和科学实验的人往往都有这种气质"。《纽约论坛报》说他"有些心不在焉"。不过，得知最重要的箱子不翼而飞后，他当场大怒，他的反应就像个孩子，任性地说自己要坐下一班邮轮返回伦敦。

在助手的反复劝说下，他才冷静下来。布拉德菲尔德和另一名助手匆忙叫了辆马车，赶往码头寻找丢失的箱子，不过什么也没找到。随后，他们紧张地返回酒店，不消说，他们很担心老板会再次大发脾气。

布拉德菲尔德突然想起了一件事情：他们乘船离开利物浦的那一天，还有一艘邮轮也去美国，但目的地是波士顿。他认为行李有可能上错了船，为此，《纽约先驱报》的一名记者搭乘火车一路向北，去找丢失的箱子。

他找到了箱子，马可尼也因此顺利报道了帆船比赛，汤姆斯·立顿爵士的著名的"三叶草号"与美国对手"哥伦比亚二号"的对决更是世界瞩目。"哥伦比亚二号"最终取得了胜利，《纽约先驱报》也借助无线电率先获得了头条新闻。

· · ·

赛事报道大获成功，尽管如此，一八九九年十一月八日马可尼计划返回英国时还是没有签到新合同，他的努力并未奏效。他本希望赢得美国海军的青睐，为此他在美国海岸做了一系列测试，但海军最后还是没有跟他合作。美国海军针对测试撰写了报告，列出了一系列应对无线电技术持审慎态度的理由，其中有这样一条："用感应线圈发送无线电时产生的冲击很可能对人体造成严重的负面影响，对心脏不好的人更是如此。"此外，马可尼拒绝给海军观察员透露技术的秘密，观察员为此非常恼火。他只给他们展示了一部分元件，至于其他的，观察员抱怨道，"他一概没给我们分解，机械原理也只是给我们讲了个大概，零件的具体尺寸我们就更不知道了"。

马可尼一点也不气馁，相反，他又筹划了一场实验，这次的实验场地就在他返程的邮轮"圣保罗号"上，邮轮相当豪华，航行速度也很快。

"圣保罗号"是美国航运公司旗下的邮轮。马可尼想在邮轮上搭载无线电设备并在甲板上安装天线，美国航运公司同意了。马可尼在三针石酒店和港湾酒店有两处电报站，他打算从船上给它们发报，随着船一天天向英国靠近，他想通过实验搞清楚船离英国港口多近的时候，电报站可以收到船上的信号。

在助手忙着调试船上的设备时，马可尼则趁此机会展示了自己性格的矛盾之处。一方面，他和别人打交道时有可能忽视他人的感受；另一方面，他又有能力吸引身边的人，不论对方比他年长还是年轻，他都可以赢得他们的支持，这一特点很快就展露了出来，他在船上散发出吸引女性的迷人魅力。一位年轻女士谈起第一次遇见马可尼的场景时这样说："我注意到了他的双手非常灵活、独特，他的神情看上去有些严肃，但他又可以瞬间露出温暖的笑容。"据说马可尼还喜欢一本正经地开玩笑，不过，他的幽默有时候是带刺的。有一次实验，马可尼对电报员的拍发能力不满，于是用无线电问电报员，这是不是他的最佳状态，他说是，马可尼立刻予以回击："好吧，或许你应该换只脚试试。"

"圣保罗号"很对马可尼的胃口。他从小就锦衣玉食惯了，后来在奢华的环境中完成第一场实验，如今他名利双收，在旅途中享受的更是非同一般的奢华。在大西洋上展开竞争的豪华邮轮，它们的头等舱和公共大厅都要尽可能地豪华，为此，设计师常常以英国的乡间庄园及意大利的宫殿为模板精心雕琢。此外，和马可尼打交道的乘客都是身价最高、名气最大的一批人，其中就有知名记者亨利·赫伯特·麦克卢尔。头等舱的女士们都在不动声色地观察着马可尼，他俨然成了她们的焦点和偶像。马可尼是欣赏美女的行家，她们观察他的同时，他也在观察她们。

"圣保罗号"靠近英国时，马可尼和助手开始忙活无线电系统，他们将设备都放在头等舱的一间客舱里，不停地用无线电给岸上的电报站打招呼，夜里也会轮着值班，继续发报。他们没有收到任何回复，事实上，大家在航行早期也没抱什么希望，因为设备在理想状态下的最远覆盖距离是五十英里左右，现在距离还远着呢。

一八九九年十一月十四日，周二，马可尼公司的新任总经理塞缪尔·弗勒德·佩奇少校抵达怀特岛的三针石电报站，现场了解实验的进展情况。詹姆森·戴维斯也一道来了，他在几个月前刚刚按计划从董事总经理位置上卸任。

他们计算出"圣保罗号"将于周三上午十点或十一点抵达英国近岸海域。不过，为保险起见，他们也安排了一名电报员在周二夜里值班，电报室里安有一个连着设备的铃铛，设备一旦收到信号，铃铛就会响。那一晚，铃铛没有任何动静。

天刚亮，弗勒德·佩奇就回到了电报室，远处，阳光慢慢地照在了三针石（指三块白色的海蚀柱，三针石酒店也以此得名）上。弗勒德·佩奇写道："璀璨的晨光将三针石一一照亮，使它们看上去就如同盐柱一般。"马可尼公司的人都盯着港口的雾，看有没有船只出现。"早餐过后，我们穿过草地的时候光线很好，但与此同时，海上的雾却越来越大，我们根本看不到过往船只的常规信号。"他笔下的常规信号指可视信号。

他们没有看到"圣保罗号"的任何迹象。时间的流逝仿佛也慢了下来。弗勒德·佩奇声称"我们从没想过失败",但这听起来不太可信。时间就这样一个小时一个小时地过去。

下午四点四十五分,铃铛终于响了。

三针石电报站的电报员立即发送:"'圣保罗号',是你吗?"

没多久,他就收到了回复:"是。"

"你在哪里?"

"六十六海里①以外。"

又一项新纪录产生了。三针石电报站和船上都为此举办了庆祝仪式,不过,两边的人很快就不知道该给对方发什么了,该说的好像都说了。三针石电报站为了给船上提供新鲜的素材,开始拍发南非布尔战争的最新战况。战争于十月中旬爆发,已逐步进入白热化阶段。此外,他们也拍发了一些别的新闻。

有人提议借此机会,将收到的电报汇总起来办一份船报,这在历史上是头一遭。这个倡议具体是谁提出的,我们无从得知。船上刚好有打印室,它平时的功能也比较单一,就是打菜单。马可尼经船长同意,可用打印室印报纸。第一卷第一期《跨大西洋时报》就这样应运而生。乘客可购买报纸留念,每份一美元,这部分收入将纳入船员基金。报纸的开篇写道:"众所周知,这样的尝试史无前例。我们依托无线电报获取新闻,在大海上发行报纸,并且,这份报纸还是在一艘速度二十节②的邮轮上印发的!"

细心的读者会注意到报头印有一些乘客的名字,他们是《跨

---

① 1海里≈1.85公里,66海里比50英里多了大约42公里。

②1节=1海里/小时,即1.85公里/小时。

大西洋时报》的编辑，其中马可尼的助手布拉德菲尔德是主编，亨利·赫伯特·麦克卢尔是执行编辑。不过，除他们之外，报头还有一个陌生的名字：J.B.霍尔曼，财务主管。

从这个名字入手我们发现，此次跨洋航行还发生了一件意义重大的事，不过它更加私人化。

· · ·

霍尔曼的全名是约瑟芬·伯恩·霍尔曼。她来自印第安纳波利斯，是一名富家千金。她和母亲一起住在纽约，但老家是在印第安纳波利斯的一个独特的社区——伍德拉夫。这里住着约五百位富人，还占据着一大片广阔的森林，当地人过去称之为"黑暗森林"。

她有着一头浓密的黑发，如黑色头巾般盘在头上。她有着丰满的嘴唇、大大的眼睛。她弯弯的双眉就如同海鸥的翅膀一样，眉毛下方是坦率的目光。此时马可尼二十五岁，一直以来都被女性的美貌吸引，这一次更是被霍尔曼深深迷住了。

他们一起用餐、跳舞，还不顾十一月中旬航行时的寒冷天气，一起去头等舱的甲板散步。他还教了她莫尔斯码。再后来，他向她求婚，她答应了，但两人没有公开婚约，这是他们的秘密。旅途的最后两天，马可尼一直待在放无线电设备的客舱里，就跟人间蒸发了一样，霍尔曼不觉得这是个问题。不过，她或许应该为此警觉的。

霍尔曼上岸后，写信时会在不少段落中穿插莫尔斯码，她这么做是为了防止母亲发现婚约。

· · ·

　　不论是爱情还是与三针石电报站的成功通联，都给了马可尼不小的鼓舞，他有了底气跟董事会摊牌。夏天，他明确向董事会提出，他要修建两个巨型电报站，希望董事会支持。

　　董事会并不赞成，他们觉得马可尼的方案过于冒险，花费也过于高昂。在他们看来，搭建设备产生并控制如此大的电能非常困难。况且，即使真建成了这样的巨型电报站，其他电报站会不会因为它的干扰而全部瘫痪亦是未知数。

　　马可尼反驳称，这次冒险一旦成功，将一举确立公司的领先地位。董事会赞赏他的自信，另外，美国的一则新闻也让董事会受到了极大的触动——尼古拉·特斯拉可能将尝试同样的壮举。《世纪杂志》一九〇〇年六月刊的一篇文章广为流传，文章与特斯拉在位于科罗拉多州的科罗拉多斯普林斯的实验室进行的一系列实验有关。他在文章中提到一些实验结论，声称自己的实验室可产生上百万伏电压，相当于雷电的电压。他写道，自己已通过实验找到证据——"绝对可靠"，他说——"依托无线电实现任意地点的全球通讯是可行的"。

　　J. P. 摩根读了这篇文章后，专程邀请特斯拉去家里做客。特斯拉给摩根描述了自己无线电"世界网络"的蓝图，他指出，该网络所传输的内容将远不止莫尔斯码。"我们将摆脱距离的限制，不论你想跟谁联络都可以立马跟他通信。"特斯拉在《世纪杂志》中如是写道，"除此之外，我们还可以通过电视、电话，看到、听到对方，这和面对面交流并无区别。"

　　特斯拉提到了"电视"一词，要知道，这可是一九〇〇年。

七月，董事会通过了马可尼的提案。

人们还在同一个月见证了另一个具有里程碑意义的事件。七月四日，英国海军部接受了马可尼公司开出的条件，打算给二十六艘轮船和六个海岸电报站安装无线电设备，每一处的费用为三千二百英镑，相当于今天的三十五万美元，海军部还同意每年向公司提交专利使用费。这是马可尼签的第一笔大订单，不过，这笔订单有更重要的功能，它让马可尼和董事会意识到有必要革新公司的运行机制。

海军部的合同来得很及时，它在马可尼即将启动他的大计划时为他提供了一笔资金。不过，这里面也藏着风险，签署合同意味着皇家海军之后可能利用马可尼的设备发展自己的系统，而且这是合法的，因为英国法律中有这么一条：为了确保帝国的国防安全，不论技术是否注册了专利，政府都有权采用。

之前，公司的营利战略是先生产设备，然后将设备卖给客户，但海军部的合同迫使马可尼带着疑问重新审视这个战略。他面临的现实是邮政局垄断了电报业务，他无法向个体销售无线电报、谋取收益，传统的电报站也不会将电报自动中转给无线电报站。如此一来，他的潜在客户就只剩政府机构了，但政府机构中有无线电需求的又寥寥无几。

不过英国的电报法有一个漏洞，这给马可尼提供了转机。如果马可尼仔细规划，就可以绕过邮政局的特权，向客户销售无线电服务，从而摆脱只能销售设备的局面。举个例子，航运公司虽然无法直接购买马可尼公司的无线电报，却可以租用其设备和电报员，电报员的工资依旧由马可尼公司发放，并且使用的都是马可尼旗下的电报站。马可尼称这样的操作是可行的，因为他的电报都是从公司的一个节点发往另一个节点，属于公司内部通信范畴，是合法的。他的观点也确实站得住脚。

新战略很对马可尼的胃口。早在格里福内庄园做实验时，他就常常为竞争者的存在而忧心忡忡。在他看来，新的营利手段无异于一道壁垒，能有效地降低其他公司的威胁。新战略中有一条规定：除紧急情况外，凡是使用马可尼公司无线电设备的船只，只能和配有同样设备的船只通信。也就是说，一家航运公司为旗下的一艘船租用了马可尼无线电后，为了确保能顺利跟公司的其他船只通信，也要在余下的船只上配齐马可尼无线电。理论上讲，航运公司选择这一服务以后，就无须在岸上出资建电报站了，后续的维护费用也可以一并省掉，这为它们省去了不少麻烦。此外，航运公司一旦配备齐全这样的服务，再次更换合作伙伴的可能性就很小了。

新战略听起来是可行的，不过还有一个难题：到目前为止，并没有多少人愿意采用无线电技术，新战略最终能改变这一不利局面吗，它真的能吸引到客户吗？

对马可尼而言，现在开展大动作，确立自己在该领域的权威地位并宣传自己的技术优势显得更有必要了。跨大西洋的实验一旦成功，他就可以一举实现这两个目标，此外还能达成第三个更具体的目标：证明无线电不仅可以触及近岸的船只，还可以跟大洋深处的船只通信。

不过，这一切都是以成功为**前提**。尽管马可尼很有信心，但这对公司而言无疑是一场豪赌，公司的未来和马可尼的声誉都押在了这一场实验上，而且，在有头有脸的物理学家看来，这场实验是不可能成功的。

. . .

夏末，马可尼、弗勒德·佩奇和理查德·维维安三人共同前往康沃尔郡，为马可尼的跨大西洋实验寻找合适的地点以修建英国节点的电报站。其中，理查德·维维安是公司新聘请的工程师。马可尼一行走在海岸边，穿过大雾，走过长满了帚石楠、金雀花和各类野花的小道，最终看中了安格劳斯悬崖顶部的一块地。悬崖离波尔杜村不远，附近还有宽敞、舒适的波尔杜酒店。对马可尼而言，只要有精致的食物、高档的红酒，地方偏远不是问题。

十月，悬崖上的首期工程开工，负责人是维维安。马可尼本人负责天线的设计。弗莱明则要设法放大功率，产生足够大的电火花，让电磁波跨越大西洋，同时还要克服其中的安全风险，因为通过这个系统的电压会相当高，就连简单的敲击电键的动作如果处理不好也会致命。普通的莫尔斯电键无法承受如此大的功率。这个电报站的电键就相当于杠杆，操作它既需要力量也需要勇气。发送莫尔斯码的"划"时更是如此，因为它需要更持久的能量脉冲，与此同时产生不可控的电火花或电弧的可能性也会随之攀升。

新电报站的超高功率再次引发了董事会的担忧，它的信号是否会干扰其他小型无线电报站的信号传送？此时，马可尼已经探索出一种调试信号的技术，并申请到了英国第 7777 号专利（常常被称作"四个七"专利）。不过，弗莱明和马可尼很清楚该技术并不完善。事实上，他们很不放心，所以马可尼让乔治·肯普在六英里外一处叫利泽德的海岸上再建一个小型电报站。这一方面是为了监测巨型电报站的信号是否会干扰其他电报站；另一方面，等巨型电报站建成后，小电报站可以在试运行阶段接收电报。肯普组织工人用三艘船的桅杆首尾相连搭起了一座天线塔，它迎风而立，高一百六十一英尺。

一九〇〇年十月四日，《泰晤士报》刊登了弗莱明写给编辑的来信。读者看了信以后，绝对猜不到其实他心里也没底。他在信中盛赞了马可尼最近的一系列实验，说这些实验足以证明马可尼有能力调试信号，避免信号相互干扰。有趣的是，弗莱明虽是马可尼公司的科学顾问，却对此只字未提。他还提到，实验中两名电报员同时拍发的电报被两根接收天线"没有延迟、没有差错"地收到了。

弗莱明写道："不过，更大的惊喜还在后面。"奥利弗·洛奇早上有读《泰晤士报》的习惯，他读到这里时想必口中的咖啡都会喷到地板上。

弗莱明称电报员又同时拍发了一轮电报，一封英文的，一封法文的。这一次，两封电报由同一根天线接收。他感叹道："人们所看到的'点'和'划'是发送自三十英里外的两股电磁波，它们交织在一起，以光速传播，最后被同一根天线接收，交织的电磁波经两台设备自动拆分、整理，成了两封不同语言的电报。这样的成果着实令人惊叹。"

读者如果足够细心，就会发现信中对实验的描述没有一句是客观的、可以验证的。整封信之所以有说服力，完全是因为它出自大名鼎鼎的安布罗斯·弗莱明。这一次，弗莱明依旧在消费自己的公众影响力。

这封信充满了溢美之词，却没有提到弗莱明在马可尼公司领薪水的事实。这两点让这封信变成了定时炸弹。不过，他们暂时还没事，它目前只引发了一位专业人士的好奇与质疑，他就是魔术师内维尔·马斯基林。

．．．

马可尼往返于兰兹角的波尔杜酒店与普尔的港湾酒店,不过他在港湾酒店度过了大多数时间。从波尔杜到普尔没有直达的火车,因此,马可尼每次去普尔都要先去伦敦,再换乘开往南部的火车。他在旅途中有大把的时间独立思考,但相对地,跟美国丽人约瑟芬·霍尔曼相处的时间就少得可怜。

他们的婚约依旧是个秘密,而且,工作和四处奔走占据了马可尼大部分的时间。霍尔曼想必也在心里发问,他们的婚约究竟是不是真的,这一切会不会只是幻影?

他们倒是有互相写信、发电报。马可尼知道,母亲得知婚约后肯定会不高兴,但他忽略了一点,人生大事,隐瞒得越久,母亲知道后就会越受伤。安妮·詹姆森是他最早、最强有力的同盟,并且现在依旧将守护他看作自己的职责,她会事无巨细地考虑每一件事。马可尼已经二十六岁了,很富有,并且还是世界名人,但她依旧十分宠他,就好像他依旧是隔绝在阁楼实验室里的男孩一般。她常住港湾酒店。有一次,她在港湾酒店给他写了封信:"你早上离开后,我发现你落下了你的小毯子……我今天三点给你寄过去了,希望你明天能顺利收到。"她嘱咐他给床上"多铺几张毛毯"。"我把你的房间收拾好了,衣柜的钥匙放在了梳妆台上镜子旁的小抽屉里,不过你没必要锁衣柜,因为所有的钥匙都是通用的。"

后来,她回到博洛尼亚后给他写信道:"港湾酒店那边是不是暖和了不少,你是不是需要换上轻薄的法兰绒衣物了?箱子的钥匙都在伍德沃德夫人手上。你的法兰绒衣物就放在那个有两层隔底匣的箱子里。夏天的睡衣在第一层隔底匣里。夏天的背心在两层隔底匣下面。夏天的西服、夹克、马甲和裤子都放在窗户边的衣柜里。"

身处伦敦的安布罗斯·弗莱明发现，他的大量精力和时间都花在了科学顾问的岗位上，这超出了他签署合同时的预料。他给弗勒德·佩奇写信抱怨说，公司的事务"占据了我大量的时间"。他举了一个例子，工程师理查德·维维安给他写过一封长信，光是"回答他的问题就花掉了数个小时"。他抱怨说自己的薪水"根本就不够"。

他写道："我乐于工作，但前提是我的薪水配得上职责。你正在康沃尔郡参与的这场规模巨大的实验，一旦成功，就会彻底改变海洋电报的面貌。"

他提出，如果想让他继续工作，就必须将薪水涨到每年五百英镑——这比今天的五万美元还多。同时，他让公司承诺，"如果我的工作、发明可以给跨大西洋实验带来实质性帮助"，公司应该给他另发奖金。

一周以后，也就是一九〇〇年十二月一日，弗勒德·佩奇在回信中说，董事会同意给弗莱明加薪。不过，他还补充了一点：董事会希望与弗莱明在一个关键问题上达成共识。

弗勒德·佩奇写道："有一点我不得不提，尽管董事会完全认可你对康沃尔电报站做出的杰出贡献，但在公司征服大西洋以后，主要功劳只会归于也必须归于马可尼先生。不过，你尽可以放心，跨大西洋实验一旦成功，你自然会得到你应得的那一份，在这个问题上你完全可以信任董事会。"

马可尼和他的公司会不惜一切代价，确保聚光灯只打在马可尼一个人身上。弗莱明是否真的读懂了这层含义还不好说。弗莱明所信奉的，说到底还是英国科学界的学术传统以及英国奉行的公平竞争的理念。他在两天后给弗勒德·佩奇寄出回信，信中写道："我并不担心倘若我为跨大西洋无线电报实验做出了贡献，能否得到大家的认可。这个问题到时候再考虑也未尝不可，我相信我会得到公司的优待。"

似乎得到暗示，公司在这个时候变更了名字，由"无线电报及信号有限公司"改为了"马可尼无线电报有限公司"。不过，新名字要到二月份才能正式生效。

· · ·

速度至关重要。每周的《电工期刊》上都有无线电领域的新闻，这无一不在证明无线电领域的竞争日趋激烈。可以说，无线电实验遍布世界各个角落，英国的一些发展趋势更是令马可尼不安。

英国皇家海军购置了三十二套崭新的马可尼设备，他们安装了三十一套以后，将余下的一套走船运送到了一家电气设备公司，接着，在未经马可尼授权的情况下，那里的工程师一口气复制了五十套同型设备供海军使用。

十二月份，内维尔·马斯基林在泰晤士河口测试自己的无线电设备，传输距离只有几英里，算不上什么。不过他的客户却值得一提，筹划该测试的正是亨利·蒙塔古·霍齐尔上校，他从一八七四年起就一直担任伦敦劳埃德公司的秘书。一八九八年代表劳埃德公司邀请马可尼去拉斯林岛做实验的也正是他，拉斯林岛的实验很顺利，但劳埃德公司最后并没有签合同。如今，霍齐尔和马斯基林建立了伙伴关系，他们将一同发展、推广马斯基林的技术。

当然还有洛奇。他一直都在做无线电实验，与此同时也在跟他的朋友、设备制造商缪尔黑德探讨组建公司以及销售无线电系统的可行性。不过，洛奇没多久就再次偏离航线，这对马可尼而言无疑是好消息。一九〇〇年，洛奇被推选为伯明翰大学的校长。

　　校方表示，他就任后可以继续研究超自然现象，他得到这一肯定答复后才同意出任校长。

世界的尽头

　　克里平也成了女士协会社交圈的一员，会出席综艺表演演员们举办的派对，拜访他们的俱乐部。贝尔提出需求时，他也会陪她和协会的会员及家属一起用餐。

　　一天下午，演员兼传记作家西摩·希克斯碰巧在伦敦的杂耍表演俱乐部遇见了克里平，经熟人介绍他们认识后，他们一边喝鸡尾酒一边聊天，待了半个小时。希克斯多少了解一些克里平以及他和贝尔的婚姻动向。他很难理解，一名身材高大、强健、每个毛孔都散发活力的女性，为何会嫁给克里平这个如此柔弱、不起眼的男性？

　　"他最引人注目的地方就是眼睛，"希克斯写道，"他的双眼明显向外凸，看上去就像是甲状腺肿大引发的眼球突出。并且他的眼睛很脆弱，容易流泪，这让他不得不戴上比一般镜片厚不少的眼镜。厚厚的镜片把他的瞳孔放大了许多，所以你和他交流时甚至会怀疑自己是在和鳊鱼、鲱鱼或者某种有眼睛的深海智慧鱼类对话。他讲话时带一点美国口音。"

　　聊天时，希克斯的朋友说自己牙疼，克里平立即拿出穆尼恩公司的药给他，并"向他保证，这可以立马缓解牙疼的症状"。

希克斯写道："毫无疑问，随着时间的流逝，这个身材矮小的非处方药贩并没有从家庭生活中获得任何慰藉，他的心病，纵使是穆尼恩医生本人也提供不了对症之药。"

希克斯很同情克里平。在黑暗的一九三九年，此时希克斯已经知晓了事情的来龙去脉，他回想往事时称，克里平"肯定很痛苦，他试图在其他地方寻求安慰，这再正常不过了，他毕竟也是人啊"。

· · ·

马可尼和他的手下工作强度本身就很大，竞争对手相继出现更让他们紧张不安，除了原先的特斯拉、洛奇、斯拉比之外，现在又多了马斯基林。他们似乎无暇关注，十九世纪和维多利亚时代即将走向终点。在大风不断的康沃尔郡的悬崖、拥有舒适圣诞壁炉的波尔杜酒店和港湾酒店之外的世界里，漫长而悲伤的黄昏已经悄然投下了第一缕阴影。

一八九八年，德国民众对英国存在普遍的敌对情绪，再加上海军上将阿尔弗雷德·冯·提尔皮茨的推波助澜，德国国会最终通过了《第一海军法》，明确规定德国将制造七艘新军舰。两年以后，也就是一九〇〇年六月，德国国会进一步通过了《第二海军法》。德国的举动引发了英国海军部的高度警惕。新法规规定德国军舰的数量将增加一倍，由它引发的一连串连锁反应在未来的十五年里将世界拉向了战争的深渊。

人们普遍认为欧洲迟早会爆发战争，这无可避免。不过，战争具体何时打响，又会有哪些国家卷入，无人可以给出定论。另一方面，人们还认为，由于科技的进步，武器、战舰威力的提升，战争并不会持续很长时间。屠杀对交战双方来说都将太沉重、太惨烈、太突然、无法忍受。有一人并不认可这种观点。一九〇〇年，伊万·S. 布洛赫写道："刚开始，伤亡数量会持续攀升，兵力损失将变得前所未有地惨重，以致没有一方可以率领部队将战争推向拐点。"战争刚打响的时候，将士们会按照过去的战争规律和对方打仗，但很快他们就会意识到，旧的规律已然失效。"过去的肉搏战，大家拼的是体力和士气。这场战争将不再是肉搏战，战争最后会陷入僵局——敌对双方谁都不能更胜一筹，双方将维持两军对垒的局面，互相威慑，但又无法给出致命一击。"

他们将深挖战壕，坚守阵地。"这将是一场规模浩大的战壕大战。工兵铲对士兵的意义将同步枪一样不可或缺。"

一九〇一年一月，英国发生了一件大事，它的影响力甚至盖过了人们对战争的恐惧。一月二十二日，维多利亚女王离世。整个英国都被阴影笼罩，大家不论男女都穿上了黑衣，《泰晤士报》每一版的边缘也都印上了加粗的黑线。生活多了一层灰暗的意味。亨利·詹姆斯写道："她是一位可靠的、充满母性的旧中产阶级女王，我为她的离世哀悼。在她又大又丑的苏格兰方格呢围巾的包裹下，整个国度都感到温暖。有她在位，大家可以省去许多麻烦，许多事情也都有保障。她的存在就是某种符号，如今她走了，肆虐的洪水即将向我们涌来。"

她的儿子威尔士亲王爱德华即将继位。詹姆斯称他为"爱抚者爱德华"，他担心，不久以后爱德华的即位会让"庄严肃穆的事物面临最严峻的挑战"。爱德华与母亲的风格截然相反，他性格友善、处事温和，甚至还喜欢开玩笑。维多利亚在床上奄奄一息时，有人问

"我在想，她以后在天堂会不会开心？"，但不指望有人回答。

爱德华回答道："我也不知道。不过，她得走在天使的后面，我觉得她肯定不会喜欢这一点。"

· · ·

马可尼和员工们为女王的离世哀悼，但并未停下手头的工作。肯普也没有在日记中提到女王离世的事。一九〇一年一月二十三日，也就是女王离世的第二天，马可尼再次刷新了他的通信距离纪录，利泽德的测试电报站投入使用的第一天就收到了一百八十六英里以外怀特岛的电报。

波尔杜的跨大西洋电报站的建设也如期进入了第一阶段，此时，马可尼开始物色第二个跨大西洋电报站的修建位置。他拿着美国地图仔细研究，并计划再次前往美国。

·三·

秘密

勒尼夫小姐

一九〇一年，十七岁的埃塞尔·克拉拉·勒尼夫开始在伦敦摄政公园内的德鲁埃聋哑人研究所工作。不久以后，霍利·哈维·克里平医生也成了德鲁埃的一员，勒尼夫则成了他的助手。

公司的名字听起来非常高端，似乎另有所指，但德鲁埃研究所实际上也是一家专利药销售商。论收益和知名度，德鲁埃均处于行业领先水平。后来，英国下议院专利药委员会曝光了该行业的欺诈行为以及对消费者造成的危害，并点名批评了德鲁埃，不过现阶段德鲁埃依旧在缺乏监管的情况下做着生意，从豪华的办公条件就可以看出，德鲁埃每天通过邮寄药物赚取了大量财富。德鲁埃声称它的药物可以帮助失聪人士恢复听力，它的名气很大，以至于在英国每十名失聪人士中就有一人购买过它的产品。

勒尼夫真正的姓氏是尼夫，她父亲曾以歌唱为生，当时在舞台上的艺名是勒尼夫，她后来就沿用了勒尼夫的姓。她身材苗条，身高约五英尺五英寸，同时有着丰满的嘴唇和一双灰色的大眼睛。她的脸呈 V 字形，线条柔和，面色白净，颧骨看上去很明显，但不会

埃塞尔·克拉拉·勒尼夫

让人觉得瘦削、憔悴。那个时代追捧的是圆一点的脸型以及穿紧身胸衣的丰满身材，她的外形并不符合当时的主流审美，尽管如此，不可否定她依旧拥有独特的魅力。小时候的同伴看到她如今的样子肯定会大吃一惊，因为那时的她是个不折不扣的假小子，并以此为荣。她写道："我对洋娃娃等女生玩具毫无兴趣。"她喜欢的是爬树、打弹珠和玩弹弓。"那个时候我主要跟伯父玩，他在铁路公司上班，"她回忆道，"他最喜欢做的事就是带我看火车，至今如此。"即便是成年后，"我依旧对火车头很感兴趣，很少有东西可以如此吸引我"。

她七岁就跟着家人一起搬到了伦敦。她完成学业后，决心要自食其力。她的姐姐叫阿迪纳，家人都叫她尼娜。之后，家里的一位朋友教姐妹俩打字、做速记。尼娜学得比较快，学成之后就出去工作了，最后成了德鲁埃的雇员。不久，埃塞尔也加入了德鲁埃做速记员和打字员。"后来没多久，克里平医生就来了，他注定会以一种奇异的方式改变我的命运。"

. . .

之前任职的特效药公司破产后，克里平开始在德鲁埃工作，职务是顾问医生。他工作没多久就认识了埃塞尔和她的姐姐。"不知道为什么，医生很照顾我们，"埃塞尔写道，"我们认识没多久就成了要好的朋友。老实讲，他对每个人都非常照顾。"

尼娜成了克里平的私人秘书，不过埃塞尔也和医生走得很近。"没多久，我就发现克里平医生蛮孤单的。我不知道他是否结婚了。但他确实一次也没有提过他的妻子。"

克里平经常和姐妹俩一起喝下午茶。有一次，埃塞尔和尼娜准备茶水时，恰好克里平的一位朋友来到办公室。他看到里面的准备场景后感慨道："要是也有人给我泡茶就好了。"

用埃塞尔的话讲，克里平"一如既往地友善热情"，他邀请客人留下来喝茶。据她回忆，他们一起喝茶聊天时，客人"提到了医生的夫人"。姐妹俩听到这一句后并没有追问，但她们都很震惊，对此也非常好奇。不过他们之后并没有提到更多细节。

客人离开后，埃塞尔和尼娜收拾好了茶具。之后，尼娜问克里平，他是否真如客人所言已经结婚。

克里平只说了一句："这个问题，恐怕律师也说不清。"

· · ·

尼娜后来订婚了，婚期临近，她辞去了德鲁埃的工作。埃塞尔接替了克里平私人秘书的岗位。埃塞尔非常想念姐姐。"她离开后，我觉得非常孤单，"她回忆道，"克里平医生和我一样，也非常孤单，我们俩的关系也越来越密切，这似乎是命中注定的。他常常去我家里看我。这段时间里，他的妻子依旧充满神秘色彩。"

有一天，一位女士走进了办公室，她身材高大，整个人都迸发着活力，她的头发是金黄色的，明显染过。她戴着许多珠宝，身穿高档连衣裙，一身行头一看就知道价值不菲，不过，对埃塞尔来说，这样的装束过于花哨、张扬，没什么品位。

"她来的那天脾气相当暴躁。当时，我正要离开办公室去吃午饭，就看到一位女士从医生的办公室里摔门而出。她很生气，估计是有什么事惹到了她。"

埃塞尔小声地问同事威廉·朗："她是谁啊？"

"你不知道吗？"他反问，"她就是克里平夫人。"

"啊，"她吃惊地说，"真的吗？"

埃塞尔需要一些时间来消化这个信息。克里平为人善良，说话轻声细语，什么方面都不太起眼，甚至比埃塞尔还要矮一英寸，但他妻子却是这样一位风风火火，穿丝绸、戴钻石的女士。

埃塞尔写道："自此以后，我就理解为什么克里平医生不愿意提及妻子了。"

・ ・ ・

　暴风雨还在后面，他的妻子又来了一次，埃塞尔写道，"差点引发不可挽回的悲剧"。

　这一次，贝尔同样大发雷霆，她穿着高档衣服和紧身胸衣闯进办公室。"我听到了更多气话，后来，就在她离开前，我看到医生突然从椅子上摔下来。"

　贝尔气汹汹地摔门而出。埃塞尔急忙跑到克里平身旁。"他的状态很糟糕，我当时以为他服毒了。他跟我说，他再也受不了妻子的虐待了。"

　她倒了些白兰地给他提神。后来，她写道："我们都尽力忘记这次痛苦的经历。"不过，二人的关系也因这次不愉快的碰面以及克里平极度悲伤的神情而发生了质变。她写道："我觉得我们后来之所以能够依偎得更为紧密，主要就是因为这件事。"

・ ・ ・

　不久以后，德鲁埃聋哑人研究所也垮台了。当时，一名患者离世后，验尸官发现死者生前使用过德鲁埃的耳用药膏。死者的耳部感染扩散到脑部，引发了严重后果，验尸官认为德鲁埃的药很可能加速了他的死亡。一夜之间，城市公共马车上的德鲁埃广告消失了。专利药公司的势头自此大不如前，不过依旧有许多公司继续经营，克里平也很快找到了另一家专门治疗耳聋的公司——听觉医药公司，在新公司担任咨询专家。荒谬的是，他的信笺抬头上印有的唯一资质就是他在纽约获得的眼科学位。

听觉医药公司的办公楼位于一八四七年竣工的新牛津街。公司的地点也很符合它的定位。先前，伦敦的鲁克里是骗子、扒手和小偷的聚居地，犯罪率一直居高不下，伦敦为了改变鲁克里的混乱局面，修了新牛津街。鲁克里治安最糟糕的区域因新牛津街的修建得到了有效清理，在新牛津街的带动下，该地区也越建越好，如今只有听觉医药公司这样的高端诈骗团伙才能在这里租得起房。克里平加入公司时不仅带着在德鲁埃学到的专业技能，还带上了秘书埃塞尔。

有一次，克里平专程给一位极难应付的顾客写信，提供特殊优惠。这封信或许就是埃塞尔打的。信中写道："这一切都触手可及，你完全有可能短期内痊愈，再说了，我要是对自己的药物没信心，也不会开出这样的条件。"

克里平在之前的信中提过药品的价格。这一次他提出，顾客只需预付一半的金额。他收到汇款后会把药品"完完整整"地寄过去，让顾客试吃一个疗程。三周以后，如果顾客的病情没有好转，剩余的费用就免了。"不过，如果你的病情好转，请把剩下的一半费用汇过来，也就是十先令六便士。"（一九七一年以前，英国的货币单位有英镑、先令和便士。一英镑值二十先令，写作 20s.，换算成便士，就是二百四十便士，也可写作 240d.。改革后，一英镑值一百便士，一便士合二点四旧便士。）

乍一看，如果顾客不支付尾款，公司就会赔本，但事实并非如此。要知道，专利药的生产成本基本可以忽略不计。顾客一旦按克里平所说的支付了一半的预付款，那么不论事后付不付尾款，预付款都足以让公司赚上一笔。这里面的猫腻在于，克里平并**没有**允诺，如果药物无效，他会把预付款退回去。

《真相》是一家专门揭发黑幕的杂志，后来，听觉医药公司连带克里平一起都上了杂志的"黑名单"。

· · ·

克里平家的气氛没有任何改观。他们搬到了斯托尔街三十七号，不过新公寓的空间依旧不够大，无法让他们拥有自己的独立空间。他们还要在同一张床上睡觉。他们也租不起更大的房子，毕竟这里是布卢姆斯伯里，只要他们继续在这里生活，这个情况就难以得到改善。克里平如今的收入和他在穆尼恩公司工作时相比少得可怜。尽管如此，他依旧放任贝尔大手大脚地买衣服和珠宝。克里平说："表面上，我们相处愉快，但实际上她动不动就大发脾气，还常常威胁要离开我，说她在外面有一个男人，她可以随时去找他，这样就不用再忍受我了。"

克里平很清楚，她说的就是布鲁斯·米勒。四月初，米勒最后一次来他们家。他是来跟贝尔道别的。他说自己接受了她的建议，准备回芝加哥和妻子团聚。一九〇四年四月二十一日，他乘船离开了英国。

米勒的离去或许给克里平带来了一线希望，他们的婚姻或许还有挽回的余地，不过他很快就发现自己的希望落了空。贝尔的脾气更坏了，夫妻二人的经济状况也恶化了不少，尽管如此，他还是没有削减她的开支。他开始找新的住处，换个更大但租金更便宜的地方，这意味着他只能在城市的核心地段外租房子，贝尔如果得知此事，恐怕会更生气。

· · ·

克里平夫妇的关系越来越紧张。贝尔没有在克里平的办公室待过多久，但还是注意到了丈夫的打字员埃塞尔·勒尼夫。这名打字员年轻貌美、身材纤细。她的出现令贝尔不安，或许单纯因为她的美貌，也有可能是贝尔觉察到了克里平与这名年轻女子之间的关系不一般，总之贝尔在埃塞尔身上嗅到了某种威胁。

一天上午，贝尔的朋友莫德·伯勒斯去她家串门，她们刚好住在斯托尔街的同一栋楼里。伯勒斯进去的时候，贝尔正在换衣服。贝尔在聊天时提到了她的手术，问伯勒斯想不想看一眼伤疤。

伯勒斯说不用了。

"把手给我，"贝尔说，"你可以摸到它的位置。"

据伯勒斯回忆，贝尔抓住伯勒斯的手以后，"将我的手塞进了她的衣服，放在胃部的位置。我觉得我好像摸到了一个洞，如果没记错的话，就在胃的侧下方。"

她们后来聊起了克里平。不知什么原因，这段时间克里平管自己叫彼得。贝尔和朋友们也都这么称呼他。

贝尔说："我讨厌彼得办公室里那个打字员姑娘。"

伯勒斯问："既然如此，你为什么不让彼得把她辞掉呢？"

贝尔说她已经找克里平说过了，但他说这名打字员对公司而言"不可或缺"。

· · ·

克里平和埃塞尔的关系日益亲密。他后来追忆二人的交往经历

162

时提到了一九〇四年夏天的一个周日，"我们整天都腻在一起，这一天对我们而言意义重大。尽管下着雨，但我们待在一起非常开心，内心充满阳光"。他回忆说，那个时候，他们二人"虽未结婚，却有着完美的默契"。

在埃塞尔看来，克里平是"世界上唯一能够给我帮助与宽慰的人。我们是真爱"。

大约也在这段时间，埃塞尔"在完全巧合的情况下"看到了布鲁斯·米勒写给贝尔的信。"我和她的丈夫走得这么近，自己也觉得不合适，但不必说，看了他的信以后，我就没有那么内疚了。"

· · ·

听觉医药公司不到六个月也倒了，之后，克里平又回到老东家穆尼恩公司上班。此时，穆尼恩公司的办公地点已经搬到了阿尔比恩大楼，该大楼仍位于新牛津街。这一次，除了埃塞尔以外，他还带上了前公司员工威廉·朗。克里平回来以后做的并非全职，而是代理，收入的多少取决于业绩，因此没有达到他的预期。他被逼无奈，只能换个便宜些的住处。不过，眼前的问题并不好解决：一方面，他要找一个租金相对便宜的房子，另一方面又要确保新房子足够大、足够好，以保证贝尔开心。事实上，事到如今，让贝尔开心已是妄想，他只是想避免进一步激化矛盾。用有限的租金租到大房子，这个矛盾的目标只能让他搜索的范围离布卢姆斯伯里越来越远。

雷鸣工厂

马可尼先前没有料到，为首个美国电报站寻找合适的场地会花这么多时间。陪他一起挑选场地的，除了理查德·维维安以外，还有员工约翰·博顿利——开尔文勋爵的外甥。马可尼一行穿梭于纽约、康涅狄格、罗得岛以及马萨诸塞的沿海地区，他们优先选择乘火车考察，在没有条件的地方改坐马车或步行。马可尼离开英国前已经指派维维安负责美国新电报站的修建及后续运营工作。

他们考察的每个地方似乎都存在硬伤，有的缺饮用水，有的则离城镇太远，招工和补给上有困难，还有的没铁路。此外还有一点特别令马可尼恼火——英国海岸即使有大风，也不会缺少舒适的酒店，但在美国海岸，他根本找不到过得去的酒店。

一九○一年二月，马可尼一行来到了科德角的普罗温斯敦。从地图上就可以看出科德角风景独特，它的中部向北弯曲，看上去就像个钩子，并且地势越来越高，最后在海边形成了高一百多英尺的悬崖。

到了普罗温斯敦以后，马可尼请埃德·库克做向导。据说，此人对科德角的沿海地带了若指掌。库克对这一片海滩确实非常熟悉，因为他曾是一名"遇难船打捞者"，专门打捞科德角附近的海域中驶往波士顿的遇难船只。十九世纪，亨利·戴维·梭罗曾去过科德角，后来在《科德角》一书中描述过遇难船打捞者的行径，当时"圣约翰号"失事，乘客的亲人们悲痛欲绝地在沙滩上寻找遇难家属的遗体，而遇难船打捞者则拥向了船体残骸。库克用打捞遇难船只挣的钱买了地。

马可尼坐着库克的马车，在他的指引下，顶着二月的寒风转遍了科德角。科德角北端有一座高地灯塔，灯塔的对面就是北特鲁罗，库克领着马可尼到达这里后，马可尼一眼就相中了高地灯塔的位置。灯塔屹立于一百二十五英尺高的悬崖上，可以俯瞰驶往波士顿港的航线。灯塔向西北五十英里就是波士顿港。灯塔管理员发现入境船只时，会比对手册确认船只信息，之后将信息发给美国本土或海外的航运公司，给海外发报时一般先走陆上有线电报，然后经大西洋海底电缆中转。

可惜高地灯塔的管理人员并不信任马可尼。"他们觉得他看上去像骗子，"马可尼的女儿德格娜写道，"况且他们还**知道**他是外国人，因此，即使有埃德·库克在场，也无法打消新英格兰人对陌生人的抵触以及对新鲜事物的排斥。"他们最终拒绝了马可尼。

紧接着，库克带着马可尼向南走了几英里，登上南韦尔弗利特边上的一处悬崖，此处高一百三十英尺，上面有一块八英亩^①的平地。半个世纪前，梭罗曾在悬崖下的海滩上留下足迹。这个地方风太大，马可尼只能步行考察。无孔不入的狂风，加上过去一百年间

---

① 1英亩≈4046.86平方米。

伐木工不断在此处伐木，然后将木材卖给造船厂，如今这里四周只剩下树桩。马可尼知道自己必须从外面购置高大的天线杆，才能把天线架到空中。

马可尼倒是挺喜欢悬崖顶上的这块地方，当他面朝东方时，目力所及尽是无边无际的大西洋。正如梭罗所说："除了波涛汹涌的大洋以外，我们和欧洲之间别无他物。"

当他面朝相反的方向时，就可以清楚地看到附近的韦尔弗利特港口。周边一英里内有铁路经过；最近的电报局也不远，就在四英里外的韦尔弗利特车站。所以，将来如果有木材和设备要运来韦尔弗利特，既能走水运，也能走铁路运输，然后被相对便捷地拉到悬崖上。马可尼公司的一份报告记录了他的调研结果："这个地方水源充足，三英里外有一家条件很差的酒店，二百码之内可以用便宜的价钱租到一栋房子。"顺带一提，马可尼忽略了一个小的历史渊源。十八世纪时，韦尔弗利特的官方名称是普尔，取自英国一个村庄名。巧的是，这个名叫普尔的村庄如今正是马可尼的工作重镇港湾酒店的所在地。

库克向马可尼担保，他可以说服这片土地的所有者，让马可尼修建电报站。事实上，这块地就是库克本人的，买地的本金从遇难船只上搜刮而来。马可尼的技术将让大海变得更加安全，而他需要从库克这个恰恰通过遇难船只发家的人手中买地，二人是否看到了这条悖论，无人知晓。这海边的八英亩地未来将会成为世界上最热门的黄金地段，但当时人们都不觉得它有什么价值。马可尼几乎没花什么钱就买下了它。

马可尼还雇了库克做总承包商，负责帮他招工、保障住宿饮食以及采购建筑材料。马可尼等人首次吃饭就是在附近的酒店解决的，那里的菜对马可尼而言糟透了，他发誓再也不去。之后，经他安排，他吃的美食、喝的红酒一律都是从波士顿走船运运到纽约。不少当地人听了以后都皱起眉头，自此他们对马可尼的印象就是一个过于挑剔的食客。

马可尼没多久就回英国了，维维安则留了下来，等待他的将是当地的自然本色。

· · ·

劳埃德公司的霍齐尔上校与埃及馆的马斯基林已经在伦敦建立了伙伴关系，他们找上了马可尼，提出要将马斯基林的专利和设备卖给他。马可尼觉得他们的提议值得一试。霍齐尔与马斯基林组建公司时依托的都是马斯基林的技术，但和马可尼谈合同时，霍齐尔却设法将马斯基林挤出公司，独自进行谈判。霍齐尔希望拿到三千英镑（比今天的三十万美元还要多），此外还想进入马可尼的董事会。他承诺，作为回报，他会出面确保马可尼公司和劳埃德公司达成合作，他的提议也因此变得更合情合理，甚至非常有诱惑力。

霍齐尔的诡计激怒了马斯基林，不过，目前他的怒火尚无足轻重。

· · ·

此刻，维维安眼前的景色独特而荒凉。这里基本没有树，仅有的几棵独苗也矮得不像树，更别提用来盖房子或造船了。周边的植被大多数都贴着地面生长，非常低矮。沙地上长着不少熊莓，点缀其间的是一簇簇的半日花，也叫"贫困草"。这片土地的贫瘠程度用

"贫困草"诠释完全不为过。此外，这片沙地上还有岩高兰、叶子可以服用的紫苑、鼠耳草、秋麒麟草以及北美油松。十九世纪，人们为了防止风沙席卷科德角的城镇，在科德角的沿海地带种了不少北美油松，借此起到防风固沙的效果。从四面八方刮来的风会把沙地上的美洲沙茅草刮倒，拖着草尖在地上画出一个精准的圆，这也是它们被戏称为"罗盘草"的原因。梭罗写道："这里太荒凉了，我如实跟你描述，恐怕你也不会信。"

天空常常阴云密布。楠塔基特气象站是离科德角最近的气象站，据它观测，科德角一九〇一年全年只有八十三个晴天，一百零一天多云，剩下的一百八十一天则完全是阴天。天一阴，天地间就没了颜色，天空、海洋、大地都灰如页岩，蓝色也成了奢侈的回忆。这里时常刮起大风，风速可以达到每小时五六十英里，悬崖边的积雪也常常被卷入风的旋涡。海浪拍打的声音就如同巨大时钟的嘀嗒声不曾断绝。

新电报站不能凭空而起，要有电报站，就得建员工生活区——用于蒸汽发电的锅炉房，单独存放集中电能、产生电火花的设备的工作间，以及供电报员拍发莫尔斯码的电报室。不过，相比之下，最重要的还是搭建天线，这也是维维安最担心的部分。先前在伦敦时，马可尼给他看过在波尔杜修建天线阵列的方案。按马可尼的要求，维维安只需在南韦尔弗利特如法炮制即可。但维维安一看方案就察觉到不妥。他要立起二十根天线杆，其构造与帆船的桅杆类似，从上桅到最上桅再到帆桁一应俱全。天线杆搭好后高二百英尺，它们将围成一个直径二百英尺的圆，如同用木材搭建的巨石阵。天线杆本身的高度加上一百三十英尺高的悬崖，足以让天线的有效高度超过三百英尺，而根据马可尼的理论，这一高度能有效增加电报站长距离收发信号的能力。为了防止天线杆倾斜，他们还会在天线杆上加设错综复杂的拉索和连接器，这样天线杆才能为顶部的天线提供可靠的支撑。一根由粗铜芯扭成的粗电缆会将每根天线杆的顶部连接起来，此外，粗电缆下面还接着成百上千根细电缆，它们汇聚成一个巨大的圆锥，其顶点将位于电报室的正上方。电缆的一端连接圆锥，另一端将穿过屋顶，与室内的火花发生器相连。

如何搭设拉索是最让维维安头疼的问题。按理说，每根天线杆都应配上多根拉索，这样一来即使有一根断了，其他拉索也可以继续发挥功效。不过，按照马可尼的方案，他们还要用横拉索连接相邻两根天线杆的顶端。维维安担心，一旦有一根天线杆倒下，横拉索会拉着剩下的一起倒下。他跟马可尼讲了自己的顾虑，马可尼否定了他，并让他继续按原方案执行。维维安接受了马可尼的决定。"不过，我很清楚，天线杆的搭设方式显然并不安全。"

施工受到恶劣天气影响，进度异常缓慢。正如气象局报道的，"这段时间，风暴异常强劲"。四月份，狂风席卷海岸，风速达到了每小时五十四英里。到了五月份，降雨量又打破了整个新英格兰的纪录。

埃德·库克雇的临时工就住在韦尔弗利特及周边地区，维维安、博顿利等马可尼的全职员工则住在一栋平房里，它的空间约两百平方英尺。后来，恶劣的生活环境让电报站的总工程师 W. W. 布拉德菲尔德忍无可忍，他呼吁给建筑物加盖一个侧厅，好给员工提供相对宽敞的睡眠空间和一间娱乐室。他写道："鉴于电报站地处偏远，我认为有必要加盖侧厅，以改善员工的生活环境，提升其满意度，这样才能最大限度地激发员工的积极性。"

员工们也尽量利用现有条件改善生活。他们给餐桌铺上了白布，还临时搭了几盏烛台，就餐时，他们会点上四根摆放角度很怪的蜡烛。他们读书、在电报站弹钢琴并唱歌，还时不时徒步去海湾一侧的黑鲸溪溪口捡牡蛎。黑鲸溪得名于群居于此的小型鲸鱼，当地人为了获得鲸油，曾将它们驱赶到海滩上猎杀。海滩寻宝也是他们的一大乐事。当时，船只遇难并不少见，特鲁罗高地下的海滩也成了寻宝圣地。海滩上总是有惊喜等着人们去发掘，有时是船舱里的陶器、行李箱、高档肥皂，不过有时人们也会碰到尸体，耳、口、鼻都填满了沙子。梭罗说这片海滩是"一间巨大的**停尸房**"，大海把死去的人和生物都扔在这里。"海浪侵蚀着悬崖岩壁，海鸥盘旋在浪花上空，这就是赤裸裸的大自然——它有一种毫无人性的坦诚，根本不会在乎人类。"

那个时代流行雇帮手，电报站雇了一名厨师和两个韦尔弗利特的姑娘，她俩每天都会戴着女仆帽，穿着围裙，来电报站打扫卫生。其中一名叫马布尔·塔布曼，她父亲在韦尔弗利特颇有声誉。她的出现拨动了马可尼员工卡尔·泰勒的心弦。有一张照片定格了卡尔和马布尔的共同时刻，照片里阳光灿烂，两个人坐在沙滩上。这张照片很难得，因为它抓拍到两个人都玩得很开心的那个瞬间。马布尔穿着围裙、戴着女仆帽，她没有看镜头而是在看海。卡尔穿着浅色西服，正对着镜头咧开嘴大笑着，嘴角都快碰到耳垂了。他头上也戴着一顶女仆帽。

· · ·

大西洋两岸的大工程和公司里千头万绪的工作牵扯了马可尼绝大部分精力，尽管如此，他依旧认为他和约瑟芬·霍尔曼的感情没出什么大问题，还公布了他们的婚约。不过他这么做更多是迫于约瑟芬的压力。她越来越拿不准，在马可尼心中，与工作相比，她究竟占多少分量。而且他直到现在也没去印第安纳波利斯看她的家人。

马可尼的母亲安妮得知儿子订婚后，担心自己在儿子心目中的地位会受到威胁。德格娜·马可尼多年后写道："不论他娶谁，富也好，穷也罢，都意味着他要离开她，和另一个人组建家庭，这并不好受。"

安妮尽可能地克制自己的感受，但她无法忍受约瑟芬不给她写信。她和马可尼提了这件事以后，没多久就收到了一封信，用她的话讲，字里行间"非常客气、温柔"。

这回，安妮给马可尼写信道："约瑟芬要是早一点给我写信就好了，这样我也犯不上跟你说她没给我写过信这类话。不过现在问题解决了，我很满意，我也会尽快给她回信。"她还在信中加了一句奇怪的话："我这边的朋友都认为我应该出席婚礼，他们说这样才合礼数。"——说得就好像她真的考虑过不参加婚礼一样。

一九〇一年的春天对马可尼而言收获与考验兼备。五月二十一日，奥利弗·洛奇的"电气电报"获得了美国的专利认证，他和威廉·普里斯成了实质上的盟友，他们对马可尼的公开批评也日益频繁。此外，洛奇还开辟了一条新战线，他和朋友亚历山大·缪尔黑德组建了洛奇－缪尔黑德集团，开始销售洛奇的技术。

马可尼在公众眼中也出了一次洋相。受美联社委托，他打算再次使用无线电实时报道美洲杯帆船赛，不过，这一次他面临两家美国新锐公司的竞争。尽管马可尼对外声称自己改进了信号调谐技术，可有效避免信号传输时相互干扰，但实际上信号干扰依旧经常发生，以至于他的海岸电报站常常收不到电报，更别提将电报转发给美联社了。这件事后来还有一种解释：其中一家竞争公司通过发送超长的划有意干扰马可尼的信号，甚至有一次干脆在发报机的电键上压上重物，让它持续发送，评论员称这是"有史以来用无线电发送的最长的划"。

马可尼倒是在另一个领域取得了进展。一九○一年五月二十一日，第一艘配有无线电设备的英国船"尚普兰湖号"驶离利物浦，开始了它的跨大西洋航行。与此同时，马可尼的员工也在紧锣密鼓地给冠达邮轮公司的"卢卡尼亚号"安装无线电设备。"尚普兰湖号"返航时，船上的马可尼电报员意外地收到了一封来自位于大洋深处的"卢卡尼亚号"的电报。在茫茫无际的大洋上，船员已经习惯了与世隔绝，在他们眼中这次通信堪称奇迹。

几年之后人们才发现，见证这一历史性时刻的碰巧还有"尚普兰湖号"的二副亨利·肯德尔，此时的他还是一名年轻的水手。

· · ·

天气暖和后，科德角的工作推进得很快。不过，维维安和博顿利发现，科德角与波尔杜的天气差异很大。波尔杜的夏天很凉爽，有时还会冷；科德角的气温则常常登上新英格兰的高温榜榜首，超过九十华氏度①，并且异常潮湿。夜晚，科德角常常雷雨交加，闪电划过天际时照得地面如尸体般惨白。大雾往往数日不散，在浓雾的笼罩下，悬崖的尽头仿佛变成了世界的终点。人们每隔一段时间就听到雾角的鸣响，就好像走散的小牛在哀叫，轮船则在港外等着大

---

①90华氏度≈32.22摄氏度。

雾散去。

　　每多一根天线杆立起，维维安的忧虑就会加重一重。这里的风速可以达到每小时二十到三十英里，有时甚至会超过这个范围。截至六月中旬，二十根天线杆中已经有十七根底桅拔地而起。其中十四根中桅和十根上桅已经完工。每座天线塔的工程都分为四个阶段，上桅属于第三阶段，最上桅桁则属于第四阶段。而最后阶段的工作令人不寒而栗，工人需要爬上高高的天线杆，将剩余的部分依次安装到天线杆顶部。这些人被称作装配工，有一张照片记录了他们的工作状态：他们在二百英尺高的天线杆顶部独自作业，身影显得非常渺小，即使是微风也可以吹动天线杆，让他们跟着一起晃动。

　　六月末，电报站的锅炉房、发电设备、发报机都已到位，圆形天线阵列也顺利完工。从当时的照片上可以看到一片天线杆组成的树林，二百英尺高的天线杆用拉索相连和固定，颇像悬挂着蜘蛛网的烛台。

　　维维安对发报机进行了测试。夜晚，火花间隙划过天际，人们在四英里以外的海滩上都可以看到光，听到声音。电报站附近的噪音更是震耳欲聋，就如同有人在不停地扣响发令枪一般。据马可尼早期的员工詹姆斯·威尔逊回忆："你一旦打开门往外走，就得立马用手捂住耳朵。"

　　天线的拉索有时会发出微弱的冷色调蓝光。电流流向拉索会导致信号失真，为了避免这一问题，工人在每根拉索上每隔一段安一个三眼滑轮，滑轮是愈疮木材质的，质地坚硬。三眼滑轮是造船工牵拉船桅时使用的一种工具，在马可尼工人的手中则化身成绝缘体，以阻断潜在的电流。尽管如此，电流还是会在意想不到的地方冒出来。受电磁感应的影响，排水管和炉子上的管道都有可能带电。就连晾晒衣物这样日常的行为也可能触电。希金斯夫人是电报站的厨师，她声称自己有一次刚把衣服挂上晾衣绳，就感到多股电流从身上流过。

八月份，气温居高不下，大雾天也很多。普罗温斯敦再次成为新英格兰气温最高的地方，八月十二日和八月十八日温度均达到了九十二华氏度。不过，八月份的风暴没那么频繁了，风速也降了下来，最高不超过每小时三十英里。然而正如维维安所写："八月的风最大也只能算强风，尽管如此，迎风一侧的天线杆顶部依旧被吹得弯曲到危险的程度。"

天线杆的顶部都用横拉索连着，这意味着一旦有一根摇晃，其他的也会跟着摇晃。

· · ·

马可尼的秘密尚未公开。公司以外，没有人知道他要将电报发往大洋彼岸。海军部官员 G. C. 克劳利去波尔杜考察时，马可尼故技重施，将电报站的接收机放进盒子里。克劳利写道，马可尼乐于讨论他的成果，但不准任何人看盒子里面的东西。"我们称之为'波尔杜的黑盒子'。"

马可尼自己也弄不清楚他的实验现象背后是什么原理，可以说，他每次建电报站都是摸着石头过河。马可尼把天线设计成巨大的圆锥形并没有理论依据。他依赖的完全是对电磁波的直觉。从天线的高度就可以看出，马可尼认为信号的传输距离与天线的高度存在密切的联系。他先前的实验也部分验证了这个观点。

除了这些假设之外，还有许多复杂的变量不容忽视，任何一个都足以左右最后的结果，最细微的调整也会影响信号的特性和强度。马可尼的科学顾问弗莱明发现，就连把火花间隙的金属球打磨光滑这样一个简单的操作，都可以大幅提升信号的质量。马可尼等人就像是在下没有规则的国际象棋，一个兵在这一回合中可能扮演后，下一回合又变成了马。

让问题更难解的是，马可尼想要驾驭的物质看不见也摸不着，测量它的方法也尚未出现，甚至没有人可以确切地说出电磁波的传播媒介。以弗莱明和洛奇为代表的知名物理学家认为，电磁波的传播媒介是以太，马可尼也认同他们的观点，尽管没有人能证明以太这种神秘的传输媒介究竟是否存在。

为了提升波尔杜和韦尔弗利特发报机的功率和效率，马可尼和弗莱明用尽了他们能想到的一切方法，有时这会产生意料之外的效果。功率增加以后，周围的电流也越来越难控制。波尔杜电报站附近，居民的雨水槽上会出现电火花，康沃尔的薄雾里也满是蓝色的闪光。一九〇一年八月九日，身在波尔杜的乔治·肯普在日记中写道："我们看到了放电现象——尽管拉索上都安了绝缘体，我们还是可以看到电火花导向大地，而且每一次都伴随着天线杆顶部传来的可怕的雷鸣之声。马匹经过时常常会受惊狂奔，电报站方圆十英亩内，路人行色匆匆，无一不想尽快离开。"

受恶劣天气影响，波尔杜电报站的施工变慢，尚未竣工。天线杆倒是都搭设起来了，不过疾风使得装配工根本没法爬上桅顶。悬崖上狂风呼啸。一九〇一年八月十四日，肯普写道："天气依旧恶劣。工人今天都没能出去上班。"

狂风整整持续了一个月，肯普迫于无奈，只能让工人回家。

电报站的电容器是用来增加电功率的，它的旁边贴着警示标语：

"警告。危险。请勿靠近。"夜晚，沿着海岸线好几英里远都可以看到从电报站冒出的电火花，与之相伴的还有雷鸣般的噼啪声。一名行人看了波尔杜电报站的阵仗后，称之为"雷鸣工厂"。

. . .

从伦敦传来好消息，马可尼和霍齐尔上校的协商取得了进展。马可尼自始至终只关心能否和劳埃德公司签合同，对其他的事情一概不感兴趣。霍齐尔认识到这一点以后，也放弃了向他兜售专利和技术。

霍齐尔代表劳埃德公司和马可尼谈判的同时，也在为自己谋取利益。一九〇一年九月二十六日，他与马可尼达成共识。霍齐尔顺利进入董事会，并得到总价值四千五百英镑的现金和股票，相当于今天的五十万美元。与此同时，劳埃德公司委托马可尼修建十个电报站，并承诺公司在十四年以内，不使用其他品牌的无线电设备。

合同中最关键的一条是，十个电报站在建成后只能和配有马可尼设备的船只通信。这意味着，航运公司一旦决定使用无线电，马可尼公司将是首选。以往，船只在近岸地带航行、调整航向，要依赖劳埃德公司员工的目力观测，这显然是有风险的。航运公司采用无线电以后，就可以将船只出发与到达的信息安全高效地发给劳埃德公司，从而有效地控制风险。在合同的帮助下，马可尼近乎垄断了船对岸通信，不过这也引起了政府、船主以及逐渐兴起的竞争对手的反感。此前，他就禁止客户与其他无线电设备通联，竞争对手早就对他不满了。

德国对马可尼的举动尤为不满，与此同时，皮卡迪利的埃及馆中，内维尔·马斯基林也是满腔怒火。

幽闭恐惧症

　　克里平最后在肯蒂什镇一个植被茂密的街区找到了房子。肯蒂什镇位于伦敦北部伊斯灵顿区的上边缘地带，租金比布卢姆斯伯里低不少。他找的新房子位于美丽的希尔德普新月街。他之前因为找房子而头痛不已，这栋房子似乎解决了他的困扰。一九〇五年九月二十一日，他和房东弗雷德里克·劳恩签订了合同。房租为每年五十二英镑十先令，大致相当于今天的五千五百美元，根据合同，劳恩同意以这个价格出租三年。

　　将来，这栋房子的一草一木都会吸引全世界数百万人关注。

· · ·

　　新街区谈不上多么耀眼，但有很多戏剧圈人士在这里生活，也算是弥补了它的不足。这些歌手、杂技演员、哑剧演员、魔术师之所以住在这里，多半是因为这里的生活成本没那么高。他们有的刚出来闯荡，有的则已经走到了演艺生涯的终点。这里的另一个加分项是，克里平的新家在新月街，这条街的外观容易让人联想到伦敦的上层街区，同时它与克里平在布卢姆斯伯里的住处有不少相似之处。该街区的主路是卡姆登路，希尔德普新月街在卡姆登路的北侧，形状是近乎完美的半圆形。克里平家的门牌号是三十九号。

新月街两侧都栽着树，夏天，两侧树木的枝叶会搭起绿色的拱顶，好像在欢迎卡姆登路上的有轨电车、公共马车和汉瑟姆。希尔德普新月街上的房屋设计是一致的，并且每两户连在一起，中间的墙是共用的。两户和两户之间隔一小道草坪。住户们为了让自己的房子和一墙之隔的邻居家的房子有所不同，通常会尽力让房子独具特色，方法多是经营自家花园，购买具有异域风情的花盆，花盆的形状和颜色多带有意大利、埃及或印度风格。尽管前门的楼梯井闪耀着钴蓝色以及托斯卡纳玫瑰的光辉，整个街区依旧有一种没落之感。

克里平的房子与新月街的其他房子一样是四层，最下层是地下室，按照传统，地下室肩负生活区和储藏区的功能。地下室区域包括正门台阶下方的煤窖，以及煤窖后面的厨房和早餐室。从采光良好的早餐室出去，可以抵达房子后面被砖墙围起来的长长的后花园。

房子的正面有几级台阶，台阶通往一扇大门，门环相当有分量，门中部则装着把手，进门后就是客厅和餐厅。这扇门是房子的正门，专门用来迎接王子和首相，不过希尔德普新月街上从未出现过如此尊贵的客人。朋友来吃晚饭、打牌一般都是从侧门进。再往上一层，还有一个客厅和两间卧室；第四层，也就是顶层，有一间浴室和三间卧室，一间在前面，两间在后面。

围墙内的后花园呈狭长的长方形，花园中部有两间长满常青藤的玻璃温室。其中一间温室的背面与两堵围墙之间形成了一个隐蔽的角落，人在房间里看不到这个角落。这里摞着一百来个陶瓷质地的空花盆，恰好堆放在视觉盲区，或许过去有人想精心打理花园，把它收拾得光彩夺目，但后来放弃了。

二十年前，新月街虽然无法和上层社区梅费尔、贝尔格莱维亚相提并论，但也称得上大家心目中的理想居所。不过，自此以后新月街就开始走下坡路了，一本关于十九世纪社会改革的巨著提及了它的没落过程。

十九世纪八十年代，商人查尔斯·布思在伦敦各街区挨个调研，以了解居民的经济和社会福利状况。当时，社会主义者声称英国的贫困发生率高、贫困程度深，布思想通过调研推翻他们的夸张言论。为了完成调研，他雇了一大批调研员，陪同伦敦教育委员会的人以及伦敦警察厅的警察一起探访、搜查，从而获取信息。碧翠丝·波特（也就是后来的韦布）曾是布思的调研员，不久以后，她成为著名的社会活动家。人们常常把她和《彼得兔》的作者毕翠克丝·波特搞混，这也难怪，因为除了名字相似外，她们还生活在同一时代，并且都是一九四三年去世：碧翠丝去世时八十五岁，毕翠克丝去世时七十七岁。布思万万没想到，英国的贫困程度远比社会主义者说的还要严重。他发现百分之三十多的城市人口都生活在贫困线以下，"贫困线"这个概念也是布思提出的。为了让调查结果显得更为直观，布思按贫富程度的不同，将结果分成了七组，每组对应一种颜色，之后，他找来了一张一八八九年的伦敦地图，一个街区一个街区地上色，这样，他就可以直观地表现出地区间的贫富差距。希尔德普新月街被涂成了红色，在布思的评价体系中，红色属于第二富有的类别，代表"有钱，中产阶级"。

十年后，布思发觉有必要更新数据，因此再次走向伦敦的大街小巷。布思和警察巡查调研时，至少去过三次希尔德普新月街及其周边地区。有一次回来后，他在总结报告中写道："条件优越的人正在陆续搬走。"另一次，他在卡姆登路调研时，经过希尔德普新月街的入口，他说这里的"房子不错"，但"里面住的人怕是不比以往了"。新月街的北部地区在此之前已经有了颓势，如今这一趋势也蔓延到了新月街。布思写道："街区正在快速衰落。"

这一趋势是由多种原因造成的，其中之一便是交通的日益便利，随着郊区交通网络以及地铁线路的完善，普通收入的家庭也可以逃离"伦敦最黑暗的地带"，去遥远的郊区生活。另外，不知是福是祸，希尔德普新月街受附近三个地方的影响，房价难以上升。克里平可能觉得这不会直接影响他的生活，也可能在选择住房时没注意到这些。不过用不了多久他就会注意到的。

从克里平的房子出发，向东南方向走大约一分钟，就到了一个很大且气味难闻的地方。它就是位于哥本哈根田野的大都会牲口市场。一八五五年，大都会牲口市场开张，取代了之前的史密斯菲尔德市场。查尔斯·狄更斯在《雾都孤儿》中描述过史密斯菲尔德市场，"地上到处都是污泥，差不多有脚踝那么深"，环境也"嘈杂得要命，令人难以忍受"。新市场占地三十英亩。每年穿过市场大门在这里宰杀和肢解的牛、羊、猪，加上赶集时直接在内部街市摊档和"布洛克巢穴"销售的牲口数量，可达到四百万头。大都会牲口市场没有那么脏，但喧闹程度丝毫不亚于史密斯菲尔德。周一是市场最热闹的时候，圣诞节前的周一，市场人数更是会达到全年顶峰。如果高峰日那天天气好，那么几个街区外的居民都能听到市场里牛羊的叫声，甚至希尔德普新月街的居民也不能幸免。查尔斯·布思发现，牲畜贩子把家畜从附近的街道赶到市场的途中，有时会闹出些滑稽事。他写道："有些家畜会走散。"有一次，一头公牛在外面晃荡了足足三十六个小时。还有一次，一群羊直接闯进了服装店。"最难对付的是走散的猪，"布思写道，"猪一走散，没多久就会吸引一堆行人——这让警察显得十分可笑。"

市场周边的这批居民与克里平在布卢姆斯伯里遇到的相比，自然讲究不到哪里去。布思评论道："这一带环境很一般。在这里生活的人多半在牲口市场工作，有牲畜贩子、屠夫、搬运工等。他们大多是临时工。附近一些老村舍也都年久失修。"

另两个让希尔德普新月街魅力大减的地方是两座监狱。其中一座是霍洛威监狱，别名伦敦城监狱。伦敦城是伦敦的商业区，霍洛威监狱是伦敦城的主要监狱，自一八五二年开始羁押伦敦城内被指控或定罪的罪犯。一九〇二年以前，霍洛威监狱里羁押的既有男性也有女性，奥斯卡·王尔德就在霍洛威的牢房里待过一小段时间。不过，克里平搬到希尔德普新月街时，霍洛威监狱已经只关押女性了，而且不久后就接收了第一辆载满妇女参政论者的警车，她们因竭力争取妇女选举权而被捕。一九〇〇年的《贝德克尔伦敦及其周边地区旅游指南》称霍洛威监狱的建筑"相当雄伟"，但这只能说明编写者对阴郁的事物情有独钟。多数人即使在晴天看到它的塔楼、城垛、突出的烟筒，也会感到寒气逼人。

不过，和另一座监狱相比，霍洛威监狱只能算小巫见大巫，那就是正对喀里多尼亚道的本顿维尔监狱。从克里平的房子出发，向东南走没多久就能到。本顿维尔监狱的建筑物看上去倒谈不上更阴森，它之所以令人不寒而栗，主要是因为里面经常处决犯人，监狱高高的白墙也因此变得越发使人压抑。一八四二年，本顿维尔监狱刚刚建成就被改革者称作"模范监狱"。在他们看来，监狱有两点优势：其一，监狱的设计具有创新性，监狱中部有一栋大楼，从中部大楼的四个方向延伸出四栋风格简约、光线明亮的监狱大楼，狱警在中部大楼即可监视监狱的各个角落；其二，监狱采用了"隔离系统"，根据该系统，最初的五百二十名犯人都被关进了单人牢房，这样他们就无法和别的犯人交谈了，这种关押方式后来被称作单独监禁。这个系统的初衷是希望犯人可以通过独立劳动、参与日常宗教仪式、阅读净化灵魂的文学书籍，反思他们的所作所为，改掉恶习。不过，隔离系统投入实践后反而逼疯了不少犯人，引发了一连串自杀事件。

一九〇二年，本顿维尔监狱成了死刑执行地。附近的居民对此自然很不满，不过，他们如果了解历史的话就会知道，这个新角色不过是让它回归了老本行。十八世纪，卡姆登镇有一家叫母亲红帽的小酒馆，酒馆旁边就是公共马车的停靠站点，这一站点同时也是许多死刑犯的终点站——街对面就是绞刑架，死刑犯会在这里被处以绞刑。后来，公开处决在许多人看来俨然成了充满恶趣味的消遣，批评之声也日益响亮。最终，议会决定，死刑改在监狱的高墙里执行。克里平搬到希尔德普新月街时，这里还有一项旧传统尚未废止。它存在于法律条文中，令监狱附近的居民倍感沉重，只要有它在，他们就无法忘却家的旁边有一座监狱，高墙里的人也会确切地知道自己的死亡时间。这条法律规定，每执行完一次绞刑，监狱小教堂的丧钟就要响十五次。这对生活在附近的人而言无疑是一种折磨，对接下来要走上绞刑架的犯人而言更是如此。然而对贝尔来说，这无异于又多了一个阶层下滑的证明。

托马斯·科尔就住在监狱附近。他认为处刑严重影响了周边街区的正常生活，为此特地给内政大臣写了封信，时任内政大臣正是年轻的温斯顿·丘吉尔。科尔抱怨道："监狱附近住的都是体面的劳动者。他们很难把房子租出去，这导致不少房子一直空着，业主无疑蒙受了很大的损失。"他最后礼貌地提议，能否将行刑地迁往别处——沃姆伍德－斯克拉比斯监狱就是一个不错的选择，"据我所知，这座监狱的位置很偏远"。

科尔的不满通过内政部传到了本顿维尔监狱的监狱长耳中，他很快答复，语气同科尔一样客气，并且表示很理解科尔的感受。监狱长承认，紧邻监狱的一条主街——市场街上，确实有几栋房子空着没人住，"不过，我并不认为房子租不出去是监狱执行死刑造成的，即使有影响也微乎其微。监狱本身才是导致一个区域吸引力下滑的原因，而且这里从一九〇二年就开始执行死刑了，这个扰动因素一直存在"。

然而他又指出，附近街区的衰落并不全是监狱造成的。房东收取的租金过高，并且"有轨电车和地铁让交通变得更为便利，有条件的劳动者也开始向更远的郊区搬迁"。此外还有一个问题，"据我了解，附近的房子鼠害成灾"。他承认衰落确实在发生。"我发现，市场街如今的房客与几年前的房客相比，社会阶层要低不少。事实上，每次入住的新房客的富裕程度都会比上一批房客差一些，因此房客的更换也越来越频繁。"

他在信末倡议："应该停止行刑后敲钟——它的存在没多大意义。只要监狱以后不敲钟，估计附近的居民也不会注意到行刑的事。"

他的提议被否掉了。钟声一直以来都存在，以后也将继续存在。要知道，这毕竟是法律，这里毕竟是英国。

. . .

粉色是贝尔常用的颜色。她的裙子、内衣都是粉色的，包括一件带罗纹的粉色丝绸内衣。家里的粉色枕头上带有粉色流苏，房间墙上有粉色调的织物，就连画框上也有粉色的天鹅绒蝴蝶结。她讨厌绿色，觉得绿色会带来霉运。有一次她去朋友家做客，看到客厅里的绿色墙纸后顿时惊呼："天哪，你竟然有这种不吉利的东西。绿色的墙纸！这会给你带来厄运的。我要是有房子，肯定不会用绿色。我只会用粉色，这样才吉利。"按她的标准，她现在应该很幸运才是。

阿德琳·哈里森称贝尔的消费习惯很奇怪，既节俭又奢侈。"克里平夫人在家庭日常开销上非常节省，"哈里森写道，"老实讲，她在这个方面近乎吝啬。她会找到最低价的店铺买肉，买家禽也会专门去喀里多尼亚市场买最便宜的。她花便士时能省则省，花英镑时却大手大脚。"

她花大价钱给自己买衣服和珠宝，给家里买的则是些不值钱的小摆设和落单的家具。另外，她对讨价还价情有独钟，想必没少光顾每周五大都会牲口市场的"大杂烩"集市。"大杂烩"最初指牛、猪、绵羊以外的家畜，如驴和山羊等。不过随着时间的推移，这个词囊括了可以出售的所有东西，无论是家畜，还是形形色色的物件。查尔斯·布思在伦敦调研时也去过周五的集市，发现"这里什么都卖，并且什么都可以找到买家"。顾客逛集市摊档时，可以看到书、衣服、玩具、锁具、锁链、生锈的钉子，以及一堆又旧又破的物件，布思说这些二手用品"基本是废品，根本值不了几个钱"。另一位作家这样描述一八九一年的集市："顾客和商贩也是什么样的都有，其中不乏衣衫褴褛的人，身上的衣服与手里交易的物品一样破。"

贝尔用鸵鸟羽毛装饰房子，又在另一个房间里放了一双大象脚，这在中产阶级家里不算少数。朋友拿她开涮，说她对自己的外表、服装那么看重，却把家里收拾得一塌糊涂，结果房子都不通风，总有一股霉味。"克里平夫人不喜欢开窗通风，呼吸新鲜空气，"哈里森写道，"她不会定期打扫房间，基本上都是想起来以后才随便打扫一下。所有房间的窗户，包括地下室的，都没怎么开过。"她家的房子非常大，算上地下室一共四层。而当时佣人的工资很低，按往后时代的标准看简直低得离谱。即使如此，贝尔也不愿意花钱雇女佣。为了少做家务，她直接把顶层的卧室封了，平常只用其他房间。"厨房是他们的主要生活区，那里常常混乱不堪，积了很多灰。"哈里森写道，"地下室由于不怎么通风，有一股难闻的泥土味。下楼去地下室时，我总觉得瘆得慌，尽管地下室后面就是后花园，但里面依旧漆黑一片、阴森异常。"

据哈里森回忆，她有一次去贝尔家做客，那天贝尔性格的矛盾点体现得特别明显。"一天上午，她挺忙，我跟着她走进了厨房。那天天气暖和，还有些潮湿。窗户都关着，窗上落满了灰。碗橱上摆着一堆东西，有没洗的陶瓷餐具、食物、她丈夫的硬高领、她自己的假鬈发、发夹、刷子、信件、金色的珠宝装饰的钱包等。"厨房的煤气灶锈迹斑斑，沾满了做饭留下的污渍。"桌子上也一团糟，堆着包装袋、深煮锅、脏兮兮的刀、盘子、熨斗、洗脸盆、咖啡壶等物品。"不过，就在这个乱七八糟的房间里，一件白色的雪纺绸礼服被"随意"丢在了一张椅子上，上面还有丝绸材质的花纹。

贝尔的猫趴在紧闭的窗户旁边。"这位猫咪小姐是房间里的囚犯，她不停地用爪子挠窗户，想吸引偶然经过的唐璜，不过，她的努力终究是徒劳。"

· · ·

表面上，克里平夫妇关系和谐、婚姻幸福。左邻右舍称，他们经常看到夫妻两一起在花园劳作，贝尔还常常唱歌。其中一个邻居叫简·哈里森，就住在隔壁的三十八号，她说"他们关系亲密，我从没有见他们吵过架或红过脸"。哈里森一共帮贝尔筹备过四次派对，其中一次是贝尔为乔治·华盛顿·穆尔举办的生日派对，规模比较大。乔治·华盛顿·穆尔是穆尔与伯吉斯黑脸歌舞团的老板，人们通常称他为"小马"穆尔。

不过，如果有人近距离观察克里平夫妇就会发现，他们的关系并没有那么理想。贝尔有一小段时间还真请过一名叫罗达·雷的女佣。"克里平夫妇对彼此的态度不怎么友善，"罗达说，"他们俩都不怎么说话。"他们的朋友约翰·伯勒斯称，贝尔有时候对待丈夫会"有些不耐烦"。搬入新房子后，克里平夫妇的居住方式也发生了变化，这一点似乎并没有引起朋友的关注，不过要不了几年，它就会显示出重大意义。这是他们结婚后首次分居，各住一间卧室。

贝尔的朋友和邻居似乎没有意识到她很孤独。她经常出去吃午餐，一般都是一点出门，三点回来，但除此之外，她大部分时间都在家里度过。她通过宠物寻找慰藉，没多久，房间里就出现"喵喵"和"啁啾"的叫声，往后还会出现犬吠声。她养了两只猫，其中一只是优雅的白色波斯猫。另外，新月街附近的住户都喜欢买金丝雀，贝尔也在一个镀金的大笼子里养了七只。后来，她还和克里平一起买了一条斗牛梗。

她搬进新房子以后很快就决定出租家里的卧室，她在《每日电讯报》上登了广告，没多久就有三个年轻的德国人租了顶层的卧室。卡尔·赖尼施就是其中之一，他说贝尔租房子不只是为了赚钱。

赖尼施在一封信中谈到了自己的租房经历，这封信如今存放在伦敦警察厅的黑色档案馆，只有警察和受邀客人才能进档案馆翻阅。

赖尼施写道，这座房子有一个"美丽的花园"，并且它所在的"街道非常安静，环境也很好"。他觉得自己能成为克里平家的房客非常幸运。他写道："当时，能在克里平医生家租到一个房间是很有面子的事。"克里平"非常安静，很有绅士风度，这不仅表现在他的思想上，更表现在他的行动上，他不仅对妻子好，对其他人也是如此。他很宠妻子，能用心感受她的想法，无论她想要什么，他都会尽快满足她"。一九〇五年，赖尼施在克里平家过的第一个圣诞节就可以说明这一点。"克里平医生想给妻子一个大大的惊喜，他给她买了一台留声机，希望她开心。这在当时是非常昂贵的物品。克里平夫人的钢琴弹得很不错，她看到礼物以后高兴得像个孩子。克里平先生看到她的笑容以后，比她还开心。他可是花了很大工夫才买到这台留声机的。"

　　赖尼施称克里平和贝尔的性格截然相反。他发现克里平"非常安静"，贝尔则总是"兴高采烈的，她有着金色的头发、美丽的脸庞、高大丰满的身材、华丽的服装"。他写道，她是"一名优秀的家庭主妇，与许多英国女士不同，她自己做饭，而且做得很不错"。他注意到克里平夫妇的"经济状况很不错"，但没有雇佣人。

　　克里平和贝尔打惠斯特纸牌时，常常叫上赖尼施和另一个房客一起。"克里平夫人就算只输一个或半个便士也会大发脾气，不过同样地，她就算只赢一点钱也会特别开心。当然，一两个便士并不重要，关键是她有很强的好胜心。为了避免惹她生气，克里平医生常常故意输，他也经常让我这么做，这样，女主人赢了以后就可以满意地露出笑容了。"

　　总之，在赖尼施眼中，克里平夫妇是幸福的。"至少在我住的那段时间，他们的关系非常和谐，"他写道，"我不觉得他们有任何误会或不满。有一点我必须提一下，他们的生活方式多少有些离群索居。我能住进他们家，也是因为他们觉得自己太孤单，想打破这一状态。我待在他们家时不觉得自己是外人。我在别的地方租房总觉得自己是房东的赚钱工具，但在他们家完全没有这样的感受。"

赖尼施觉得克里平夫人寻找房客的主要原因是她没有小孩。

"作为家里孩子的'替代者'，房客要可靠且善于交际，"他写道，"所以在我租房子的时候，他们就和我约法三章：我要时常待在家里陪他们，不能每晚出去……对我来说，接受这一点并不容易，毕竟我是个年轻人，想享受大都会的生活。不过，我也无须为此后悔。他们俩很有教养，跟他们打交道对我只有好处。我们常常坐在壁炉边聊天，什么都聊，聊的内容既有趣又有启发性。"

然而，另一个房客对克里平夫妇的印象就不同了，他对贝尔的好友阿德琳·哈里森说，克里平夫妇时有争执，并且是单方面引起的，"克里平夫人激动、暴躁，不停地呵斥丈夫，克里平则脸色苍白、冷静，沉默不语"。

· · ·

尽管在赖尼施等房客入住后，贝尔的生活没那么孤单了，但她和克里平的关系却因此变得更紧张。她让克里平照顾房客每天的需求，哪怕在克里平唯一不用上班的周日也别想休息。阿德琳·哈里森写道："他早上六点就得起床，给房客擦靴子，给壁炉加煤，准备早饭，此外，他还有不少杂七杂八的活要忙。"他要整理床铺，洗盘子，周日还要给房客准备中午的大餐，而且根本没有佣人帮他。"这段时间太煎熬了，"哈里森写道，"他们俩完全没必要受这份罪。克里平的收入很不错，他也没少给贝尔生活费。"贝尔拿到房客的租金后，买了更多的衣服和珠宝。

一九〇六年六月，贝尔的德国房客还没住满一年，就被她赶走了。一个朋友说是因为租房子的工作量太大，贝尔无法忍受，不过她的决定也可能与民众对德国间谍日益增长的恐惧有关。六月二十三日，周六，上午九点三十分，她写道："我的妹妹不久就要过来拜访，很抱歉，但我们确实需要用房子，而且我还想办很多活动，有房客在的话确实不大方便。我希望你们可以另找舒适的住处。不过你们可以慢慢收拾，我并不想马上赶你们走，我希望最后一段时间你们依旧可以把这里当作家。我妹妹到了以后，我也希望你们可以赏光参加我们每周的招待会。"

. . .

在希尔德普新月街三十九号生活的这段日子里，贝尔显露出的最明显的性格特点就是对克里平的控制欲。他性格温和，很容易被左右，可以说，他的地位和家里的宠物基本持平，只有被定义的份。"他没有明显的缺点。事实上，别人很难在他身上找到正常人常见的弱点或怪癖，"阿德琳·哈里森写道，"他性格中唯一的坚毅就是他的克制。他不能吸烟，一吸烟就会不舒服。他也不沾红酒和烈性酒，因为这些东西会影响他的心脏和消化系统。他倒是喝一点麦芽酒和黑啤，但也不轻易喝。他算不上一位有男子气概的男士。大家从来没有见过他狂欢，他总是准点回家。有的男的可能会狂欢到凌晨两点，然后被俱乐部的伙计扛回家，脸上还带着毫无意义的笑意，不过，这种事绝不会发生在克里平身上。"

他们搬到希尔德普新月街后没多久，贝尔就强迫克里平改信天主教。他穿什么衣服也一律由她决定。一九〇九年一月五日，她趁着每年冬天的打折季，从琼斯兄弟那儿给他买了三套睡衣。人们不久以后发现，这是她人生中意义最为深远的一次消费。他西装的款式和颜色统统由贝尔决定。"他的品位很奇怪，常常看中偏女性化的领带和服装，"哈里森写道，"妻子会给他买领带，也会替他决定买什么款式的衣服。她会和裁缝讨论他的裤子颜色，而他只会在一旁看着，不敢发表自己的观点。"

就连家里的猫咪也成了贝尔控制欲的受害者。"她担心猫咪会卷入不正当关系"，所以从来不放它们出去，反而让克里平在花园里为它们做了个笼子。

贝尔为了让克里平乖乖听话，时常以离开相要挟。她总会在家里摆上至少一张布鲁斯·米勒的照片，以提醒克里平，让他小心点。

后来，克里平和一位朋友说："我一直都很讨厌这套房子。"

· · ·

一九〇七年，一位自称弗兰克尔的男士，在托特纳姆苑路往西步行不远处的韦斯街租了一间卧室。他对房东说自己是耳科医生。他的个子不高，留着浓密的八字胡，双眼略微突出，目光和善，走路时有些外八字。他待人接物都非常客气。"弗兰克尔晚上没怎么在里面住过，"他的房东说，"不过，白天的时候，我偶尔会碰到一个小姑娘从弗兰克尔房间的方向走下楼，我并不认识她。"

灾难

　　波尔杜的天气依旧恶劣。肯普在日记中提到，九月十七日上午，西南风横扫整个电报站。马可尼也在现场。肯普、弗莱明与他一起在电报站做电火花生成实验。风越刮越大。"下午一点，"肯普写道，"狂风突然转向，变成了西北风，一圈天线杆受到大风越来越猛的冲击。"

　　天线杆晃得厉害。每根杆都通过横拉索与相邻的相连，结果它们同时在大风中舞动。狂风在电缆之间呼啸而过。

　　一根天线杆倒了，但它的横拉索依旧与两边的天线杆连着。在横拉索的拉动下，晃动传给了其他天线杆，整圈天线杆全部出了故障。有一半完全倒下，像大树一样重重地砸向了雨水浸湿的土地。剩下的天线塔七扭八歪地勉强立在废墟里。

　　好在没人受伤，楼里的电容器、变压器和发电机也逃过一劫。

　　马可尼表面上波澜不惊，内心却非常急躁甚至有些绝望。这场灾难对他征服大西洋的梦想而言，无疑是一次沉重的打击。尽管如此，他依旧拒绝推迟计划。

在他的安排下，工作人员在波尔杜搭设了两根新天线杆，高度均为一百六十英尺，而且顶部串着一根粗电缆，下面悬有五十四根裸铜线，每根长一百五十英尺。铜线汇聚在电容器室的正上方，整体看上去就像一只悬浮在空中的巨大扇贝。这个设计并没有任何物理定律的支撑，但直觉告诉马可尼，就应该这样做。

灾难后的第七天，新天线安装到位，没多久，马可尼就在测试中用它给利泽德的电报站发送了首批电报。

临时天线就位后，马可尼要求手下的人修建一个由四座天线塔组成的永久电报站，每座天线塔由交叉支撑的松木支柱构成，高度将达到二百英尺。电报站将建在一片两百平方英尺的土地上，四座天线塔位于四个角。一根粗的绞合电缆会将各座天线塔的顶部连接起来，并且，马可尼计划将它与至少二百根电缆相连，组成一个倒置的巨型金字塔，塔尖将位于电容器室的房顶。这一次，马可尼要确保天线塔的设计足以承受康沃尔地区最恶劣的天气。

修建如此大规模的电报站需要花好几个月。马可尼可没有耐心把跨大西洋实验往后推那么久。他的着急确实有一定的现实考量，他担心董事会失去信心。之前，董事会勉强同意他花五万英镑在波尔杜和南韦尔弗利特修电报站，这相当于今天的五百四十万美元。他需要证明这笔钱没有白花，哪怕现在一个电报站已经报废，证明的难度陡然增加了不少。他对竞争对手的警惕也从来没有松懈过，如今竞争压力越来越大，美国公司的竞争力更是不容忽视，他对之前美洲杯帆船赛报道失利一事仍心有余悸。此外他也很清楚，跨大西洋计划藏不了多久了。

不过，他行动的最高动力源自内心。根据当时的物理定律，让无线电信号跨过大西洋无异于天方夜谭，尽管如此，马可尼还是不

马可尼在康沃尔建的无线电报站

信邪，直觉告诉他这是可行的。

马可尼在爱尔兰克鲁克黑文也建有电报站，波尔杜的临时天线可以顺利地与克鲁克黑文电报站实现通信，而且两地的距离足足有二百二十五英里，这给了他极大的信心。此外，他偶然获得的一项小型新技术也给了他不小的鼓舞。他的好友兼同胞，意大利海军军官路易吉·索拉里八月专程去波尔杜找他，给他带了一个新型金属粉末检波器。这个新器件由一名海军信号兵设计。马可尼测试后发现，新器件对信号的灵敏度远远超过了他最先进的接收机。

他设计了一个新方案。一九〇一年十一月四日，他给肯普发了一封传统电报："请做好准备，十六号随我一起前往纽芬兰。如果你想休假的话，现在尽快休。马可尼。"

他没有对弗莱明透露新方案。

· · ·

马可尼并非空想家，他很清楚，必须要产生足够大的功率，波长也要达到他设想的长度，才能把无线电发给科德角，临时电报站难以实现这些条件。不过，纽芬兰就另当别论了，它和英国的距离小得多，但仍然在大西洋的另一侧。并且，纽芬兰也有英美电讯公司提供的海底电缆服务，该服务垄断了英国和纽芬兰之间的电报通信。这一点对马可尼来说非常关键。要是没有海底电缆，他就无法收发传统电报，换言之也就无法指挥波尔杜的电报员，把控整场实验。

此刻还有一个最棘手的难题亟待解决。他需要尽快在纽芬兰建起电报站，并且要将天线搭得足够高，唯其如此才能顺利接收波尔杜临时电报站发来的信号，这意味着天线至少要有几百英尺高。

他想到了一个新奇的解决方法，不过还没有跟旁人提及。他的选择很明智，因为一旦股东知道了他的计划，他们对他以及对整个公司的信心都可能直线下滑。

· · ·

肯普和工程师珀西·佩吉特收拾好行李，于一九〇一年十一月二十六日周二前往利物浦码头，和马可尼一道登上了阿伦航运公司的"撒丁尼亚号"前往纽芬兰。马可尼带着自己的金属粉末检波器以及索拉里给他的意大利信号兵改良过的金属粉末检波器。他们随船的行李中有两只用棉线和丝绸特制的巨大的气球，气球充满气后直径可达十四英尺。为了给气球充气，他们带了大罐的氢气。箱子里还装有多个线轴，缠着数千英尺的铜线。此外，他们还带了组装六只风筝所需的零部件和材料，每只风筝长七英尺、宽九英尺，足以带起一个人。

马可尼后来写道，使用气球和风筝也是无奈之举，考虑到天气等不利因素，他只能这么做。"那段时间天气恶劣，我们无法施工，更何况时间紧迫，根本没有充足的时间去架设支撑天线的高杆。"马可尼因而想到了这招，他可以借助风筝和气球让电缆上升到四百英尺的高度，这将是科德角天线高度的两倍。波尔杜的电报员收到他的指令后，会在指定时间反复拍发电报，直到他收到为止。按计划，他一旦收到电报，就前往南韦尔弗利特的电报站发一封电报作为回复，这样至少在表面上实现了大西洋两侧的双向通信。

晚上，"撒丁尼亚号"出航前，马可尼、肯普和佩吉特一起在船上吃了第一顿饭。这顿晚餐堪称盛宴，有精美的食物和高档红酒。船上环境温暖、舒适，服务也无可挑剔——这并不奇怪，因为他们三个人就占了整艘船的半数乘客。肯普和佩吉特共住一间客舱，马可尼则住单间。

就在用餐时，马可尼收到了一封电报。

· · · ·

十一月，南韦尔弗利特的天气异常恶劣，气象局称这是"多年来"最寒冷的十一月，平均气温也"低得惊人"。整个月，风、雨、雨凇和雪就从未间断。不过最糟糕的当数本月最后一周。十一月二十三日，周六，夜里刮起了东北风，第二天又刮了一整天。接下来的两天，布洛克岛的风速达到了每小时八十英里，算是飓风级风力。风暴信号旗升起后就没再降下来。

十一月二十六日，周二，暴风雨的猛烈程度达到了顶峰。狂风从悬崖顶部呼啸而过，天线杆也在风力作用下弯折，此起彼伏地摇动。横拉索将天线杆的顶部连接起来，导致它们一旦动起来，动作整齐划一，如同一群舞蹈演员在原始仪式上跳舞。

舞蹈演出失控了。南韦尔弗利特电报站诡异地重蹈了波尔杜电报站的覆辙。一根天线杆倒了，紧接着剩下的全倒了。一段树干粗细的天线杆刺穿了电报室的屋顶，另一段则差点砸到了理查德·维维安。"它砸落的位置，离我当时站立的地方不足三英尺。"

这个电报站沦为了废墟。马可尼的巨额投资最后换来的就是些折断的帆樯杆、顶樯和上樯。倘若有十几艘轮船同时遇难，它们留下的残骸大概就是这个样子。

· · ·

维维安通过海底电缆把噩耗发给了位于伦敦的公司总部，总部又将电报转发给马可尼，后者收到电报时正在"撒丁尼亚号"上吃晚餐。电报上就一句话："科德角的天线杆倒了。"

毒药登记表

一九〇八年九月，埃塞尔·勒尼夫找到了新住处，从新住处往北走几个街区就是汉普斯特德西斯公园，向东走一英里左右就是希尔德普新月街。她的房东是罗伯特·杰克逊和艾米丽·杰克逊。罗伯特是推销员，专门为一家公司推销矿泉水，他妻子艾米丽负责出租家里的卧室，并给房客提供餐食。杰克逊夫人和埃塞尔可以说是一拍即合。每晚，埃塞尔下班回家后，杰克逊夫人都会泡一杯茶送到她的房间。她们会趁机聊一聊当天发生了什么。没多久，埃塞尔就开始称杰克逊夫人为"妈妈""妈"了。

尽管如此，杰克逊夫人仍不知道埃塞尔已经有四个月的身孕。但这个秘密在两周后暴露。据杰克逊夫人所说，两周以后，埃塞尔"流产"了，当然这可能是一种委婉的说法。女医生在当时并不多见，不过还是有一位叫埃塞尔·弗农的女医生亲自去了一趟杰克逊家照顾勒尼夫。杰克逊夫人后来说："我从头到尾都没见到她的孩子。埃塞尔·弗农医生问孩子去向的时候，我也在场。"勒尼夫说她不知道，"不过她最后承认，她去洗手间的时候，觉得好像有什么东西从身体里掉了出来"。

医生和杰克逊夫人不断追问孩子父亲的身份，但埃塞尔就是不松口。

紧接着，埃塞尔就病了，杰克逊夫人像母亲一样悉心照顾她。两三天后，克里平找上了门，他把名片递给了杰克逊夫人，说是要见埃塞尔。不过他只待了几分钟。一周以后，他又来了一趟，待的时间也很短。杰克逊夫人后来称："我觉得他是我见过的最友善的男士。"

埃塞尔在床上休养了两周就回去上班了。

· · ·

克里平依旧与穆尼恩公司保持合作关系，但这已经不是他的主业了。他把绝大部分精力都投入了一桩新买卖。他与一位叫吉尔伯特·默文·赖伦斯的新西兰牙医一起开牙科诊所挣钱。他们的诊所叫耶尔牙科专家。赖伦斯说："他负责出钱投资，我作为牙医负责看病。"克里平还负责诊所的运营，并制作一些必要的麻醉剂。他们赚的钱会平分。诊所位于新牛津街的阿尔比恩大楼，与穆尼恩公司在同一栋楼，女士协会的总部也在这栋大楼里。与此同时，克里平继续制造、销售自己配制的各类药物，包括一款叫霍索尔的治耳聋的药。

埃塞尔与克里平的关系因流产而发生了改变。之前他们相处起来毫无负担，尽管诊所离女士协会很近，他们依旧大胆交往。如今她流产以后，发觉自己对克里平爱得更深了。克里平每天晚上要回自己的家、回到贝尔的身边，而她只能独自回到汉普斯特德的单人卧室。这令她难以忍受，这种痛苦一天比一天明显。

．．．

　　女士综艺表演协会依旧在做公益事业。协会的会员都很喜欢贝尔·埃尔莫尔和她身上迸发出的活力，贝尔对她们也非常热情。她不再演出，但可以每天接触到形形色色的演员，这对她而言就够了，至少目前如此。她生活中唯一无法摆脱的枯燥元素就是她丈夫。她多次扬言，有大把的男人想跟她在一起，她随时可以跟别人远走高飞。这样威胁性的话，她讲得越来越多。

　　她好像没有意识到，自己的威胁已然丧失了威力。克里平现在爱的是埃塞尔·勒尼夫，并且已经向埃塞尔许诺，早晚有一天他会让埃塞尔成为自己的合法妻子。他认为埃塞尔才是命中注定要与他同床共枕的女人。贝尔如果出走，对他反而是一种解脱。在英国的法律体系下，离婚很难，被遗弃是少有的几种法律认可的离婚理由之一。

　　相应地，克里平也没有关注到贝尔的变化，现在她是在认真考虑这件事，并且开始提前计划。他们之前在斯特兰德大街查令十字银行所开的账户，如今存款已经达到了六百英镑（相当于今天的六万多美元）。根据银行的规定，贝尔和克里平都有取款权限，且取款时无须提供另一方的签名。不过也有一条限制，他们能随时提取的只有账户的利息。如果想注销账户或提取本金，就必须提前一年向查令十字银行提交申请。

　　一九〇九年十二月十五日，银行收到了贝尔的申请，她有意取出账户的全部余额，并且申请书上只有她的签名。

　　　　　　　·　·　·

　　贝尔与协会的朋友相处时非常大方。一九一〇年一月七日，周
五，她和克里平去了一趟协会的办公室，给一个朋友送生日礼物。这
个朋友也是协会的会员，叫路易·戴维斯，贝尔给戴维斯送的礼物是
一条珊瑚项链。贝尔前一晚没睡好，她给戴维斯送礼物时说："我还
以为我没法过来给你送礼物了呢。昨天夜里，我因为窒息惊醒了一
次，差点让彼得去找神父。当时，我感到窒息，而且眼前漆黑一片。"
　　贝尔看了一眼克里平："亲爱的，我没说错吧？"
　　"没错，"克里平说，"不过你现在没事了。"
　　接着，三个人一起离开了办公室，前往附近的莱昂斯茶馆。茶
馆像往常一样热闹，贝尔到了以后又讲了一遍自己的遭遇，这一次
她的语气更夸张。
　　"我永远忘不了这一晚，"她说，"太可怕了。"
　　她把手放到了自己喉咙的位置。
　　戴维斯听了她的故事以后觉得很困惑，因为贝尔最突出的特点
之一是，她的身体向来很强健。一个朋友如此评价贝尔，她"好像
永远都不知道疼痛为何物"。
　　喝茶时克里平说，之所以会有这次意外，都是因为贝尔平时在
协会工作压力太大，他劝她以后不要在协会忙活了。他以前也提过
类似的建议，但她根本没理会，这次她的态度也一样。克里平劝她
辞去协会的工作，原因之一是他不想在阿尔比恩大楼碰到她，她频
频出现只会让克里平和埃塞尔做什么都得谨小慎微，这无疑给他们
带来不少约束和烦恼。
　　三人就这样继续在莱昂斯茶馆聊天。

．．．

一九一〇年一月十五日，周六，克里平离开办公室后，沿着新牛津街走到附近的刘易斯和伯罗斯药店。他在制药和做麻醉剂时常常在这家药店买化学品。近一年他买过的化学品有盐酸、过氧化氢、吗啡，不过买得最多的还是可卡因，去年一共买过九次，总量达一百七十格令。今天，他想买点别的东西。克里平对药店店员查尔斯·赫瑟林顿说，他想买五格令的氢溴酸东莨菪碱。

赫瑟林顿听到他的要求后并不吃惊。他认识克里平，并且对克里平的印象很不错。克里平总是面带微笑，给人一种和善的感觉。这与他的外表不无关系——他的八字胡和络腮胡此时都有些花白，让人觉得容易接近，另外，他的眼睛经镜片放大后，也让人觉得他不怎么强势。而且赫瑟林顿知道，克里平买化学品是用来做顺势疗法药物和牙科麻醉剂的，而东莨菪碱具有镇定作用，偶尔可以用于药物的制作。

尽管如此，赫瑟林顿还是无法满足他的要求。东莨菪碱作为一种毒性极强的药，用途并不广泛，因此他手里不会储备如此大剂量的东莨菪碱。事实上，在他为刘易斯和伯罗斯药店工作的三年里，药店从未储存过如此大剂量的东莨菪碱。他告诉克里平，药店要先订购，过几天才能到货。

．．．

赫瑟林顿打电话联系了药品批发商英国药厂有限公司进行订购。公司的总经理查尔斯·亚历山大·希尔称自己的公司是"伦敦，乃至整个英国最大的药商"。

希尔的公司完全有能力接这个订单。公司常规状态下都有二百格令的东莨菪碱，由德国达姆施塔特的默克公司提供。希尔称东莨菪碱的"需求量很小"。一般情况下，一家药店每次最多进一格令。例外的情况也有，有一次一家药品批发商订了三格令，还有一次一家医院直接订了十五格令，这是他印象中最大的一笔订单。

除了五格令东莨菪碱，药店还订了其他化学品，英国药厂有限公司走船运将货物一并送了过去。一月十八日，药店收到了货物。

. . .

一月十九日，周三，到货的第二日，克里平再次步行前往刘易斯和伯罗斯药店。他这次是专程来取药的。

之前，克里平不论取可卡因还是吗啡，值班的店员从未让他填写过毒药登记表。然而药店有一份毒药清单，一般情况下，客户只要购买了清单里的药物就要登记。药店的店员哈罗德·柯比说："我们没有让他填过表，因为我们认识他，他是医生。"

不过这次就不同了，药店要求他填写登记表并签字，因为这次的药物性质特殊、毒性过强。柯比说，克里平"没有任何意见"。他在表格的第一项"购买者姓名"里填了"穆尼恩公司，霍利·哈维·克里平"，尽管现在他和穆尼恩公司仅保留了微弱的合作关系。"购买目的"一栏填的是"用于顺势疗法"。最后，他签上了自己的名字。

柯比给了他一个小药瓶，里面装着小小的晶体，晶体的重量仅有百分之一盎司，毒性却足以杀死二十名成年人。他把药瓶放进口袋，回到阿尔比恩大楼。

风筝的秘密

收到南韦尔弗利特的噩耗后，马可尼、肯普、佩吉特三人依旧按原计划前往纽芬兰。"撒丁尼亚号"一共航行了十天，其间，他们遇到了肯普所说的"可怕的风暴"，还有暴风雪。一九〇一年十二月六日，周五，邮轮驶入圣约翰港后，顺利停泊谢伊码头。邮轮的船体和甲板上是层层积雪。

马可尼刚下舷梯就被许多记者和社会名流包围。他隐藏自己的真实意图，说自己此次来纽芬兰主要是为了进一步测试船岸通信。为了让这番话变得更加可信，他们专门给利物浦的冠达邮轮公司发有线电报，询问配有无线电设备的"卢卡尼亚号"的位置，同时询问了"坎帕尼亚号"的位置，这艘邮轮最近也装上了无线电。维维安写道："他是这么解释的，如果提前公布自己的计划，实验一旦失败，无线电系统的可靠性势必会遭到质疑……相反，如果保密，实验成功后，这项成就会因为完全出乎人们的预料而产生更深远的影响。"

马可尼上岸后，很快就开始寻找合适的地点放风筝和气球。他在邮轮靠岸前就看到一座"高耸的山丘",名为信号山,他最后选择了它。"信号山"此名非常贴切,因为这座山之前曾用于视觉通信。它比港口的海拔高三百英尺,山顶有一块两英亩的平地,此外还有一栋楼,之前是发热医院。马可尼和肯普决定在这栋楼里安装接收机等设备。

十二月九日,周一,他们刚上岸三天就开始紧锣密鼓地工作。他们埋了二十块锌板作为接地线,组装了两只风筝,并在一只气球的表面涂上油,避免里面的氢气漏出来。

马可尼离开英国前,给波尔杜的电报员下了指令,他会通过有线电报告知他们开始发报的明确日期。他在这件事上也考虑到了保密的问题。他知道,信息一旦进了电报局就有泄露的风险,就好比水进了滤盆总会漏出来。为此,他提前定好了方案,只会在电报中发送一个简单的日期。波尔杜的电报员会根据格林尼治标准时间,在当天下午三点开始发报。电报员会一遍一遍地发字母 S,也就是三个点。不过,马可尼选择 S 并不是出于怀旧(他最早在格里福内庄园的草坪上取得重大突破时发送的也是 S),而是因为波尔杜的发报机功率过大,他担心电报员一次次按压电键、发送划,有可能引发电弧贯穿火花间隙,对设备造成破坏。电报员每发送十分钟,也就是二百五十个 S,就会休息五分钟。中间的间隔很重要,因为电键承载着巨大的功率,与其说它是传统发报机的电键,不如说它是水泵的手柄,操纵它既需要力量,也需要耐力。

周一,马可尼给波尔杜发送了电报。电报非常简洁:"十一号周三开始。"

目前为止还没有人知道他的真实目的。众多媒体中,只有《纽约先驱报》派了一名记者前往信号山采访,但后续报道也只是说

"冠达邮轮公司的邮轮'卢卡尼亚号'已于周六驶离利物浦，马可尼希望在下周四或下周五前完成此次通信测试"。

周二，肯普和佩吉特试着放飞了一只风筝，它拖着五百英尺的电缆顺利升空。这天天气很好，风筝在空中也很容易被控制。不过，第二天，也就是周三，当波尔杜开始发报时，天气状况急转直下。

这也是难免的。

山顶刮起了大风，他们大衣的衣角也被卷了起来。他们决定先用气球试一试，因为气球在恶劣天气中可能更稳定。他们给一只气球充了一千立方英尺的氢气，之后气球升空，肯普在这一过程中紧紧地握着手中的线轮。气球下面连着一根六百英尺的电缆。这个由棉线和丝绸特制而成的气球，在充入气体后直径达到十四英尺。它飘在空中像巨大的帆。肯普在日记中说"它非常难控制"。

突然，风刮得更紧了。气球此时升到了一百英尺左右的高度。马可尼意识到风太大了，他们开始往回拉气球。

气球挣脱了他们的控制。肯普写道，要是当时气球朝着另一个方向移动，"我多半也会被它带走，它的速度跟子弹一样快"。

气球拖着六百英尺的电缆，在空中留下一道优雅的弧线，马可尼写道，它"就这样越飘越远，最后消失得无影无踪"。

· · ·

马可尼跟《纽约先驱报》的记者说："由于今天的意外，我们的计划要延后几天，无法在本周内完成和冠达邮轮公司轮船的通信。我希望可以在下周顺利完成测试，届时将有一艘轮船于周六驶离纽约，我们或许会和它通信。"

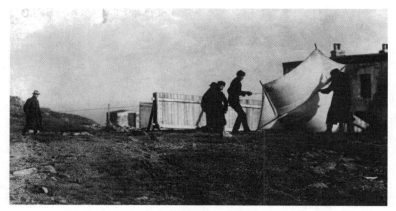

马可尼和同事们用风筝升起电缆

. . .

第二天，十二月十二日，周四，信号山山顶的平地上一大早就
刮起了大风，马可尼称之为一场"狂暴的风"。

"我觉得在这种情况下，风筝的效果可能更好。"马可尼写道，
因此，尽管风暴肆虐，肯普和佩吉特还是备好了风筝。这一次他们
在风筝上系了两根电缆，长度均为五百一十英尺。放飞风筝时，他
们的大衣在风中来回抖动。风筝在空中一起一伏，不一会儿就升到
了四百英尺左右的高度。

"这天天气恶劣，"马可尼写道，"悬崖下面，距我们三百英尺
的地方，寒冷的海水不断拍打着悬崖。朝着大洋的方向望去，透过
迷雾，隐约可以看到斯皮尔角的轮廓，它是北美洲的最东端。在这
翻涌的茫茫大洋的另一侧是英国的海岸，但这中间隔着近两千英里。
望向港口的另一侧，可以看到山脚下被浓雾笼罩的圣约翰市。"

风筝升空后，马可尼、肯普和佩吉特得以摆脱室外的恶劣天气，回到接收机所在的房间。马可尼写道："通常，金属粉末检波器接收到信号后，我们会用继电器和莫尔斯码设备将信号记录在纸带上，但这一次实验关系重大，我觉得传统的记录方式不够可靠，因此不打算用。"他最后把接收机连到了电话的听筒上，"人耳比记录器灵敏多了"。

这个方法在当时看来似乎更稳妥。

· · ·

被蒙在鼓里的并非只有媒体。九月二号，安布罗斯·弗莱明离开了波尔杜，没多久就外出度假了，这是他近几年首次度假。在设计、调试波尔杜的发报机与供电系统的工作中，弗莱明发挥了不可替代的作用，但如今，他对纽芬兰的事情却完全不知情。休假结束后，他回到布卢姆斯伯里，继续承担伦敦大学学院的教学任务，同时为即将在英国皇家研究院进行的重大的圣诞讲座做准备。

马可尼当初雇弗莱明就是为了实现跨大西洋通信，但不知道为什么，当他真正行动起来时却将弗莱明排除在外。他有可能就是单纯地疏忽了，波尔杜和南韦尔弗利特的电报站沦为废墟后，搅乱了他的心思。不过还有另一种可能，马可尼不善交际的老毛病又犯了，完全不把别人的需求与感受放在心上。

· · ·

风筝在空中随风抖动。风筝线绷得紧紧的，另一端系在山顶的平地上。到了指定时间后，马可尼把耳朵贴到了听筒上，但只听到信号干扰声和风声。每当大风刮过，房间里都会灌满冬天的寒意。

此时，波尔杜的电报员正在使劲敲击电键，发出一个个点。

室内，三位男士蜷缩在粗糙简易的电子设备旁；室外，一只巨大的风筝摇摇晃晃地飘浮在四百英尺的高空。不论是谁看到这幅场景，恐怕都会觉得希望渺茫，**甚至觉得**他们的做法有些荒谬可笑。要不是因为房间里充满冷静、专注的氛围，这幅场景倒像是一幅嘲讽马可尼异想天开的漫画，完全可以入选《笨拙》杂志。

苦涩的爱情

一九一〇年一月末，女房东杰克逊夫人觉察到埃塞尔有些反常。她一般都是上午十点从家里出发去诊所上班，下午六七点左右回来，然后亲切地问候杰克逊夫人。她俩虽然没有血缘关系，但是以母女相待。不过，近来她的表现像是变了一个人。杰克逊夫人说："她的举止有些奇怪，有时候愿意跟我聊两句，有时候一句话也不肯讲，整个人都很消沉。这点别人也注意到了。"

这样维持了几天后，杰克逊夫人决定找埃塞尔谈谈，问问她为何如此闷闷不乐。没错，深冬季节的伦敦总给人留下阴郁、寒冷、潮湿的印象，街边的沟渠里也总有黑色的污水和粪便，这样的环境足以让每个人感到压抑，但即使如此她也不至于这么消沉。

杰克逊夫人像往常一样跟随埃塞尔走进卧室，之前，她们晚上常常在一起聊白天的工作或当天的新闻。德国的军力扩张是人们最关心的事，大家都觉得德国一定会挑起侵略战争。当时，盖伊·杜穆里埃写了一部内容惊悚但大受欢迎的戏剧《一个英国人的家》，它的流行再次让德国成为人们关注的焦点。

埃塞尔一开始什么都不肯说。她换上睡衣后，把头发披散在肩膀上。她的脸还冻得通红，深色的头发很蓬松。她真的很漂亮，但神情却很哀伤。据杰克逊夫人回忆，埃塞尔当时戴上了卷发夹。她戴的很可能是当时新推出的一种梳妆工具，是欣德的专利，由一个中部的硬橡胶和两条平行的金属带组成，长约三英寸。

她明显有心事。她的手不听使唤，手指也不停地抖。她把头发绑起来又散开，"一边抓住自己的头发，一边直勾勾地看着房间的角落，整个人都在发抖"，杰克逊夫人说，埃塞尔的"目光呆呆的，没有了神采"。

看到埃塞尔这个样子，杰克逊夫人根本放不下心，为此，她在房间里待到了将近凌晨两点钟。她求埃塞尔告诉她究竟发生了什么，埃塞尔只说事情与她无关。"回去休息吧，"埃塞尔说，"明天早上我就没事了。"

埃塞尔躺在床上，把头转向了墙那侧。杰克逊夫人在床边又坐了一会儿才离开。

· · ·

早上，埃塞尔的状态并没有好转。杰克逊夫人给她的房间里送了一杯茶。埃塞尔流产后，杰克逊先生对她的好感就减弱了。埃塞尔在他离开后才去餐厅吃早餐，但什么也没吃下。她起身后穿上大衣，准备去上班。杰克逊夫人拦下了她。"以你现在这个状态，我不能让你出去。"

杰克逊夫人很清楚，埃塞尔现在病成这样，是绝不能出门的。她拨通了克里平在阿尔比恩大楼的电话，然后回到埃塞尔身边。"看在上帝的分上，"她说，"告诉我到底发生了什么，你不会又怀孕了吧？"

埃塞尔说没有。

杰克逊夫人并没有就此打住。"我跟她说，她心里肯定有事，而且还是大事，要不然她不会是这个状态。"她告诉埃塞尔："你要是憋在心里，肯定会疯掉的。"

埃塞尔许诺晚饭后告诉她事情的来龙去脉。不过，还不到两个小时，埃塞尔就主动过来找她了。"我要是告诉你这件事与那位医生有关，你不会意外吧？"

杰克逊夫人听了后，以为埃塞尔终于要跟她坦白，孩子的父亲是克里平。她觉得埃塞尔之所以悲伤，八成是因为想起了孩子。

杰克逊夫人说："事情都过去了，你现在烦恼又有什么用呢？"

埃塞尔的泪水夺眶而出。"我难过是因为埃尔莫尔小姐。"

杰克逊夫人很纳闷，这是她第一次听到这个名字，埃塞尔之前从来没有提起过埃尔莫尔。她不会记错的。"她是谁？"杰克逊夫人问道。

"她是医生的妻子。自从那件事发生以后，每次看到医生和她一起离开，我就痛苦万分。"埃塞尔接着说，"她让我知道了自己的位置，跟她比，我什么也不是。"

杰克逊夫人听到这儿，并不怎么同情她。"他都结婚了，你想这些又有什么用呢？"

埃塞尔告诉她，埃尔莫尔威胁过克里平，扬言要抛弃他，和另一个男人过，并且克里平也有意跟她离婚。

"你不觉得他对你的要求太过分了吗？"杰克逊夫人说，"你这么年轻，他这样对你太不公平了。你把你今天跟我说的话原封不动地告诉他，你不是想知道自己的位置吗，你问他就是了。你告诉他，我已经知道了这件事。"

这一天，埃塞尔一直待在自己的房间里。第二天，她正常去上班，并且按杰克逊夫人的建议找了克里平。他向她保证，自己将来肯定会娶她。

晚上，埃塞尔跟杰克逊夫人道了谢，感谢她倾听自己的烦恼。自此以后她的情绪好了很多。正如杰克逊夫人所说："她看起来高兴多了。"她们晚上的交谈也再次回到正轨，并且还多了一个极具吸引力的新话题。

· · ·

克里平夫妇搬到了伦敦北部的边缘地带，但这并不影响他们享受伦敦丰富多彩的夜生活。有轨电车和公共汽车的普及，以及地铁由蒸汽机车升级到电力机车，都让城市交通变得前所未有地便捷。从大约一九〇七年开始，英语中多了一个单词 taximeter，意为"出租车计价器"。这个仪器由德国人发明，司机只需扫一眼计价器，就知道应该向乘客收多少钱。这个单词的前半段"taxi"，也就是"出租车"，可用来指任意一种接送乘客的交通工具，无论是咆哮者、汉瑟姆，还是新型的机动车辆，都可以用它来称呼。

克里平夫妇依旧常常邀请朋友来家里做客，一般都是请他们晚上吃个便饭，然后打几把惠斯特。当然，贝尔有时也会举办更喧闹的派对，并邀请伦敦综艺表演界最具分量的演员到场。每到这个时候，贝尔会准备食物，克里平则要把乱七八糟的房子收拾出来，他不仅要出力，还要受贝尔的气，这无疑是一种煎熬。

保罗·马丁内蒂和克拉拉·马丁内蒂是克里平夫妇家的常客。这对夫妇住在沙夫茨伯里大街的公寓里，离克里平的诊所很近。保罗之前是有名的综艺表演演员——哑剧素描演员，不过现在已经离开舞台。如今他患有慢性病，身体不太好，每周都要看医生。马丁内蒂夫妇和克里平夫妇最早是在黑脸歌舞团的老板小马·穆尔家的派对上认识的。克拉拉在贝尔的提议下加入了女士综艺表演协会，并成为执行委员会的一员。她们每周三都在协会的例会上见面，没多久就成了好朋友。而两家也很快成了对方家里的常客，此外还一起去剧院看戏、一同去布卢姆斯伯里和皮卡迪利的餐厅吃饭。不过，马丁内蒂夫妇并不清楚克里平夫妇紧张的婚姻关系。"我觉得克里平性格温和、心地善良，"克拉拉说，"并且，我一直觉得他和贝尔的关系很完美。"她说贝尔"看起来总是非常幸福、愉悦，和克里平医生也相处得非常好"。

一九一〇年一月三十一日，周一，这天傍晚，克里平从耶尔牙科专家诊所的办公室出来后，步行前往马丁内蒂家。他邀请马丁内蒂夫妇晚上去希尔德普新月街吃饭、打牌。克拉拉本来想推掉邀请，丈夫保罗还在医院，她很清楚，保罗每次看完医生回来后都很疲倦，心情也不好。

"让他来呗，"克里平说，"有我们在，他肯定能玩得开心，而且我们吃完饭还要一起打惠斯特呢。"

克里平接着就离开了。

保罗六点左右才从医生那里回来。保罗前脚刚到，克里平后脚就来了。他好像铁了心，一定要请到马丁内蒂夫妇，他这次直接向保罗发出邀请。保罗看起来很疲倦，脸色也很苍白，他对克里平说"我觉得不太舒服"。不过他最后还是同意了。马丁内蒂夫妇对克里平说，他们应该能七点前到。

尽管有便捷的出行方式，马丁内蒂夫妇这一路却走得相当曲折。他们遇到了打不到车的老难题，最后只得步行前往托特纳姆苑路，这条路最近刚通了公共汽车。他们上车后，穿过拥挤的街道一路向北，之后在汉普斯特德街下车，换乘有轨电车前往希尔德普新月街。他们大概在八点下车，比预计的时间晚了一个小时。他们走到三十九号门口时，克里平就在门前等着他们。贝尔闻讯也跑了出来，习惯性地把头往后一仰，笑着大声说道："不是说好的七点吗？"

这一趟出行对保罗来说太折腾了，他的状态看上去不太好。克里平家像以往一样没有佣人，因此克拉拉自己脱掉大衣和帽子，放进了一间闲置的卧室。贝尔走下楼梯，回到地下一层的厨房继续准备晚餐。她让克里平好好照顾客人。保罗喝了两杯威士忌。

晚饭做好后，克里平和马丁内蒂夫妇一起下楼，前往早餐室用餐，他们几个朋友一般都在早餐室吃便饭。据克拉拉回忆，贝尔首先给他们展示了新家庭成员——"一条好玩的小斗牛梗"，"她试图向我们展示它有多好玩"。贝尔有了这条狗以后显然很开心，不过她抱怨它不怎么爱干净。接着又替它辩解，说它毕竟是一条小狗，不能要求太高。

餐桌上摆着几道沙拉和一大盘烤牛肉。克里平帮大家把牛肉切分成小块。

十一点左右，贝尔端上两三份甜点，也就是 E. M. 福斯特口中的"无法抵御的小玩意儿"，同时还端上了利口酒和咖啡。没错，她在夜里十一点端上了咖啡。贝尔还给他们递了香烟，不过，只有保罗接过去抽起来。接着，他和克里平上了一楼的客厅，贝尔和克拉拉则留在早餐室收拾餐具。贝尔跟克拉拉说大概收拾一下就行，剩下的她和克里平早上会收拾的。

接着，他们打起了惠斯特，贝尔和保罗一组，克里平和克拉拉一组。他们打牌时房间里越来越热，空气也不流通，让人喘不上气。克里平起身关了煤气。保罗变得很安静。他后来说："我打牌时着凉了，不太舒服。"

不久以后，他们接下来的一举一动都会变得尤为关键。不过这些细节在当时看来没有任何特殊含义。

· · ·

保罗说了句抱歉，起身去洗手间。"马丁内蒂先生当时想上楼，"克里平后来说，"我并没有陪他。这一年半以来他经常来我家做客，我家什么样，他再清楚不过了，我觉得他一个人去不会有什么问题。"

保罗回来后状态更糟了。"他回来后面色苍白。"他的妻子说。他坐回牌桌边的椅子上，手很冷，身体明显在抖。

贝尔给他倒了杯白兰地，不过被克拉拉阻止了。"不行，贝尔，这太多了，"她说，"他刚喝过威士忌，不能再喝白兰地了。"

贝尔还是不依不饶："给他喝吧。"

克拉拉说："贝尔，不行，我不能再让他喝了，一会儿带他回家的人可是我。"

"你就让他喝吧，出了事算我的。"

她们各让了一步。"给他倒点纯威士忌吧，"克拉拉说，"混着喝绝对不行。"

贝尔给他倒了一杯纯威士忌，然后吩咐克里平去叫车。他穿上大衣后就出门了。不过街上什么也没有，不论是双轮的汉瑟姆还是四轮的咆哮者，抑或是配有计价器的新型机动车辆，他都没有找到。贝尔一次次地将目光投向临街的窗户，好看看克里平回来没有。克拉拉说："我们甚至觉得他不会回来了。"

他终于现身了，但没有叫到车。贝尔让他继续去叫。过了一会儿，他成功叫到了一辆咆哮者。

克里平扶着保罗走下台阶，上了车。贝尔和克拉拉亲吻告别，也打算出去送他们。克拉拉见她没穿大衣，就没让她下去。"贝尔，别下去了，你会感冒的。"

马车在黑夜中渐行渐远，不久就消失了。克拉拉回忆这天时称，克里平和贝尔的"关系非常亲密"，那一晚，除了保罗身体不大舒服之外，他们过得很开心。贝尔像以往一样热情、阳光，克里平则一如既往地谦逊，对贝尔关怀备至。"那一晚，"克拉拉说，"我们玩得很开心，我觉得我们的聚会是世界上最欢乐的聚会。"

但当克里平送别马丁内蒂夫妇后，上楼回家发现，贝尔的情绪发生了大转变。

克里平说："客人刚走，我妻子就大发雷霆，怪我没陪保罗上楼。"贝尔指的是他没有带保罗去洗手间。"她讲了很多话，我没法全部回忆起来。她对我破口大骂，很多话都说得很重。她说她受够了，如果我在客人面前连这点起码的绅士风度都没有，她就不和我过了，她要离开我。"克里平复述了她当时喊出的几句话，"一切都结束了，我再也受不了了。我明天就走，你今后再也不会听到我的消息。"

对克里平来说，这没什么新鲜的。"她经常说类似的话，我已经习惯了，所以也没放在心上。"

不过，她接着又说了几句以往从未说过的话。"她说我一定要想尽办法，在我们的共同朋友和协会的会员面前掩盖这起丑闻。"

之后，贝尔和克里平回到各自的卧室。"第二天早上，我没见到她，"他说，"我们很晚才休息，并且平常也都是我先起床，我出去的时候她一般还没起。"

· · ·

这一天是二月一日，周二，克里平上午正常去耶尔牙科专家诊所上班，埃塞尔·勒尼夫说"他和往日一样平静"。她写道："我们很了解他，以及他的各种面部表情。他那天要是有任何异样，哪怕只显现出一丁点，我们也会注意到的。"

中午，克里平离开阿尔比恩大楼后，步行前往沙夫茨伯里大街，计划去马丁内蒂家的公寓看看保罗。克拉拉给他开门，说保罗还在睡觉。昨天夜里，保罗的身体状况没有恶化，他听到这里总算松了口气。他们又聊了一会儿，之后他准备回去。

克拉拉问道："贝尔还好吧？"

"噢，她很好。"

"替我向她问好。"

"好的，"克里平说，"我一定转达。"

他回到希尔德普新月街时已经是晚上七点半。房子里没人，他找来找去，只找到了家里的猫、金丝雀和斗牛梗。

贝尔走了。

如克里平所说，他现在面临的主要问题就是如何隐瞒贝尔出走的真实原因，避免丑闻。

致命障碍

信号山上，天气再次恶化。马可尼的耳朵紧贴着听筒，努力在天电干扰中寻找三声短促的啪嗒声，但什么也没发现。室外，工作人员费力地让风筝维持升空状态，尽量让它保持稳定。风筝每次上下摆动，都会使下面两根电缆的长度跟着变长或变短。至今为止，马可尼对电磁波的传播原理，以及天线长度与信号收发的关系，都只有模糊的概念，但他很清楚，风筝在空中上下起伏肯定只会起反作用。

风筝一直在空中大幅度晃动，向其发送信号的难度或许和一个人在漩涡中捕鱼差不多。

· · ·

在波尔杜，马可尼的电报员向康沃尔上空发送了一连串的 S。数千瓦的能量穿过火花间隙。整个过程中雷声轰鸣，附近的排水管也发出了阵阵响声。电磁波以光速向各个方向辐射。利泽德、奈顿、克鲁克黑文的接收机立即收到了信号。配有无线电设备的远洋邮轮也越来越多，想必其中也有接收到信号的，或许是"威廉大帝号"，或许是"尚普兰湖号"，或许是冠达邮轮公司旗下的大型邮轮，具体是哪艘就要看它们和波尔杜的距离了。尽管如此，信号山的接收机依旧毫无反应。

十二点三十分，接收机发出了一声响亮的咔嗒声，这是电键撞击金属粉末检波器的声音。这说明接收机发现电磁波了。

房间里的气氛一下子紧张起来。马可尼还是一如既往地镇定。他的嘴唇也像往常一样流露出厌恶的神情，仿佛闻到了难闻的气味。

"错不了的，"他写道，"我确实听到了好几次三声明显的咔嗒声。"

他很激动，但又不敢完全确定。他太想听到这三声信号了，以至于担心自己幻听。他把听筒递给了肯普。

他问道："肯普先生，你听到什么了吗？"

肯普听了一会儿，也听到了连续的三声响声，或者准确地讲他声称自己听到了。他们把听筒交给了佩吉特，他什么也没听到。不过，他的听力已经衰退了不少。

"肯普也听到了，"马可尼写道，"那一刻，我可以确认我的预测是准确的。之前，很多怀疑者认为地球曲率是摆在我面前的致命障碍，但从波尔杜发射的电磁波丝毫没有受地球曲率的影响，它成功地越过了大西洋，并且被纽芬兰的接收机收到了。"

信号山就没有风平浪静的时候。一阵狂风刮过，风筝也跟着断了线。他们又升起了一只风筝，这一次，风筝下面只系着一根长五百英尺的电缆。肯普在日记中写道，这样的设计"似乎更符合地球的电介质以及波尔杜电报站信号的特性。最终，我们顺利地让风筝飞了三个小时，并且收到了良好的信号"。他们总共收到了二十五次三个点的 S 信号。

他准备将成功的喜讯发送给伦敦的总经理弗勒德·佩奇，他拟好电报，但最终还是没有发。他想在告知董事会之前，尤其是告知公众之前，收到更多的信号。

第二天，也就是一九〇一年十二月十三日，周五，他又试了一次。天气比前一天更糟糕，天上下着雪、雨和冰雹，不下时就刮风。他们前前后后试了三次，但每次都以风筝被刮到地上收尾。其间，风筝只短暂地在空中飞了一会儿，但马可尼依旧称又听到了从波尔杜发来的信号，尽管没有前一天清晰。

由于信号模糊，马可尼还是没给公司总部发电报。他决定再等一天，等到周六再说，这样他就有更多的时间实验了。

风越刮越大。到周六的时候，天气状况根本不允许他们放飞任何东西，不论是气球还是风筝，都不可能。肯普和助手实在无计可施，最后只能另辟蹊径，采取了一种完全不同的策略搭设天线。他们试图利用圣约翰港的一座冰山，用电缆将它和信号山山顶连到一起。

不过，肯普最终没找到机会测试新方法，这让他备感遗憾。

• • •

马可尼考虑过下一步该怎么走。他可以选择等待，等天气好转或者肯普的冰山天线投入使用；他也可以选择一条更直接的路，那就是相信自己听到了波尔杜的信号，并将此事告知身在伦敦的弗勒德·佩奇。

他给佩奇发报的内容如下："顺利收到信号，但天气恶劣，难以再次开展测试。"当晚他还给伦敦《泰晤士报》发了一份声明。

马可尼很清楚有许多人质疑他，以洛奇、普里斯、电学出版机构为代表的人和机构更是对他怀有敌意，但他依旧精心策划了跨大西洋实验，并贸然宣布自己的成果，这无疑犯了大忌。

这一次，他还是无法提供中立的目击证人，没有第三方人员观察实验并为他作证。此外，他在实验中选择用听筒而非纸带也是一大败笔。通常情况下，接收机收到信号后，莫尔斯印码机会自动将内容记录在纸带上，纸带上的油墨本来可以成为马可尼的物证，但他彻底放弃了这一物证。他想必也知道，这次对外公布的成果远远超出了世人的想象，并且被世界最伟大的科学家认为是不可能实现的，这样的成果势必会引起大家的质疑和调查，但他还是公布了。显然，他觉得自己的声誉足以打消公众的疑虑。不过，他的判断并不准确，不久他就会为此付出沉重的代价。

· · ·

十二月十五日，周日中午，纽芬兰省省长卡文迪什·博伊尔爵士特地为马可尼举办庆功宴。据肯普回忆，省长提供的香槟是从船骸中打捞上来的，这艘船已经失事多年了。《纽约时报》称，马可尼的成就是"当代最了不起的科学进展"。

接下来的几天，跨大西洋电缆公司的股票都有所下跌。短短一周时间，英美电讯公司的优先股就下跌了七个百分点，普通股下跌了四个百分点。东部电讯公司的股价则下跌了五点五个百分点。

· · ·

安布罗斯·弗莱明看了报纸才知道马可尼取得的重大突破。他后来写道，要不是翻开了十二月十六日的《每日邮报》，看到了头版标题"马可尼先生的胜利"，他还"一直被蒙在鼓里"。

波尔杜电报站的电力系统的设计和搭设都是由弗莱明完成的。要不是他不辞辛苦多次前往电报站，波尔杜的电力系统也难以建成。尽管如此，他从头到尾都是个局外人。

他为此感到受伤、愤怒。

· · ·

约瑟芬·霍尔曼声称自己很高兴。她在一次采访中透露，自己早就知道了马可尼征服大西洋的计划。她说："这对我而言不亚于国家机密，我已经保密了一年多。"不过她省略了一件事，他们这一年都没怎么见过面。她自然希望有更多的机会和他见面，现在他已经实现了自己的远大目标，或许终于能抽空去印第安纳波利斯拜访她的家人。

她说："相比于国王，我更愿意嫁给他这样的男人。"还说自己是"世界上最幸福的女人"。

几天后，她的奶奶在家里，也就是印第安纳波利斯的伍德拉夫，举办了一场订婚派对。马可尼没有出席。约瑟芬此前和母亲一起住在纽约，但她临时在伍德拉夫待了六周。奶奶在她临走之前办了这场派对，那几天气温骤降，气候的变化引起了大家的担忧，正如报纸所说，人们害怕遇到"煤炭荒"。派对结束后，她回纽约与母亲重聚，更重要的是即将和未婚夫相聚。此时，马可尼也在前往纽约的路上，并且在他最喜欢的霍夫曼酒店订好了房间。

不久后，她将在纽约过圣诞，陪伴在她身旁的将是她未来的丈夫，如今他比以往更加有名，这一切看起来确实值得期待。

出席晚宴

　　一九一〇年二月二日，周三，埃塞尔·勒尼夫上午照常去上班，她进入诊所后发现，自己的桌子上多了一个包裹，上面还放着一张纸条，她读完以后很吃惊。纸条是克里平写的，内容简单直接："贝尔·埃尔莫尔去美国了。"另外，他还让埃塞尔把包裹送给女士综艺表演协会的秘书梅琳达·梅。

　　"我晚点到，"克里平写道，"等会儿我们可以一起计划一个愉快的夜晚。"

　　贝尔远走高飞了。"克里平医生神秘的妻子消失了，我得知此事后当然非常激动，"埃塞尔写道，"我很清楚，他们的夫妻生活过得很糟心。她经常扬言要离开他，并以此吓唬他。我也知道她喜欢的是布鲁斯·米勒先生，而他现在人在纽约。"埃塞尔很开心，贝尔终于兑现了她的威胁，真去找那个前职业拳击手了。果真如此，克里平就可以提出离婚，哪怕英国有法律限制，他的请求也应该可以得到批准。用她的话讲，这对她来说是"大好消息"。

　　埃塞尔拿着包裹穿过大厅，走进协会办公室与计划中的人见面，然后回到耶尔牙科专家诊所等待她的爱人。她心里满是疑问。

克里平中午还是没现身。她觉得克里平可能去京士威路上的克雷文大厦办理事务了。她试图处理诊所的各项工作，但克里平的纸条让她心神不宁。

克里平直到下午四点才回到诊所。"他当时没有心情细谈这件事，"她回忆道，"我也能理解他的沉默。"不过该问的还是得问。

"贝尔·埃尔莫尔真走了？"

"对，"克里平说，"她离开我了。"

"你看见她走了？"

"没，我昨晚回家后才发现她不见的。"

"你觉得她还会回来吗？"

克里平摇了摇头。"不会，"他说，"我觉得她不会回来了。"

埃塞尔还是要再确认一下："她带行李了吗？"

"我不知道她具体带了什么，她走的时候我不在家。不过，她肯定带了她想带的东西。她总是嫌我给她买的东西不够好，我猜她觉得自己能在别的地方得到更好的。"

克里平看上去很低落，但埃塞尔并没有安慰或同情他。"我无法装作一副伤心的样子，"她写道，"他婚姻不幸福的事都是他自己告诉我的。现在他妻子走了，我觉得这对他们两个人而言是最好的选择。"

克里平接下来的动作给了她不小的惊喜。他把手伸进口袋，掏出一把贝尔留下的珠宝。"瞧，"他说，"你最好拿着这些。"他把珠宝递给她。"这是上好的珠宝，我希望你有些珠宝。这样，我们一起出去吃饭时你好有些东西戴。如果你能接受它们，我会很高兴的。"

"如果你坚持的话，"埃塞尔说，"我可以要一两件。你替我挑吧，你知道我的喜好。"

他选了几枚钻石戒指，其中一枚比较复杂，镶有四颗钻石和一颗红宝石。此外，他还挑了一枚胸针，它的中间是一颗钻石，围绕着钻石以锯齿形向外排列着多颗珍珠，整体看来就像是初升的太阳。

他挑的珠宝都很漂亮。用埃塞尔的话讲，克里平"是钻石行家"，她相信这些都是品质最好的。之前，他教过她如何通过颜色和透明度判断钻石的品质，还教过她如何一眼区分出纽约和伦敦两地加工的钻石。

她建议克里平把剩下的珠宝典当掉，包括十几枚戒指和一枚镶嵌着几排钻石、形状类似王冠的大号胸针。他之前没有这个想法，现在他对埃塞尔说，这个主意不错。他诊所所在的那条街上恰好有一家当铺，名为杰伊＆阿滕伯勒先生，他接着就走去了这家当铺。

他给店员欧内斯特·斯图尔特看了三枚钻戒。斯图尔特仔细检查之后，同意给克里平八十英镑。几天以后，克里平又来了一趟，这次他把剩下的珠宝都带上了，店员给了他一百一十五英镑。两次加起来一共是一百九十五英镑，大致相当于今天的两万美元。

这天晚上，埃塞尔·勒尼夫头一次睡在希尔德普新月街克里平的床上。

• • •

协会的女士们听说贝尔的事情后同样很吃惊。协会办公室上午收到的包裹里有两封信，一封是写给梅琳达·梅的，另一封写给协会的执行委员会。此外，包裹里还有协会的账本和支票簿，由于贝尔是协会的财务主管，这些东西之前都放在她家里。

两封信的落款日期就是当天，也就是二月二日，写信人均为贝尔·埃尔莫尔。不过，梅收到的信结尾有一句备注，称信是贝尔委托克里平写的。

　　信以"亲爱的梅小姐"开始。后面的内容如下："我的一个近亲患了重病，因此我必须回一趟美国。我走得匆忙，只有几个小时的打包时间。因此，我想请你替我在今天的例会开始前辞去财务主管的职务，这样大家就可以及时选一位新的财务主管。我确实走得很急，你要是知道，我为了早点出发一宿都在忙着收拾行李，就不会怪我了。我实在来不及与你当面说。我期待几个月以后的重逢。我离开伦敦的这段时间，祝你万事顺利。"

　　执行委员会收到的信中重复了同样的信息，此外还提到支票簿和账本已经一并寄过来。她在信中敦促执行委员会打破常规，立即选一位新的财务主管。"我期待几个月以后和大家再次相聚，与此同时，我也希望协会的发展一帆风顺，各位朋友的生活幸福美满。"

　　当天例会的大部分时间都用来讨论贝尔的离开和选举谁来继任她的职务。克里平的诊所就在协会边上，但当天没有人想要找他了解事情的细节。

· · ·

　　几天以后，大概是二月五日，周六，埃塞尔和克里平计划晚上去剧院。"他觉得这可以让我们俩高兴些。"埃塞尔说，不过她已经很开心了。她很喜欢如今的新常态。过去，她常常眼睁睁地看着克里平与妻子一起出席晚上的各种活动，而在她看来，陪伴克里平的本该是她。现在，她终于不用忍受这样的场景了。

周六诊所也开门，他们俩都在上班，克里平突然想到出门前忘了给家里的七只金丝雀、两只猫和一条斗牛梗喂食。他现在又走不开，没法回去喂它们。一想到它们要饿这么久，他就很担心。

　　埃塞尔担心他的顾虑会影响他们晚上的活动，这将是他们首次公开出席公共活动。为了消除他的担忧，她主动提出去希尔德普新月街喂宠物。克里平把钥匙给了她。吃完午饭后，她就出发了。

　　埃塞尔从侧门进了房子，这还是她头一次单独进他家。目前为止她只去过厨房、客厅和洗手间，还有克里平的卧室，没怎么在房子里仔细转过。她来到了厨房，大多数宠物都在这里。接着，她走向煤窖门旁的食品贮藏柜，好取牛奶喂猫，就在这时，一只猫跑了出去，一只美丽的白色波斯猫，贝尔的最爱。它跑上楼，埃塞尔也追了上去。

　　这只猫就这样带着她在房子里跑了个遍。她回忆道："我追得越快，它跑得越快。"最后，她终于把它逼到角落，成功把它带回楼下的厨房。

　　经这么一折腾，她将之前没进过的房间看了个遍，也对克里平的生活有了新认识。用她的话讲，房子里没有任何"异常"，不过确实有一种孤独感，并且"乱得出奇"。

　　"卧室里，高档礼服被扔得到处都是，都皱巴巴地堆着。"埃塞尔写道，"成批的丝绸堆在一旁，贝尔还没来得及将它们做成裙子。衣钩上挂许多日常衣服，堪比裁缝的展示柜。"有成堆的看起来根本没被穿过、用过的衣服和"便宜货色"。她写道："这个夸张的垃圾堆令我目瞪口呆。"贝尔留下的珠宝和衣服数不胜数，其中还有好几件华丽而昂贵的皮草。在埃塞尔看来，这些在一定程度上说明了贝尔和克里平的婚姻失败得多么彻底。"我一看到这些，就知道她走得非常干脆，头也不回地抛下了原先的家庭，舍弃了这栋房子的一切。"

真正让埃塞尔大跌眼镜的是房子里的装潢，贝尔平常很看重自己的外貌和衣着，但她的房子却布置得"乱七八糟"。埃塞尔写道："房子里没一件搭配得当的东西。我走遍所有房间，能看上眼的只有一架乌木钢琴。其余都是些医生和她趁着大减价扫购的五花八门的玩意儿。里头有许多花哨廉价的小装饰品、不值钱的花瓶、瓷器小狗以及休闲桌。此外，墙上还挂着许多不知名的画作，多是小幅油画和水彩画，为了让它们好看些，她还在画框上系了很多天鹅绒蝴蝶结。"

房间里空气浑浊，一片阴暗。总之给人一种孤独而阴郁的感觉。埃塞尔说："我打一开始就不喜欢这栋房子。"

· · ·

周一，克里平去了趟沙夫茨伯里大街，马丁内蒂家。克拉拉问："贝尔怎么回事？她就这么去美国了？你压根没提这件事啊。"

克里平说："我们收到电报后整夜都在收拾行李。"

克拉拉问，贝尔怎么都没给她说一声，克里平说，他们当时忙着为贝尔的出行做准备，根本来不及。

克拉拉问："一边收拾一边哭吗？"

"没有，"克里平说，"我们不至于那样。"

第二周，他对克拉拉说自己收到了贝尔的电报，上面说贝尔的健康状况不太好，得了肺病，虽不是什么大问题，但也让人担心。

· · ·

贝尔离开的日子每增加一天，埃塞尔·勒尼夫的信心就增加一点。她开始佩戴克里平给她的首饰，大胆跟着克里平出去逛街、看剧和吃饭。女房东杰克逊夫人发现，埃塞尔似乎一直都心情很好，她还注意到埃塞尔开始穿新衣服，并佩戴各式各样的珠宝，包括一枚正中心是一颗钻石，四周的珍珠呈放射状排列的胸针，还有一个三件套手镯，其中一只镶着紫水晶，不过这只手镯的尺寸似乎过大，戴在埃塞尔纤细的手腕上略显突兀。埃塞尔还向她展示过两块金表。一天晚上，埃塞尔神采奕奕，兴奋地给杰克逊夫人看自己的独颗钻戒，她说这"是我的订婚戒指"。几天以后的夜里，埃塞尔拿出了另一款戒指。她把戒指放在灯光下，上面的钻石发出了耀眼的光。她大声说："你知道这要多少钱吗？"

杰克逊夫人说："我没有概念。"

"**二十英镑。**"这相当于今天的两千多美元。

一天夜里，杰克逊夫人开玩笑问埃塞尔，是不是有人死了，给她留下了一大笔遗产。

埃塞尔开心地说没有，"是有人去美国了"。

· · ·

埃塞尔晚上回杰克逊夫人家睡觉的次数越来越少。二月的头一周，她只出去住了一两个晚上，但不久就几乎每天都在外面过夜了。她对杰克逊夫人说，自己住在朋友家，另外在帮克里平找贝尔放在家里的一些文件和私人物品。她还提到，克里平在教她使用左轮手枪，手枪是镀镍的，平时都放在卧室的衣柜里。

没过多久，埃塞尔就开始给好友和杰克逊夫人送衣服了。康斯坦丁路上住着一名寡妇，她有两个女儿。埃塞尔给两个孩子送了不少东西，包括一条仿珍珠项链、一块白色的蕾丝布料、一个仿钻石冠饰、两瓶喷雾香水、一条粉色腰带、两双鞋以及配套的长筒袜，此外还有四双长筒袜，有白、粉、黑三种颜色，这些都成了她们的宝贝。她给姐姐尼娜送了一条黑色真丝衬裙、一条金色山东绸连衣裙、一件黑色大衣、"一条米色长披肩"、一条白色的鸵鸟毛围脖，还有两顶帽子，一顶是金色的，另一顶则是萨克森蓝的，上面有两朵粉色的玫瑰图案。

尼娜收到礼物后说："天哪，竟然会有人毫不犹豫地丢下这些好东西。"

"对啊，"埃塞尔说，"克里平夫人活得很奢侈。"

不过，收到礼物最多的当数杰克逊夫人。她后来因为某些原因列了一份详细的清单：

> 一套饰有黑色花边的鼹鼠皮服装
>
> 一件棕色大衣
>
> 一件黑色大衣
>
> 一套深灰色条纹外套及裙装
>
> 一件毛皮大衣
>
> 一件米色大衣
>
> 一件薄纱上衣和一条黑色裙子
>
> 两件黑色衬衫（旧的）
>
> 两件女衬衫，一件是蓝色丝绸和蕾丝的，另一件是米色蕾

丝的（新的）

一双拖鞋

十一双长筒袜，包括棕的、黑的、蓝的、白的、粉的和黑白条纹的

一顶棕色花边毡帽

一顶棕色蕾丝帽，边上有花朵装饰

一顶粉色鼹鼠皮帽，表面有一层棉缎

一颗仿钻

一颗蜥蜴形状的钻石

一枚竖琴形状的胸针

两块人造发晶

三件白色睡衣（新的）

一条黄色裙子

一套淡紫色服装（新的）

埃塞尔与克里平越来越无所顾忌地向全世界宣告他们的恋情。不论是在街上漫步，还是去阿尔比恩大楼上班，埃塞尔都穿着贝尔的皮草。尽管女士协会就在旁边，对协会会员而言，贝尔衣服的辨识度与她们自己的衣服无异。二月二十日，周日，一年一度的综艺表演艺术家慈善基金晚宴将在标准餐厅举行，这是皮卡迪利大街上备受欢迎的餐厅。该晚宴是综艺表演圈最盛大的社交活动，克里平也买了两张门票。

"我们俩并没有特别想去，"埃塞尔写道，"不过医生已经买了两张票，不想浪费，于是问我愿不愿意跟他一起去。我说我不是很想去，因为我好几年没跳舞了，更何况我也没有合适的礼服。"埃塞尔

后来在一家知名服装店订了套淡粉色的礼服，店名为斯旺与埃德加。

决定携手出席晚宴是他们目前为止最大胆的一次恋爱声明，事实证明，也是最愚蠢的一次。

· · ·

标准餐厅始建于一八七三年，很好地融合了魅力与艳俗，这一点在餐厅的长廊酒吧中体现得最为明显。长廊酒吧只允许男士进入，在这里，伦敦警察厅的督察可以跟有前科的人开心地聊天。画家、作家、法官和律师会在午餐和晚餐时间到用餐区聚餐。晚上等到沙夫茨伯里大街和斯特兰德大街的剧院关门以后，城市里的演员、喜剧演员和魔术师会成群结队地前往标准餐厅，从长廊酒吧到大厅，再到东厅、西厅，都可以看到他们的身影。

克里平穿着晚礼服，埃塞尔则穿着她新买的礼服，还在胸前别上了贝尔留下的那枚旭日胸针。她的礼服很好地凸显了她苗条的身材，在场的许多男士都向她投去赞赏的目光。女士协会的女士们也注意到了她，尤其是她的胸针。她们很清楚这是贝尔的最爱。路易丝·斯迈森看到了。克拉拉·马丁内蒂看到了，她后来说这名打字员"毫不掩饰地戴着它"。安涅·斯特拉顿看到了，她丈夫尤金自然也注意到了。尤金是黑人歌手扮演者，平常在小马穆尔黑脸歌舞团表演。利尔·霍索恩是跟丈夫约翰·纳什一起来的，丈夫也是她的经纪人，他们就坐在克里平和打字员对面，也注意到了她的胸针。约翰·纳什说："这很令我吃惊。"莫德·伯勒斯看到后表示："我很清楚，（贝尔）很在意她的珠宝，她每次出门，除了随身戴的珠宝以外，剩下的都会锁进保险箱，因此，当我看到这名打字员戴着她的胸针时，觉得特别不可思议。"

宴会现场的敌意若隐若现。克里平坐在克拉拉·马丁内蒂与埃塞尔之间。宴会期间，两位女士并没有交谈，但她们的目光交会过，克拉拉当时点头问了个好。据她回忆，埃塞尔好像"非常安静"。约翰·纳什说："我注意到克里平和那个女孩喝了不少酒。"

路易丝·斯迈森夫人走到了克里平身旁，询问贝尔在美国的地址，她说贝尔到现在为止还没给任何人写过信，这很奇怪。

他说："她在加利福尼亚的偏远山区呢。"

"没有固定地址吗？"

"没有。"他接着跟斯迈森说，如果她有什么想跟贝尔说的，他可以代为传达。

斯迈森夫人暂时没有深究此事。

· · ·

"在此之后，"埃塞尔写道，"我发现女士综艺表演协会的会员开始关注我的一举一动。"她明显感觉到别人在监视她、议论她。她进出大楼和走向克里平办公室的时候，无可避免地会遇到协会的女士们。没有人直接跟她说什么，但她可以从别人的眼神以及生硬的态度中觉察到冷漠。"我和克里平医生上街时，"她写道，"经常有人用奇怪的目光打量我。"

她觉得很不舒服。她希望这些女士可以接受她与克里平的关系，不要再纠结于过去。

事实上，她一开始就不应该让别人知道她和克里平的关系。没错，这是爱德华七世统治下的英国，但同时也是为福斯特的《霍华德庄园》提供创作背景的时代。这部小说出版于一九一〇年末，E. M. 福斯特让女主人公海伦·施莱格尔未婚先孕。他写道："海伦成了众矢之的，她作为人的基本权利也不复存在了。"

三月十二日，克里平乘车前往康斯坦丁路杰克逊夫人的住处，他的"小女孩"受了很多她的照顾，他对此表示感谢，不过他说，自己这次来是专程接埃塞尔走的。他们把所有东西搬上车后，前往附近的酒馆庆祝。杰克逊先生并不赞成克里平的做法，埃塞尔最近的所作所为在他看来也绝不是一位淑女应该做的，但他还是跟着去了。克里平买了瓶香槟，他们都喝了一些。

之后，克里平就带着埃塞尔回家了。

"我不信"

马可尼早就料到会有人质疑他在纽芬兰取得的突破，但没有料到质疑他的报道会这么多，这让他颇感沮丧。

"我对此表示怀疑，"托马斯·爱迪生接受美国联合通讯社采访时说，"我不相信。"他表示："字母 S 发送时就是简单的三个点，但我之前也犯过想当然的毛病，因此，在报道被证实前，我都会对这件事持怀疑态度。"

同一天，伦敦的《每日电讯报》称，"整座城市都对此存疑……按照马可尼的计划，纽芬兰应该在周四或周五收到从利泽德附近发出的电磁波，但公众普遍认为，它收到的实际上是其他方向的杂散电磁波，不是通信信号"。报纸提到了一个被广泛接受的推断：信号来自"一艘配有马可尼设备的冠达邮轮公司的邮轮，实验当天，它与圣约翰接收站之间的距离应该在二百英里以内"。报道还引用了威廉·普里斯的话："地面和空气中也存在干扰因素，它们常常导致接收机误收信号，字母 S 和 R 就是最常收到的两种错误信号。"

两天后，《电气评论》称马可尼的宣言"过于耸人听闻，这让我们觉得他的话多半源于热情，而非严谨的科学精神"。《电气评论》认为信号很可能来自美国的某个电报站。"如果有人想搞恶作剧，他只要知道实验时间，就可以轻而易举地给纽芬兰的电报站发送误导信息，让他们误以为自己大功告成。"

伦敦的《泰晤士报》刊登了奥利弗·洛奇的来信，这封信可谓鬼斧神工的批评文的典范。"马可尼先生显然真的以为自己掌握了证据，可以证明他在大西洋彼岸收到了大西洋此岸有意发送的电磁波。不论是谁现在就此事的可信度下定论，都会显得轻率。尽管如此，我还是选择相信他。"洛奇承认自己过去批判过马可尼，他写道，"他设想的通信距离如此广阔，远远超出了大多数人的想象。既然现在实现它的可能性已经被提出来，哪怕现在支持它还为时尚早，我也不想在拥抱新事物上落后于人。至于证据嘛，现在自然还没有。不过，马可尼先生已经鲁莽却充满激情地发表了声明，此举已经唤起了大家的激赏与期待，人们期待，他的努力和雄心壮志不会被寒冷的海岸边、空气中不寻常的电干扰所误导和蒙蔽。"

不过有一家长期对马可尼持怀疑态度的公司，这次把马可尼的话当真了。它真的从马可尼的成功中嗅到了危机。

· · ·

一九〇一年十二月十六日，周一，马可尼在圣约翰的酒店吃晚餐，一位年轻男士给他送来了一封信。当时，加拿大邮政局官员威廉·史密斯正与马可尼一起用餐，他住在这家酒店，并且房间就在餐厅旁边。当这位送信的年轻男士穿过餐厅，朝他们俩的桌子走去时，马可尼正在和史密斯说自己在纽芬兰建永久电报站的计划，位置很可能就在斯皮尔角。斯皮尔角位于信号山的东南部，是一个伸入大海的狭长岬角，长达四英里。

史密斯看着马可尼拆开了信封。他发现马可尼读完信以后脸色都变了，他问马可尼究竟怎么了，马可尼就把信递给了他。

史密斯也觉得问题很严重。这封信是一家律所代表英美电讯公司寄来的。这是一家坐拥海底电缆的大公司，为英国与纽芬兰两地提供电报服务。

信很简洁，只有一个长自然段，它指控马可尼侵犯了英美电讯公司的专营服务，依照法律，英国和纽芬兰两地的电报通信由英美电讯公司独家提供。"今天，我们必须收到您的声明，承诺您停止正在从事的活动，并承诺将搭设的电报通信设备及时拆除，否则我们将通过法律程序对您形成约束，针对我们的委托人可能蒙受或已经蒙受的损失对您提起法律诉讼。另外，我们还要通知您，如果您继续侵权，我们的委托人要求，您必须对委托人因您的活动而蒙受的所有损失进行赔偿。"

马可尼十分愤怒，但他打算认真对待英美电讯公司的威胁。他很清楚，他的公司无法抵御一个如此强大的对手的起诉，同时也知道，英美电讯公司股价下跌确实跟他有关，伤害已经产生。

史密斯请马可尼去他的房间，劝马可尼镇定点，其间他突然萌生了请马可尼到加拿大继续做实验的想法，据史密斯回忆，他几乎是在"央求他"。（当时，纽芬兰还是英国的殖民地，一九四九年才成为加拿大的一部分。）后面几天，史密斯和加拿大政府积极协调，最后政府出面向马可尼发出了正式邀请。马可尼最后大发慈悲，答应了，之后便动身前往新斯科舍物色实验地点。新斯科舍早在一八六七年就是加拿大的领地。

北悉尼位于新斯科舍最东端，马可尼抵达北悉尼的码头时，有许多加拿大要员在场迎接。随后他们带他匆匆上了火车，前往南部的格莱斯贝游览一处叫"桌面"的地方。"桌面"二字很贴切，因为它正是指悬崖上一片平整的冰雪高地，除了风吹起的白雪以外，上面还有一道道灰绿色和深褐色的沟壑。高地高一百英尺，下面就是大海。"这个地方，"史密斯说，"很对马可尼的胃口。"

之后，马可尼前往渥太华与政府商定正式的合作协议。

· · ·

圣诞节那天，英美电讯公司的两名电报员互相发了一串打油诗。新斯科舍的电报员敲了这么一段话：

> 我从北悉尼发出最诚挚的圣诞祝福，
> 真心祝愿你身体健康。
> 我们明年这个时候怕是无法
> 再用电报问好了。
> 马可尼会让我们失业的，
> 电讯公司往昔的荣光不复存在。
> 自动装置、延迟、阻碍、静电，
> 统统没有必要继续存在。
> 到那个时候，我将穿过以太的海洋，
> 向你传去圣诞的祝福。

他的利物浦同事回复道：

别担心，电讯公司

不会如你所说倒下的。

马可尼坚信自己做到了，

但有可能是他弄错了。

真的也好，假的也罢，

电讯公司都不会被遗忘。

他的速度永远赶不上我们，

我们几分钟的工作，他将要做几小时。

更何况他微弱的信号

只能在有限的电报站波动。

他得先克服这个难题，

才能让我们回家。

别担心，我的好兄弟。

我们离关门大吉还早着呢。

北悉尼电报员的回复结束了他们的通信，他说道：

谢了，兄弟，你的安慰，

让我变得坚定而又平静。

现在，我一点也不担心，

字母 S 算不上什么威胁。

在焦虑的销售员眼中它可能是"售"，

在其他人眼中可能是"送"。

不管是"售"还是"送"，

马可尼的 S 都——不会有"事"!

· · ·

约瑟芬·霍尔曼在纽约过了圣诞，她的未婚夫并没有陪她。她逐渐意识到，与工作狂订婚也是有缺点的，孤独感就是其中之一。

来自美国的消息

信件

一九一〇年三月二十日，周日

致马丁内蒂夫妇

亲爱的克拉拉和保罗：

　　这周没去看你们，请见谅。我知道贝尔的情况后情绪一直都很低落，干什么都没心情。现在我又收到了一封电报，说贝尔的双肺都感染了胸膜肺炎，我正在考虑要不要立刻前往美国。我不想让你们担心，但一想到最近都没跟你们见面，就觉得有必要解释一下。这周有空的话，我会去找你们聊聊天的。我真诚地希望你们身体健康、万事顺利。

你们真诚的

彼得

电报

一九一〇年三月二十四日，周四

致马丁内蒂夫妇

贝尔于昨日早上六点离世。

·四· 督察登门造访

"该死的太阳"

　　马可尼拿到加拿大政府的协议后准备回伦敦，不过他中途去了一趟纽约，作为特邀嘉宾参加一九〇二年一月十三日美国电气工程师协会举办的晚宴。他并不知道，这场晚宴差点办砸。

　　刚开始，许多知名科学家都拒绝出席晚宴，他们不相信马可尼将信号发送到了大西洋彼岸。不过，等到一月十三日当晚，学会的负责人还是设法凑了一整个宴会厅的人，这批人相信马可尼。晚宴办得相当用心。宴会厅里有三处黑色标志，分别写着马可尼、波尔杜和圣约翰，标志中间连着几串灯泡，每隔一段时间灯泡就会闪三下。菜单上的文字是用意大利橄榄油制成的油墨印刷的，晚宴的浓汤也专门起名为"电解浓汤"。晚宴提供的碗装冰淇淋上装饰着电线杆和无线电天线塔。

　　托马斯·爱迪生也收到了邀请，但抽不开身。他发来一封电报代替他到场，晚宴主持人大声朗读了他的电报。爱迪生的态度明显发生了大转变，他现在选择相信马可尼。他在电报中写道："我无法出席今晚协会的晚宴，非常遗憾。我本想借此机会向马可尼表示敬意。

这个小伙子拥有了不起的胆识和魄力，他试图用电磁波实现跨大西洋通信，如今他不仅尝试了，还做到了。"

观众席上传来阵阵掌声和喝彩声。这样的赞誉对马可尼而言并不多见，但同时他也知道，纽芬兰的成就虽然值得称道，但只是漫长征途的开端。不过他并不清楚，对他和他所宣称的成功，掌声下依旧掩藏着多么广泛而又深远的质疑。

. . .

此时，安布罗斯·弗莱明正在伦敦生着闷气。马可尼在加拿大和晚宴的两场讲话让他受到了双重打击。他认为马可尼的成功里有自己的很大功劳，但马可尼却在最风光的时候把他推到了一边。按照弗莱明对这些事件的记载，马可尼在纽芬兰省长为其举办的庆功宴上，"并没有坦率地提及那些帮助过他的人，他一直都在说'我的系统'和'我的工作'"，在纽约的晚宴上，他"依旧是那套说辞"。

约瑟芬·霍尔曼也心灰意冷。她本以为马可尼到了纽约就会把她放在第一位，但她现在意识到自己错了。马可尼总在出席各种午宴和晚宴，剩下的时间则忙于监督"费城号"邮轮安装无线电设备，之后他将和肯普乘"费城号"返回英国。

约瑟芬最后选择了放手。一九〇二年一月二十一日，她母亲 H. B. 霍尔曼夫人向媒体宣布：她的女儿要解除婚约，马可尼已经同意。

这成了《印第安纳波利斯时报》的头版头条，报道以"悔婚"为题，仅有三个段落，没有包含什么细节。

之后，《印第安纳波利斯时报》的记者在纽约霍夫曼酒店找到马可尼，问他有没有什么想说的。

"没有，我只能说我很抱歉。"

记者问："你对霍尔曼小姐的感情变了吗？"

"我无法回答这个问题。请简单报道一句就好，就说我很抱歉。"

记者继续追问："你的实验是否已经进展到一定阶段，让你有精力考虑结婚问题呢？"

"这个嘛，很难说，"马可尼说，"不过，如果没有一些事添乱，我们可能就要结婚了。"他继续讲道，"不过，我不会怪霍尔曼小姐的。我不会讲她的坏话。她可能觉得我给不了她幸福，才写信解除婚约。我们前不久还处得很好，彼此情投意合，现在突然是这样一个结局，我自然会有些伤感。"

他接受另一名记者采访时说的话给二人的关系增添了一层神秘色彩。他说自己工作忙确实是一方面，"但与此同时，还有一个敏感问题"。不过他并没有展开讲。

霍尔曼小姐没怎么表态，不过她跟一家报纸说"我们双方都遇到了危机"。她说的并不是波尔杜和南韦尔弗利特两地天线倒塌的事。

一九〇二年一月二十二日，周三，在这天快结束时，这件事已然传遍了印第安纳波利斯、纽约和伦敦，晚餐时人们都在谈论这个话题。此时，马可尼和霍尔曼都在海上，马可尼乘坐的是"费城号"，目的地是南安普敦；霍尔曼乘坐的是"威廉大帝号"，这是为数不多的几艘配有她前男友的设备的德国邮轮之一。

霍尔曼想去欧洲大陆散散心，她希望旅游可以治愈她受伤的心，马可尼则是回去工作。

马可尼一天也不愿荒废，基本上每天都待在"费城号"的无线电室里做实验。当邮轮渐渐靠近英国海岸时，他与波尔杜的电报站取得联系，创造了新的船对岸通信纪录：一百五十英里。

马可尼情场失利，但回到伦敦时整个人都充满自信，他很久没这么自信了。这是件好事，因为未来一年他还要面临许多场考验，同时德国也会对他构成重大威胁。

· · ·

马可尼到伦敦后，向董事会讲解了加拿大的项目方案。他提到，新斯科舍电报站的修建将由加拿大出资，这一点令董事会欣喜万分。不过，另一条消息则让董事会心中不快，马可尼已经承诺，他提供的跨大西洋无线电报服务将比有线电报公司的收费低百分之六十，这意味着一个单词最多收十分钱。他的承诺未免过于大胆，要知道，他到现在为止也就发出过几十组三个点的信号。不过，董事会还是批准了他的提议。

接着，马可尼在公司的年度股东大会上首次公开对威廉·普里斯和奥利弗·洛奇发起攻击，针对他们先前在媒体上宣称马可尼的系统存在缺陷的言论，进行驳斥。换作一个更熟悉科学界不成文规定的人，或许不会贸然攻击对手，即使要攻击也不会那么直接，而会以一种婉转、机智的方式说出自己的观点。英国的国会议员对这种话术再熟悉不过了。可是马可尼即将跨越这条隐形的红线，他尤其不该提洛奇对鬼魂的兴趣，这是所有话题中最敏感的一个。

马可尼首先瞄准普里斯。"威廉·普里斯爵士在科学界造诣颇高，这一点我相信。不过，不论他在别的领域取得了多么辉煌的成就，我都不得不说，经过我的仔细观察，他对自己最近涉足的领域完全不具备相应的能力。他所掌握的关于我从事的工作的信息至少是三年前的老皇历。我想提醒诸位，我的系统的研发期并不长，三年时间对系统而言是很长的……老实讲，威廉·普里斯爵士根本就不懂我的系统当下的工作模式。"

接着，他瞄准了洛奇。"受人尊敬的洛奇博士或许称得上物理学教授和研究心灵现象的知名学者，但很遗憾，他对我现今的系统和无线电技术知之甚少，我先前说的一番话对他同样适用。"

马可尼宣称，他的调谐技术能确保发出的跨大西洋电报"不干扰船上正在运转的无线电设备，通常情况下，船上的无线电也不会干扰我的跨洋电报"。他接着说，要是普里斯和洛奇不信，完全可以试着干扰他的电磁波传送，如果需要，他们甚至可以借他的电报站做干扰实验。

股东们为他的发言热烈鼓掌，不过，外界人士在报刊上看到发言时，读到的则是粗鲁的语气和嘲讽的意味。

《威斯敏斯特公报》称："马可尼先生如果没有嘲讽批评者，讲话的效果或许会好一些……他挖苦、嘲笑对手才智的做法，无疑与科学精神背道而驰。心灵现象的学者就不能对无线电技术的未来发表意见吗？好像没有这种说法。"

《电气时报》批评马可尼在讲话中"毫不掩饰地蔑视"洛奇和普里斯。"要不是洛奇在科学领域的铺垫，马可尼先生今天能否炫耀自己的无线电报技术还很难说。至于普里斯，马可尼先生初到英国时，多得他的帮助与鼓励，接受了很多他的照顾……退一步讲，洛奇和普里斯都在科学和工程领域拥有崇高的地位，马可尼作为年轻人却用这样的语气评论长辈，本身就很失礼。"

《电气时报》进一步指出，即便说没有人了解马可尼技术的现状，这也只能怪马可尼自己。"倘若马可尼先生能够像通常科学界的人士那样，大大方方地讲解他的方法和设备，他就不愁没人理解、没人支持了。"

这场战役远未结束，之后还会变得更加惨烈。

. . .

两天后，也就是一九〇二年二月二十二日，马可尼再次登上"费城号"。他此行主要是为了回加拿大和加方政府进一步敲定协议，但他也意识到，这将为他提供机会，打消人们对他在纽芬兰的成就的质疑。他在"费城号"上安装了一根更高的天线，以尽可能地扩大波尔杜信号的接收范围。另外，他特地邀请 A．R．米尔斯船长做证人。这一次，他用的不是在纽芬兰用过的听筒，而是常用的莫尔斯印码机，如此一来，不论收到什么，都可以留下白纸黑字的证据。

所有人都知道马可尼的系统应对短距离通迅完全没有问题，因此，当船上的电报室和岸上的电报站实现通联时，没有人大惊小怪。不过，等到第二天上午，当船与波尔杜的距离达到四百六十四点五英里时，事情开始变得有趣起来。

设备咔的一下开始运转，接收机收到了信息："一切就绪。V. E."这里的"V. E."指"你是否明白？"。

信息和"S"接二连三地按马可尼的计划依次抵达。

距离达到一千零三十二点三英里时，船上收到了如下信息："谢谢你的回复。希望一切顺利。祝好。"

又驶出五百英里后，船上收到了最后一条完整的信息："一切就绪。你是否明白？"船距离波尔杜两千零九十九英里时，船上的接收机依旧可以清楚地收到三个点的信息。

米尔斯船长看到了印码机打印出的蓝点。马可尼问他："船长，这足以证明了吧？"

足够了。船长同意做马可尼的证人，他在纸带上签字后，还在下面写了一段简短的证词："接收于'费城号'邮轮，于北纬四十二点一度，西经四十七点二三度，与波尔杜相距两千零九十九英里。"

马可尼刚踏上纽约，就有许多记者向他拥来，他接受采访时讲道："这无非是印证了我在纽芬兰取得的成果。无线电报可以跨越大西洋，这一点毋庸置疑。"在接受亨利·赫伯特·麦克卢尔的采访时，他说："我现在坐在这里就可以计算出，从康沃尔向好望角或澳大利亚发送电报需要多大的功率，需要用什么设备。我很纳闷，我能理解的东西，这些科学家为什么就无法理解呢？"

不过，这次航行也让马可尼发现了一个令人头痛的难题，他暂时将此事保密。他发现，白天的时候，一旦船开出七百英里就会完全收不到信号，不过夜幕降临后信号就恢复正常了。他称这个现象为"日光效应"。他说："虽然耀眼的阳光和蔚蓝的天空都是透明的，但它们对大功率的赫兹射线而言似乎就如浓雾一般。"

几个月以后，马可尼还是没有研究清楚这个神秘的现象，他很郁闷。他甚至为此说了脏话，大喊："该死的太阳！它究竟要把我们折磨到什么时候？"

· · ·

同一年春天，马可尼让自己成了威廉二世的敌人。

这件事本来只是个小小的意外，按理说不至于让德皇将马可尼视作敌人，但不巧的是，当时事件以德英两国关系恶化为背景。鉴于德皇威廉大力发展海军的举动，英国领导人开始重新考量"光荣孤立"的好处，并考虑和俄罗斯乃至先前的宿敌法国结成同盟。同年夏天，《每日邮报》甚至建议英方先发制人，打击德国舰队。这样的想法早已在伦敦的一些俱乐部和军事家之间私下流传，但这一次，它被公开印刷出来。

这种日益紧张的关系在马可尼和斯拉比这两个人身上，以及他们代表的两家分属英国和德国的公司身上也有所体现，其间的恩怨可不止一天两天。马可尼公司的德国竞争对手叫德律风根，这家公司已经开始在全球范围内推广斯拉比－阿尔科－布劳恩设备，就连美国海军也成了他们的客户。马可尼规定，配有马可尼设备的船只，只能和马可尼的电报站通信，这一规定让威廉二世和德律风根的管理人员很恼火。

一九〇二年，德皇的弟弟普鲁士王子海因里希，乘坐"威廉皇太子号"前往纽约，这艘邮轮配有马可尼无线电。邮轮驶入利泽德和波尔杜的通信范围以后，王子发现船上的一根天线可以同时接收两个电报站的信号。邮轮靠近纽约后他吃惊地发现，许多船只已经基本实现了与马可尼在楠塔基特新建的电报站的日常通信。（南韦尔弗利特的新电报站尚未建成，建成后将拥有四座巨大的天线塔。）

海因里希王子返程时乘坐的是"德意志号"邮轮，这艘邮轮配置的是德律风根的设备。王子本以为自己会在航行中再次目睹无线电通信的奇迹，但他并没有收到从楠塔基特发来的信号，利泽德和波尔杜方向也没有信号传来。他们控告马可尼方面屏蔽了"德意志号"，换句话讲，这无异于屏蔽了船上的王子殿下，他们甚至怀疑马可尼方面对船上的无线电设备实施了干扰。德皇得知此事后大发雷霆，德国公众也为此愤懑不平。一家杂志称"致命的马可尼恐慌"席卷了整个德国。

不过，马可尼公司并没有干扰德国船只的无线电设备。并且，出于对王子的尊敬，公司也没有让操作员立即中断马可尼的设备与其他公司设备的通联。谁也不知道"德意志号"的设备如此安静的具体原因，也许是德律风根的设备出了故障。

德皇将此事看作公开侮辱，提出要举办国际会议，制定海上无线电通信规则。马可尼很清楚德皇的真实动机，德皇想让多方达成共识，允许所有的无线电设备自由通信。马可尼将这一倡议看作重大威胁并对此提出了抗议。马可尼认为，他的公司建立了世界上最完备、最高效的无线电网络，让其他公司使用他的网络，无疑是不公平的。

在洛奇等马可尼的批评者看来，威廉二世的倡议是马可尼应得的惩罚，他早就该遭报应了。一九〇二年四月二日，西尔韦纳斯·汤普森给洛奇写信道："马可尼竟然抱怨别人抢走他的胜利果实，这太好笑了。他不过是个投机分子，如今竟公然举着金色铜，号称自己是发明家！"（"金色铜"取自十八世纪一名钟表匠的名字，早期指廉价珠宝中看着像金子的合金。"金色铜"与冒牌货、仿制品、赝品等是同义词。）

马可尼和德国的关系进一步恶化。理查德·维维安和员工们在格莱斯贝迎来了一批不速之客：德意志帝国海军。当时他们正在悬崖顶部的"桌面"工作，只见多艘军舰从远方驶来，在格莱斯贝抛锚靠岸。维维安立刻就猜到了军舰的意图。德国人能到如此荒凉、危险的地方靠泊，只有一种可能，他们是冲着电报站来的。

一群人上了岸，包括一名上将和三十名军官。天很热，他们走了很久才到电报站的门口，维维安在门口迎接，并请他们吃茶点。

海军上将谢绝了维维安的邀请，他说他们是来看电报站的。

维维安说自己很乐意带他参观电报站，但前提是他能出示马可尼或公司董事会的书面授权。

海军上将一样都没有。

维维安深表遗憾。看不到书面材料，他无法带海军上将和他的随行人员参观。

海军上将听后火冒三丈，他宣称皇帝陛下威廉二世得知此事后肯定会雷霆大怒。

维维安说他很抱歉，在这件事上他确实无能为力，并再次为此表示遗憾。海军上将一行步履沉重地离开了电报站。

尽管如此，军舰并没有开走。为此，维维安特地在一座天线塔上安排了岗哨。

他的直觉是对的。第二天，岗哨就发现军舰派出了多艘小艇，上面有大约一百五十人，他们登陆后就朝电报站的门口走来。这一次，维维安注意到来人里没有一位军官。

他们蜂拥而上，试图越过他。其举动与"暴徒"无异。

维维安没有退缩。"我告诉他们，禁止入内，如果他们非要进的话，我只好动用强硬措施阻止他们了。"

他身后的大院里满是工人，他们知道有人找麻烦后也向门口拥去，现场的气氛越来越凝重。

正在此时，一个德国人突然吹响了口哨，船员们应声列好队离开，瞬间"由一群暴徒变成了训练有素的军人"。

之后，军舰开走了。

· · ·

　　长距离通信的故障依旧困扰着马可尼。

　　爱德华本应在一九〇二年六月举行加冕典礼，但他得了阑尾炎。一开始，他活下来的可能性似乎不大，不过做完手术后，他还是挺了过来。他再次躲到"维多利亚和阿尔伯特号"皇家游艇上疗养。此时，许多名流、贵族为了参加加冕典礼已经动身，却突然发现自己扑了个空。意大利为这次典礼派出了"卡洛·阿尔贝托号"军舰，爱德华要等身体康复后才能举行典礼，意大利决定在此之前将军舰和六百名舰员借给马可尼做海上实验。

　　其间，意大利国王维托里奥·埃马努埃莱三世决定拜访俄罗斯沙皇尼古拉二世。他命令"卡洛·阿尔贝托号"在俄国的海军要塞喀琅施塔得与他会合。届时，他将与沙皇共同登上军舰，观看马可尼的无线电通信演示。军舰中途停在德国军港基尔时，马可尼就可以收到六百英里以外的信号。一九〇二年七月十五日的夜里，在喀琅施塔得的港口，他更是收到了一千六百英里以外的信号。不过他再次发现，一到白天，日光就会扰乱信号接收，从日出到日落他都没有收到波尔杜的信号。意大利国王和俄国沙皇马上就要来了，这个问题无疑是个大麻烦。马可尼非常想向尊贵的客人现场展示接收电报的过程，但总不能要求他们天黑后再来吧。路易吉·索拉里建议马可尼在舰上另找个地方装上无线电发报机，这样他就可以在舰上发送信号了。索拉里称自己无意欺骗别人，只不过是将晚上可以轻易做到的事挪到了白天展示。

　　七月十七日，国王和沙皇登舰后来到了马可尼的电报室，马可尼向他们展示了纸带，上面记录的是从波尔杜发来的电报。就在这时，接收机开始工作，莫尔斯印码机打出了一条新的纸带，上面是一些欢迎和恭维尼古拉二世的话。

沙皇看到后很吃惊，也很感兴趣，他问电报是从哪里发出的。马可尼说出了真相，并拿出了藏着的发报机。沙皇并没有生气，当时还特地把索拉里叫了过来，夸他点子妙。

八月，马可尼继续在"卡洛·阿尔贝托号"上做实验，他的系统遇到了一个难解的故障。在某次实验中，发给国王维托里奥·埃马努埃莱的电报按计划会通过波尔杜中转给舰上，但他没有收到电报。他用尽了一切办法，还是没有收到信号，也找不到故障的源头。他曾经和索拉里说："我从不会感情用事。"但这一次，索拉里亲眼看到他把接收机砸得粉碎。

马可尼将此归咎于弗莱明。弗莱明在没有询问马可尼意见的情况下，更换了波尔杜电报站的一个核心部件，此前，马可尼亲自更改过这个部分，他的做法相当于推翻了马可尼的决定。此外，弗莱明还安装了自己设计的新型电火花装置。

马可尼向公司新任总经理卡思伯特·霍尔抱怨。此前，霍尔是公司的副总经理，直到一年前弗勒德·佩奇辞职。马可尼在信中提到，弗莱明的设备"经实践检验，效果并不理想"。

马可尼指示波尔杜的工作人员用他设计的元件换掉弗莱明的。弗莱明得知此事后，觉得受到了轻视。他提出公司在做如此重大的调整之前，应该先找他商量才对。

马可尼知道后更生气了。

他在给卡思伯特·霍尔的另一封信中写道："弗莱明应该清楚他作为科学顾问的职责。说到底，他的职责仅仅是在公司就一些业务特意咨询他时为公司出谋划策。至于其他大大小小的事务，公司要是认为没必要问他，自然也没有义务向他请示……我并不想刺痛弗莱明博士敏感的神经，不过，你必须让他明白这一点，否则我就只能正式告知董事会调整他的职务了。"

路易吉·索拉里在一九〇二年十月二十四日出版的《电工期刊》上发表了一篇文章，报道了"卡洛·阿尔贝托号"的实验，不过，他对出现的问题只字未提。读者看了他的文章会觉得实验一切顺利。多数读者读完后也只能是姑且信之，因为这次马可尼依然没有安排中立的目击者为结果作证。

不过，有一个人碰巧监听了这次实验，而马可尼对此并不知情。

这年夏天，一家名为东部电讯公司的海底电缆公司决定搭设自己的无线电报站，选址位于康沃尔的波斯科诺，这里距离波尔杜大约十八英里。跨大西洋电缆巨头仍然不觉得无线电足以与之抗衡，不过，无线电可以为电缆增加一种电报接入渠道，此外，他们也可以借助无线电与修理电缆的船只通信。东部电讯公司雇了内维尔·马斯基林来负责这项工作。一九〇二年八月，马斯基林搭设了一根高二十五英尺的临时天线。天线刚刚搭设完，就收到了波尔杜发出的莫尔斯码信号，按马可尼公司的说法，这样的事几乎不可能发生，因为他们有所谓的调谐技术。

他一再收到重复的信号——字母CBCB。"已知波尔杜与'卡洛·阿尔贝托号'之间正进行着实验，"马斯基林写道，"没有夏洛克·福尔摩斯，我也能猜出'CBCB'是'卡洛·阿尔贝托号'的呼号。"当时，他和东部电讯公司将这艘军舰戏称为"卡洛·伯蒂号"。

马斯基林不仅收听了信号，还将莫尔斯印码机打出的纸带保留了下来。此时他尚未意识到这一举动的真正意义。

女士们的调查

　　她先是莫名其妙地失踪，据说跑到了美国，现在又突然离世。这件事前前后后都讲不通，每个细节都值得怀疑。用爱德华时代的话讲，太离奇了。不过，这都是克里平告诉他们的，他可是诚信可靠的代名词。用莫德·伯勒斯和约翰·伯勒斯的话讲，他是"模范丈夫"；用克拉拉·马丁内蒂的话讲，他是如此"善良体贴"；用阿德琳·哈里森的话讲，他是一个"心地善良的人"。

　　但还是讲不通。

　　这个打字员恬不知耻地戴着贝尔的旭日胸针。并且，贝尔启程后没有给朋友写过一封信，发过一封电报，上船后也没有想过从船上给朋友发"马可尼无线电报"，以她的性格，她是很愿意给别人惊喜的。此外，克里平似乎一开始就讲不出贝尔的具体行踪，更别提确切的地址了。用他的话讲，她在"加利福尼亚偏远的山区"，但贝尔从来没说过她在加利福尼亚有亲戚，更别提加州南部了。

　　事实上，早在贝尔去世前，协会的新任财务主管洛蒂·艾伯特就托朋友迈克尔·伯恩斯坦帮忙，代表协会打听贝尔的消息。

克里平说贝尔乘坐的是一艘从勒阿弗尔开过来的法国邮轮。他记不清船名了，有可能是"图埃号"或"图韦号"。伯恩斯坦调查了法国船只的乘客名单，但没有在名单里找到克里平或埃尔莫尔。

三月三十日，周三，女士协会举行例会。这一天，克拉拉·马丁内蒂和路易丝·斯迈森穿过大厅，前往克里平的办公室，她们表面上是去安慰克里平，但实际上有点像在审问他。

马丁内蒂夫人说贝尔临终前肯定需要人照顾，她想知道这个人的具体地址。克里平则说他并不知道具体是谁在照顾她。

她问贝尔病了多久，克里平说在船上就病了，贝尔没太在意，最后发展成肺炎。

斯迈森夫人问贝尔葬在哪里，协会想给她的墓献上"永恒的花圈"。克里平说她没有下葬，而是火化了，骨灰不久就会送到英国。

火化。

贝尔生前从没有提过她死后要火化，一次也没有。她这个人向来都是直来直去的，从不会把事情藏在心里。她连肚子上的伤疤都让朋友碰，由此推之，她如果有火化这样新奇的想法，肯定也会跟朋友分享的。

马丁内蒂夫人问贝尔是在哪里离世的。克里平并没有正面回答，他只是说："我会给你我儿子的地址。"

马丁内蒂夫人问："贝尔走的时候他在旁边吗，她是在他的注视下离世的吗？"

克里平给了肯定答复，但他的话还是含混不清，接着，他把奥托在洛杉矶的地址给了她们。

她和斯迈森夫人带着满腹狐疑离开了。马丁内蒂夫人当即给奥托寄了一张明信片，询问贝尔离世的细节。

她一个月后才收到他的回复。他为没能及时回复而道歉，他解释说，他的儿子前不久因病去世，他确实无暇回复。

谈到关键问题，他写道："对于我继母离世这件事，我和大家一样吃惊。她在旧金山去世。我也是从父亲那里知道的这件事，他事后第一时间给我写了信。他说如果有信寄到我这边，我只需把信转寄给他即可，他会做出具体解释。他说，他在别人问他继母的去世地点时，错把我的名字和地址给了出去。如果你知道了她离世的具体情况，希望你能告诉我，我会非常感激的。目前为止，我只知道她在旧金山去世。"

$$\cdots$$

埃塞尔·勒尼夫来到希尔德普新月街三十九号后，开始清扫屋子。这项工作一点也不轻松。首先，房子里有股难闻的味道，这股味道在楼下的厨房附近尤其明显，而且某种程度上已经弥漫到整栋房子里了。杰克逊夫人第一次进屋时就闻到了这股刺鼻的味道，她曾向埃塞尔提起过。她说："这里有一股霉味，可能与潮湿的环境和泥土有关。并且这个地方都没怎么通过风，特别闷。"

"对啊，"埃塞尔说，"这地方不仅潮，还特别乱。这就是贝尔·埃尔莫尔去美国前留下的烂摊子。"

埃塞尔打开窗户，开始清理衣物和多余的家具，她把大多数没用的东西都堆在厨房。克里平特意邀请老部下威廉·朗过去一趟，看看有没有他需要的东西。"一两天以后，"朗说，"我去了一趟，他把我带到厨房，那里有一堆女士的衣物，有长筒袜、内衣、鞋子，还有旧的舞台表演裙、旧桌布和小毯子等。"

朗分几个晚上把这些东西统统搬走了。克里平还将金边笼子和七只金丝雀一并送给了他。

埃塞尔雇了一个法国姑娘做女佣，叫瓦伦蒂内·勒科克。埃塞尔在信中给杰克逊夫人写道："终于有一个女孩帮我干活了，我很高兴。她才十八岁，不过她很愿意学习，干活也卖力。但这个可怜的女孩连破衣服也没几件，她没有黑色的女衬衫，事实上她什么也没有。医生下周日要请朋友过来吃晚饭，我必须抓紧时间给她找几件合身的衣服，好让她看起来精神些。"

有了法国女孩的帮助，埃塞尔的家务活总算是有了进展。她在另一封给杰克逊夫人的信中写道："最近我还是忙着收拾屋子，你要是过来，肯定会觉得这里大不相同了。"她一方面要让房子的"每个角落尽可能地干净"，另一方面又要处理好克里平办公室的工作，她发现同时做好这两件事非常难。她抱怨说："我基本上没有自己的时间。"

不过，她知道她很快就可以告别繁重的家务了。克里平的房子将在八月十一日到期，他们打算之后搬到沙夫茨伯里大街的一间公寓里去。

她跟杰克逊夫人说："我虽然过得辛苦，但甘之如饴。"

她享受和克里平度过的每一分每一秒。她在回忆录中写道："他那时常常会拿着煤筐跟我一起去煤窖，在他铲煤的时候，我会靠着门，举着蜡烛跟他聊天。"

房子逐渐变得敞亮舒适，里面糟糕的味道也消散了。克里平一有时间就会给她帮忙，他每天都会拥抱她，亲吻她，和她聊天。从法律上讲，他们还没有结婚，并且在贝尔于美国离世的事得到确认前，他们没法结婚。尽管如此，他们已经过上了夫妻生活。

"时间就这样一天天过去，"埃塞尔写道，"我们俩过得很开心，也很知足。我们都在以各自的方式努力生活。"

· · ·

协会的女士们一直关注着他们。

她们注意到克里平和这名打字员不仅一起上下班，还常常一起散步。她穿的皮草看上去像贝尔的，当然，没人敢一口咬定这是贝尔的，因为所有的皮草都长得差不多。另外，她们还发现他俩一起去剧院和餐厅。有一天，安涅·斯特拉顿和克拉拉·马丁内蒂碰巧在新牛津街遇到了克里平。"我们跟他说话的时候，"马丁内蒂夫人说，"他好像急着要走。我们告别以后，我看见他跟那个打字员碰面，他们一起上了公共汽车。"

女士们还发现了一件令人不安的事实。贝尔离开的那一天，只有一艘叫"图赖讷号"的法国邮轮计划前往美国。

不过，这艘邮轮最后并没有驶离码头，它出了故障，一直处于检修状态。

· · ·

这是多么离奇的消息啊，不过话说回来，这个时代本身就是离奇的时代。一九一〇年五月六日晚十一点四十五分，国王爱德华七世离世，整个国家都陷入哀思。为此，英国皇家阿斯科特赛马会的负责人规定，出席活动的人一律要穿黑色服装，这还是有史以来的头一遭。这次事件在历史上被称作"黑色阿斯科特"，后世凡是看过电影《窈窕淑女》的人，对此都不会陌生。

　　世界末日好像就在不远处，哈雷彗星造访了人类头顶的天空，这令许多人惴惴不安，担心它会撞向地球，还有传闻说它的出现预示着可怕的事情就要来了。

使坏的义务

　　"卡洛·阿尔贝托号"经历了漫长的航行，途中马可尼一直都在做实验，一九〇二年万圣节的上午，军舰驶入新斯科舍的码头后，他的实验才告一段落。马可尼现在的目标或者说希望，已经不再是简单的三个点了，而是从英国给北美发出史上第一封完整的无线电报。他必须成功。他将无线电发给纽芬兰这件事引发了越来越多的质疑。然而只要他成功地发出完整的电报，就可以让质疑的人闭嘴，同时打消董事会的顾虑，让他们相信高昂的实验投入最终可以带来经济回报。

　　此时，马可尼已经完成了南韦尔弗利特、波尔杜、格莱斯贝三地新电报站的修建工作，其中格莱斯贝"桌面"上的电报站功率最大。电报站的设计大同小异，每个电报站都有四座坚固的天线塔，均为交叉支撑的木质结构，高二百一十英尺，共同支撑起一个由四百根电缆组成的倒金字塔。每个电报站附近都有一个发电站，里面的蒸汽机会带动发电机发电，之后，电流会进入一系列变压器和电容器。南韦尔弗利特的功率可以达到三万瓦特，格莱斯贝的则可以达到七万五千瓦特。南韦尔弗利特的电报室和火花装置之间必须安装隔音门，和特别厚的与舷窗类似的窗口，这么做是为了保护电报员的眼睛和耳朵。

马可尼在上岸后的第二天就开始尝试新项目，通过传统的海底电缆和波尔杜的电报员取得联系，协调后续的工作流程。理查德·维维安称他们收到的第一批信号"非常微弱，微弱到难以识别"，不过还是收到了。马可尼知道波尔杜只用了一半的功率，因此他安排工程师将功率调到最大，期待以此解决所有问题。但问题并没有解决，事实上他最后什么也没听到。

格莱斯贝的天线由数百根电缆组成，操作者既可以同时使用所有的电缆，也可以只用其中的一部分。马可尼和维维安尝试了各种各样的组合方式，但还是一无所获。他们每晚都在不断地尝试、试错，期待以这样的方式找到神奇的结点。白天在他们看来没什么希望，因此他们都在夜晚工作，常常一干就是一整夜。他们连续工作了十八个通宵，依旧没有收到信号。大家的压力越来越大，维维安家的氛围更是如此。他把新婚妻子简带到了格莱斯贝。她如今怀孕了，挺着大肚子，随时可能生。

下雪了，雪花没多久就覆盖了悬崖的顶部。夜里，发报机发出的电火花照亮了天空中飘落的雪花。发报机室的装置每次震荡，附近的人都能看到淡蓝色的光芒划过整个区域，让人觉得发报机室就如同一座工厂，鬼魂在工厂里被打散，消散在以太之中。电缆下面挂的冰凌如短剑一般，有三英尺长。

这段时间，马可尼还收到了总部的一封电报，称公司的股价正在下跌。此时的马可尼尚不知道，股价下跌是一名魔术师一手造成的。

· · ·

内维尔·马斯基林讨厌骗局，但喜欢误导、迷惑观众。他的大本营是皮卡迪利的埃及馆，这个地方是伦敦备受欢迎的娱乐中心，也是伦敦最具代表性的奇特建筑之一。一名早期的参观者写道："这座建筑物怪到家了，根本无法用语言描述它的正面。"埃及馆始建于一八一二年，正面模仿埃及神庙的入口而建，黄色的墙面上赫然镶有两座巨大的雕像，壁柱和基石上也写满了象形文字。这座建筑物最初是一座自然历史博物馆，由于没有吸引多少游客，后来变成了一处专门的奇特人群展演场地，包括一大家子拉普兰人以及一位体重八十磅、号称"行走的骨架"的男士，另外，游客在一八二九年还可以看到暹罗双胞胎本人。场馆里最著名的当数查尔斯·S.斯特拉顿，他的体型最小，来自康涅狄格州的布里奇波特，一八四四年由菲尼斯·巴纳姆带到埃及馆参与真人展览，当时的公众更熟悉他的艺名"拇指将军汤姆"。

马斯基林的父亲也叫内维尔·马斯基林。老马斯基林与合伙人乔治·A.库克一起收购了埃及馆。一八九六年，在他们的共同努力下，埃及馆成了"英国的神秘领地"。每天，他们会安排两场魔术演出，观众既可以看到眼花缭乱的表演，又可以看到各种奇异的机械装置。老马斯基林和库克最早闯出名气是因为，他们揭穿了美国知名灵媒达文波特兄弟的把戏。两名魔术师将自己标榜为"皇家魔术师和反唯灵论者"。他们有一个非常有名的小机器人，叫赛科。它穿着具有东方神秘色彩的长袍和头巾，衣物下面藏着各种机械装置，凭借这些内部机械，它可以算数学题、拼单词，不过最吸引人的还数它可以和观众打惠斯特。马斯基林从父亲那里继承了埃及馆，在研究无线电之余，他会和魔术师搭档戴维·德文特一起登台演出。两人常常一起在表演中揭露灵媒的把戏，他们对此非常在行，甚至让一些唯灵论者怀疑他们俩有通灵能力，为了吸引眼球和赚钱才故意装出一副不相信的样子。

马斯基林不相信马可尼。这个意大利人号称自己取得了惊人成就，但没有提供多少可靠的证据，他有的无非是安布罗斯·弗莱明和路易吉·索拉里的证词，而这两人都是他的合作伙伴。最近的一个例子是索拉里刊登在《电工期刊》上的文章，他热情洋溢地报道了马可尼在"卡洛·阿尔贝托号"上做的实验。

马斯基林初读这篇文章只觉得反感，但读着读着又高兴起来。因为他突然发现，他之前窃听马可尼信号时收集的纸带包含了索拉里提到的部分电报。马可尼把他的系统吹得天花乱坠，但这些纸带足以说明事实并非如此，相反，他的系统存在不少问题。

马斯基林决定公布他的发现。一九〇二年十一月七日，他在《电工期刊》上发表了一篇文章，称自己在波尔杜附近的波斯科诺有一处电报站，并用自己的设备侦听到了马可尼的信号，他的莫尔斯印码机也打出了相应的纸带，从这些纸带看，索拉里的表述并非完全准确。不过，他倒没有说索拉里和马可尼作假。

他在文章中表示：我们通过观察纸带就可以得知，信号受大气影响而失真的情况很常见。与此同时纸带也表明，一些电报站发射的信号确实干扰了波尔杜和"卡洛·阿尔贝托号"的通信。之前，索拉里声称波尔杜的电报站每分钟可以发出十五个单词，马斯基林对此也表示质疑，他数了一下，实际情况更接近每分钟五个单词。

他还提到，之前索拉里说，意大利驻伦敦大使馆通过波尔杜发过一封电报，军舰在一九〇二年九月九日下午四点三十分准确无误地收到了。马斯基林发现事实并非如此，他们提早了几个晚上，从九月六日晚九点就开始发送电报了。（这封电报可能就是让马可尼发狂，砸掉设备的那一封。）

有一点毋庸置疑，马斯基林此举证明了马可尼的信号可以被第三方侦听。他写道："波尔杜的电报站整天都在运转，现在的问题很简单，马可尼先生能否调试波尔杜的设备，令他的信号不再影响波斯科诺的电报站？截至九月十二日，我在波斯科诺的监查工作结束，他都无法做到这一点。"

马可尼公司的总经理卡思伯特·霍尔专门给《电工期刊》写了封信，驳斥马斯基林的言论。霍尔指出，马斯基林"通过侦听获得的证据……并不能令人信服"，随便一个读过索拉里文章的人都可以用印码机伪造纸带。"马斯基林先生要是真有重量级证据，也应该在索拉里上尉刊载文章前公布证据，而不是之后。"

霍尔的回击在马斯基林看来必然带有讽刺意味，因为马可尼宣称自己的成就时所提供的证词归根结底就是"相信我"三个字，这些证词的有效性根本无从验证。

马斯基林在下一期的《电工期刊》中回复道："霍尔先生显然陷入了进退两难的境地。不过，说到底他只有两个选项，要么说我是个骗子，要么就得认可我在文章中提出的证据和观点……如果他选择前者，我自有应对之道。如果他选择后者，那就说明他们所谓的确凿证据不过是镜花水月，他们建立在这些证据之上的乐观与愿景亦不过是空中楼阁，注定会轰然倒塌。"

· · ·

格莱斯贝一片寂静，他们找不到任何理由解释为何格莱斯贝收不到波尔杜的信号。马可尼在纽芬兰时明明收到信号了，当时用的还是几面飘摇不定的风筝，如今他有一个完备的新电报站，有高达二百一十英尺的天线塔，长达数英里的电缆，但他什么也没收到。他和维维安决定另辟蹊径，走一条之前从未走过的路。具体而言就是颠倒信号的发送方向，从新斯科舍发射信号到英国。他们这么做并没有什么特殊理由，仅仅是因为别的路都走不通。

一九〇二年十一月十九日晚，他们做了首次尝试，但波尔杜的电报员并未收到信号。

马可尼和维维安对设备进行了无数次调整。维维安写道："我们没有测量波长的手段或仪器，老实讲，我们也不知道所用信号的波长具体是多少。"

他们继续尝试了九晚，依旧一无所获。不过，第十个夜晚，也就是十一月二十八日，他们收到了一封有线电报，称波尔杜的电报员已经收到了信号，但信号过于微弱，无法判断出具体内容。这一消息给马可尼带来了希望，不过，这样的势头并没有持续，第十一个夜晚，波尔杜发来消息称什么也没收到。之后，这样无声的状态又维持了七晚。

十二月五日，周五，这天夜里，马可尼将电火花的长度增加了一倍。后半夜，他收到一封有线电报，称波尔杜终于收到了信号。

　　刚开始的半个小时，信号微弱但足以识别，接下来的四十五分钟没有信号，最后的四十五分钟，再次收到了可识别的信号，并记录在了纸带上。

第二天夜里，马可尼将设备调试到同样的状态，再次开展实验。一片寂静。

后一夜依旧是一片寂静。

这几周，马可尼并未因实验失利流露出多少不快，但这一次他气得高声咒骂，用拳头猛砸桌子。

不过他没有停下尝试的脚步。现在别说失败了，就连失败的谣言也足以造成灾难性的后果。果不其然，没多久人们就听到小道消息说，他可能遇到了麻烦。一九〇二年十二月九日，周二，《悉尼每日邮报》的报道《"桌面"出了什么问题？》指出："'桌面'好像发生了一些难以捉摸的事情，对该计划的推动者好像颇为不利。"

这天夜里，每次向波尔杜发送信号的尝试都以失败告终。后面四晚依旧没有进展。第五晚，也就是十二月十四日，周日，他向夜空发送了数小时的信号后，收到了波尔杜的一封有线电报："收到了可识别信号，持续了两个小时。"

马可尼自万圣节上岸以来，实验屡屡受挫，这次能有所突破自然值得庆祝。工作人员兴奋地跑出电报室，外面夜凉如水，空中还飘着雪花，但他们依旧手舞足蹈玩得不亦乐乎，最后冷得不行了才回到室内。

从当时来看，马可尼似乎碰巧为所有变量找到了正确的组合方式。他没有选择稳健的打法，停下来研究好这些变量，而是选择继续推进计划，即用无线电发出首封公开的越洋电报。据维维安所说，马可尼这么做主要是"迫于财务压力，另一方面，负面的报道、评论也越来越多，他要借此平息这些声音"。

这一次马可尼意识到，自说自话已经不足以平息非议。为此，他特意邀请伦敦《泰晤士报》驻渥太华记者乔治·帕金做见证人，共同见证这一历史性时刻。并且，这封具有历史意义的电报也将由帕金撰写。不过，马可尼首先让帕金发誓，在波尔杜电报站确认收到电报之前必须对此保密。

十二月十五日，周一，马可尼在凌晨时分开始首次尝试，要知道，从他收到波尔杜的有线电报、和同事一起狂欢到现在，还不到二十四个小时。发射信号前，马可尼还特地让帕金对电报的措辞进行了微调，这样就不会有人说英国的工作人员已经提前获知了电报的内容。凌晨一点，马可尼拿起颇有分量的电键，开始敲击电报。"所有人都在耳朵里塞上了棉球，这样才能让电流的撞击声小一些。"帕金写道。他将这响亮的声音比作"马克沁机枪连续射击的声音"。

波尔杜并没有收到他发出的电报。两点，马可尼又试了一次，还是没成功。

这天夜里，马可尼继续尝试，他先后在六点和七点各试了一次，都没成功。当晚晚些时候，十点到午夜之间，他成功了，帕金写的电报终于顺利抵达波尔杜，内容如下：

> 伦敦《泰晤士报》。我在马可尼加拿大电报站的发射现场，很荣幸有机会通过第一封跨大西洋无线电报向英国和意大利问好。帕金。

第二天上午，马可尼为此举行庆祝仪式，其间隆重地升起了英国和意大利两国的国旗。

不过，突然刮起一阵大风，两面国旗都被刮倒了。

· · ·

《泰晤士报》并未立即收到帕金的电报。马可尼向来热衷于追求仪式感和轰动效应，因此他在告知《泰晤士报》之前要先发出两封电报向两位权贵问好，一位是英国国王爱德华，另一位则是身在罗马的意大利国王维托里奥·埃马努埃莱。马可尼让帕金暂时保密，等他收到有线电报，确认两位国王收到他的无线电报以后，帕金才能公开自己的事迹。这个过程花费了他们六天时间。

帕金的报道通篇都是溢美之词，他强调从格莱斯贝发出的电磁波仅花费了三十分之一秒就抵达了波尔杜，他对此"大为惊叹"。报道中，他并未提及六天的延迟。

相较而言，维维安在回忆录中的表述更为坦诚。"虽然三封电报跨过大西洋被英国方向接收了，但这并不代表无线电系统已经足够好。电报能否顺利抵达目的地，这中间还有很多的不确定性，我们还没弄清楚这种不确定性产生的原因。即使两个电报站的参数、设置没有任何变动，接收机收到的信号依然很不稳定，信号的强度常常在两三分钟内就发生巨大的变化，可能接收良好，也有可能完全没有信号。"

维维安此后经历的一件事更让他深切地体会到了系统的不可靠性。一月三日，妻子生了一个健康的女儿。公司为此庆祝了一番，其中发跨大西洋无线电报自然是必不可少的环节。马可尼给伦敦的《泰晤士报》发了封无线电报，但由于大气干扰，他发出去的"Jan"（一月）在接收机那里变成了人名"Jane"（简）。因为这个原因，波尔杜最后收到的电报颇有几分蓝胡子的意味。

伦敦《泰晤士报》。马可尼加拿大电报站总工程师理查德·维维安的第三任妻子简生了一个女儿。马可尼。

· · ·

　　这次胜利给了马可尼莫大的鼓舞和勇气，他决定一鼓作气，再接再厉，希望借此彻底消除别人的质疑。一九〇三年一月十日，他前往科德角，准备向英国发出第一封来自美国的完整无线电报。他口袋里装着西奥多·罗斯福总统写给爱德华国王的问候语。他觉得直接从科德角发射电报是行不通的，因为这里的电报站功率不足。为此他制订了如下方案：无线电路将分成两段，第一段从南韦尔弗利特到新斯科舍的格莱斯贝，第二段从格莱斯贝到大洋彼岸的英国。

　　罗斯福的电报从科德角传输到新斯科舍的过程异常艰难，让人觉得格莱斯贝仿佛在世界的尽头，而非东北方向区区六百英里开外的地方。与此同时，大家万万没有想到，波尔杜竟然直接收到了电报，相比之下，从格莱斯贝转发过来的电报来得无比缓慢，时间上也晚了许多。

　　马可尼设备的表现头一次超出了他们的预期，但有一点他们还是失算了，这一点差错也带来了沉重的代价。

　　波尔杜的电报员发回了爱德华国王给罗斯福的问候，不过走的是传统的海底电缆。

　　马可尼也没办法，他之前在格莱斯贝的经历足以说明，不管出于什么原因，波尔杜的信号都到不了新斯科舍。不过无数报纸报道此事时都将两封电报并列印了出来，这样排版主要是暗示人们，只需无线电就可以实现两地的顺畅交流。

　　公众知道爱德华的电报走的是传统线路以后，批评者就以此为契机，指出这恰恰说明马可尼的无线电依旧存在问题，并且指责马可尼误导群众，制造跨洋双向无线电通信的假象。身处伦敦的总经理卡思伯特·霍尔称，他们用电缆回复信息单纯是出于对爱德华国王的尊重。他进一步解释说，他们周日就收到了国王的回复，而离波尔杜最近的电报局周日不上班。因此，波尔杜的电报员最早也得等到周一上午才能拿到这封重要的电报，然后才能尝试用无线电发送。霍尔表示：他们的确用了电缆，但只有这样做才能立刻将国王的信息传递过去，才符合礼节。

马可尼的批评者觉察到他们的机会来了。东部电讯公司的老板约翰·沃尔夫·巴里爵士称，马可尼选择电缆的事实进一步表明，无线电永远无法成为他们的对手。

《威斯敏斯特公报》派出了一名记者对马可尼进行专访。

"我并不关心这封回复，它是怎么发出的也不重要。"马可尼说，"你很清楚，波尔杜附近的电报局没有营业，这是事实。我想要证明的是信息可以跨过大西洋。从科学的角度讲，信号是由东向西发出的还是由西向东发出的并不重要。科学界人士也会认同我的观点。"他对前不久冬日里的遭遇只字未提，当时他在格莱斯贝尝试了一切方法，依旧无法收到波尔杜的信号，更别提接收国王发来的完整电报了。然而他是这么跟记者说的："如果信号能发过去，怎么会发不回来呢？"

话虽如此，马可尼和他的工程师对跨大西洋系统有什么问题再清楚不过了。维维安写道："显然，这些电报站距离投入商用还很远。可能需要更大的功率，也可能需要更高的天线，当然还可能二者兼而有之。"一九〇三年一月二十二日，马可尼决定将三个电报站关停三个月，重新评估它们的设计和操作。这项决定让公司蒙受了不小的经济损失，也让董事会心怀不满。之后，他就乘冠达邮轮公司的"伊特鲁利亚号"回英国了。

．．．

　　马可尼回到伦敦后发现，马斯基林的言论已然在投资者和公众身上引发共鸣。《广知晨报》上一位笔名为文德克斯的作者提出，马可尼只需在公众的全面监督下做一场演示，即可消除公众对他发明的怀疑。他提议马可尼在事先给定的时间，给波尔杜发一封跨大西洋电报，发报过程将由四家美国报社的编辑监督，接收过程则由四家英国报社的编辑监督。

　　没多久，这项提议就被冠以"文德克斯挑战"之名，许多人都觉得这是个好主意。公众越来越习惯于通过可验证的方式感受技术的进步，他们对待跨大西洋远洋邮轮竞赛亦是如此。如今，马可尼宣称他达到了极致的速度。如果他想让世界相信他的不切实际的宣言，相信他可以瞬间将信息发送给大西洋的彼岸，就应该提供切实的证据，并展示他的方法。

　　一位读者给《广知晨报》写道："如果文德克斯的提议真能换来他想要的演示，马可尼公司倒应该好好谢谢他，社会也应感激他，因为这将驱散关于跨大西洋无线电的种种谣言，马可尼公司的宣言在公众眼中也会更具说服力，这样公司就可以成为社会的有生力量，帮助公众打破有线电报公司的既得利益……

　　"如果马可尼先生可以顺利通过测试，我相信贵报一定会全力支持他，与此同时，我也坚信每一位诚实的英国人都会帮助他，共同反抗资本与政治的压迫。"

　　他在信末署名"一位追求公平竞争的人"。

　　《威斯敏斯特公报》直接向马可尼提问：为何不给媒体来一场演示呢？

"因为我们已经做过了，"马可尼说，"重复证明已经清楚地证明过的事情，只会使人们心生怀疑。我还要证明什么呢？如果时间再早一点，这或许是必要的，但它现在已经没有意义了。如果有人想看我的演示，我乐于效劳，不过前提是他这样做并不是因为他怀疑我。我绝不会给怀疑我系统的人做演示。"

· · ·

这次论战出现的时间很不巧，就在它发酵的同时，马可尼和弗莱明正忙着准备测试。这场测试一方面是为了打消人们的顾虑，让他们相信马可尼有能力发送调试过的信号，另一方面则是为了回应批评者提出的新疑问——如果一个发报机强大到足以发射跨越大西洋的信号，那它工作时会不会干扰其他电报站的通信。为此，马可尼让弗莱明专门设计了一场实验，证明高功率的电报站不会影响船对船以及船对岸的通信，用弗莱明的话讲，就是不会"淹没这些相对薄弱的信号"。

弗莱明并不打算从真正的船上发送信号进行实验，而是选择在一间小屋内架设小型的船用无线电设备，这间小屋距波尔杜的巨型天线只有一百来码，和设备相连的也只是一根简易的柱状天线。他计划用大发报机和小发报机同步给利泽德的电报站发送信号，两者将采用不同的波长。他在利泽德的天线上接了两部接收机，一部经调试后专门用于接收高功率的信号，另一部经调试后专门用于接收模拟船只的信号。

弗莱明一共写了十六封电报，用高功率发报机和低功率发报机各发出八封。他把每封电报都装进信封，"除我以外，没有人知道里面的内容"，他还在每只信封上标注了电报的发送时间。其中有四封电报是用代码写的。高功率发报机每发一封电报，低功率发报机也会在同一时间发一封，并且电报员会重复发送三次。

实验当天，弗莱明将所有信封交给助手，这名助手"与马可尼公司并无关联，并且我相信他的人品，也相信他会遵从指令"。弗莱明交代他在指定的时间将信封交给电报员。他还签了一份保证书，承诺"完全遵从"弗莱明的安排。

不过，科学界的学术同仁一眼就可以看出来，弗莱明的种种防范措施，从密封的信封到加密的电报，再到外请的助手，不过是营造了一种科学严谨的假象。这些措施反映了存在于科学与企业之间、开放与保密之间的张力。正是这种张力长期以来左右着马可尼及其公司的种种做法，对坚定的批评者而言，这些做法反而令他们对马可尼的质疑变得更加笃定。

按弗莱明的说法，利泽德按计划顺利接收了所有电报，并通过两台莫尔斯印码机将电报记录在纸带上。弗莱明将纸带收好，统一转给了马可尼，之后莫尔斯码被转译为英语。弗莱明表示："我们完整无误地收到了每一封电报。"

准确地讲算不上完整无误。弗莱明报告的下一句话与前面的溢美之词相比倒是收敛了一些。第一组电报有失真的情况。"其中有两三个单词识别起来略感吃力，但这样的情况只发生过一次，只出现在下午两点发出的那组电报中。"据弗莱明转述，马可尼是这样解释的：这组电报"受到了英吉利海峡中的两艘船的微弱干扰，这两艘航行中的船试图通信"。

弗莱明轻巧地说"略感吃力"，但实际上这样的失真不容忽视，它再次证明无线电报系统存在漏洞。"两三个单词"出错绝不是小问题。高功率电报站在下午两点发出的这封电报是用代码写的，只有五个单词，即"Quiney Cuartegas Cuatropean Cubantibus Respond"①。两个单词失真意味着百分之四十的内容出了问题；如果是三个单词，那就是百分之六十。代码让失真的危害变得更大，这是因为用代码写的电报本身就像胡言乱语，它要是出了问题，估计接收机的电报员都看不出来。

尽管如此，弗莱明和马可尼依旧宣称实验大获成功。一九〇三年三月二十三日，弗莱明在一次盛大的讲座中向观众夸下海口，称马可尼的调谐技术可以有效地避免信号干扰。一周后，马可尼在公司的年度股东大会上发表演讲，盛赞此次实验的意义。四天后，弗莱明给《泰晤士报》写了一封信，再次吹捧马可尼的调谐技术。

埃及馆的内维尔·马斯基林读完弗莱明的描述后，立刻就联想到，密封的信封和其他假装严谨的手段与灵媒哄骗观众的把戏实在是太像了。他觉得这里面肯定有猫腻，想找到突破点揭穿弗莱明。

马斯基林的朋友霍勒斯·曼德斯博士给他出了个主意：马可尼如果不愿意让自己的系统接受公众的挑战，何不在**没有他配合的情况下**主动出击呢？曼德斯博士认为，眼下刚好有这样一次机会。

这多少有些使坏的成分，但马斯基林喜欢这个想法，他后来写道，他当时"立刻意识到，这样的机会十分宝贵，不容错过"。至于说使坏，他辩解道，推动这个计划"不仅仅是我的权利，更是我的义务"。

没多久，托马斯基林的福，弗莱明将经历一场对无线电真实漏洞的生动展示。此次事件不仅会动摇他在马可尼公司的地位，还会

---

① "Respond"意为"回复"，前面四个单词均为代码。——译注

破坏他与马可尼的友谊。他们二人的声誉也会因此受到影响。

· · ·

新斯科舍每到冬春之交就会有雨凇。雨落下时，被雨淋到的万物都会冻住，被冰包裹，直到树枝被压折，电报线被压倒。格莱斯贝的马可尼工作人员从未体验过雨凇，对此也毫无准备。

一九〇三年四月六日，雨来了。电报站四百根电缆上的冰越结越多，最终每根电缆上冰都厚达一英寸。这样的景象看上去很漂亮，给人一种空灵的感觉。空中仿佛悬挂了一座水晶金字塔。

每根电缆都长达数英里，上面凝结的冰的重量可想而知。最后，电缆都挣脱了天线塔，重重地砸到地上。

蓝色哔叽

　　贝尔的死讯对好友约翰·纳什和利尔·霍索恩而言来得尤为突然。一九一〇年三月二十三日，也就是克里平用电报发送噩耗的前一天，纳什和妻子登船前往美国，遵从医生的建议进行一次海上旅行，缓解霍索恩紧张的神经。航行过程中，没有人发无线电报告诉他们这件事。他们到纽约后，协会的主席伊莎贝尔·金内特夫人碰巧也在纽约，他们便去拜访。纳什夫妇这才得知贝尔的死讯，这对他们来说太突然了。

　　纳什向金内特夫人允诺，回英国后会找克里平谈谈。纳什夫妇安全抵达伦敦后就和协会的朋友见面，他们发现没有人相信克里平的话。不过，真正令纳什震惊的是，朋友们基本上没动心思挖掘真相。"我回来后发现，没人敢一探究竟，"纳什说，"因此，我觉得我有义务行动起来。"

　　纳什和妻子前往克里平的办公室找他。"这是自他妻子去世后，我们首次见他，"纳什说，"他看上去很伤心，事实上，他说话时都在抽噎。他整个人看上去很紧张，手里还不停地捏一张纸。"

克里平告诉他，贝尔是在洛杉矶去世的，但随即改口，将地方换成了旧金山附近的"一座小镇"。纳什对旧金山挺熟的，希望克里平说得具体些。他最后恼怒地问："彼得，你难道想告诉我们，你不知道你妻子在哪里去世的吗？"

克里平说那个地方好像叫"阿利梅约"，但他记不清了。

纳什换了个角度："我听说你收到了她的骨灰盒。"

克里平说对，骨灰盒就放在保险箱里。不过纳什并没有要求看骨灰盒，而是问了火葬场的名字，还问克里平是否收到了死亡证明。

"你知道，那里有四家火葬场，"克里平说，"我觉得应该就是其中一家。"

"你肯定收到了她的死亡证明吧。"

克里平明显紧张起来。

纳什后来表示："我是在那个时候开始觉得不对劲的，他的回答显然有问题，作为丈夫，怎么能说不出妻子去世的地点和骨灰的来历呢？"

两天后，也就是六月三十日，纳什和妻子去伦敦警察厅拜访了一位在那里工作的朋友。这位友人叫弗兰克·弗罗伊斯特，他并非一般的公职人员，他的警衔是警司，还是警察厅谋杀案件组的组长，该组于三年前成立，隶属于刑事调查局。

· · ·

从大都会警察总部出发，向北走就是维多利亚堤岸，向南走两个街区则能看到威斯敏斯特大厅和大本钟。行人沿堤岸朝着警察总部的方向走，映入眼帘的是五层楼高的总部大楼，楼顶是巨大的复折式屋顶，再往上则是一排长方体大烟筒。大楼的四个角都有塔楼，看上去颇有中世纪城堡的感觉，此外，塔楼还为内部工作人员提供了欣赏泰晤士河的最佳角度，这里提到的工作人员自然也包括警察厅厅长。大楼下面几层的外墙均为花岗岩，是由达特穆尔监狱的犯人开采的，花岗岩以上屋顶以下则是砖墙。

纳什夫妇一副忧心忡忡的样子，不过作为戏剧界人士，他们一想到要和弗罗伊斯特见面就很兴奋。不论是这栋大楼还是它的职能都充满传奇色彩，更何况他们要见的还是小有名气的弗罗伊斯特。十九世纪九十年代中期，他曾一路追捕金融骗子杰贝兹·鲍尔弗，最后在阿根廷将其抓获，因此闯出了名气。

弗罗伊斯特认真听了纳什和利尔·霍索恩的讲述，之后叫来谋杀案件组内最优秀的警探之一。待他进门以后，弗罗伊斯特介绍了纳什夫妇，并向他道明了他们来的缘由：他们的一位好友好像失踪了。弗罗伊斯特接着说，失踪的是柯拉·克里平夫人，常用艺名贝尔·埃尔莫尔，她还是女士综艺表演协会的会员。她丈夫是一位医生，叫霍利·哈维·克里平，住在"霍洛威监狱附近"。

"纳什夫妇对贝尔丈夫的解释并不满意，"弗罗伊斯特说，"你或许应该听他们讲一下事情的来龙去脉。"

这名警探接着找了把椅子坐下了。

· · ·

他叫沃尔特·迪尤，警衔为高级督察。他有着高高的个子、壮实的身材、蓝眼睛和浓密的八字胡，整个人收拾得干净利落。他十九岁就当上了警察，如今已经四十七岁了。一八八七年，他得到了警探徽章，之后没多久就有了"蓝色哗叽"的外号，因为他执勤时总穿着最高档的西服。一八八八年，他曾参与开膛手杰克连环杀人案件的调查工作，也不知是福是祸，他是发现杰克最后一名受害者遗体的警探之一，这名受害者叫玛丽·凯莉，她遗体的毁伤程度是所有受害者中最严重的。"我这辈子都不会忘记那天的场景，"迪尤在回忆录中写道，"只有那天因执勤进过屋的人，才真正了解那间屋子的恐怖之处。"他印象最深的就是受害者的眼睛。"她的眼睛睁得很大，仿佛在直勾勾地盯着我，我能看出来，她的眼神里充满了恐惧。"

此刻，纳什跟迪尤讲了他的故事：

"我们前一阵子刚从美国回来，回来后得知贝尔去世了。大家说，之前她突然不辞而别，去了美国。而五个月前，一家戏剧报纸登出了她的死讯，说她在加利福尼亚因肺炎去世。我们知道这件事以后很难过。我去找克里平医生，他也给我同一套说辞，但我总觉得他有些地方让我反感。妻子尸骨未寒，他就公然和他的打字员，那个叫埃塞尔·勒尼夫的女孩走得那么近。不久前，他们还一起跳舞，而且她身上的皮草和珠宝都是贝尔的。"

他跟迪尤说："我希望你可以调查清楚贝尔去世的时间和地点。我们没法从克里平医生那里获取这些信息。"

弗罗伊斯特和迪尤又问了几个问题，接着弗罗伊斯特说："迪尤先生，这就是事情的经过。你怎么看？"

迪尤一般是不会调查这样的案子的，要是换作平常，他多半会把案子移交给穿警服的部门，按常规的人口失踪案办理。他不觉得这是一起凶杀案，并且，他能感觉到纳什夫妇也没这么想。"纳什夫妇到底怎么想，他们出于什么原因来找弗罗伊斯特警司帮忙，我也说不出个一二三。不过，有一点我敢肯定，他们从没怀疑过这件事背后有什么违法犯罪行为。"迪尤写道，"我觉得他们过来，多半是因为他们觉得克里平太不地道了，妻子刚去世，他就又找了个女人，而她这么快就彻底取代了他的妻子。"

不过再怎么说，纳什夫妇也是弗罗伊斯特警司的朋友，更何况利尔·霍索恩还是知名的综艺表演演员。考虑到这些，他似乎有必要证明伦敦警察厅会认真对待他们的要求。此外，他个人的职业经历也会让他认真办案，用他的话讲，就是"现在做事稳当些，总比事后后悔强"。

迪尤说："我觉得我还是先调查调查吧。"

老鼠

公司的信用每况愈下，为了改善局面，马可尼再次安排安布罗斯·弗莱明为公司宣传。这一次，弗莱明将在皇家研究院做一场关于调谐和无线电远程通信的讲座，具体时间是在一九〇三年六月四日。根据弗莱明的安排，讲座当天会在学术报告厅准备一台接收机，用于接收马可尼从波尔杜发来的无线电报，这样观众在报告厅就可以看到一场生动的无线电远程通信演示。收报人詹姆斯·迪尤尔是皇家研究院戴维－法拉第实验室的主管。迪尤尔最出名的本领是给物体降温，尤其值得一提的是他于一八九八年完成了氢气的液化研究，后来一名德国技术人员在此基础上反向发明了保温瓶。

发报时机非常难把握。电报应在弗莱明讲座即将结束的那一刻发过来。这样做纯粹是为了追求戏剧效果，正如综艺表演常常以魔术收尾。如果讲座可以按计划推进，或许马可尼可以借此挽回一些声誉。

· · ·

下午五点，弗莱明的讲座准时开始。报告厅像以往一样座无虚席。他讲话时很自信，带有一种独特的魅力。观众席上可以听到人们的低声赞许。助手 P. J. 伍德沃德就站在接收机旁，时间一到，他就会打开莫尔斯印码机，记录马可尼发给迪尤尔的电报。然而随着时间一分一秒地靠近，诡异的事发生了。

学术报告厅有一台大大的黄铜"幻灯机"，弗莱明的另一名助手阿瑟·布洛克突然听到幻灯机里的弧光灯发出了古怪的嘀嗒声。他听了一会儿，发现这不是随机的响动。事实上，幻灯机里的电弧相当于一个简易的接收机，它正在接收信号，并且这信号是别人有意发出的。他一开始以为是马可尼的工作人员在切姆斯福德"做最后的调试"。

弗莱明没有注意到响声。他为马可尼公司工作期间，听力受损日益严重。不过，观众好像也没有注意到声响。

布洛克有丰富的收发莫尔斯码的经验。弧光灯的嘀嗒声确实在拼一个单词，不过，切姆斯福德的工作人员绝不会发送这个单词，就算在测试中也不可能，但它就是真真切切地出现了，这个词就是：

rats（老鼠）。

布洛克很快就意识到"事情没那么简单。单词重复出现后，他的怀疑变为了恐惧"。

早在几年前，"老鼠"就多了一层动物以外的新内涵。布尔战争中有这样一幕：英军用炮弹轰炸布尔军队的阵地，随后用日光反射信号器发送光信号，问布尔军队怎么看刚才雨点般的炮弹，当时布尔军队的回复正是"老鼠"一词。因此，在英国的常用语中，老鼠很快就与"狂妄自大"联系到一起了。

马可尼的电报马上就要来了，接收机旁的助手打开莫尔斯印码机，紧接着纸带就开始滚动而出，上面有淡蓝色的点和划。新的内容出现了：

这里

布洛克一边盯着时钟，一边看着印码机打出的纸带。

　　有

　　　一个

　　　　年轻的

　　　　　意大利

　　　　　　小伙

这令布洛克惊愕不已。"马上就到时间了，"他说，"现在，纸带上不再是'老鼠'，而是一首荒诞的打油诗，这太不可思议了。"

　　　这里有一个年轻的意大利小伙
　　　他把所有人骗得团团转

接收机的咔嗒声中断一下，随即又响了起来。布洛克和同事也无计可施，只能在一旁默默地看着、听着。

　　　想象一下此刻的情景
　　　悄然响起的低语与密不透风的黑暗
　　　填满了宇宙之杯。
　　　营地彼此相连，穿越黑夜险恶的子宫
　　　两军的动静依稀可闻，

哨兵几乎可以听到
对面哨兵的秘密耳语。

那个时代，凡是接受过良好教育的人都可以看出，这段话出自莎士比亚的《亨利五世》，能坐在这间报告厅里的人更不必说了。

这与降灵会很像，占卜写板指向灵应牌边上的字母时，既可怕又迷人。"肯定出了什么问题，"布洛克写道，"这是在开玩笑吗？切姆斯福德的那帮人是不是喝醉了？还是说有人在蓄意破坏科学讲座？托听力受损的福，弗莱明并没有注意到这件事，因此能平静地讲下去。钟表的指针也以同样超脱的态度继续转动。我就不行了，我很慌，我把目光移向了观众席，看看有没有人注意到这惊人的信息。"

接收机又停了一会儿，紧接着，它收到了《威尼斯商人》里夏洛克的一段话。

我的想法已经向殿下禀明，
我也曾向安息日起誓，
一定要按约执行处罚。

弗莱明还是没注意到任何异常，继续讲自己的内容。马可尼的电报随时都可能从波尔杜发出，经切姆斯福德中转到学术报告厅。布洛克掩藏好自己不安的神情后开始观察观众，他想确认有没有人觉察到闯入的信号。一开始，他发现没人觉察到异样，这让他松了一口气。观众都在全神贯注地听讲座，"这也证明了弗莱明讲座的魔力"。不过，他的目光紧接着停在"一张异常无辜的脸上"。那不是霍勒斯·曼德斯博士吗？他知道曼德斯和马斯基林走得很近。就在这一瞬间，布洛克懂了，但他的表情丝毫未变。

"就在切姆斯福德发信号的前几秒，游荡的匿名信号终于消失了。打出的纸带上充满了荒唐的点和划，我努力冷静下来，撕下纸带，将它卷起来，接着假装扔掉，但实际上把它装进了口袋。"

接收机又开始工作，这一次会是莎士比亚、打油诗，还是别的更糟糕的内容？纸带打出来了，布洛克和同事带着科学态度，阅读打出的第一串蓝色字符。

前两个字母为"PD"，这是波尔杜的呼号。马可尼的电报进来了。迪尤尔在同一天的早些时候给波尔杜发过电报，向马可尼询问跨大西洋通信的情况。现在，马可尼如期提供了回复。

　　致迪尤尔教授、皇家学会和你
　　感谢您发电询问。加拿大方向的通信已恢复正常。五月二十三日，马可尼。

弗莱明的讲座结束后，观众席上掌声雷动，用布洛克的话讲，"掌声中没有一丝怀疑"。弗莱明露出了满意的微笑。迪尤尔上前与他握手，其他会员也纷纷与他握手，祝贺讲座再次大获成功。其中，他们最赞叹的就是他精彩策划的演示。在观众看来，讲座再次证明马可尼的技术一天比一天可靠，一天比一天精湛。但是布洛克很清楚，事实并非如此：讲座最后能成功，仰仗的并非马可尼和他口中的防干扰、防窃听技术。要是入侵的信号没有停下来，马可尼的电报势必会严重失真，甚至完全无法接收，果真如此，马可尼和弗莱明的声誉将蒙受巨大损失。《电工期刊》也会跟着刊登大量的文章，幸灾乐祸地嘲讽他们。

弗莱明握完手、听完恭维话以后，有人，可能是布洛克或伍德沃德，上前跟他讲了这件事，并提到马斯基林的好友曼德斯博士也来听讲座了。弗莱明听后异常气愤。扰乱皇家研究院的讲座无异于用铁锹去铲法拉第的坟墓。此外，这件事更是戳到了某个人的痛处。弗莱明是个既脆弱又自负的人，就算听众里只有助手和曼德斯博士注意到了这场入侵，他依旧会为自己感到难堪。

弗莱明生了一晚上闷气。

· · ·

马斯基林一直在等回音，但等到的只有失望。

对弗莱明的讲座发起无线电突袭的强盗正是马斯基林。他本希望自己的入侵即刻引发相当规模的轰动。他后来承认说："干扰是有意设计的，目的就是让弗莱明教授亲口承认，我们的信号确实进入了报告厅。"

不过，他没料到马可尼的人会如此冷静、灵活。此外，他也没有考虑到弗莱明听力受损的问题。尽管如此，直觉告诉他，弗莱明迟早会从助手口中听到这件事。他了解自己猎物的脾性。弗莱明一直以来都渴望认可、尊重，因此马斯基林断定他会回应此事。

陷阱已经设好。立即就有大声抗议自然更好，不过马斯基林依旧相信，要不了多久，弗莱明就会将幽灵信号的事情公之于众，届时，他将让马可尼和弗莱明二人无地自容。

这样他就心满意足了。

· · ·

讲座结束后，弗莱明第二天一大早就给马可尼写了封信。他一开头说"一切顺利"，但紧接着又补充道，"不过，有人试图用卑劣的手段干扰我们。干扰具体从何而来，我不清楚。不过，我听说马斯基林的助手就在讲座现场，而且他的座位离接收机还很近"。

不久后，弗莱明写了第二封信，他跟马可尼说，迪尤尔"认为我应该曝光此事。毕竟这是纯粹的科学实验，而且是专门为皇家研究院办的。扰乱它是彻头彻尾的流氓行径，与'游戏规则'相悖。如果我们的对手都敢拿皇家研究院当目标，恐怕他们已经可以算无法无天了，我们有必要曝光他们"。

马可尼的回复并没有保存下来。不过，就算弗莱明收到了马可尼或其他人的建议，让他不要打草惊蛇，他也显然没听进去。

一九〇三年六月十一日，《泰晤士报》刊登了弗莱明的一封信。弗莱明一开头就向读者提起了他在皇家研究院的讲座及演示，接着他写道："有一点我不得不提，如此重要的场合，却有人在外面使坏，妄图毁掉我们的演示。具体细节我就不在这里展开了，但我有证据证明，参与者肯定是个业务熟练的电报员，还了解无线电报的工作原理。无线电报的发明家名声在外，大家总是将无线电报和他的名字联系到一起，这个人明显对这项技术的发明者心怀嫉妒。

"在讲座中做这样的演示本来就有不小的难度，现在又面临有人懦弱地暗中使坏，破坏演示，我敢肯定，观众要是知道这件事，肯定会义愤填膺。"

弗莱明表示，侦听马可尼的无线电通信或许还算得上公平竞争，但扰乱皇家研究院的讲座就纯属越界了。他不屑地说："过去的一个世纪，这里一直都是讲座以及演示最重要的承办地，我本以为如此神圣的场地可以免于科学恶棍的攻击。"

他并不知道如此无礼的举动究竟出自谁人之手，但希望"恰好有线索的"读者可以告诉他。"我们可能没有相应的法律去制裁这样顽劣的恶作剧行为，但我相信，当初要是将这些人抓个现行，公众舆论肯定会谴责他们，让他们成为众矢之的。"

弗莱明觉得这封信巧妙地传递了警告，堪称完美。他没有充足的证据证明马斯基林就是事件中的强盗，因此无法公开抨击马斯基林。尽管如此，他还是通过信中的措辞，向魔术师传递了明确的信号：我们无法容忍这样的做法。周四上午，当他翻开《泰晤士报》，看到那几英寸长的黑色文字时，想必是相当满意的。他很清楚，读报的不仅仅是马斯基林，全英国的科学家、政治家、律师、思想家、作家乃至国王都是《泰晤士报》的读者。届时，马斯基林想到自己面临的危机，多半会脊背发凉，手中的茶杯也会跟着抖动起来，不停地撞击底下的茶碟。

· · ·

这封信**确实**堪称完美，马斯基林想要的正是这个结果。事实上它已经超出了马斯基林的预期，因为弗莱明不仅写了信，还在信中巧妙地插入了警告，暗指弗莱明愿意屈尊向对手施加真实伤害。马斯基林的茶杯即使抖了，也是因为想到自己可以写信回击弗莱明而异常兴奋。六月十二日，周五，他从埃及馆寄出了自己的回应。次日，《泰晤士报》刊登了他的来信。

"先生，"马斯基林写道，"弗莱明教授昨天在贵专栏发文，从他的发言来看，他似乎大大低估了该事件的公共意义。他们宣称自己的技术如何如何先进，既如此，公众也有权利采取非常手段去印证该信息的准确性。"

他写道："教授抱怨说，四号他在皇家研究院举办讲座期间，报告厅的马可尼设备受到了外界干扰，他想知道'暴行'背后的真凶。他还提到了公众谴责、法律诉讼和人身攻击，不过，这些在我看来都是纸老虎。我没什么好掩饰的，我可以大大方方地说我参与了此次行动，我还可以告诉大家，这个点子是霍勒斯·曼德斯博士出的。"

弗莱明用了"恶棍"这个字眼，马斯基林在信中反问道："我们如果将类似的做法称作'科学恶棍'的暴行，那么我想问问，如果有人公然宣布一项声明但又不希望大家当真，因为他们只是说说而已，这样的人我们又该如何称呼呢？

"我们一直以来都被引导着相信马可尼的电报可以不受干扰。马可尼最近的'成就'都在急于证明这一点。弗莱明教授也为马可尼的谐振技术背书，称其高效、可靠。这正是他举办讲座的目的。"马斯基林和曼德斯不过是在验证他们言论的真实性。"如果我们听到的传闻都是真的，那么弗莱明根本不会知道我们做了什么，因为所有的干扰都会失效。但事实上，我们随便拿一个未经调试的发报机，就可以干扰马可尼'调试过'的接收机。"

这里，他话锋一转。

"这一点，弗莱明教授的信也可以作证。"

媒体立即加入论战。弗莱明如果没有公布此事，这一切或许都不会发生。一九〇三年六月十五日的《晨间社论》写道："弗莱明教授要是没有怒气冲冲地给《泰晤士报》写信，斥责与他对着干的'科学恶棍'，大家什么都不会知道。他的所作所为正中马斯基林先生的下怀。如今，对方正在为自己'引蛇出洞'而自鸣得意呢。"六月十三日，《圣詹姆斯公报》刊登了马斯基林的专访，他说那首将人"骗得团团转"的打油诗正是他写的。并且，他在专访中进一步发起攻击："教授借法拉第之名谴责我们的行为。要是法拉第还活着，他会指责谁玷污了皇家研究院呢——是一心探索真相的人，还是裹着探索真相的外衣一门心思做生意的人？"

他批评弗莱明在同一天下午开了两场讲座。"第一场的主讲是科学家弗莱明教授，这场符合科学讲座的一切要求；第二场的主讲依旧是弗莱明教授，但头衔是马可尼公司的科学顾问。"

• • •

同年十二月，马可尼拒绝跟弗莱明续签合同。

啊

　　高级督察沃尔特·迪尤调查的第一站就是阿尔比恩大楼的女士综艺表演协会。一同前往的还有他的助手阿瑟·米切尔警探，警衔是警长。"说来也巧"，克里平的办公室也在同一栋楼里，为了避免被克里平发现，迪尤二人只能小心行事。

　　接下来的六天，两名警探约谈了梅琳达·梅、伯勒斯夫妇、马丁内蒂夫妇，并再次和约翰·纳什以及他的妻子利尔进行了交谈。迪尤听说了旭日胸针，另外仔细检查了贝尔消失后克里平和协会不同成员之间的来往书信。他了解到贝尔是个"万人迷，接触过她的人都很喜欢她"。他也详细询问了她和克里平的感情状况，莫德·伯勒斯表示贝尔"和丈夫相处时总是我行我素，他看上去一直都顺着她的性子"。

　　迪尤将他的发现写成了一份十六页的报告，一九一〇年七月六日，他把报告交给了弗罗伊斯特。迪尤觉得，继续查下去发现犯罪行为的可能性不大。他在报告的第一页写道："纳什夫妇以及其他人讲述的事确实有非比寻常的一面，不过考虑到相关人员放浪不羁的性格，这一切也解释得通。”

　　但迪尤认为，这件事中确实存在一些“不寻常的”矛盾。他给出了如下建议：“她的朋友们怀疑这背后存在不正当行为，我并不认同他们的观点，不过，我认为我们现在确实有必要见见克里平‘医生’，请他解释克里平夫人究竟是什么时间、通过什么途径离开的英国，又是如何离世的……我大胆推测，他给出的解释会解开一切谜团，届时我们也就没必要在美国开展详细调查了。”

　　弗罗伊斯特警司对此表示赞同。

　　七月八日，周五，上午十点，高级督察迪尤和警长米切尔来到了希尔德普新月街三十九号，他们走上台阶后注意到，正门的门环是新的，整栋房子看上去很体面，维护得也很好。

· · ·

　　开门的是一个十八九岁的姑娘。迪尤问她：“克里平医生在家吗？”

　　她是法国人，不怎么会讲英语，不过还是将迪尤和米切尔请到了前厅。随后，一位女士出现了，迪尤估计她的年龄在二十五岁到三十岁之间。“她谈不上漂亮，”迪尤回忆道，“但确实有一种独特的魅力。她收拾得很利落，穿衣风格也很低调。”

　　她戴着一枚钻石胸针，他立马就意识到这就是别人反复提及的旭日胸针。

　　“克里平医生在吗？”迪尤又问了一遍。

　　这位女士说他不在。她解释说他去阿尔比恩大楼的办公室了，大楼就在新牛津街上。

迪尤问："你是？"

"我是管家。"

迪尤说："想必你就是勒尼夫小姐，我没说错吧？"

她的脸上泛起了一丝红晕。"对，我是。"

"医生出去了，真是不巧啊，"他说，"我着急见他。我是伦敦警察厅的高级督察迪尤。能否麻烦你带我们去一趟阿尔比恩大楼？我不想再耽搁时间了。"

阿尔比恩大楼的地址他自然是知道的。他这么做主要是不想给勒尼夫留下打电话的空当，否则她就有可能联系克里平，告诉他不久会有两名警探找上门。勒尼夫上楼取了大衣，下楼后，迪尤注意到她身上的胸针没了。

随后，他们在卡姆登路坐上电车，在汉普斯特德路下车，接着又打了辆出租车，走完了从布卢姆斯伯里到阿尔比恩大楼的剩下的路程。

· · ·

以上是迪尤的回忆，在埃塞尔的记忆中，他们的会面是另一回事。她的记录中并未提及胸针，也没有在一开始自称女管家。不过，她的描述中增加了一些细节，可以帮助我们更好地还原当初的场景，了解人物的性格。

她当时正在打扫房间，做"收拾床铺之类的家务"，接着就听到了正门口有人敲门。她觉得很意外，因为送货员一般都走侧门。她在楼上听见家里的法国女佣开了门，接着她听到一位男士的声音："克里平先生在家吗？"

女佣根本没听懂他在问什么，但还是说了"在"。

"这个家伙太蠢了吧！"埃塞尔咕哝了一句就下楼了，她看到门口站着两位男士。她写道："我根本不认识他们，也不知道他们要干什么。"

她跟他们说："他不在家，晚上六点才能回来。"

据她回忆，有位男士以"奇怪的方式"打量了她。他说："不好意思，根据我掌握的消息，克里平医生还在里面。我要见他，我们有重要的事情找他。"

埃塞尔说："你的消息不准。"她说医生每天早上八点后会准时出去。

"我不是有意怀疑你，"他说，"但我确实听说克里平医生十一点以后才会去办公室。我相信他还在屋里，这么跟你说吧，见到他之前我是不会走的。我如果告诉你我的身份，或许你就会带我去见克里平医生了。"

接着，他说自己是伦敦警察厅的高级督察沃尔特·迪尤，旁边是他的搭档警长阿瑟·米切尔。

"这没用啊，"她说，"我没法带你见克里平医生，他真出去了。"她现在生气了。"你要是真想在这里见到他，那你可有的等了。他晚上六点前是不会回来的。我都跟你说了他不在，你既然不信，就自己进来看看吧。"

她带他们来到了客厅。

迪尤再次强调他这一趟过来"关系重大"，不见到克里平是绝不会走的。他希望埃塞尔做"理性的淑女"，帮他叫一下克里平。

埃塞尔笑了。她又告诉他一遍，克里平不在家。她唯一能做的就是给他的办公室打电话。

迪尤没有让她打电话，而是希望她亲自带他们去办公室。

"好吧，"她说，"不过你要给我时间换个衣服。"

接着她就回卧室换衣服了。她写道："我又是收拾头发，又是穿女式衬衫，花了不少时间把自己打扮体面，他们一直等在外面，不过我可不会为此感到内疚。"

她不知道他们为何而来。"不过，坦率地讲，我并不慌张，"她写道，"只是有些莫名其妙和恼火罢了。"

她下楼后发现，迪尤就像是变了个人，突然变得友好、"善于交流"了。他请她坐下。他说："我想问你几个问题。"

他问她从什么时候开始住在希尔德普，另外还问到了克里平夫人离开英国一事。警长米切尔负责记录。埃塞尔将她了解的情况说了出来，她还提到，他妻子从患病到最后离世，他都是通过电报获悉的。

迪尤问："你看过这些电报吗？"

"没有。我为什么要看呢？我从来没有怀疑过克里平医生的话。"

迪尤说："啊。"

埃塞尔写道："他总是用语气词'啊'，就仿佛他了解的情况远比我多。"

迪尤再次请她带他们去克里平的办公室。这次她拒绝了。她说自己是一位"生活规律"的女性，不喜欢被打乱节奏。

"当然了，我很理解你，"迪尤说，"但你要知道，这对克里平医生而言很重要。看在他的分上你也得去啊。"

她同意了。

· · ·

到了阿尔比恩大楼以后，埃塞尔去楼上的工作间找克里平。她进去时，他就坐在桌子旁，跟合伙人赖伦斯一起收拾牙科用品。她拍了一下他，低声说："出来一下，我有事跟你说。"

克里平问她怎么了。

她说："有两位伦敦警察厅的先生找你，他们要跟你谈一些重要的事情。我的天呐，你赶紧跟他们谈谈吧。他们都跟我耗了近两个小时了。"

克里平说："伦敦警察厅？好奇怪，他们想要什么？"

据她描述，他非常平静。随后，她陪他一起下楼，在埃塞尔的印象中，当时大约是上午十一点半。

· · ·

迪尤在楼下没等多久，埃塞尔就回来了，她回来时"旁边多了一位不起眼的男人"。这一刻对迪尤而言意义重大。眼前这位就是他常常听人说起的医生。克里平医生身材矮小，有些秃顶，留着浅棕色的八字胡。他最大的特征就是略微突出的蓝眼睛，他的眼镜镜片很厚，边框很细，更是放大了这一特征。两名警探的到访不知道有没有让克里平先生感到不自在，不过即使有，他也完全没表现出来。他微笑着和他们握了手。

迪尤以正式的口吻表明了来意："我是伦敦警察厅的高级督察迪尤，这位是我的同事，米切尔警长。我们找你主要是想问问你妻子去世的一些细节。你妻子的几位好友找过我们。你跟他们说了她去世的消息以后，他们觉得有些不对劲，就跟我们提出来了。我也做了详尽的调查，有些地方确实讲不通。我今天来找你，就是希望你可以给一个合理的解释。"

克里平说："我还是老老实实地告诉你真相吧。"

迪尤说："这样最好。"

克里平说："我之前说的那些关于她去世的事都是我编的。据我所知，她还活着。"

· · ·

啊。

码头上的少女

　　一九〇四年上半年对马可尼而言充满了幻灭与悲伤。三月二十九日，父亲朱塞佩去世，他当时疲于应对公司的困境，根本无暇抽身去意大利参加葬礼。五月，他随冠达邮轮公司的"坎帕尼亚号"出航，开展长距离通信测试。他发现白天的通信上限是一千二百英里，夜间的上限是一千七百英里，这与一九〇二年二月在"费城号"上进行相同实验取得的数据相比并无多少突破。整整两年过去了，他依旧没有取得实质性进展。他认为有必要扩大电报站的规模，提升电报站的功率，哪怕公司会因此面临更大的财务压力。他在新斯科舍面临两个选择：一个是给现有的格莱斯贝电报站投更多的钱；另一个则是另起炉灶，选一个规模远胜于格莱斯贝的场地，建一个全新的电报站。他选了后者。根据他的构想，天线的直径将达到三千英尺。

　　公司的财务状况本来就不好，修建新电报站势必会雪上加霜，董事会对他的跨大西洋计划的支持也即将消耗殆尽。更何况，如今在威廉二世以及他提倡的国际无线电会议的影响下，公司面临前所未有的严峻环境。会议于一九〇三年八月在柏林召开，与会国一致同意：不论电报站或船只使用的是哪家公司的设备，都应该可以与其他电报站或船只通信。此外，会议还达成了一项共识：为确保上述通信顺利实现，所有公司必须将必要的技术规格共享。会议所达成的共识尚无法律效力，但生效似乎是迟早的事。

马可尼回到伦敦后面对的质疑的浪潮似乎更胜以往。他无法理解，他明明已经反复证实了无线电的力量。劳埃德公司已经认可了他的系统，越来越多的船只配备了他的设备和电报员，新闻报道也证实了无线电的价值。例如，去年十二月红星航运公司旗下的"克鲁恩兰蒂号"的操纵装置失灵，多亏了无线电，上面的乘客才能跟家里报平安。就连威廉二世的会议也从侧面证明了马可尼系统的品质和主导地位。

可现实就是如此，直到一九〇四年，仍有专家在新出的无线电专著中无奈地写道："不可否认，无线电领域已经涌现出不少正面成果，但许多人对此仍持保守态度，认为无线电目前没有多大的商业价值，将来也不会有。公共演示也常常令人大失所望，这自然会带来大量的负面评论。"

四月二十五日，马可尼已满三十岁。他面临的状况可以说是苦乐参半。正如女儿德格娜所写："他三十岁时，整个人的精神遭受着巨大的折磨，他很沮丧，忍耐力也到了极限。"

他跟好友路易吉·索拉里说："人总不能光靠荣耀活着吧。"

· · ·

当然，马可尼并没有真的过苦日子。他在伦敦不忙工作的时候就会出入高档餐厅，其中自然包括标准餐厅和特罗卡德罗餐厅，梅费尔的晚宴以及社会名流在乡间别墅举办的家宴也都争相请他做客。他喜欢美女的陪伴。当时的风尚倡导女士表现矜持，尽管如此，还是有许多女士主动追求他。在英国父母的眼中，马可尼作为意大利人，比真正的理想型女婿略低一筹。不过正如德格娜所说，他"依旧耀眼，是国际公认的第二优的选择"。

他在普尔的港湾酒店基地做实验时，经常乘船前往附近的白浪岛，找好友查尔斯·范·拉尔特和弗洛伦丝·范·拉尔特共进午餐。白浪岛是范·拉尔特夫妇名下的财产，他们平常就住在岛上的城堡里。一九〇四年夏，范·拉尔特夫妇家里来了两位客人，一位是年轻的比阿特丽斯·奥布赖恩小姐，另一位则是她母亲英奇昆夫人。比阿特丽斯当时十九岁。她父亲爱德华·多纳·奥布赖恩是第十四代英奇昆男爵，一共有十四个小孩。四年前男爵去世，或许与抚养孩子太累有关。比阿特丽斯和兄弟姐妹对城堡生活并不陌生，他们本身就在一座大城堡里长大，德罗莫兰城堡位于爱尔兰的克莱尔郡。

有一天，范·拉尔特夫人知道马可尼要来，就让比阿特丽斯去码头迎接。她穿上了自己最喜欢的衣服——她亲手缝制的一件缎面晚礼服。她觉得这件衣服很好看，但在其他人看来这只是一件奇怪的衣服。她走在码头上时，一只鞋的鞋跟断了。她就这样重心失衡地站在码头上，看着马可尼的小船慢慢靠岸。

据马可尼回忆，他看到她以后有两点印象尤为深刻，其一是"她的衣服太丑了"，其二是她太美丽动人了。他三十岁，比她足足大十一岁，尽管如此，码头上这么一会儿工夫，他还是深深地陷入了爱河。

转眼之间，他的无线电危机似乎没有那么紧急了。他越来越频繁地去白浪岛，除了午饭，还开始出现在晚饭和下午茶的场合。比阿特丽斯离开白浪岛回到伦敦的府邸后，马可尼也抛下实验，跟着去了。

一天夜里，比阿特丽斯的母亲在皇家艾伯特音乐厅举办慈善晚宴，马可尼也去了。他对慈善并不热心。他在高高的铁楼梯上找到比阿特丽斯，接着就求婚了。

那时比阿特丽斯还没有想过结婚的事。她并不爱他，至少还没到嫁给他的地步。她希望马可尼多给她一些时间。之后，他开始用信件轰炸她，他的信都是走邮政局特快专递，信差收到这类重要信件后会直接送往目的地。

最后，比阿特丽斯邀请马可尼来喝茶。她委婉地告诉他，她不能做他的妻子。

他逃到了巴尔干半岛，他的表现正如德格娜所说，"就像维多利亚浪漫小说中受挫的追求者"。他患上了疟疾，余生都在间歇性地发烧，并伴有精神错乱的症状。

. . .

比阿特丽斯万万没有想到，马可尼从她的生活中消失以后她会如此伤心。这次失败的感情经历让她痛苦万分，她为此再次来到白浪岛，打算像上次一样长待。据德格娜所说，范·拉尔特夫人向比阿特丽斯"郑重"承诺，绝不会让马可尼知道她在岛上。不过，范·拉尔特夫人很欣赏马可尼，觉得他和比阿特丽斯非常般配。

此时的马可尼还在巴尔干岛生闷气，范·拉尔特夫人没对比阿特丽斯打招呼就给他写了一封信，提到了比阿特丽斯心碎的事。英国贵族夫人向来有搞地下活动的传统，范·拉尔特夫人也不例外，这次她邀请马可尼来岛上做客，还建议他在岛上住一段时间。

马可尼立马就答应了，随后用最短的时间回到了英国。比阿特丽斯见到他之后备感震惊，但他一如既往的深情又很让她感动。他们一起散步、坐船，用德格娜的话讲，他们很快就结成了"深厚的情谊"。一九〇四年十二月十九日，他们俩一起在海岬的帚石楠中漫步，俯瞰海岬下的大海，马可尼再次向她求婚。这一次她同意了，但有一个前提：她的妹妹莉拉必须同意这门婚事。

不过莉拉在德累斯顿，这意味着马可尼还要再等一等。比阿特丽斯不知道怎么开口跟莉拉讲，她足足花了两天时间才写出一封信。"这件事太严肃了，我都不知道怎么跟你讲，"她写道，"我没疯，我想说的是我做了人生中最重要的选择，仅此而已。你能想象吗？我跟马可尼订婚了……我跟他说了无数遍，我不爱他，但他还是想跟我结婚，他还说会让我爱上他。我倒是挺喜欢他，也愿意跟他结婚。"她补充道："想想吧，我之前根本就没考虑过嫁人的事！我本打算做个老姑娘的。"

她还没有跟母亲提订婚的事，倒是先跟弟弟巴尼讲了，他支持她的决定，并敦促她立即去伦敦，将此事告知母亲。另外，她还要跟大哥卢修斯汇报此事，事实上这一点更为重要，因为父亲去世后，卢修斯继承了家里的爵位，成为第十五代英奇昆男爵。没有他的允许，一切都是空谈。

比阿特丽斯和马可尼共同前往伦敦。刚到伦敦没多久，马可尼就给她买了一枚戒指，德格娜后来用"巨大"一词形容它，之后，他就前往奥布赖恩家族在伦敦的府邸，请求英奇昆夫人将女儿许配给他。

事情远没有他想象的简单。英奇昆夫人作为传统礼节的坚定拥护者，拒绝了马可尼的请求。随后，第十五代英奇昆男爵卢修斯也回绝了他。马可尼确实很有名，据说也很有钱，但他说到底仍是外国人。他祖上是谁，英奇昆夫人和男爵根本无从考证。

不难想象，他们的反对在比阿特丽斯身上起了反作用。英国贵族夫人的女儿向来有反叛的传统，如今比阿特丽斯也继承了这项传统，坚定地做出了自己的选择。不论发生什么，她都要嫁给马可尼。

• • •

马可尼心灰意冷，与此同时极有可能还愤愤不平，因为他很清楚奥布赖恩一家拒绝他的真实原因。他没少跟英国上层社会打交道，他很清楚他们的热情是有界限的。他再次逃离伦敦，这一次的目的地是罗马。

接着出现了一条令人头疼的消息。奥布赖恩家的家庭女教师是德国人，她读欧洲报纸时碰巧看到了马可尼的新闻，说他最近经常和贾钦塔·鲁斯波利公主一起出现。她跟英奇昆夫人讲了这件事。第二天，奥布赖恩家收到了更糟的消息。据另一份报纸报道，马可尼和公主订婚了。

奥布赖恩家的府邸里既有泪水也有怒火，此外还有一种扬扬自得潜藏其中。这本来就不可避免，马可尼再怎么说也是意大利人。在英奇昆夫人以及第十五代男爵眼中，这些报道铁证如山，恰恰说明他们之前的决定是正确的。比阿特丽斯哭得很伤心，她坚持说这是假新闻。

事情发展到这个地步，是时候找权威人士咨询一下了。英奇昆夫人带比阿特丽斯去到梅特卡夫夫人家中，她辈分很高，是德高望重的长辈。用德格娜的话讲："危机时刻，家里人常常向梅特卡夫夫人请教。"她们喝茶时，比阿特丽斯在一旁静静地坐着，梅特卡夫夫人和英奇昆夫人则在不停地指责、批判，对比阿特丽斯视而不见。"比阿特丽斯在她们眼中不过是个淘气的孩子，她们似乎忘记了她的存在。"

梅特卡夫夫人攻击的并不止马可尼一人。某一刻，她转向英奇昆夫人问道："你想什么呢？竟然让这孩子与**外国人**订婚？"

· · ·

身在罗马的马可尼也读到了关于自己订婚的报道。意识到这篇报道可能给奥布赖恩家造成怎样的印象后，他立即回到伦敦。他向英奇昆夫人保证报道是假的。随后，他展开攻势，希望她同意将比阿特丽斯许配给他。最后他竟然真的做到了，他和英奇昆夫人还成了朋友，她亲密地称他"马奇"。

比阿特丽斯和马可尼的订婚顺利推进，婚礼定在来年三月份。

他们的关系一开始就有危险的苗头。正如德格娜所写："她生下来就有调情的天赋，一旦有男士靠近他，她就会情不自禁地露出可爱又迷人的微笑。"

每到这个时候，马可尼都会因嫉妒而变得怒不可遏。

· · ·

弗莱明被拒绝以后，化悲伤为动力，开始在伦敦大学学院实验室潜心钻研，要用成果换回马可尼的认可。他发明了热离子管，这一成果将为无线电领域带来翻天覆地的变化。他给马可尼写信道："考虑到这项发明很可能发挥重要作用，我至今还没有跟任何人提起过。"不久以后，他的另一项发明波长计也跟着问世，它的功能是准确地测量电磁波的波长。这件事，他也跟马可尼讲了。

与此同时，奥利弗·洛奇已经成了马可尼货真价实的竞争对手。他在伯明翰有许多事情要忙，要管理大学、教课、做研究，还要调查各种各样的奇异现象，不过在此之余他还帮朋友亚历山大·缪尔黑德寻找购买无线电系统的买家。一九〇四年，印度政府想安装连接孟加拉湾安达曼群岛的无线电通信系统，洛奇想跟印度政府签订合同，揽下这桩生意，当时的直接竞争对手就是马可尼。

尽管如此，洛奇还是赢了。

胡克

新世纪的车轮滚滚向前。皮卡迪利的街道上满是出租车和公共汽车。世界上最快的远洋邮轮将横渡大西洋的时间缩短为五天半。德国帝国海军的舰队快速扩张，与此同时，英国的危机感也日益凝重，政府开始和法国商量对策。一九〇三年，厄斯金·柴德斯出版了他的唯一一本小说《沙岸之谜》。书中，两个英国人碰巧发现德国正在为入侵英国做准备。仿佛未卜先知一般，小说中德国反派的船就叫"闪电"。德国当局很快就禁了这本书。《沙岸之谜》在英国一出版就成了畅销书，并成为一种战斗口号。小说最后一句问道："全体英国人是否有必要接受系统训练，学习海上作战或使用来复枪，考虑到现在的形势，答案难道不是显而易见的吗？"

不过，这一问题势必会带来以下疑问：英国男子真的有能力应对这一挑战吗？自世纪之交开始大家就担心，受英国某些因素影响，英国男人的男子气概和参战能力都有所下滑。后来，一位将军的话更是加深了公众的恐惧。据他透露，英国百分之六十的男性的体能都无法达到服兵役的要求。事实证明将军错了，但此时，百分之六十这个数字已经在英国人的心里留下了深深的烙印。

民众再次将矛头指向了他们眼中的罪魁祸首。皇家调查委员会发现，一八八一年英国的外国人口总数为十三点五万，一九〇一年这个数字增长到了二十八点六万。大量外国人涌入带来的不仅仅是人口总数增长，伦敦警察厅表示犯罪率也在随之上升。大多数批评者将问题归结于越来越多的英国人从乡下搬到城市。政府调查后发现，城市人口占比自十九世纪中期以来确实增长迅猛，不过这一变化并**没有**削弱英国男人的男子气概。尽管如此，报告的乐观结论并没有引起多少关注，调研单位令人沮丧的名字——体质下降现象跨部门调查委员会——倒是在许多人心中留下了深刻印象。一个月以后，政府启动了另一项调查，项目组的名字同样令人泄气：皇家调查委员会低能人群治疗与控制专项小组。调查结果显示，从一八九一年到一九〇一年，英国有心智缺陷的人口增长了百分之二十一点四四，要知道，上一个十年，这个数据仅略高于百分之三。不可否认，在精神失常、虚弱和贫苦的交织下大英帝国正在走下坡路，德国人很清楚这一点，并且随时都有可能采取行动，将英国占为己有。

一九〇四年十二月二十七日晚，一出新剧在伦敦约克公爵剧院首演。它一上演就引发了英国人的共鸣，迎合了部分英国人灵魂中对更加温暖、安全的过去的渴望。戏剧在一栋房子的儿童房里拉开序幕，据剧作者詹姆斯·马修·巴利描述，这栋房子位于"布卢姆斯伯里某条萧条的街道上"。随着剧情的推进，一个有飞行能力的神秘男孩彼得登场了，在他的带领下，孩子们踏上了冒险之旅。《每日电讯报》称这出戏剧"如此真实、自然和感人，赢得了观众的热情欢呼，让他们沉浸其中无法自拔"。

剧里有海盗和印第安人，还有危险。第四幕的结尾，彼得的小仙子伙伴小叮当替他喝下了毒药，这让观众紧张地屏住了呼吸。

彼得面朝观众，说道："她身上的光越来越暗了，等光完全消失以后，她就会死！她的声音太微弱了，我几乎听不清她在说什么。她说，她说如果孩子们相信世界上存在仙子，她就可以痊愈！"

他面向观众张开双臂。"你相信世界上有仙子吗？快点说你相信！你要是相信，就拍拍手！"

没错，回到伦敦一九〇四年十二月那个寒冷的夜晚，大家确实是相信的。

. . .

接着，海盗船长胡克登台了，他的上场预示着邪恶的到来，观众也跟着感到了寒意。

"多么寂静的夜晚啊，"胡克说，"仿佛一切生命都不复存在了。"

·五·

最好的时光

贝尔的真实经历

克里平领着两名警探进了办公室，迪尤说，"小办公室看上去非常舒适"。这个时候已经是中午了。他们可以听到马路上嘈杂的马蹄声和引擎声，此外还能闻到空气中日益增多的汽油味。警长米切尔坐在一张小桌子旁，手里拿着铅笔和纸。接着，迪尤开始提问，克里平则毫不迟疑地回答每个问题。"从他的表现来看，"迪尤写道，"只有一种合理的解释——这个男人受够了别人的诽谤，他现在只想将真相和盘托出，好澄清一切。"

他们没谈多久就意识到到了饭点。迪尤和米切尔邀请克里平一起吃午餐，三人离开阿尔比恩大楼，去了附近的一家意大利餐馆。勒尼夫看着他们走出去的时候很恼火，因为迪尤要她留在办公室里。她觉得这样很无礼，他怎么就想不到她可能也想吃午餐呢？"那个时候，"她写道，"我都快饿晕了。"

几位男士边吃边聊。克里平点了一份牛排。根据迪尤的记录，克里平"吃东西的时候胃口很好，一个有顾虑的人不可能有这么好的胃口"。迪尤发现自己蛮喜欢克里平的。这位医生为人温和，处事彬彬有礼，说起话来也让人觉得足够坦诚，举手投足间没有一点欺骗或焦虑的迹象。

回到克里平的办公室后，迪尤继续发问。他会将问过的问题隔一段时间以后换个方式再问一遍，以考察克里平的叙述是否前后一致。

"我意识到她真走了，"克里平说，"我坐了下来，开始思考如何掩盖这件事才不会让它发酵成丑闻。"他给女士协会写了封信，说她离开英国了。"随后我意识到，这不足以解释她为什么不回来，因此，后来我跟大家说她病了，得了支气管炎和肺炎，再后来，我就跟大家说她因病去世了。"

他表示，为了"避免大家问更多的问题"，他在演艺界报纸《时代》上刊登了她的死讯。

他说："据我所知，她并没有死，她还活着。"

迪尤紧盯着克里平。"他的表现给我留下了深刻印象。这种情况很少见。经验丰富的警官往往可以从一个人的陈述中获取许多信息。不过，我跟霍利·哈维·克里平医生首次接触时，没有从他的言行中获得任何特别的信息。"

接着，两名警探将克里平的叙述精简成书面材料，克里平在每一页签上了自己名字的首字母，并在最后一页签上了全名。

· · ·

现在是下午五点来钟，从警探来希尔德普新月街算起，已经过了六个小时。埃塞尔又饿又气，同时也很害怕。警探跟克里平的密谈每增加一个小时，她的忧虑就会加深一层。

用迪尤的话讲，现在轮到她了。

埃塞尔跟警探讲了贝尔突然离开、生病以及后来离世的前后经过。米切尔将她的话详细地记了下来。"这个女孩承认自己和克里平的关系时有些难为情，"迪尤后来如是写道，"不过这都是人之常情，总体而言，勒尼夫小姐的表现没有任何疑点。"

　　她的情况和克里平类似，说话过程中没有任何撒谎的迹象。她看上去应该在讲真话，至少是她所了解的真相。不过，迪尤还是想确认一下。

　　他突然跟她说："他骗了你。他刚才都跟我们说了，他说据他了解，他的妻子还活着，她在美国去世的消息都是他一手捏造的。"

　　这句话讲出来以后，他们对她最后的疑虑也烟消云散了。

・・・

　　"我整个人都呆住了，"埃塞尔写道，"我不敢相信这是真的。贝尔·埃尔莫尔怎么可能还活着，这根本不可能。"在她的心目中，克里平绝不会撒谎，但现在迪尤又说他确实骗了她。"我的心里满是悲伤、愤怒与困惑，他问什么，我就答什么，从我和医生的关系，到我对他的爱，再到我生活的方方面面，我都说了。不过整个过程中我都在想，如果这才是克里平夫人的真实经历，那只能说明，一直以来我都被蒙在鼓里。"

　　她在自己的供述上签了字，但她知道，煎熬还远未结束。

・・・

　　为了确保万无一失，迪尤想搜查一下克里平的房子。他很清楚，法官是不会授权他这么做的。"我手头没有足够的证据，事实上，我没有发现任何对他不利的证据，无法向治安法官申请搜查令。"他希望克里平允许他进去看看，克里平爽快地答应了。晚上，六点刚过，他们四人就坐上了一辆咆哮者四轮马车，朝着希尔德普新月街的方向去了。马车里，勒尼夫和克里平坐在一头，两名警探坐在另一头。这是一段漫长而安静的旅途。"就像身处一场噩梦，"埃塞尔写道，"我觉得很虚弱、很痛苦。"

警探开始搜查，不过，迪尤并没有特别的目标。他写道："我当时根本没有怀疑过这可能是一起凶杀案。"

警探先检查了花园，之后进屋一间间地排查，房间里的衣柜、橱柜和梳妆台，他们都看了。他们注意到了克里平和勒尼夫打包过的行李，有装满物件的箱子和卷好的地毯，显然，克里平和勒尼夫有搬家的打算。至于贝尔的下落，他们没有找到任何线索，不过用迪尤的话讲，他们倒是发现"有大量证据表明贝尔·埃尔莫尔对衣服情有独钟"。"卧室里到处都是女士服装，可以说各种款式应有尽有，此外，里面的鸵鸟毛应该可以满足一家女帽制造商的库存需求。所有的衣物加起来足以装满一辆大货车。"

任何一次搜查，如果漏了煤窖，都算不得完整。迪尤写道："我当时去那里并没有什么特别的动机，只是单纯地想检查房子的每个角落。"

克里平带着警探从餐厅向下走，穿过一条很短的走廊，来到地窖门前。

· · ·

埃塞尔一直在楼上等着，努力消化克里平撒谎这件事。据她回忆，她坐在客厅里"精神恍惚"。"这些男人到底在做什么？他们不打算离开吗？天都黑了，我坐在昏暗的房间里，头疼得厉害。"

· · ·

克里平在地窖门口看着他们。

地窖的空间很狭小，长九英尺，宽六英尺三英寸。"这里一片漆黑，"迪尤写道，"我划亮火柴，才能看清这是个什么地方，里面究竟有什么。我没有发现任何异常。地窖里除了少量的煤以外，还有一些木头，看上去是从花园里的树上砍下的。"地上铺了一层砖，上面有一层厚厚的灰。

接着，警探和克里平来到餐厅旁的早餐室，在餐桌旁坐下后，迪尤问了最后几个问题，之后仔细查看了贝尔留下的珠宝，包括那枚旭日胸针。他对克里平说："我后面还得找到克里平夫人，把事情问清楚。"

克里平向来乐于助人，这一次也不例外。他认可迪尤的观点，并且承诺，只要有用得着他的地方，他都会帮忙。"你有什么建议吗？"克里平问，"寻人启事有用吗？"

迪尤觉得这是个好主意，之后他跟克里平拟了一则简短的寻人启事，准备登在美国报纸上。迪尤将刊登的后续工作留给了克里平。

晚上八点多，警探道过晚安，离开了屋子。克里平确实撒过谎，这让人不安，不过他们相信克里平的故事，他对丑闻的畏惧尤为真实。迪尤在一份证词中说："我不觉得这里面涉及任何犯罪行为。"

他至少跟一个人讲过，这个案子没必要再查下去了。

· · ·

埃塞尔终于可以松一口气了，现在房子里只有她和克里平。"不过有一点我不得不提，"她写道，"我很生气，也很受伤，我根本没有心情说话。我的脑袋里只有一件事，医生跟我撒谎了。十年了，这是他头一次骗我。我有权知道所有真相，他不跟别人讲没关系，但他至少应该跟我讲啊。我掏心窝子地待他，爱他，为他放弃了一切，但他还是骗了我，我心痛极了。"

克里平试图逗她开心，他做好晚饭，哄她下楼来早餐室吃饭。她什么也吃不进去，整个过程中一言不发。晚上十点，她回到卧室，穿戴整齐地坐在椅子上。她太累了，根本没力气准备就寝。没多久，克里平也上来了。

"看在上帝的分上，"她说，"你告诉我，你到底知不知道贝尔·埃尔莫尔的下落。我有权知道真相。"

"我向你保证，我真不知道她在哪儿。"

克里平跟她说，他编造贝尔的消失和离世都是为了避免丑闻，不过既然警探已经来了，大家要不了多久就会知道真相，这无疑会毁掉他和埃塞尔的声誉。真相大白后，他们还怎么面对女士协会啊。并且，他担心丑闻对埃塞尔的伤害会大得多。他表示，只要能让她免于羞辱，他做什么都行。

埃塞尔觉得克里平好像已经有了主意。她问他有什么打算。

"亲爱的，"他说，"我觉得我们似乎只有一种选择。"

格莱斯贝的囚徒

　　比阿特丽斯和马可尼的婚礼定在一九〇五年三月十六日。他们本想举行一场相对私密的婚礼，但当他们到圣乔治教堂时发现，用一家报纸的话讲，汉诺威广场"挤满了观众"。婚礼当天上午，比阿特丽斯和马可尼的半色调照片占据了《每日镜报》的头版。该报纸由艾尔弗雷德·哈姆斯沃思新近创办，一年以前，它率先使用这项展示技术刊登了一整版国王及其子女的照片。警察也出动了，他们来并不是为了守卫聚集的人群，而是因为两天前奥布赖恩家收到了恐吓信，称马可尼会死在前往教堂的路上。婚礼进行得很顺利。马可尼给比阿特丽斯送了一顶钻石冠冕，她怀疑这是母亲的主意。此外，他还送给她一辆自行车，她说"这肯定是马可尼本人的想法"。

　　之后，他们前往比阿特丽斯的祖居爱尔兰的德罗莫兰度蜜月。她是在那里长大的，那时候，十三个兄弟姐妹和她一起在城堡里生活，朋友也经常到访，因而城堡里总是相当喧闹。她这次回来以后发现，城堡变得阴郁、冷清了。他们被安排在城堡的"访客"区，这样安排显然是为了照顾他们的隐私，却加重了这里带给人的冷冰冰的感觉。

他们的二人世界（一小批佣人除外）刚刚开始，比阿特丽斯就发现真实的马可尼与她在白浪岛认识的马可尼是有出入的，他并非总是一位充满魅力、心情畅快的绅士。事实证明他很容易情绪化，脾气也反复无常。他们吵架以后，他会气冲冲地离开城堡，独自前往旁边的森林，用行走发泄怒气。他们的蜜月只持续了一周就提前结束，表面上的理由是马可尼要赶回伦敦处理公司事务。

到伦敦以后，他们在马可尼的办公室附近找了一家小酒店入住，不过马可尼很快就意识到，这家酒店配不上他新婚妻子的地位，于是他们换到了干草市场街与帕尔马尔街交会处的卡尔顿酒店，这家酒店要豪华得多，《贝德克尔旅游指南》评价它时用到了"宏伟壮观"一词。比阿特丽斯从小就长在富贵之家，但卡尔顿酒店依旧为她提供了全新的美好体验。

她发现酒店有着绝佳的地理位置，有一天，她决定单独去附近的街区转转。从酒店出发向东走两个街区，可以到国家美术馆和特拉法尔加广场，纳尔逊纪念柱就在广场中央；向南走可以到圣詹姆斯公园；朝着西北方向走，不一会儿就可以到皮卡迪利，不过这在当时算不上什么好去处。伦敦的交通越来越拥堵，该市已经决定拓宽街道，很多地方正面临拆除，不久以后，许多珍贵的建筑物都将难逃厄运，内维尔·马斯基林的埃及馆就在其中。

"她回来以后，"德格娜写道，"发现丈夫就在房间门口等她。他怒气冲冲地说，从今以后，她出门前必须事先通知他。她要去多久，去哪里，走哪些街道，都要一一跟他讲清楚。"

． ． ．

马可尼再次全身心投入工作。他不得不承认，如今公司面临艰
难抉择。船对岸的通信业务发展缓慢，但确实在一步步壮大。截至
一九〇四年底，已经有一百二十四艘船和六十九个陆上电报站安装
了马可尼无线电，它们遍布英国、美国、加拿大等地。意大利海军
为军舰配备无线电时选择的正是他的设备。意大利政府在科尔塔诺
建超大型电报站的项目也由他的公司负责，如今已经进入施工阶段。
与此同时，英国议会出台了新法案，一定程度上打破了英国邮政局
在电报行业的垄断地位。根据新法案，人们可以直接到当地电报局
给海上的船只发电报，这在历史上是前所未有的。另外，马可尼也
同意将安布罗斯·弗莱明再次请回公司。他这么做倒不是因为又仰
慕弗莱明，而是因为看中了弗莱明的两样发明：热离子管和波长计。
他认为弗莱明的发明有可能大幅度提升无线电传输效果。合同中有
这样一项条款：弗莱明在保留基本专利权的同时，授权马可尼使用
弗莱明的发明。这项条款无疑是合同中最重要的一项。

不过他的商业帝国已经变得结构复杂、开支高昂，并且有愈演
愈烈之势。在加拿大海岸，公司沿着驶入圣劳伦斯河的航线新建了
九个电报站。这些电报站地处偏远，电报员和管理人员必须住在电
报站附近，这带来了不小的开销。以惠特尔罗克斯的新电报站为例
的购物清单包括：六把餐椅，共二点八八美元；一把扶手椅，一点
七五美元；两张餐桌，共五美元；两个梳妆台，共二十二美元；一
把摇椅，三美元；一把阅读椅，四点二五美元。每个电报站都配有
一只时钟，价格为二点三五美元。每个电报站都至少配有一张床。
另外，电报员总得吃饭吧。一九〇五年四月，贝尔岛的新电报站花

了四十二点零八美元买咸猪肉，名望角花了四十三点七八美元买培根，雷角花了四十二点三七美元买猪油。当然，橡皮图章对电报站也必不可少，每个电报站都配了一个，价格为三十四美分。

公司的开销增长迅猛。一九〇五年八月，马可尼的记账员发现，公司在加拿大的当月现金支出高达四万六千二百一十五美元，是一九〇四年八月的支出的三倍多。这次暴涨与许多一次性开支有关，不过，公司之后会面临更多的日常开支。新电报站一旦投入运转难免出故障，并且有可能遭遇冰冻灾害，天线也可能被风暴毁掉。公司还会招更多的员工、清洁工、电报站工人以及搬运工。给蓄电池加酸、寄邮件、打电话、发有线电报也都得花钱。这些日常开销一旦形成，就会像烤箱里加了酵母的面团一般越发越大。工资就更是如此了，一九〇四年，仅格莱斯贝一处就开出了八千四百一十九美元。等到一九〇七年底，这个数字会增长为一九〇四年的两倍多。电报站日常生活和运营的开支增长更快。整个马可尼帝国均是如此。

这对马可尼而言纯粹是商业问题，他对此并不感兴趣。他真正感兴趣的是跨大西洋通信，这一点从未改变，不过这项工程到现在都没有理顺。公司拆了格莱斯贝的电报站以后，将拆下的木材和部件送到了一处俗称马可尼塔的内陆地点。他还意识到，波尔杜电报站也过时了，公司需要建一个规模更大、功率更强的电报站替代它。

他第一次动摇了，不知道是不是应该放弃跨大西洋通信的梦想，转而做一些平凡的事情，比方说让公司专注于船对岸通信。如果他把决定权交给董事会，结果肯定不会有多少悬念。

马可尼希望更好地评估自己未来的走向，为此，他决定去看一看新斯科舍的新电报站。一九〇五年春，他为自己和比阿特丽斯订了"坎帕尼亚号"的船票。公司的财务危机日益严重，但他们坐的依旧是头等舱，这再次印证了德格娜·马可尼对他性格的基本判断。她是这样讲的："他对生活的要求很简单，一切都要最好的。"

在此次航行里，比阿特丽斯会觉得自己与其说是乘客，倒不如说更像囚犯。她还会发现，看守者的古怪程度比她想象的还要严重。

· · ·

他们在特等客舱安顿下来，这里与其说是舱室，倒不如说是梅费尔的高档住宅。马可尼从箱子里掏出一只又一只时钟，放在客舱的各个角落。比阿特丽斯知道他对时间有特殊情结，但看到这一举动还是非常吃惊。他给她送过许多腕表，但被她通通放进了首饰盒。据德格娜所说："为了避免听到无数的嘀嗒声，她从没有给它们上过发条。"现在，她发现自己被嘀嗒嘀嗒的时钟包围了，马可尼将它们调成六座城市的时间——新加坡、芝加哥、仰光、东京、利马和约翰内斯堡。

航程开始以后，马可尼就钻进了无线电报室，一方面继续做实验，另一方面为邮轮上的《丘纳德简报》搜集新闻。

比阿特丽斯只身一人，打算在邮轮上找地方放松放松。这可是丘纳德旗下的顶级豪华邮轮。头等舱乘客可以在用餐区看到科林斯式圆柱以及高十英尺的天花板。正中央的电梯井高三十英尺，贯穿了甲板与邮轮顶部的彩色玻璃穹顶。船上一共有四百一十五名船员，其中男女乘务员超过了一百人，可以满足乘客的一切合法要求。邮轮上的厨师、糕点师、帮厨人员总计四十五人，每天都会为邮轮上的乘客提供四顿大餐。比阿特丽斯在嘎吱作响的甲板上漫步时，有不少社会名流因为她嫁给了马可尼而聚拢在她身边攀谈，这让她非常高兴。

大家对她的关注再次点燃了马可尼嫉妒的怒火。德格娜写道："她丈夫从电报室出来后发现她在跟别的乘客聊天，于是就面色冷漠地将她带回客舱，告诫她以后不要再跟别人眉来眼去。"马可尼开始教她莫尔斯码，但她并不感兴趣。德格娜猜测，他这样做的部分原因是想阻止比阿特丽斯上甲板散步，这样她就没有机会冲着"坎帕尼亚号"的男乘客们微笑了。

有一天，比阿特丽斯回到客舱后看到了这样的一幕：马可尼将穿过的袜子从舷窗丢进了大海。她很吃惊，问他为什么要这样做。

他解释说：直接买新的效率更高，送去洗太耽误时间。

* * *

他们在纽约稍作逗留，其间去长岛的奥伊斯特贝和西奥多·罗斯福共进午餐，还见到了他的女儿爱丽丝。爱丽丝后来说，他们男才女貌，看上去非常般配、幸福。随后，他们再次登船前往新斯科舍。此时新斯科舍依旧被积雪覆盖。新电报站刚刚竣工，四座天线塔就如同四个哨兵驻守这片区域。他们住进了电报站附近的房子，与维维安一家三口合住。维维安的女儿还不到一岁半，这个年龄的小孩可不好对付，何况他们五个人还要在同一个屋檐下生活。比阿特丽斯是在城堡里长大的，那里的房间多得数都数不过来，相比之下，这里的空间局促多了，只有一间客厅、一间餐厅、两间卧室，以及一间小小的洗手间。比阿特丽斯留在房子里跟维维安母女一起生活，马可尼则立即跟维维安动身前往马可尼塔调试设备。

新电报站占地两平方英里。四座天线塔矗立于电报站的中心地带，外面围着一圈天线杆，共二十四根，每根高一百八十英尺，天线杆外面又围着一圈柱子，共四十八根，每根高五十英尺。电缆像伞一样罩在它们上空，这把伞直径达两千九百英尺，总长度达五十四英里，另外，地下的沟里也埋着五十四英里电缆。

每天，马可尼都会穿过满是木桩、仿佛灯芯绒一般的路面，前往电报站工作，一待就是一整天。比阿特丽斯则留在房子里，遇到之前从未有过的情形。她不太会做家务，但还是想搭把手，维维安夫人每次都说不用，拒绝的态度和外面的天气一样冰冷。比阿特丽斯一开始并没有在马可尼面前表现出不愉快，可几天以后，她忍耐到了极限，崩溃的她哭着对马可尼讲了自己的遭遇。

马可尼听后很生气，说着就要冲到客厅跟维维安理论，比阿特丽斯拦住了他。她知道维维安对马可尼的重要性。她最后决定自己找维维安夫人谈谈。

这一次轮到简·维维安掉眼泪了。她说，比阿特丽斯是男爵的女儿，她害怕比阿特丽斯会觉得自己高人一等，在家里颐指气使，她更害怕自己会被当成佣人使唤。她只是想从一开始就保住自己的地位。

坦诚的交流化解了彼此的误解。之后没多久她们就成了朋友——时机刚刚好。

· · ·

马可尼在新电报站庞大的电缆网下工作，在此期间，他重拾了对跨大西洋通信的信心。之后，他开始为返回伦敦做准备。他这次订的还是"坎帕尼亚号"，回去后要和董事会开会，另外，他会用

"坎帕尼亚号"的无线电设备测试新电报站的通信距离。

马可尼很容易吃醋，按理说，他不可能把比阿特丽斯一个人留在新斯科舍，但他就是这么做了。她不知道该干什么。新斯科舍很适合男人居住，这里有许多男人喜欢的活动，比方说打冰球、打猎和钓鱼。但对她而言，新斯科舍只能用无聊透顶来形容。

理查德·维维安的观点截然相反，他认为新斯科舍的生活"整体上很惬意"，尤其是钓鱼，他称这里是钓鱼的"绝佳去处"。他承认冬天有时会很难熬，但即使是冬天，这里的风景也有一种凛冽的美。"没风的时候，加拿大的冬日有一种非凡的宁静之美。除了少量的乌鸦，鸟都飞走了，尽管可以看到兔子留下的大量足迹，但没有人亲眼见过兔子。除了偶尔听到树木因霜冻而断裂，天地之间什么声音也没有，人只能听到自己的呼吸声。冬日的空气特别令人兴奋，冬日的气候也非常有益于健康。"

比阿特丽斯不这样认为。她连散步的地方都找不到，唯一能去的只有铁丝网围着的电报站，但那儿给她一种被囚禁的感觉。她也喜欢骑自行车，但周边的路况太差了，根本找不到可以骑车的路。她伤心、寂寞，不久就出现了黄疸，这或许与她得了某种肝炎有关。正如她女儿所写，这里太安静了，"甚至让比阿特丽斯出现耳鸣"。

马可尼一走就是三个月。

· · ·

航行中，马可尼是邮轮上的大红人。他大部分时间都待在"坎帕尼亚号"的无线电报室里，不过吃饭时会现身，尤其是晚饭时间，每到这个时候，船上最富有、最有魅力的乘客都会坐在他身旁。可以说，他身边的环境高雅到了极致。

航程的前半段，船上可以清楚地收到格莱斯贝新电报站的信号。白天最远的接收距离为一千八百英里，跟他的期待相比仍有相当大的差距，不过考虑到电报站的规模和功率，这个结果已经很不错了。

他回到英国后，说服了董事会继续投资跨大西洋项目。他还主动提出，用自己的资金支持这一项目，另外，为了获得更多的资金支持，他开始在英国和意大利寻找新的投资人。

他在波尔杜开启了一系列新实验。

他一开始只专心做一件事：让波尔杜和新斯科舍通上信。他调试好波尔杜的接收机后，就给理查德·维维安发有线电报，指示维维安对马可尼塔的设备进行相应的调整。终于在六月的一天，波尔杜电报站在上午九点收到了可读的信息。这绝对算得上重大突破，因为两个电报站的发送和接收都是在白天完成的。

马可尼向来很重视试验和试错，他接下来开始测试不同的天线配置。为了弄清每个部件对信号接收的影响，他将所有的部件挨个关闭了一遍。这再次涉及很多变量。这一过程中，他一直在调整功率，尝试不同的波长。他依旧相信，波长越长，电磁波传播的距离就越远，至于为什么，他还是没有找到其中的奥秘。

他找到了规律。一个由单根电缆组成的天线，如果将电缆**水平**布设并贴近地面，天线收发信号的表现就会优于垂直布设的同类天线。他发现方向也很重要。如果一根电缆沿东西方向布设，为确保信号最有效地传送，接收方的电缆也应按同一方向布设。先前，马可尼认为他需要修更高的天线和更复杂的伞状阵列，这些新发现将他从这一需求中解放了出来。理论上讲，一根电缆，或者说几根平行的电缆，只要长度到位，就可以产生足够长的波长，远超他先前的纪录。

他让维维安在新斯科舍卸下一部分伞状阵列的电缆，以便模拟出他要的定向天线。经测试，他的直觉是对的。信号的传输和接收都有所进步。

他意识到波尔杜已经不仅仅是过时了，他必须完全抛弃这个地方，重新选址，新地点必须足以布设一英里长的水平天线。新斯科舍的新电报站将面临同样的命运，此外，发电设备也要更新，他需要的电能是以往的十倍。

这些开销都是天文数字，不过，马可尼已经别无选择。

· · ·

马可尼终于回到新斯科舍和比阿特丽斯身边。她整个人的状态吓坏了马可尼，尤其是她严重的黄疸。他向她保证，一定会带她回英国。

比阿特丽斯听了以后以为不久就可以回到伦敦，回到朋友和家人的身边，再次拥抱大都会生活。她上一次见汉瑟姆马车或听到地铁从脚下的黑暗世界呼啸而过，已经是将近半年前的事了。

不过，她的守护者马可尼可不是这样想的，他另有计划。

解放

　　一九一〇年七月九日，周日上午，克里平像往常一样准点离开希尔德普新月街，前往阿尔比恩大楼的办公室上班。十点左右，他让助手威廉·朗去一趟附近的查尔斯·贝克男装店，帮他买几件衣服。克里平给了他一张购物清单，包括一身男孩穿的棕色夹克、两个硬高领、一条领带、两件衬衫、一双吊裤带和一顶棕色毡帽。此外，他还要朗帮他去托特纳姆苑路的商店买一双靴子。朗出发前，克里平把钱给了他。

　　与此同时，埃塞尔叫了一辆出租车，朝着姐姐尼娜家的方向开去。她是十一点左右到的，让司机在门口等着。

　　尼娜开门后高兴得叫出声来，妹妹的到访无疑是一个惊喜，不过喜悦很快就转为了担忧。据尼娜回忆，埃塞尔看起来"心事重重"，她还匆匆地问家里有没有其他人。她气色不好，神情也很紧张。尼娜走上前抱住了妹妹，发现妹妹浑身发抖。

　　埃塞尔说："昨天上午八点十五左右，有两名警探来我家找我，那个时候哈维刚走。"

（她用的是"哈维"，而非"彼得"。这说明"彼得"有可能是贝尔一时心血来潮给克里平起的。她不仅要管他的衣服，还要管他的名字。）

埃塞尔说："贝尔·埃尔莫尔的朋友们似乎不相信她死了。"她的声音颤抖得厉害。"我到底算什么？"她大声喊道，"不久以后，大家都会把我看成街上不正经的女人。"她崩溃了。尼娜紧紧地抱住了她。

过了一会儿，埃塞尔的情绪稳定下来。"我不能在这里长待，"她说，"我过来就是想跟你告别，我要走了。"

尼娜听了大感意外，问埃塞尔要去哪儿。

埃塞尔说："我不知道。"克里平没跟她说，不过她向尼娜保证，一旦安定下来，就会把地址发给尼娜。

尽管如此，尼娜还是不明白**为什么**埃塞尔非走不可。

埃塞尔说："我的经济来源和名声都保不住了，留下来又有什么意义呢？"

还有一个原因，她说。克里平告诉她，之前有人给他发电报，说贝尔死了，他想找到这个人，这样或许可以顺藤摸瓜找到贝尔。他若要终止伦敦警察厅的调查，就必须找到她。埃塞尔告诉尼娜："就我掌握的情况来看，她不一定去了美国，完全有可能还待在伦敦。她死亡的假电报搞不好就是她找人从大洋彼岸发过来的。"埃塞尔担心这是贝尔精心策划的阴谋——她现在或许就躲在某个角落，耐心地等埃塞尔和克里平结婚，然后再跳出来"告我们重婚"。她这么做纯粹是出于恶意。

埃塞尔和尼娜再次拥抱。埃塞尔说完再见后上了出租车。她告诉司机，去布卢姆斯伯里的阿尔比恩大楼。

．．．

同一天上午，伦敦警察厅高级督察迪尤还在思考贝尔·埃尔莫尔失踪的事。他下一步应该做什么？什么都不做当然是最舒服的，但他干这行这么多年，很清楚什么都不做会毁掉一名警察的前程。他不觉得这是一起凶杀案，不过在找到贝尔·埃尔莫尔之前，他又没把握结案。医生的寻人启事可能会帮上忙，但这还不够。就算是为了向弗罗伊斯特警司交差，证明他竭尽所能地认真对待过纳什夫妻的要求，他也得再做点什么。

迪尤写了一份通告，描述了贝尔·埃尔莫尔的样貌，并将她定性为失踪人口。他准备将通告发给伦敦的各警察分局。这是例行公事，不一定会有什么效果，不过，该走的程序还是要走。

．．．

中午，埃塞尔到了阿尔比恩大楼的四层，在耶尔牙科的工作间见到了克里平。她的情绪有所好转。前一天晚上的气都消了，她跟姐姐伤心的告别也结束了。此时她突然发现自己卷入了一场大胆的行动。

克里平给她展示了威廉·朗上午买的衣服。"你穿上以后就是个十足的男生，"克里平笑着说，"剪掉头发以后就更像了。"

她吃惊地喊道："我要剪掉头发吗？"

他更乐了。"为什么不呢，当然了，"他说，"这是必须的。"

她写道："说实话，我只是觉得这件事很逗。在我眼里，这就像一场冒险。"

换上男装后的埃塞尔

她换掉了身上的衣服。

· · ·

同一天，埃塞尔的弟弟西德尼刚好要去一趟希尔德普新月街。埃塞尔几天前邀请他来的，那个时候一切变数尚未发生，后来等她想让他取消行程时，又联系不上他。

他到了三十九号以后，走上正门前的十级台阶。他敲敲门，法国女佣开门交给他一张便条。

"亲爱的西德尼，"她写道，"很抱歉，今天不能招待你。我有急事出去了。我有时间会给你写信的。给你我所有的爱和亲吻。爱你的姐姐，埃塞尔。"

· · ·

阿尔比恩大楼内，埃塞尔站在克里平面前，她换上了白衬衫、吊裤带、马甲、棕色夹克和裤子，打上了领带，穿上了新买的靴子。她试裤子的时候，后裆的部位开线了，被她用别针别上。"衣服不是很合身，"她写道，"太滑稽了。"最后，她戴上了棕色毡帽。

女扮男装实在是太"荒唐"了，她忍不住笑了起来。"克里平医生跟我一样，也觉得我的变装非常搞笑。这对他而言就像一个有趣的玩笑。"

克里平拿起了剪刀。

他说："轮到头发了。"

他开始剪头，她看到自己的头发从空中飘落。"我不觉得头发有什么好可惜的，"她写道，"这也是我们冒险的一部分。"她又戴上帽子在屋子里踱步，穿这身衣服感觉很怪，她想尽快适应。"我像个孩子一样，在屋子里架势十足地走来走去。我很快就适应了，当然，有那么一瞬间，我还蛮怀念我的裙子的。"

克里平微笑地看着她。"你没问题的，"他说，"不会有人看出来。你完全就是个帅小伙。"

她担心自己没有勇气把这身衣服穿到大街上去。这感觉很怪。她的颈背发凉，衣领很紧，靴子也不合脚。这些感受告诉她的大脑，她浑身没有一处自在的地方。她很难理解，这些衣物这么紧，这么容易擦伤皮肤，男人们怎么能日复一日地穿着它们，而且竟然没有被逼疯。

克里平让她放心，她看上去就像一个十六岁男孩。他让她先走楼梯下楼，之后与他在法院巷地铁站会合。地铁站往西十几个街区就是高霍尔本，很久以前，死刑犯被押往海德公园东北角的泰伯恩刑场执行死刑时，高霍尔本是必经之路。埃塞尔为了装得更像一些，点了一支烟放在嘴里，"这对我而言也是新鲜事物，不过，我并不怎么喜欢烟的味道"。

她下楼后很快就到了室外。"我紧张得不行，"她写道，"不过，人群熙熙攘攘，没有人回头看我的装扮。我看来还是有两下子的。我兴奋极了，这场冒险开始变得有趣。"她站在法院巷地铁站的入口等克里平。

他很快就到了，不过他的八字胡没了。他笑着问："你还能认出我吗？"

他们坐地铁来到了利物浦街车站。这里有十八个站台，每天有一千辆火车从这里出发。克里平计划坐火车前往哈里奇港，那里有定期开往荷兰的轮船，他打算直接从那里买票登船。他们到站的时候，一列开往哈里奇港的火车刚走，下一趟得五点出发，他们要等三个小时。

克里平说他们可以坐公共汽车，这不失为一种消遣，埃塞尔同意了。"这么讲可能很奇怪"，她写道，"但我真的蛮开心的，情绪也非常亢奋。我终于优雅地摆脱了那些人的跟踪"——她说的是女士协会的人。"我在阿尔比恩大楼通过女扮男装，从她们眼皮子底下溜走，从今往后，她们再也没机会用怀疑的目光上下打量我了。我一想到这里就十分开心。我们的逃离就是为了躲避丑闻，除此之外，我不觉得还能有什么特殊的理由。"

晚上，他们到达哈里奇港后，坐上了一班夜里九点驶离码头、开往荷兰角港的船。次日上午五点，他们抵达荷兰。这一天是周日，吃完早饭后，他们坐上了七点发往鹿特丹的火车。他们在鹿特丹逗留了几个小时，散步、逛景点，其间在一家露天咖啡厅坐了一会儿。就这么一会儿的工夫，有两个荷兰姑娘从远处跟她搭讪，其中一个说："瞧，多么俊的英国小伙啊！"埃塞尔这才意识到她的伪装很成功。

很快，他们又坐上了开往布鲁塞尔的火车。下午，他们住进一家名为阿登酒店的小旅馆，地址为布拉班特街六十五号。克里平在旅馆登记的名字是"约翰·鲁宾逊"，在年龄一栏填的是"五十五"，职业一栏填的是"商人"，登记表的第五栏 De Naissance（出生地）填的是"魁北克"，旁边的 De Domicile（居住地）填了"维也纳"。他说埃塞尔是自己的儿子"小约翰·鲁宾逊"，跟旅馆的老板娘路易莎·德利斯说，小约翰病了，而且孩子的母亲两个月前刚刚去世，他这次出来主要是带孩子散散心，他们打算去安特卫普、海牙和阿姆斯特丹。

旅馆的老板和老板娘注意到，鲁宾逊父子只带了一只手提箱，尺寸大概是十二乘二十四英寸。此外他们还注意到，这个男孩说话总是轻声细语的。

· · ·

周日晚些时候，高级督察迪尤看了一遍克里平的证词，为保险起见，他决定再找医生聊一聊。他打算第二天，也就是七月十一日，周一，再去一趟阿尔比恩大楼。

丧女之痛

马可尼并没有带比阿特丽斯回伦敦。他们去了波尔杜酒店，旁边就是马可尼的无线电设施。此时她已经怀孕，几乎每天都不舒服。

马可尼没有心思关心她，实验与公司的财务危机已经耗光了他的精力。不仅跨大西洋项目的花费极速增加，董事会与投资者的施压也与日俱增。可即使如此，他依旧在寻找新场地取代波尔杜，最后看中了爱尔兰戈尔韦郡的一处地方，就在克利夫登附近。根据他的设想，新电报站的功率将达到三十万瓦特，是格莱斯贝电报站的四倍，此外，一根长逾半英里的水平天线会被布设在八座两百英尺高的天线塔顶部。为了确保发电机的锅炉正常运转，他打算从两英里以外的沼泽运泥煤过来，并在电报站和沼泽之间修一段铁路用于运输。电报站建好以后，电容器室的天花板上将挂满一千八百块镀锌铁板，每一块的长度都相当于五名成年人的总身高。

这时他已经把个人财产投了进去。若再失败，不仅公司被毁，他个人也会破产。他从来没跟比阿特丽斯提过这件事。多年后她说："我当时太年轻了，根本没意识到他在我们结婚第一年承受着如此巨大的压力。他的财务危机日益严重，但他从没有跟我提过这件事。他明显过劳工作了，但就是不肯放下手中的实验。"

比阿特丽斯受不了天天一个人，她决定搬回伦敦。英奇昆夫人以为女婿和往日一样富有，就给女儿在梅费尔租了一栋豪宅。自从比阿特丽斯搬进去以后，就没怎么见过马可尼。从波尔杜到伦敦要十一个小时，往返一趟基本上要耗费两个工作日，马可尼浪费不起这个时间。

不过，该花的时间还是要花的。二月，比阿特丽斯的女儿露西娅出生了。马可尼闻讯后立即前往伦敦，他要见见家里的新成员。他没待几天就回了波尔杜。

家庭医生说露西娅"是一个特别健康的宝宝"，但没过几周她就病了。她身体发烫，腹部好像也不舒服。她的状态急转直下。比阿特丽斯还没有从分娩的痛苦中恢复，女儿的病情更是把她吓坏了。一天夜里，露西娅开始抽搐。这可能是脑膜炎引起的。第二天是周五，上午八点刚过，婴儿就夭折了。一切都太突然了，她都没来得及受洗。

马可尼回到伦敦后，发现比阿特丽斯在悲伤和疾病的双重打击下卧床不起。他给母亲写信道："周五上午，我们的小心肝突然夭折。"比阿特丽斯遭受了"沉重打击，她现在非常虚弱"。

他准备为露西娅举行葬礼，但由于她没有受洗，墓地都不愿意接受。德格娜·马可尼说："他只得坐着出租车满伦敦跑，好找到一家愿意接受她的墓地，这种体验糟透了。"功夫不负有心人，他最后在伦敦西区找到了一处墓地。

比阿特丽斯的妹妹莉拉专程过来照顾她，随后，马可尼又回了波尔杜。

· · ·

　　马可尼的经济问题进一步恶化，最后只得跟比阿特丽斯讲了实情。她知道以后非常震惊，但她表示，从今以后，她能省的地方肯定会省。

　　马可尼病了。疟疾卷土重来，他只得回伦敦静养。他回到梅费尔的房子以后一躺就是三个月。一九〇六年四月三日，一名工作人员在给弗莱明的信中写道："马可尼的病情尚未好转，医生提出了严格的要求，任何人都不能打扰马可尼先生。"

　　在他养病期间，比阿特丽斯发现了丈夫的另一面：他是个难伺候的病人。

　　他吃药前必须搞清楚每种药的成分，对英国医生和护士过于委婉的言辞也难以忍受。他不时会大发脾气，说："他们以为我是**傻子吗！**"

　　他会剪下报纸上的葬礼广告摆在床头柜上。这在比阿特丽斯眼中一点也不幽默，前有丧女之痛，后有对丈夫重病的担忧，她承受的已经够多了。

　　有一次，她拿着新开的药方去附近的药店买药，回来时发现马可尼在卧室做头倒立。她敢肯定，他已经疯了。

　　他站起来解释说，刚刚含体温计时不小心把体温计咬破了，咽了一些水银。倒立似乎是吐出水银最有效的方法。

　　· · ·

　　马可尼大半个夏季都病着，不过，他的批评者和对手可没闲着。

内维尔·马斯基林已经把魔术表演搬到了皮卡迪利的摄政街上，另外，他还获得了美国对其使用无线电技术的许可，他组建的联合无线电公司正在全力发展自己的无线电系统。他雇了不少马可尼的死对头，并宣称自己的新设备可以将无线电发送到五百三十英里以外。

与此同时，伦敦劳埃德公司的秘书，亨利·霍齐尔，对马可尼及其公司丧失了信心。他在一九〇六年五月十一日给奥利弗·洛奇的一封标有"私密"字样的信件中写道："我们对马可尼公司的管理并不满意，跟它打交道也很费劲。我们打算在劳埃德公司与马可尼公司的合同到期后换一套无线电系统。为谨慎起见，我们需要提前联系好设备。我希望有机会和您商讨此事，您如果没时间，也可以安排缪尔黑德博士或业务经理跟我会面。"

缪尔黑德计划在他哥哥名下的一块地上建一个实验站。

不过，洛奇的注意力分散了。知名灵媒派珀夫人带着女儿再次来到英国，住在洛奇家。洛奇多次在此组织降灵会，还将新经历写成一份一百五十三页的报告，投给了《心灵研究学会学报》。洛奇再次被她的能力折服，也再次严重分心。

德国对马可尼的敌意依旧，英国人对德国入侵的恐惧亦与日俱增。一九〇六年，为了回击德国海军力量的扩张，英国有史以来最具威力的军舰"无畏号"战列舰下水。同一年，威廉·勒克斯的小说《一九一〇年的入侵》被广泛传阅。小说进一步煽动了英国人的恐惧情绪，并让英国人担心德国间谍可能早已遍布英国。艾尔弗雷德·哈姆斯沃思是《每日邮报》的创办人，在他的运作下，小说最早在《每日邮报》上连载。它讲述的是未来德军突破了英国的所有防线，占领了伦敦，直到英国人在一次英勇抗击中赶走侵略者。哈姆斯沃思为了造势，每一次连载都专门雇人扮成德军的样子，挂着广告牌在街上宣传。一名围观者形容，这些人"戴着尖顶军盔，穿着蓝色普鲁士军装，气势汹汹地在牛津街游行"。

这本小说很快就成了英国畅销书。有趣的是，它在德国也颇受欢迎，因为德国出版商删去了英国人反击的部分。

* * *

一九〇八年九月十一日，马可尼在美国收到喜讯：比阿特丽斯又生了一个女儿。他立即订了回英国的船票。途中，他碰巧读到一本讲威尼斯历史的书，其中一个名字深深吸引了他，这也是他给孩子起名德格娜的原因。

新生命并没有改变马可尼和妻子之间的疏离感，他们争吵得更频繁了。

督察再度登门造访

周一下午一点，伦敦一周以来首次出太阳，也正是这个时候，高级督察迪尤和警长米切尔动身前往阿尔比恩大楼，找克里平医生进行第二次谈话。他们到了以后，听到了令人不安的消息。克里平的助手威廉·朗说，自己最后一次见医生是周六，他走的时候拎着一只手提箱。克里平临走前给朗留下了一封信，朗把信交给了警探。医生在信中写道："家里的东西，就麻烦你帮忙处理了。"克里平在信封里留了现金，足以支付希尔德普新月街的房子上个季度的租金。朗没有跟警探提克里平让他买男孩服装的古怪要求。

迪尤和米切尔叫了一辆出租车，急忙赶往希尔德普新月街，一路上，街道上满是阳光。新月形街道的入口处是一条由树影组成的蓝黑隧道，阳光透过树木的缝隙，在地面上洒下了金色碎片。给他们开门的是法国女佣勒科克，她讲英语时夹杂着法语。他们从她口中得知，克里平和埃塞尔走了，并且不打算回来了。

迪尤问能不能进去看看，勒科克基本听不懂他在说什么，不过还是带他们进来了。两名警探进去后发现，威廉·朗的妻子弗洛拉正忙着打包贝尔成堆的衣物。

他们再次搜查了房子，这次检查得更仔细。他们跟上次一样，把每一个房间都看了，并把地窖作为搜查的重点。他们没有找到任何有关贝尔·埃尔莫尔下落的线索，迪尤倒是发现了一把五连发的左轮手枪，里面装满了子弹。米切尔也有所斩获，他发现了一盒弹壳和几个硬纸板做的射击靶。

第二天，两名警探经过商量，让勒科克回了家，随后他们回到了伦敦警察厅。晚上，迪尤给全伦敦的警察发了通告，要求他们找出租车司机和搬运工了解情况，问问一月三十一号以后有没有从希尔德普新月街三十九号搬出过任何箱子或包裹。他详细描述了克里平和勒尼夫的外貌特征，随后将通告发给了英国港口以及海外港口的警察。他希望大家留意这两人，但目前还不用逮捕他们。

迪尤手头的这起案件越来越古怪了，不过，他依旧不觉得这会牵扯到犯罪行为。

· · ·

布鲁塞尔的"鲁宾逊父子"正在尽情享受重获新生的自由。酒店老板注意到，他们每天早上九点半左右出门，下午一点左右回来，休息到下午四点后会再次出门。他们晚上九点会回来吃晚餐，之后便回房间休息。

埃塞尔很喜欢在布鲁塞尔游玩。她写道，他们"从北到南、从东到西、从市内到郊区"，走遍了城里的大街小巷。"克里平医生丝毫没有紧张的迹象。他从来没有说过希望我待在我们住的阿登酒店里别出去这样的话，也从来没有劝我最好不要去人多的地方。并且自始至终他都没有为自己发过愁。"

　　他们逛了宫殿、博物馆和美术馆。他们在坎布雷森林公园待了好几个钟头，除了散步，还在公园里听了乐队的表演以及鸟儿的鸣唱。埃塞尔写道："这是多么美好的时光啊，一切都是如此的美丽与平静。"

. . .

　　周二，在迪尤的指示下，克里平的照片也加入了通告。他和米切尔又到希尔德普新月街搜了一遍，这是第三次搜查，还是一无所获。紧跟着，他们调查了房子的周边地带，直到晚上才收工。夜里，迪尤翻来覆去睡不到，他的思绪总会回到那栋房子，尤其是煤窖。"它在我脑海中挥之不去，"他写道，"我躺在床上也无法平静下来。我忙活了那么多天，怎么就没在那里发现点什么呢？没办法，我的思绪就是会不由自主地回到那间地窖。"

　　第二天是七月十三日，周三，天气凉爽舒适，迪尤和米切尔一大早就去了阿尔比恩大楼。他们又遇到了克里平的助手威廉·朗。迪尤已经跟他谈了两次，但总觉得他在掩饰什么。迪尤让他老实交代，否则后果自负。

　　朗最终说出了他周六上午买衣服的事。

　　迪尤回到伦敦警察厅后，写了一份新通告，提到埃塞尔·勒尼夫有可能穿着男孩的衣服。

　　接着，出于直觉和对新线索的渴求，他跟警长阿瑟·米切尔提议，再去一趟克里平的房子，这将是第四次，不过，这次的重点是对地窖进行地毯式搜索。

摇曳的烛光下，两名警探跪在地上，双手和双膝着地，逐一检查地面的砖块。外面的温度非常低，地窖里格外阴冷潮湿。他们没有发现任何异常。迪尤看到了一根小拨火棍，他就试着用拨火棍去撬砖块，探查砖块之间的泥土缝隙。他和米切尔干活时都保持着安静。正如迪尤所写，他们"太累了，根本没力气讲话"。颤动的烛光下，拨火棍来回撞击着砖块。

他找到了一处松动的缝隙，毫不费力地将拨火棍伸下去。其中一块砖松了。他把这块砖撬下来以后，周围的砖也跟着松动了。他挪开的砖越积越多。

之后，米切尔去花园找来一把铲子。

人鱼

比阿特丽斯和马可尼的婚后生活偶尔也会重新焕发活力。一九〇九年秋,比阿特丽斯发现自己再度怀孕。此时,她和小德格娜一起住在克利夫登,这里的偏远和荒凉丝毫不逊于格莱斯贝和普尔。她可能是厌倦了克利夫登的生活,也可能只是想当面告诉丈夫这个喜讯,好亲眼看看他的反应,所以没有给他发电报然后等他回电。她想给马可尼一个惊喜。她知道马可尼在邮轮上,也打听到了邮轮的靠港时间。她到了科克以后,登上了即将与邮轮会合的拖船。她想让自己的出现和怀孕的喜讯成为给马可尼的双重惊喜。

马可尼这时正在尽情享受航行以及邮轮上的奢华生活,头等舱乘客对他的高度关注也令他志得意满。乘客中尤为关注他的是恩里科·卡鲁索,他们注定会成为密友。未来几年,马可尼一有机会就会去卡鲁索的演出现场,在后台陪着这位伟大的男高音,帮他克服演出前的焦虑。卡鲁索还带了一群年轻貌美的女演员,她们都善于卖弄风情,马可尼被她们彻底迷倒了。

突然间,比阿特丽斯出现了。

比阿特丽斯本以为自己突然到访会让他惊喜万分，但事实并非如此，正如德格娜所说，他的冷漠"有如一桶冰水浇到她的头上。他在船上重拾了往昔的单身生活，跟乘客玩得很开心……他最不愿意见到的，就是妻子的脸如人鱼一般突然从海里冒出来"。

　　比阿特丽斯跑回了马可尼的客舱，哭了一整夜。

　　第二天上午，马可尼向她道歉，并邀请她和大家一起玩。比阿特丽斯拒绝了。她的心情糟透了，她觉得自己长得不好看，丈夫身边的女生一个个都光彩照人，她怎么跟她们比。邮轮到利物浦以前，她一直躲在客舱里。

谜团越来越多

迪尤将砖块挪开后，看到了一块平整的土地。他用铲子挖了挖，发现脚下的泥土比想象中的松软许多。这些土要是近几年没被翻动过的话，绝不会这么松的。他将铲子更深地插入地下，突然，一股腐烂的味道迎面扑来，他不由地后退了几步。"味道太冲了，"他写道，"我们俩只得跑到花园里去呼吸新鲜空气。"

迪尤和米切尔站在绿色的阴凉处平复自己的情绪。他们大吸一口气，回到了地下室，此时，整间地窖都弥漫着腐烂的气息。迪尤又挖了满满两铲土，似乎挖出了一大块腐烂的生物组织。他和米切尔又被冲鼻的味道顶了出去。他们大口呼吸凉飕飕的新鲜空气。之后，他们找到一瓶白兰地，第三次进地窖前，两人都喝了好几大口。被挖出的生物组织和内脏越来越多，他们足以推断这是一个人的遗骸。

迪尤的直接上级就是谋杀案件组的组长弗罗伊斯特警司。五点半，他给组长打电话汇报此事。弗罗伊斯特闻讯后，将情况报告给了刑事调查局的主管、助理警察总监梅尔维尔·麦克诺滕爵士。麦克诺滕离开办公室前抓了好几根雪茄，他觉得这或许能帮迪尤和米切尔抵抗地窖糟糕的恶臭。他和弗罗伊斯特立即坐上了局里的汽车。他们首先经过堤岸，眼前尽是金色的薄雾，旁边则是泰晤士河动人的钴蓝色河水以及河边深色的倒影。

· · ·

托马斯·马歇尔医生是伦敦警察厅"Y"区的法医，希尔德普新月街一带都属于该区的管辖范围。马歇尔医生的诊所就在附近的卡弗舍姆街，他接到通知后步行前往现场。警察将遗骸从房子里转移出去以后，剩下的就是他的任务了，他要对遗骸进行尸检。

警员向下挖掘的同时，马歇尔和迪尤在一旁看着。地窖的照明设备已经由蜡烛换成了提灯。接着，警员双膝着地，开始细致地干活，用手拨开泥土。四周的墙上尽是可怖的影子。地面中心一块四英尺长、二英尺宽的豁口是他们集中作业的区域。

眼前的场景让迪尤回想起他发现开膛手杰克最后一名受害者遗体的情形，相比之下，这一次更糟。他面前的遗骸完全看不出人形，但这并非腐烂造成的。实际上，遗骸保存得非常好，好得令人难以置信，至于为什么，这就是个谜了。迪尤在一份题为《人体遗骸细节》的报告中提到，最大的一团是一长串连在一起的器官，包括肝、胃、两肺和心脏。所有皮肤——"基本上整具尸体柔软的外层皮肤"——都被剥下来堆放在地上，宛如一件被扔到地上的外套。

不过，最值得关注的是不在场的东西。能证明死者性别的部位都不在现场——手、脚、牙齿、头、头皮，统统不见了。并且，地窖里一根骨头也没有。迪尤写道："有人将遗体的骨肉分离了，这里只剩下肉。"

案件的难度不言自明。迪尤可以根据案情推测这里的遗骸属于贝尔·埃尔莫尔，但要明白无误地证明就完全是另一回事了。第一步，迪尤要证明这是人体遗骸。这一步很简单：器官的腐烂情况并不严重，马歇尔医生一眼就可以做出判断。

不过，接下来的步骤就没那么简单了，这也显而易见。第二步，迪尤要确认受害者的性别。有一块组织乍看上去像是女性乳房的一部分，不过除此之外，生殖器官和骨盆之类的性别标志物一样也没有。运气好的话，一旦确认了性别，接着就是第三步，迪尤要证明遗骸属于贝尔·埃尔莫尔。第四步，他要查清楚，她的死亡原因究竟是疾病、意外，还是凶杀。最后一步，他要找出杀人凶手。

迪尤站在地窖里，眼前的一切都与克里平医生是凶手的假设不符，与物理规律和常识相悖。克里平身高五英尺四英寸，个头很小，并且迪尤找许多人了解过情况，他们都说克里平为人善良、性格温和，总是宠着贝尔。他如何才能杀死一个个头比他大很多、身体比他健壮不少的女人？他杀死她以后，要将她的遗体搬到地下室，接着要剥她的皮、砍她的头、剔她的骨，之后要想办法处理掉她的头、骨头、牙齿、性器官，最后还要将余下的遗骸埋在地窖里。他怎么会有如此惊人的体力、耐力和心理承受能力呢？并且，他要是真做了这些，为何身体或情绪上没有一点波动？

目击者表示，在他们最后一次看见贝尔的第二天，克里平像往常一样平静、温和，他心情愉悦，面带微笑。那一天，他为了看望保罗，还特地去了一趟马丁内蒂家，当时，马丁内蒂夫人也没有发现他有任何异样。

不过，有三点无可辩驳：

其一：克里平的地窖里有一堆人体遗骸；

其二：贝尔消失了；

其三：克里平和他的打字员勒尼夫跑了。

. . .

麦克诺滕和弗罗伊斯特到达现场时都抽着雪茄。迪尤带他们重点看了地窖，又带他们把整栋房子转了一圈。麦克诺滕印象最深的是，埋藏地点离克里平的厨房和早餐室很近。他写道："从餐桌前医生的餐椅到地窖的遗骸，只有十五到二十英尺的距离。"克里平明明知道那扇门后埋着尸体，却依旧若无其事地继续做饭、吃饭，这只能说明他相当冷血。

麦克诺滕看了目前挖出的遗骸后，电话联系了圣玛丽医院的朋友奥古斯塔斯·佩珀。佩珀是外科医生，同时也是法医病理学领域首屈一指的专家，这是一个新兴领域，人们常称之为"血腥的科学"。多亏了他在法医病理学领域的造诣，英国许多凶杀案的线索才得以浮出水面。麦克诺滕知道时间已经不早了，而且挖掘工作还没有结束，因此，他让佩珀医生第二天一大早过来。

麦克诺滕指示弗罗伊斯特和迪尤不遗余力侦破此案。迪尤重新写了一份通告，发给了全世界的警察。他在通告里附上了克里平和勒尼夫的照片和笔迹。他详细描述了两个犯罪嫌疑人的特征，比方说，克里平走路外八字，讲话带有"一点美国北方口音"，勒尼夫"和他人交流时，喜欢做出一副认真倾听的表情"。这份通告的标题是《凶杀与肢解》。

警方追捕克里平和勒尼夫的行动就此展开。迪尤很快就发现自己被卷入了风暴中心，据他回忆，媒体对这次行动的关注程度仅次于开膛手杰克的连环杀人案。

· · ·

同一天下午，伦敦警察厅泰晤士河分局的两名警探，弗朗西斯·巴克利和托马斯·阿尔，开始盘查靠泊在米尔沃尔码头的船只，警告工作人员注意正在进行的搜捕行动。他们上了不少船，包括单螺旋桨蒸汽轮船"蒙特罗斯号"，它隶属于加拿大太平洋铁路公司航运部门。"蒙特罗斯号"的一名船员说，他们不会在伦敦接任何乘客，两名警探一听，就去看下一艘了，不过，没过多久他们在码头上听到了新情况：尽管伦敦这边不会有乘客登上"蒙特罗斯号"，但等船到了下一站安特卫普，就会有乘客登船。因此，两名警探又回到"蒙特罗斯号"上，找了一名中级船员详谈。

警探对船员讲了希尔德普新月街的新发现，说他或许有必要"了解一些细节"。这名船员本身就对疑案颇感兴趣，就请巴克利和阿尔到他的住舱坐坐，他们聊了近一个钟头。警探表示，克里平和勒尼夫这两名逃犯有可能从安特卫普登船，还可能采取一些策略躲避追捕。克里平可能会化装成牧师，勒尼夫小姐则可能"穿上年轻男子的衣服"。

这名船员说，他会留意的，并会向亨利·乔治·肯德尔船长汇报此事。警探下船后，继续在码头排查。

· · ·

埃塞尔在布鲁塞尔觉得自己有些与世隔绝了。克里平倒是买过几份《比利时之星》，但她不懂法语，他也很少跟她讲报纸的内容。

埃塞尔写道："我跟他提过好几次，让他帮我买英语报纸，但他一份也没买过。"

诺贝尔奖

马可尼的跨大西洋计划遇到过许多不利因素，包括恶劣天气、设备的频繁故障，以及同行间日益残酷的竞争，计划推进得异常缓慢，尽管如此，他还是将跨大西洋服务变为了现实，这都要归功于他的不懈努力与反复实验。谈到同行竞争，德国的德律风根尤为活跃，它推广的是斯拉比－阿尔科－布劳恩设备。马可尼的工作人员每次到国外跟新客户碰面，好像都会看到德律风根的推销员先行一步跟客户对接。马可尼的人称这家无处不在的德国公司为"德律风根墙"。更糟糕的事还在后面，一九〇八年，德皇威廉在国际无线电会议中倡导的条款正式生效。马可尼命令手下的人继续屏蔽别的系统，尤其是德律风根的，除紧急情况外，马可尼的设备不得与其他公司的设备通信。德律风根的工程师也以牙还牙，凡是装着马可尼设备的船只发来的信号，他们一律不接。再后来，德国进一步规定，本国船只不得使用外国的无线电系统。

马可尼新推出的跨大西洋服务速度慢、问题多。公司一九〇八年八月四日的备忘录显示，自一九〇七年十月二十日至一九〇八年六月二十七日，克利夫登与格莱斯贝之间共传输了二十二万五千零一十个单词，平均每天仅传输八百九十六个单词。据一份公司报告透露，三月份是传输效果最好的一个月，一封电报的平均发送时长为四十四分钟，最慢的一封则花掉了两小时零四分钟。四月份，平均时长一下子增加到了四小时以上，最长的一封则用掉了二十四小时零五分钟，换句话讲，一天就发出了一封电报。

不过，系统还是运转起来了。别人眼中不可能的事，马可尼的确做到了。并且，系统发送的可不再是三个点的简易信息，而是完完整整的电报。电报的发送者大多是伦敦《泰晤士报》驻美国的记者。马可尼像往常一样满怀信心，他知道系统的速度和可靠性肯定会越来越好。

多年以来，马可尼饱受奥利弗·洛奇和内维尔·马斯基林等人的冷嘲热讽，从来没有得到过足够的认可。一九○九年，他终于得到了多年来梦寐以求的认可。十二月，诺贝尔奖评委决定将第九届诺贝尔物理学奖颁给马可尼，以感谢他在无线电领域做出的贡献，与他共同获奖的是发明了阴极射线管的卡尔·费迪南德·布劳恩。要是没有阴极射线管，后来也不可能有电视。这位布劳恩正是与斯拉比、阿尔科二人合作的布劳恩。德律风根在世界上疯狂推销的无线电系统正是由他们三人研发的。

诺贝尔奖对马可尼而言是至高无上的荣誉。马可尼从来都不觉得自己是物理学家，也从未想过得诺奖。他在斯德哥尔摩发表获奖感言时，甚至承认自己算不上科学家。"我或许应该提一句，"他说，"我从没有用常规方式正儿八经地研究过物理学或电工学，不过，我小时候确实对相关领域特别感兴趣。"同时，他坦率承认，他虽然能跨大西洋发送电报，但仍然没有弄清楚背后的原理。正如他所说：

"电磁波能否长距离传输，与许多因素息息相关，我们尚未给这些因素找到合理的解释。"

此外他说，依旧有许多谜题在等待人们去揭晓。他告诉观众："我们经常遇到这样的情况：一艘轮船无法和附近的电报站通信，却可以轻易地和远方的电报站通信。"他不知道为什么会出现这种情况。他也无法对太阳光为何会干扰通信给出满意的解释，不过，他"倾向于相信"物理学家J.J.汤姆逊新近提出的理论，"靠近太阳一侧的地球大气层含有的离子数或电子数，比处于黑夜那侧的多"，因此白天的大气层会吸收电磁波的能量。他还发现，日出和日落时分，信号会严重失真，"就好像电磁波从黑暗地带穿行到光明地带时，会发生严重的反射或折射，从而导致电磁波偏离原来的轨迹，反过来，从光明地带到黑暗地带亦是如此"。

不过，马可尼随后话锋一转，志得意满地说："尽管无线电报目前存在各种问题和缺陷，但毋庸置疑，它已经实现了长距离通信，并且通信距离会越来越远。"

• • •

他已经走了很远。虽然公司依旧面临财务危机，但他相信问题很快就可以解决。如今，远洋航行的轮船相互打招呼早已不是新鲜事，船报也日益普遍。"马可尼无线电报"一词已然成为旅行常用词语。尽管世界各地的竞争日益激烈，尤其是美国和德国，但公司还是占据了无线电领域的霸主地位，这在很大程度上都要归功于马可尼的跨大西洋豪赌，以及他从中获得的宝贵经验。当他在斯德哥尔摩领奖时，成功悄无声息地靠近，并且在他站上领奖台的那刻突然降临，这一刻，台下身着黑色正装的男士和身着晚礼服的女士纷纷站起来鼓掌。

不过，最大的难题还没有解决——人们依然质疑长距离无线电通信。他怎么也想不通，为什么人们依旧不觉得他的发明有实用价值，似乎不论他做什么，都无法彻底消除质疑的声音。

五个罐子

一九一〇年七月十四日，周四，停尸房的两名工作人员从霍洛威路的伊斯灵顿太平间教堂赶到希尔德普新月街。他们收好遗骸后，会将遗骸运回停尸房，以备第二天上午马歇尔医生和佩珀医生正式尸检。工作人员带了一口棺材，两名警员徒手将遗骸一点点往里面放。

迪尤和两位医生在一旁密切注视着整个过程，挖掘现场旁边有个托盘，他们不时挑出东西，让警员放到上面，以便观察。他们的发现有：一个欣德卷发夹，中部的硬橡胶上还缠着卷曲的头发；两片残缺的衣物，看上去像是女士"内衣"或背心，衣领边上有一圈蕾丝，上面有六颗纽扣；一块大号的白色男士手帕，两个角打成了平结，背面已经撕破了，此外，手帕上还带有几缕浅色的头发。

迪尤还发现了两条"粗糙的细绳"，长度分别为十五英尺和十一英尺，他推断这两条细绳加上打结的手帕，"很可能是凶手勒死人或者拖拽尸体的工具"。

停尸房的工作人员将棺材封好，搬上了殡仪车。旁边都是围观的街坊，他们都吓坏了。接着，殡仪车缓缓开出了新月街，朝卡姆登路驶去。

第二天上午，佩珀、马歇尔、迪尤三人在伊斯灵顿太平间教堂会合，开始正式尸检。佩珀早就不会因为这样的工作恶心反胃了。在他眼中，尸检并非可怕的苦差，而是解决悬案的第一步。比起有人死于枪伤或排水管重击时例行公事的尸检，这次尸检更具吸引力。

他工作的第一步，就是小心翼翼地辨认这堆组织，将能识别的器官、肌肉和肌腱挑出来。"其中有一大团组织，包括肝、胃、食道、二点五英寸长的气管下端、两个肺、一颗完整的心脏、胸腔和腹腔之间的横膈膜、两个肾、胰腺、脾脏、整根小肠、大部分大肠"，并且这些连成了一串。（佩珀后来发现这里面只有一个肾。）

器官是连在一起的，这一点不容忽视。"将这么一团东西从人体里掏出来并不难，但想连着取出来就有难度了，"佩珀说，"内脏上看不到多余的切口或伤痕。仅有的两处切口都是取出内脏的必要操作。上半部分，食道和气管的位置有一处切口；下半部分，大肠的位置有一处切口。这说明凶手切除内脏的手法相当娴熟，这背后只有两种可能：其一，凶手有扎实的解剖基础；其二，凶手经常切除动物（包含人）的内脏。"

他在丢弃的人皮上也找到了值得关注的地方。人皮上有一块长七英寸、宽六英寸的皮肤，呈灰黄色，有的地方颜色甚至更深一些，呈深灰色，上面还有一道奇怪的印迹。佩珀将这一块切了下来，以便进一步观察。迪尤之前在地窖里发现过一个欣德卷发夹，佩珀仔细研究了卷发夹上的头发，其中最长的一绺长八英寸，最短的一绺长二点五英寸。这些头发绝不是假发，因为他只在头发的一端发现了切口。正如佩珀所说，"假发"必定两端都有切口。缠在卷发夹上的头发有黄色的，有浅棕色的，也有介于两者之间的，这说明头发被漂白过。

随着检查的深入，佩珀又发现了两块人造物：一块是一件白棉睡衣的袖子，上面有绿色宽条纹；另一块似乎是同一件上衣的"右后背部"，上面有"衬衣制造商，琼斯兄弟有限公司，霍洛威"字样的标签，还沾有血迹。

佩珀完成初步检查后判断，受害者为女性，但他只有间接证据，并且男士手帕和睡衣似乎指向另一个方向。不过，漂白过的头发让佩珀和高级督察迪尤有底气认定这是女性遗骸，这样一来，受害者是贝尔·埃尔莫尔的可能性就更高了。贝尔在女士综艺表演协会的朋友也提到过，她将头发漂成了金黄色。

为了妥善保管部分器官和人造物，佩珀医生将它们放进了五个大罐子。睡衣袖子单独放进四号罐子，睡衣的右后背部和衣领则放进了五号罐子。他把所有的罐子用瓶塞封上，外面罩上了白纸，系上带子，盖了法医办公室的印章。

迪尤总觉得睡衣尤其不寻常。他和米切尔带着明确的目的，再次来到了希尔德普新月街。

· · ·

埃塞尔厌倦了布鲁塞尔的生活。"我看遍了所有商店的橱窗，一开始这些地方逛起来还蛮有意思的，但我现在想换个地方。"

她对克里平说了自己的感受。

"你这么快就厌倦布鲁塞尔了？"他说，"好吧，我们换个地方，巴黎怎么样？"

"不，"她说，"我不想去巴黎，再换个地方吧。"

克里平说他们可以去美国。

七月十五日，周五，迪尤和两位医生正在检查从希尔德普新月街挖出的遗骸，克里平和埃塞尔则在售票处停下了脚步，他们了解到有一艘船将在下周三，也就是七月二十日，由安特卫普开往魁北克，这艘船正是"蒙特罗斯号"。售票员跟他们说，这艘船只有二等舱和统舱，克里平订了一间二等舱。克里平登记的乘客信息如下：他叫约翰·菲洛·鲁宾逊，五十五岁，是底特律的商人，埃塞尔是他的儿子约翰·乔治·鲁宾逊，是一名十六岁的学生。登记时没有人检查他们的证件。

他们计划七月十九号离开布鲁塞尔，到安特卫普过夜，然后第二天一早登船。

· · ·

希尔德普新月街，高级督察迪尤和警长米切尔正在集中精力翻找箱子、衣柜等可能存放衣服的地方。他们翻出了不少连衣裙、皮草和鞋子，总量依旧惊人。

迪尤在克里平卧室的一只袋子里找到了两套带有绿色条纹的睡衣睡裤，这与遗骸中发现的衣服碎片很像，只不过这两套明显是新的，一次也没穿过。他看了一下衣领处的标签，果然写着"衬衣制造商，琼斯兄弟有限公司，霍洛威"。

他还搜出了一条白色睡裤，上面也有绿色条纹，而且一看就"很旧"。他没有找到与之配套的睡衣。

．．．

　　伦敦的《泰晤士报》为疑案起了个名字："伦敦北部地窖凶杀案"。《每日镜报》则刊登了克里平的房子以及他和埃塞尔这对逃命鸳鸯的照片。这起案件也引起了外国媒体的广泛关注，没多久，警察在希尔德普新月街三十九号挖出遗骸的消息就传了出去。从纽约到伊斯坦布尔，凡是读过报纸的人，吃早饭时都在讨论这一话题。迪尤写道："克里平和勒尼夫小姐成了举国声讨的对象，这是前所未有的。"

　　从伦敦城到大都会牲口市场，从霍洛威监狱和本顿维尔监狱的狱警到犯人，从标准餐厅的长廊酒吧到单身俱乐部、工会俱乐部、卡尔顿俱乐部、改革俱乐部等知名俱乐部，所有人都在热议这起案件。"这是人们交谈中的热点话题，"迪尤写道，"不论乘火车还是坐公交，你都可以听到乘客在议论他们的下落。"

　　转眼之间，很多人声称他们见过克里平和勒尼夫，一份份目击报告被交到了伦敦警察厅。传递报告的渠道非常多元，有电话、有线电报，也有新近出现的奇迹，马可尼无线电报。随后，经内政大臣温斯顿·丘吉尔批准，谁提供的线索可以帮助警察抓获两名犯罪嫌疑人，谁就可以得到二百五十英镑悬赏金，这相当于今天的两万五千美元。他的指示一出，不论是警察办案的紧迫性，还是线索的数量，都增加了不少。"我们每天都会收到目击报告，称克里平和勒尼夫小姐在英国的某个地方。"迪尤写道，"有时，他们甚至被指认，在同一时间出现在十几个不同的地点。"基本上警方要核实每一条线索。"机会再小，我们也不能放过，"他写道，"我们仔细调查、核实了所有的目击报告。"

有一位男士跟克里平外貌相近，先后被抓了两次、放了两次。"第一次他倒没怎么生气，"迪尤写道，"不过，当同样的事情第二次发生到他身上时，他就非常气愤了，他说警察现在就会乱抓人。"

实际上，警察在这个问题上非常谨慎，伦敦警察厅之前就因为抓错人搞出了一起臭名昭著的冤案，他们至今仍心有余悸。冤案的主人公阿道夫·贝克是挪威工程师，过去十五年，他两次因诈骗罪入狱，判决依据却只有目击证人的证词，而和他长相相似的真正的罪犯倒一直逍遥法外。梅尔维尔·麦克诺滕爵士写道，这次"惨痛经历"给我们最大的教训"毫无疑问就是目击辨认极不可靠"。

迪尤见到了假克里平，发现眼前这个人和克里平毫无相似之处。"我尽可能地平息他的怒火，向他郑重道歉。随后，我试着让他理解，抓他的警察也只是在履行职责。"

· · ·

七月十五日，周五，迪尤和米切尔头一次找艾米丽·杰克逊了解情况，对方讲到了勒尼夫流产的事，还提到一九一〇年一月下旬那段时间，勒尼夫似乎非常忧虑、焦虑不安。他们再次找克拉·马丁内蒂谈话，这次是在泰晤士河边上她的平房里谈的，他们问到她在克里平家吃晚饭的细节，这也是她最后一次看到贝尔。他们还找了穆尼恩公司的经理玛丽昂·路易莎·科诺。她说，克里平人间蒸发的那一天，他找她兑现过一张面额为三十七英镑的支票，相当于今天的三千七百多美元。她给的是金币。

迪尤和米切尔等警探找许多人了解过克里平的情况，他们每次采访都会听到类似的评价：克里平这个人很善良，脾气也很好。根据多名证人的描述，克里平性格如此温和，绝不可能伤害人。艾米丽·考德罗伊和克里平做过邻居，她跟一名警探透露，自己从没有听过克里平跟妻子说一句气话。"他们二人的关系非常和谐。"警方了解克里平的情况时，最常听到的评价就是"善良"一词。

不过，迪尤确实从希尔德普新月街三十九号克里平的房子里挖出了内脏，并且它们很可能属于克里平的妻子。一个男人究竟需要多么可怕的力量和心理承受能力，才能狠心将妻子的骨头一一剔除？

一个身体强健的女性，经过克里平的多步解剖，最后沦为了地窖里挖出的一团遗骸。还原他的作案全过程确实很考验人的想象力。他是如何做到的？他从哪里开始下手？头吗？他可能一开始用屠刀快速地砍下了她的头，搞不好这把刀就是前一天晚上，也就是一月三十一日，他招待马丁内蒂夫妇时给大家分牛肉的那把。还是说，他是从脚开始，自下而上、先易后难，一步步地实施解剖？现场没有留下一根骨头，手脚里的细小骨头也不例外。毫无疑问，他将四肢处理掉了，但下一步呢？他用什么工具将胸腔的肌肉和肌腱剥离，又是如何将上臂从肩膀上卸下的？他在解剖的过程中，有没有体会到快感或者感到伤痛，想起他们苦乐参半的过往？

另外，他要如何清理作案现场？怎样才能在房子里不留下一处血或内脏的明显痕迹？克里平的斗牛梗可能在这方面帮了不少忙。至于遗骸中缺失的头、骨盆、四肢，凶手显然将它们抛到了别处。

迪尤安排警察仔细搜查花园，他们用铁锹探查了不少地方，有的地方还挖得挺深，但依旧一无所获。他们进一步搜索了周边地区，思考凶手可能抛尸的地点——可能是一处深坑、某个废水池、大都会牲口市场附近的垃圾堆，抑或是附近的摄政运河的河道，这条运河穿过伦敦北部，流往摄政公园。从希尔德普新月街出发，向南走四分之三英里就可以到达卡姆登路，摄政运河正与这条路交接，一位背包男士用不了多久就能走到这里。如果他胆大点，将如此血腥的货物带上电车，就更快了。

难道这一切都是克里平干的？难道他能在没有帮手的情况下，独自完成这些吗？就算他能做到，他又是如何铁下心，让自己的眼神和表情看上去就好像什么事都没发生过一样？

. . .

七月二十日，周三，高级督察迪尤面临的挑战愈发艰巨了。尽管警方布下了天罗地网，在梅尔维尔·麦克诺滕爵士看来，此次追捕的强度在伦敦警察厅的历史上仅次于对开膛手杰克实施的追捕，但克里平和勒尼夫还是逃脱了。自他们二人离开阿尔比恩大楼不见踪迹算起，已经过去了十一天。最快的远洋邮轮可以在一周之内穿越大西洋，这意味着两名逃亡者有可能在世界的任何角落。

警方也收到了世界各地的目击证词。一名目击者给警方打电话，发誓说她亲眼看到克里平和勒尼夫手挽着手，在塞纳河边散步；另一名目击者则称他们在伊斯坦布尔海峡的一艘船上；还有人说，他们在西班牙和瑞士。

此时，女士综艺表演协会的主席伊莎贝尔·金内特夫人恰好在纽约城，她主动向警方提供援助。她在警察的陪同下来到码头，一旦有邮轮靠港，她都会仔细观察下船的乘客里有没有克里平和他的打字员。在此期间，她跟警察一起登上过丘纳德公司的"卢西塔尼亚号"。这艘邮轮相当新，广受乘客欢迎，同时它也是第一艘在五天内穿越大西洋的巨轮，不过她没有看到他们。接下来几天，警察又陪她检查了几艘新到的邮轮——从勒阿弗尔来的"洛林号"，从南安普敦来的"圣保罗号"，以及从利物浦来的"锡德里克号"。其中，"圣保罗号"早已因马可尼名声在外。在给协会秘书梅琳达·梅的信中，金内特夫人写道："到今天为止，我们一共检查了五艘船的乘客，这些船来自法国和英国。"她最后补充道："希望我们能尽快抓住他！"

七月二十日，纽约警方在红星航运公司旗下的"克鲁恩兰蒂号"到港后逮捕了一名乘客。警方以为他们抓到了克里平，但实际上，这名乘客是威廉·莱尔德牧师，特拉华州一座圣公会教堂的教区长。金内特夫人听说这件事以后深表遗憾，如果警察带上她，就不会发生这样的荒唐事了。她跟一名记者说："这位可敬的牧师哪里长得像克里平了？我像克里平吗？我要是不像，他就不像。"

调查迟迟没有进展，迪尤压力很大，情绪也很低落。不过，最近案子有了一点起色。两天前，第一位法医完成了尸检，迪尤参加完报告会后，碰巧收获了一条线索。

他听完法医报告心情本就不错，因为法医一开场就提到了高级督察的功劳。"很多人即使去了地窖也发现不了什么。要是没有一名卓越的警探，我们很难把案子推进到这一步。"

报告会结束后，他走到外面的大厅，一群女士刚好站在他旁边聊天，他无意中听到克拉拉·马丁内蒂说，贝尔之前做过一次大手术。

他把马丁内蒂夫人叫到了一旁，问他刚才有没有听错。

"你没听错，"她说，"贝尔多年前确实在美国做过手术。她身体靠下的位置有一道伤疤，我亲眼见过。"

迪尤意识到这或许是一条极具价值的线索。他推断受害者是贝尔·埃尔莫尔，但缺少证据。他要是能在伊斯灵顿太平间教堂的遗骸里找到手术留下的印迹，他的判断就有了依据。他把这件事跟佩珀医生讲了。

不过，在七月二十日周三这天，迪尤非常清楚，对这起本世纪最大、警方最重视的案件的调查已然陷入僵局。并且，他很清楚，不是每个人都像法医那样欣赏他卓越的侦查才能。至少，《每日邮报》就质问过伦敦警察厅，警方在调查贝尔·埃尔莫尔下落时，为何不在第一时间对克里平实施监控。一名议员更是直接向内政大臣丘吉尔发问："如今，克里平医生跑了，这究竟是谁的责任？"丘吉尔没有回答他的问题。

证据

一九一〇年春，比阿特丽斯的儿子朱利奥出生时，马可尼依旧在海上。他已经出门很久了，离家非常远，比阿特丽斯也不知道他在哪艘邮轮上，只知道他在大西洋的某处。鉴于马可尼是个工作狂，还不善于处理人际关系，他在妻子产期临近的时候出海也算不上出格。不过，他走之前连坐什么船都没说就是另一码事了。从这一点就可以看出，他们的婚姻确实在走下坡路。

即便如此，比阿特丽斯还是给他发了电报，收报人写的是"马可尼，大西洋"。

他收到了。电报从一个电报站发到另一个电报站，从一艘船发到另一艘船，最后成功抵达大洋深处，到了他的手上。

很难想象还有比这更好的证据，证明马可尼打破了大洋深处的隔绝状态。不过，很快就会出现一个更好的、更公开的证据——它将吸引全世界的眼球，一举消除公众的质疑。

技术已经发展到位，舞台也已搭好。

· · ·

周三早八点三十分，霍利·哈维·克里平和埃塞尔·勒尼夫乔装成鲁宾逊父子来到安特卫普的码头，走上了加拿大太平洋公司的跳板，登上"蒙特罗斯号"。那个年代，大家坐船时都会拎着扁皮箱，里面装着厚重的大衣和晚餐用的正装，而他们二人只带了一只小手提箱。尽管如此，也没有人多看他们一眼。

"我穿着男生的衣服踏上了大轮船的甲板，不过，我一点也不紧张，"埃塞尔写道，"换个地方生活对我来说是一件值得期待的事。"

她想起之前，跟克里平一起坐船离开英国、前往荷兰的那晚，两次航行都让她有冒险的感觉。这是最纯粹的逃离。过去，她总是被阶级和他人的指责压得喘不过气，如今，她终于以女扮男装的方式逃离了过去的生活。她不仅摆脱了过去，还摆脱了性别。

她写道："我跟着克里平医生，无忧无虑地走上了'蒙特罗斯号'的甲板。"

·六·

雷霆追捕

鲁宾逊父子

埃塞尔和克里平住进了五号客舱，埃塞尔觉得住宿环境"温暖舒适"。从碧海蓝天到动力系统的震动，再到船载无线电系统神奇的噼啪声，一切都令她感到新奇。"这艘邮轮太棒了。"

现在她已经习惯了女扮男装，穿男生的衣服就跟以前穿裙子一样自然。她写道："我对自己的伪装非常有信心。"据她所说，有一次，她还跟一个十几岁的男孩"关系处得不错"。她能看出来，他真的把她当成男生了。她也没想到自己会跟他聊足球。克里平在一旁看到了这一幕。他后来笑着跟她说："你越来越游刃有余了！"

她和克里平每天都会在甲板上待好几个钟头，散步或是坐着休息。"当然，我没怎么跟其他乘客打交道，也很少讲话，"她写道，"不过，如果有船员跟我讲话，我会毫不犹豫地开口回答，一点儿也不觉得尴尬。"

就连船长也对她相当照顾，这令她颇感意外。他总是很客气，总是尽可能地满足乘客的需求，态度好得跟乘务员一样。"我在船上并不无聊，"埃塞尔回忆道，"这都要感谢肯德尔船长，他借给我不少小说和杂志，还特意给了我几本侦探小说。"

　　船长也给了克里平几本。他发现克里平对狄更斯的《匹克威克外传》、萨宾·巴林－古尔德的《能手尼波》以及约翰·斯特兰奇·温特的《大名鼎鼎》非常感兴趣。温特的原名是亨利埃塔·伊丽莎·沃恩·帕尔默·斯坦纳德，她愿意用简短的笔名也算是照顾读者。许多乘客都喜欢时不时看看定期更新的航迹图，克里平也不例外，他们想了解船走到哪儿了，通常情况下，"蒙特罗斯号"开到魁北克需要十一天，他们会根据船的位置估算剩余的天数。船在开阔海面的航行速度为十三节。

　　随着天气越来越冷，埃塞尔发现跟克里平上甲板散步已经不再惬意。她的男装太单薄，挡不住冷风，而她又没有别的衣服可穿。"后来我干脆缩在休息室的角落里，披上毛毯，拿着小说，开始阅读天马行空的冒险故事，"她回忆道，"这段时光太惬意了。"

· · ·

　　乘客登船当天，趁鲁宾逊父子和其他二等舱乘客都在大厅里享用午餐，肯德尔溜进了鲁宾逊的客舱简单地搜查了一圈。他发现他们的帽子后仔细研究了一番。父亲的帽子内有"Jackson, blvd du Nord, Bruxelles."①的字样。男孩戴的棕色毡帽里面没有标签，不过帽子内沿塞了不少纸，他猜测这是为了改善帽子尺寸过大的问题。

　　第二天上午，肯德尔将这件事跟大副艾尔弗雷德·萨金特讲了。他让萨金特好好观察，然后跟他交换意见。之后，萨金特汇报了自

---

① 法语，意为"雅克松，北方大道，布鲁塞尔"。

己的结论，他说船长的判断或许是对的。

　　不过肯德尔还没有十足的把握立即报警。他很清楚，船一旦驶出英吉利海峡、进入广阔的大西洋，再给警方发无线电报就难了，不过他还是决定先缓一缓。船上的发报机的发射距离约为一百五十英里，相比之下，接收机覆盖的距离更远，最远可以接收六百英里外的信号。即便到了大西洋，他也可以将电报发给近岸的船只，再通过近岸的船只中转，继而联系上警方，但为了确保万无一失，他最好尽快发报。

　　肯德尔让萨金特收走船上的所有英文报纸，保守秘密，不要让第三个人知道这件事。

　　"我警告他，"肯德尔写道，"这件事不能走漏半点风声，否则就麻烦了。所以我们一路都在哄乘客开心，让他们保持愉悦的心情。"

自杀

整个世界都被牵动了。

芝加哥警方逮捕了一名名叫艾伯特·里克沃德的男子。他是英国人，才二十九岁，比克里平小二十岁，尽管如此他还是被抓了。警察在他身上搜出了相当于两千美元的英镑，让他显得更可疑了。他被警察审问了好几个钟头，放在火车站的行李也被警察搜了个底朝天。里克沃德气得直跺脚。警察最后终于让他走了，但一句道歉的话也没说。

马赛的一家船运代理商联系警方称，亲眼看到克里平和勒尼夫上了一艘开往安特卫普的船。法国警探和英国领事立即赶往码头，然而船已经开走了。

在新斯科舍的哈利法克斯港，"铀号"刚靠岸就被警方控制起来。所有人员一律不得下船。警察从船首搜到船尾，不过什么也没搜到。

警方还收到一份来自布鲁塞尔的目击报告，一家城外咖啡厅的老板称，他看见两名顾客的外貌特征完全符合逃亡者，而且其中一名明显是女扮男装。他很确定自己没看错。

最后一份报案有可能是真的，但面对这么多举报，警方也很难判断应该认真对待哪一份。《纽约时报》就曾指出："许多面善、戴眼镜的男士都成了被怀疑的对象。被半吊子侦探跟踪的人也数不胜数，这些半路出家的侦探之所以如此热心，都是因为他们急于获得警方提供的一千二百五十美元悬赏金。"

紧接着，法国城市布尔日发生了这么一件事：

七月十三日，周三夜里，一名年轻貌美的女子住进了法兰西酒店。她身穿优雅的裙子，举止也非常得体，二十五岁左右，个子不高，有一头深褐色的头发，总之有着"动人的外表"。她登记的名字是让娜·马兹，自称法国人，但酒店里没有人相信她的话。

她拿到钥匙后径直走向房间。

一小时后，酒店的工作人员听到了三声枪响，便朝着枪声的方向走去，最后来到这位女士的房间门口，不过门被锁住了。他们用备用钥匙打开门，进入房间，看到了床上平躺着的尸体。床边的桌子上还有一张便条：

"请不要调查我的身份。只有我知道自己为什么自杀。我希望平静地躺进坟墓。

"我是外国人。我留下了一百法郎用于处理我的后事。

"唉！生活总是对我板着脸。"

当地警察对此展开调查，但就是查不出她是谁，最后只能不了了之。她显然是因为感情受挫寻短见。直到收到迪尤的通告，他们才意识到这名年轻女子很可能就是逃亡的打字员埃塞尔·勒尼夫。

他们觉得这名女子和通告中描述的埃塞尔惊人地相似。

海上发来的电报

　　"蒙特罗斯号"上，肯德尔船长为了核实自己对鲁宾逊父子真实身份的判断，使出了浑身解数。他不仅有极高的调查热情，想出的方案也非常巧妙。"蒙特罗斯号"靠泊伦敦期间曾收到伦敦警察厅发来的通告，肯德尔多次阅读这份通告，还仔细研究欧洲大陆版《每日邮报》上印的勒尼夫和克里平的照片。报纸上的克里平留着八字胡、戴着眼镜，这两个特征鲁宾逊均不具备。他用粉笔涂掉了照片上的八字胡和眼镜框，他发现这样调整后，照片上的人和鲁宾逊就像了。肯德尔和鲁宾逊在甲板上聊天时注意到，鲁宾逊鼻子两翼都有眼镜架留下的压痕。他还发现，鲁宾逊所谓的儿子虽然穿着男装，但明显是女生的骨架，根本撑不起这身衣服。有一次，一阵风刮起了男孩夹克的背面，肯德尔发现，男孩裤子后面的接缝是用大号别针别在一起的。

　　肯德尔特地邀请鲁宾逊父子到他的餐桌共进晚餐，其间，小伙子在餐桌上的表现"像极了淑女"。他从盘中取水果时，都用两根手指去夹，文雅极了，换作其他男士，多半会用整只手抓。他父亲会帮他砸坚果，并将自己的沙拉分一半给他，照顾儿子的方式与多数男士照顾女士的风格无异。

晚餐期间，肯德尔专门讲了几个好玩的故事，逗鲁宾逊大笑，这样他就可以观察鲁宾逊是否像警察通告里说的，嘴里镶着假牙。正如肯德尔记录的："计划奏效了。"

次日，周四上午，也是航行的第二天，肯德尔同鲁宾逊攀谈时聊到了晕船的问题。他说，鲁宾逊父子看起来一点事也没有。肯德尔主动谈这个话题，就是想看看鲁宾逊懂不懂医学，果不其然，鲁宾逊马上就开始用医学术语谈治疗方法。肯德尔写道："听完他的话，我断定他学过医。"

别的线索也越聚越多，最后汇成了铁证。有一次，肯德尔碰巧听到鲁宾逊用法语跟别的乘客交流，根据警察通告里的描述，克里平医生确实会讲法语。还有一日下午，肯德尔看到鲁宾逊父子在前面散步，就大声跟他打招呼："鲁宾逊先生！"他没有反应。肯德尔又喊了一声，他还是没有任何反应。最后，他儿子轻轻推了他一下，他才回过神来。他转过身，微笑着跟船长道歉，说天气太冷了，让他的听力受损。（实际上，此时克里平已经有听力障碍，他有时会用一个小小的黄铜材质的漏斗形助听器。如今，伦敦博物馆将他的助听器作为展品收藏。）

七月二十二日，周五，航行的第三天，"蒙特罗斯号"一大早就驶出了英吉利海峡，并且经过了马可尼在波尔杜修建的巨型电报站。肯德尔知道，如果想报警，就必须在夜幕降临前将电报发出去，否则电报站就会超出船上马可尼设备的传送范围。

肯德尔拟了封电报，准备发给加拿大太平洋公司的上级，上级的办公室在利物浦。他将电报的稿子拟好后，交给了船上的无线电报员——马可尼公司的卢埃林·琼斯。格林尼治标准时间下午三点，邮轮大约开到了利泽德以西一百三十英里处，此时，琼斯开始拍发电报，他发出的点和划注定会是海上无线电历史上浓墨重彩的一笔。

> 我高度怀疑，伦敦北部地窖凶杀案的凶手克里平及其同伙就住在船上的二等舱里。他刮掉了八字胡，现在留着络腮胡。他的同伙虽穿着男装，但从言行举止和体型推断，绝对是女性。他们以鲁宾逊父子的身份登船。肯德尔。

肯德尔没有收到回复，也无从得知利物浦是否收到了电报，但他依旧密切关注鲁宾逊父子的一举一动。

"杜赫斯特先生"

　　肯德尔的电报在大气中以光速穿行。电磁波很快就被波尔杜巨大的接收天线接收了，与此同时，其他电磁波辐射范围内的无线电天线也收到了信号。接着，天线将信号传给了马可尼新近研制的磁性探测器，电报员们戏称它为"玛吉"，磁性探测器收到信号后，会激发一个与莫尔斯印码机相连的二次回路，紧接着印码机就会打出印有淡蓝色点和划的纸带。随后，电报员用有线电报将信息中转给利物浦的加拿大太平洋公司办公室，办公室的工作人员就报警了。利物浦警探将消息转给伦敦警察厅，复述了肯德尔用马可尼无线电报发送的内容。最后，伦敦的信差将电报送给了刑事调查局的谋杀案件组。

　　"那会儿都晚上八点了，"迪尤说，"我工作了一天，整个人都快累垮了。我正在跟一位同事聊天，接着，有人递给我一封电报。"

　　电报的内容让他身上的疲惫感"顿时消失得无影无踪"。

　　世界各地的线索加起来有成千上万条。他收到电报的那一天，还有警探在西班牙和瑞士调查两条看起来比较可信的线索。像这样可靠的报案已经出现过无数次，可惜每次都让警察无功而返。不过，相比之前的线索而言，这封电报具有前所未有的权威性。它是一位船长从海上发过来的，并且他的船隶属于一家规模巨大、声誉良好的大公司。公司领导层也审核过电报的内容，他们要是不信任船长的判断，也不会联系警方。电报中有一句话让人心领神会："他的同伙虽穿着男装，但从其言行举止和体型推断，绝对是女性。"

迪尤又读了一遍电报。紧接着他查询了船期表，拨了好几通电话，最后一通打到梅尔维尔·麦克诺滕爵士家里。此时，刑事调查局局长正在换晚礼服，准备去吃饭。

麦克诺滕说："你念一下电报的内容。"迪尤念完后，麦克诺滕沉默了片刻，接着说："你最好过来一趟，我们当面谈。"

迪尤匆忙跑出大厅，在维多利亚堤岸上拦下一辆出租车。他到了麦克诺滕家门口，让司机在门口稍等片刻。迪尤进屋后，发现梅尔维尔爵士已经换上了黑白相间的晚礼服，便将肯德尔的电报递给了他。据迪尤回忆，麦克诺滕看电报时，眉毛都扬了起来。

麦克诺滕将目光移向了迪尤："你怎么看？"

"我觉得就是他们。"

"我也这么想。你有什么对策吗？"

迪尤说："我打算坐一艘更快的轮船去追他们。"他对麦克诺滕说，白星航运公司旗下的"劳伦提克号"次日就会从利物浦开往魁北克。"'劳伦提克号'应该能赶在'蒙特罗斯号'之前到加拿大。"他毛遂自荐，乘坐此船，赶在克里平在魁北克上岸前逮捕他。

麦克诺滕听了迪尤大胆的想法后不禁笑了。接着，他开始思考迪尤的计划是否可行。麦克诺滕写道："这名高级督察可不能说派就派。"迪尤是这起案件的主要负责人，整个伦敦警察厅只有他对该案件的各个细节、线索了若指掌。此外，谋杀案件组还有两起新的凶杀案要破，一起发生在斯劳，另一起则是发生在巴特西的枪杀案。麦克诺滕担心迪尤的海上追捕"到头来会竹篮打水一场空"。果真如此，迪尤在海上浪费的这七天就会成为决策失误的高昂代价，而且刑事调查局面子上也会挂不住。

麦克诺滕必须尽快做决定。他走到桌子前，拿起了笔写字，随后将纸递给了迪尤。"你的计划，我批准了，"他说，"祝你好运。"

他们握了握手。

"那一夜我激动得难以入睡，"麦克诺滕写道，"但木已成舟，我没有回头的余地。这次行动能成功自然最好，如果失败了，也没什么，我就算不这么做，这件案子迟早也会变得一团糟。再说了，我把事情往坏处想也毫无意义。"

· · ·

出租车在门外等着迪尤，他乘车回到伦敦警察厅。他给利物浦警方发了一封电报，委托他们帮他用掩护身份买一张"劳伦提克号"的船票。他回家收拾好行李就上床休息了。连妻子都不知道他此次任务的具体内容，他只是跟她说，上面派他出国"处理紧急事件"。第二天他乘车前往尤斯顿站，坐上了下午一点四十分发往利物浦的火车，这趟火车是特意为"劳伦提克号"的乘客增设的。利物浦的一名警官帮他用杜赫斯特的身份订了票。船上只有船长、无线电报员以及少数几名高级船员知道他的真实身份。为了保密，迪尤给这次任务起了个代号，"手铐"。他到利物浦站后，一名身穿大衣、胸前佩戴一朵红玫瑰的督察跟他碰了头。

下午六点三十分，"劳伦提克号"按计划驶离码头。迪尤很清楚，自己没有百分之百的把握追上克里平。"蒙特罗斯号"开往魁北克需要十一天，"劳伦提克号"仅需七天，但"蒙特罗斯号"已经开出去三天了。假使一切顺利，迪尤的船会比克里平的船早到一天。不过，考虑到海上长途旅行中的诸多不确定因素——大雾、风暴、机械故障等，最后能否早一天到就不好说了。

迪尤在"劳伦提克号"的无线电报室待了好几个钟头，其间船上的马可尼电报员反复给肯德尔发电报，但就是收不到回复。"希望渺茫啊，"他写道，"我要的回复仿佛永远都不会出现。"

· · ·

周六一早，麦克诺滕像往常一样到伦敦警察厅上班。"我的内心波涛汹涌，但表面还是装出一副无所谓的样子。"他写道。就在前一晚，他批准了迪尤的海上追捕计划。麦克诺滕见到迪尤的直接上级弗罗伊斯特警司以后，让弗罗伊斯特坦率地说出自己的看法。弗罗伊斯特觉得这个做法有些鲁莽，谋杀案件组的几名督察也这样看。他们商量过了，麦克诺滕写道，"他们认为，船长用马可尼无线电报发来的信息未必像我想的那么可靠，我过于乐观了"。

安特卫普那边发来电报，对购买"蒙特罗斯号"船票的父子做了一番描述，麦克诺滕读完后更担心了。他表示，上面的描述跟"克里平医生以及勒尼夫的特征完全搭不上"。

各地警探继续挖掘新线索。纽约警方检查了更多的船只；法国一名铁路工作人员发誓说，他在火车上看到了两个逃亡者；一名旅客断言，自己在英国的火车上看到了克里平，他们就在同一节车厢。

伦敦警察厅的警探盖伊·沃克曼特地赶往布鲁塞尔，在阿登酒店拍下了父子二人的入住登记表。沃克曼了解到，旅馆老板当初就看穿了年轻客人女扮男装的把戏，他还为大叔和美丽少女的旅行编造了一个浪漫的故事。老板娘戏称少女为"蒂蒂内"，大叔为"老魁北克"，因为他总是谈起这座城市。在她眼中，事情再清楚不过了，这名少女不可救药地爱上了她的老师，最后两人私奔了。

这样的激情，这样的冒险，这对人儿自然值得旁人的祝福。

· · ·

在海上，"劳伦提克号"以四海里左右的时速向"蒙特罗斯号"靠近。

尽管用无线电联系不上肯德尔令迪尤沮丧，不过，他开始慢慢享受此次远航了。他想放松时，便可以到甲板上散步。船长对他非常客气，而且"劳伦提克号"的环境本身就很好。

此时，他依旧以为自己的身份和目的是高度机密。

一封截获的电报

二十四小时过去了，肯德尔没有收到回复，因此也无法判断伦敦警察厅是否收到了他的电报。他和高级船员继续高度关注鲁宾逊父子的一举一动。他们现在更加确信，这两个人就是逃亡的克里平和勒尼夫。不过，他们完全无法想象克里平能做出警察说的那些事。因为他如此友善、有教养，对自己的小伙伴更是关怀备至。

肯德尔竭尽所能让这对情侣在船上过得轻松愉快，察觉不到自己的真实身份已被识破。

· · ·

在克里平和埃塞尔看来，这段时光非常美好。与贝尔·埃尔莫尔离开前的日子相比，现在简直就是身处天堂。在这里，他们无须担心异样的目光，也无须在秘密空间偷偷摸摸地见面。他们终于可以自由自在地相爱了。

"医生像以往一样平静，他和我一样花很多时间读书。"埃塞尔写道，"他和肯德尔船长的关系非常好。吃饭的时候，我在餐桌上总可以听到许多有趣的故事，我俩都很开心。高级船员对我们也很客气，经常对我嘘寒问暖。"

她开始想象，自己在美国安顿下来以后，会给姐姐尼娜写怎样一封信。"哦！这封信一定精彩！我从鹿特丹到布鲁塞尔，攒了一路的冒险故事。她知道我女扮男装的经历后，该怎样笑话我呀！她对我的胆大妄为又会怎样刮目相看呢！"

· · ·

七月二十四日，周日晚，"蒙特罗斯号"上的马可尼电报员琼斯截获了一家英国报纸发给"劳伦提克号"的电报。电报的内容非同小可，琼斯将它交给了肯德尔船长。

电报里问道："迪尤督察有什么新动作？乘客们知道这次追捕计划后，是不是非常激动？速回。"

肯德尔这才意识到，自己的电报顺利发出去了，更让他惊讶的是，伦敦警察厅竟然正在大西洋上追赶他的船。

他还从电报中读出，公众已经知道这件事了。

玻璃牢笼

"劳伦提克号"上，高级督察迪尤在乘客眼中依旧是杜赫斯特先生；"蒙特罗斯号"上，克里平和勒尼夫也依旧是鲁宾逊父子。不过转眼间，世界各地数不胜数的读者都知道了他们的真实身份，至少起了疑心。周日，伦敦警察厅发布了一则简短的声明：

"克里平医生和勒尼夫小姐很可能就在一艘前往加拿大的邮轮上。高级督察迪尤已经从利物浦出发，赶往加拿大了。我们希望他可以追上在逃人员，在他们下船前逮捕他们。"

接着，记者没费多少劲就弄到了两艘船的名字以及肯德尔第一封电报的内容。许多船上的马可尼无线电报员也截获了这封电报，并转发了出去。在开回英国的邮轮上，电报内容在乘客之间一传十、十传百，很快就扩散开了。电报的内容甚至可能登上了某些船的船报。外国报社驻伦敦的记者纷纷发电报给编辑，顷刻之间，纽约、柏林、斯德哥尔摩、新德里等地的编辑都知道了事情的来龙去脉。接着，大西洋的地图占据了全世界报纸的头版，地图上还标出了"蒙特罗斯号"和"劳伦提克号"的相对位置。

这起案件彻底吊起了《每日邮报》编辑的胃口，为了获得克里平和勒尼夫的消息，他们开出了一百英镑（相当于今天的一万美元）的奖金。周二，《每日邮报》称："今天中午，'劳伦提克号'和'蒙特罗斯号'的距离将缩短至二百五十三节（即二百八十五英里）。"报道进一步预测，引航员按惯例会在圣劳伦斯河的佩尔角登上大型船只，引导大型船只进入魁北克的海港，因此迪尤会利用这个机会拦截"蒙特罗斯号"，对目标人员实施抓捕。另一篇报道则指出，克里平迟早会意识到自己被警察发现了，"要不了多久，他就会意识到，'无线电'室噼里啪啦的声音意味着，关于他的信息正在越过数百英里的海面来回传递。船上的人大多会觉得一切正常，少数知情人也会装作不知情，刻意忽视因无线电传输而产生的空气震动，这些无线电报可能就是从中转的船只那儿传来的。此次旅程对船上每一个人而言，都将是毕生难忘的经历"。

全世界的编辑应该都明显感受到了这一点：无线电出现以后，大海对逃犯而言，已经不像以往那么安全了。"神秘的窃窃私语在海上飞速穿行，"《每日镜报》的一位作者写道，"隐形的手掌在海上张开，看不见的手指悄无声息地靠近，接着，逃犯就被牢牢抓住了。"法国《自由报》指出，因为无线电的存在，"逃犯一旦到了大西洋，就无异于进入一个玻璃牢笼。对公众而言，逃犯在海上比在陆地上更容易暴露行踪。"

读者对这起案件最感兴趣的一点是，克里平和勒尼夫完全不知道迪尤在后面追他们。读者以这样的方式跟进追捕行动史无前例。这在许多人看来简直就是奇迹。普里斯特利写道："对此类事情有敏锐直觉的人会意识到，他们坐进了一个长达五百英里的剧院，舞台上演出的是一出绝无仅有、精彩绝伦的新剧，它就是《无线电陷阱》！克里平和他的情人时而笑着走向船长的餐桌，时而手拉着手在甲板上漫步，完全不知道后面有一名叫迪尤的高级督察在追他们。就在他们看菜单的时候，数百万读者也再次在报纸上看到用最大号字体打印的他们的名字。"

正如普里斯特利所写，克里平犯了一个致命的错误，"他忘记了马可尼为世界做出的贡献，当然，他或许根本就不知道马可尼。因为马可尼，整个世界都在急剧缩小。结果是我们看到两只猎物，就好比一只狐狸和一只野兔，两只猎物在前面跑，后面则有无数条猎犬在疯狂地追，这些猎犬边跑边叫，嘴里还淌着口水"。

· · ·

伦敦警察厅以及内政部的法医病理学家依旧在寻找受害者的死因。尽管警方从希尔德普新月街三十九号地窖里发现的遗体被肢解过，不过说来也怪，他们并没有在遗骸上找到死因的线索。从已知的情形来看，受害者也有可能先死于意外或疾病，之后再被肢解。

圣玛丽医院的威廉·亨利·威尔科克斯是著名的法医化学家，同时也是内政部的高级科学分析师。他收到了伊斯灵顿太平间教堂的五个罐子后，开始仔细检查里面的遗骸。他是毒药领域的专家，还常常出庭作证，记者因此给他起了个外号"国王的毒师"。他开始测试受害者是不是被毒死的，这是个细致活，估计要再花两三周才能知道结果。

与此同时，他委托马歇尔医生回到停尸房，从那一团内脏中再分离出一些器官。他希望尽快得到受害者的另一个肾、剩余的肝和更多的肠子。这是一桩费劲的恶心活儿。马歇尔医生写道："遗骸已经严重腐烂。"他找到了一部分肝，重十六点五盎司，以及一段肠子，重十三点五盎司，不过，他并没有找到受害者的另一个肾。他将找到的器官放进第六个罐子。另外，他最近又发现了一个欣德卷发夹，上面也有头发，他把卷发夹一并放进罐子，交给了威尔科克斯。

不过，毒杀只是其中一种可能；克里平有一把左轮手枪，或许他是用枪打死了贝尔；他也有可能先用重物砸死她，之后砍下她的头，毁掉了证据；当然，他还有可能用刀捅死她，顺势解剖了尸体。

弗罗伊斯特警司指派C.克拉切特警长再去一趟希尔德普新月街，调查附近的住户有没有看到或听到什么可疑的情况。七月二十七日，周三，克拉切特开始走访附近的街区，没多久就听到了不少故事，值得进一步查证。

从布雷克诺克路四十六号刚好可以俯瞰克里平家的后花园。克拉切特找到了这户的主人莉娜·莱昂斯夫人。她说，一月底二月初的一个晚上，她躺在床上无法入睡，突然"清楚"地听到了一声枪响。当时天还没亮，但她随即又说是在上午七点左右。过了一会儿，一位年长的妇人冲进她的卧室，是房客梅·波尔夫人。这个人名不太可信。波尔夫人问："莱昂斯夫人，你刚才听见枪声了吗？"波尔夫人的卧室在楼上靠后的位置，她从房间里可以清楚地看到克里平的花园。她吓坏了，整个人瘫坐在莱昂斯夫人的床尾。没多久，她们又听到了一声枪响。波尔夫人在床尾一直坐到了天亮。

弗兰齐斯卡·哈亨贝格尔也住在附近，她对克拉切特说，一月底二月初的一个凌晨，大概在一点半前后，她听到了一声尖叫。她和她的音乐家父亲一起生活的街道毗邻希尔德普新月街。从她家窗户可以纵览好几栋房子的后花园，其中就包括克里平家的。她告诉克拉切特："我只听到了一声长长的尖叫，然后，声音戛然而止。"她当时并没有听到枪声，但还是想到了凶杀。"我听到惨叫声，就在想是不是出了人命，"她说，"这件事让我寝食难安。"接下来的一周，她每天都翻阅报纸，留心报贩的标语牌，看看附近有没有发生凶杀案。但她没有看到相关字眼。

最详细的口供是住在布雷克诺克路五十四号的男士提供的，他的花园和克里平的后院仅有几码的距离。他叫弗雷德里克·埃文斯，为两家私人俱乐部提供金属加工以及审计的服务。一天夜里，他跟朋友一起去橙树酒馆喝酒，回家时大概是凌晨一点十八分。他之所以记得时间，是因为每天晚上走到布雷克诺克路的街角时，都会在一家钟表店的门口停下来对表。他说："我回家脱了靴子后没几分钟，从外面飘进来一声凄厉的惨叫声，我瞬间就醒酒了。"他推断，喊叫的人要么在室外，要么在室内但敞开着窗户。"惨叫声吓了我一跳。我立马就想到了开膛手杰克，从希尔德普新月街转个弯往外就是帕米茨街，这条街上经常有妓女出没，我估计遇害的就是某个可怜的妓女。"

他重新穿上靴子，看了看妻子是否安全，然后就出去了。他迅速在周围转了一圈，从布雷克诺克路到希尔德普新月街，最后再到卡姆登路，不过没有看到任何可疑的情形。他和弗兰齐斯卡小姐一样留心观察报纸，好看看最近有没有发生犯罪活动。

他告诉克拉切特，几天以后，他在花园里闻到了"一股浓烈的烧焦味"。刚开始以为是有人在烧树叶，但当时是冬天，根本没叶子可烧。他最后猜测，"或许是有人把家里的旧壁纸撕了，我闻到的是壁纸燃烧的味道"。他一连好几个早上都闻到了类似的味道。有一次，他看到烟从墙的另一侧升起来，而那边正是克里平家的花园。他之前从没见过克里平家焚烧垃圾。他还表示，另一个邻居看到克里平提着一只白色的搪瓷桶，里面装着"烧过的东西"，这个邻居亲眼看到克里平把桶里的东西倒进了垃圾桶，还晃了晃垃圾桶。

埃文斯说，之后，他就再也没见过贝尔了。贝尔以前在花园里忙活时，会一边干活一边唱歌，埃文斯夫妇非常喜欢她的歌声。

克拉切特顺藤摸瓜，找到了伊斯灵顿议会雇用的一名清洁工，他负责倾倒希尔德普新月街的垃圾。过去九年，每到周三，威廉·柯蒂斯会集中清理希尔德普新月街三十九号的垃圾。他告诉克拉切特，一九一〇年二月的一个周三，他和清洁工詹姆斯·杰克逊从克里平的后花园里搬走了四筐半没有烧完的灰烬。柯蒂斯表示，除了日常垃圾外，"里面还有各种被烧焦的杂物，如纸张、衣物、女士的衬裙、旧裙子和女式衬衫等"。

后面的两个周三，柯蒂斯和杰克逊还搬走了好几筐焚烧过的垃圾，不过，这两次，筐里的东西完全烧成灰了。柯蒂斯做清洁工多年，有能力分辨出不同种类的灰烬。他告诉克拉切特，这不是壁炉里的灰，也不是纸张烧掉以后的样子。柯蒂斯说："筐里的灰烬非常轻，而且是白色的。"他补充道："我倒是没有发现骨头。"

没有人知道他们的话究竟有几分可信。不过，这些人听到所谓的枪声和尖叫声后，都没有选择在第一时间报警。做过警探的人都清楚，这样迟来的报告通常都值得怀疑，考虑到这起案件的知名度，就更是如此。这些故事可能在周边地带流传了很久，每讲一次，故事的细节可能就会增多一点。不过，考虑到他们的叙述整体还算连贯，因此有必要留下记录。

克拉切特警长让每一个证人都在口供上签字，然后把材料交给了弗罗伊斯特警司。

· · ·

七月二十七日，周三，午夜时分，迪尤的船在大西洋深处超过了"蒙特罗斯号"。两艘邮轮依然行驶在彼此的视线之外。它们的航向虽然一致，但中间隔着一大片海水。不过，两艘邮轮倒是破例进入了对方的无线电发报机的覆盖范围，这意味着迪尤终于可以直接联系上肯德尔了。"我将在佩尔角登上你的船，"迪尤在电报中写道，"在我上船前，请务必对所有信息保密。"

肯德尔用无线电回复道："我不一直都在这么做吗？"

· · ·

北美各个城市的记者开始云集魁北克，接着又从魁北克赶往佩尔角和圣劳伦斯河下游的里穆斯基。以前从未有记者光临这些边城小镇，如今这里突然多了几十名拎着手提箱、速记本和相机的记者。

在伦敦警察厅内部，很多人依旧怀疑克里平和勒尼夫是否真的在"蒙特罗斯号"上。谋杀案件组还在接收其他线索，其中一条说，克里平和勒尼夫已经跑到法国和西班牙交界处的安道尔公国。

"就我个人而言，"弗罗伊斯特警司对一名记者说，"我在这件事上头脑始终非常清醒。我们搭过那么多次纸牌屋，往往是用最后一张纸牌去封顶时，纸牌屋轰然倒塌。因此，我们有必要继续跟进每一条线索，就当'蒙特罗斯号'的线索从未出现过一般。"

颤动的以太

对肯德尔而言，这一切都充满了诱惑。克里平和勒尼夫就在船上，但他们完全没有意识到身边有电报在飞速穿梭，并且电报的主角就是他们。"蒙特罗斯号"的电报室至少收到了五十封马可尼无线电报，都是编辑和记者通过其他船只转发过来的。《每日邮报》写道："请用无线电报详细描述克里平和勒尼夫被捕的过程。"《纽约世界报》甚至给克里平发了一封电报，并承诺"你说什么，我们就登什么"。肯德尔把这封电报扣下了。

船长非常享受外界的关注。他的船一直默默无闻，但突然之间，"蒙特罗斯号"成了海上最有名的船。"这确实是难得的好机会，浪费掉就太可惜了。"肯德尔知道全世界有无数读者等着他的报道，为此，他专门为《每日邮报》写了一篇文章，描述克里平和勒尼夫在船上的生活。纽芬兰北部有一座岛叫贝尔岛，它是船只进入圣劳伦斯湾的标志物。当"蒙特罗斯号"开到贝尔岛东部一百英里左右的位置时，肯德尔指示船上的马可尼电报员将报道发给《每日邮报》驻蒙特利尔的记者。

然而他知道，看到他电报的将远不止《每日邮报》。当他的故事变成无形的莫尔斯码以后，将以迅雷不及掩耳之势，从一艘船传到另一艘船，从一个电报站传到另一个电报站，最终他书写的内容将弥漫在空气中，世界各地的编辑都可以读到。

• • •

　　"蒙特罗斯号"进入圣劳伦斯湾后，埃塞尔更兴奋了。她恨不得现在就下船前往美国。但是克里平好像越来越焦虑了。他回到客舱时，表情"非常严肃"，接着，他递给她十五英镑纸币，说"亲爱的，我觉得你最好拿上这些钱"。

　　"为什么呢？"她问道，"除了衣兜，我没地方放钱。还是你拿着吧，你就帮我保管到魁北克，怎么样？"

　　他停顿了片刻说："我恐怕得离开你。"

　　"离开我！"他的话让她"大吃一惊"，她写道，"我跟着他一路走到了这里，他却说要丢下我，这太荒谬了"。

　　克里平说："你到了魁北克以后，下一站最好去多伦多。这座城市很不错，我很了解那里。你打字的本领还在，对不对？而且，你还会织女帽，你的双手应该还没生疏吧？"

　　她松了口气。她觉得自己刚才误会他了。克里平没想抛弃她，他只是想一个人去美国打前哨，等时机成熟就把她接过来，"之后，我们就可以找一处僻静的地方好好生活"。

　　她问："衣服怎么办？"

　　克里平笑着说："你不想做男生了？"

　　他们想出了一个方案：他们一下船就住进酒店，他会立马出门找服装店，把她需要的衣服都买来。一想到未来，她心情又愉悦了不少。她写道："我对加拿大充满刺激的新生活满怀期待。"

之后，克里平回到了甲板上，埃塞尔则接着看书。她现在不怎么上甲板了。天太冷，而且她受不了外面经常出现的雾。

· · ·

七月二十九日，周五，伦敦《每日邮报》刊登了肯德尔的急件。这封电报从"蒙特罗斯号"发出，被贝尔岛的无线电报站接收之后，又通过海底电缆中转到伦敦。当然，他的文章经过了《每日邮报》的润色。

肯德尔开篇就讲了自己的侦查工作，他先提到自己发现鲁宾逊父子牵手的事。"勒尼夫经常紧紧握着克里平的手，"肯德尔写道，"两个男人之间一般不会这样的，所以我当场就起疑心了。"

据他描述，从勒尼夫的"外貌和言谈举止看，她是一个非常有品位、非常谦逊的女生。她不怎么说话，但总是面带微笑。她似乎对克里平言听计从，他也绝不会离开她片刻。她的衣服很不合身"。全世界的女性肯定都会同情她的遭遇。"她裤子臀部的位置非常紧，后面还裂开了一个小口，被她用大号的安全别针别上了。"

肯德尔指出，克里平留了络腮胡，不过，他一直都在刮上唇的胡子，这样八字胡就不会出现了。医生的鼻子上依旧有配戴眼镜留下的印迹。"他会坐在甲板上读书，当然也有可能是装的。他们俩看上去对餐厅的饭非常满意。"克里平好像很了解多伦多、底特律和加利福尼亚，肯德尔写道，"他说船靠岸以后，要是能找到去底特律的船，就会继续坐船，他比较喜欢这种交通方式"。

肯德尔在报道中列了克里平正在阅读的几本书，还提到克里平现在对埃德加·华莱士写的惊悚小说《四义士》特别着迷。小说中，无政府主义者试图刺杀外交大臣，伦敦警察厅得到消息后千方百计加以保护，但他最后还是遇害了。

"有时候，他们俩会坐下来，好像在想些什么。"肯德尔写道，"我从勒尼夫身上看不出任何精神负担，她可能都不知道他犯了罪。不过，她看上去是个没什么主见的女孩，他走到哪儿，她就会跟到哪儿。"

航程过半后，船上选了一天举办夜场音乐会，克里平和勒尼夫好像很喜欢这次活动。第二天上午，克里平告诉肯德尔，"那首《我们走进商店》如何在他脑袋里回荡了一整夜，他'儿子'也玩得很开心，回到客舱后还意犹未尽地大笑了好一会儿。在一次闲聊中，克里平聊到了美国的酒，他说你要是想在伦敦买到正宗的美国酒，就只能去塞尔福里奇百货"。

肯德尔写道："读者应该也注意到了，我并没有逮捕他们。我现在采取的应对措施无疑是最好的，一方面他们完全没有起疑心；另一方面，船上这么多乘客，我这样做也可以避免引起骚乱。"

· · ·

肯德尔神奇的报道令全世界的读者为之惊叹。两名逃亡者在读什么书，有没有心事，喜不喜欢船上的音乐会，他们都一清二楚。克里平因船长的笑话哈哈大笑，勒尼夫用女性的姿势从盘里取水果，这些场景似乎就发生在他们眼前。伦敦《泰晤士报》评论道："两名乘客正在横渡大西洋，他们以为自己的身份和位置都是秘密，但实际上秘密已经迅速传遍了文明世界的各个角落，这个故事中匪夷所思的矛盾让人着迷。"报纸指出，从邮轮离开码头的那一刻起，他们俩"就被无线电报的电波困住了，这与进入监狱的高墙并无二致"。

　　一家报纸专门采访了马可尼公司的重要工程师布拉德菲尔德，请他写出对时下一连串报道的看法。布拉德菲尔德将船上的马可尼室比作"魔术师的洞穴"，并表示无线电彻底改变了罪犯的命运。"今后，如果有人想跨洋逃往其他大洲，再也不能指望大海给他提供豁免权了。他身边的空气里可能就有颤动的电波在告发，当然了，他什么也看不见。他根本无法摆脱神秘的无线电，要不了多久，无线电就会碰上他，然后一路跟着他。从今往后，再有罪犯想躲避正义的审判，恐怕得先过无线电这一关。"

·　·　·

　　有一回，肯德尔发现克里平正坐在甲板上，抬头望着头顶的无线电天线，听着电报室发出的噼啪声。克里平转头面向他，惊叹道："多么神奇的发明啊！"

　　肯德尔只能微笑表示赞同。

圣玛丽医院的猫

威尔科克斯医生在伦敦的圣玛丽医院做了一系列简单的测试，排除了几种容易识别的毒药，如砷、锑和氢氰酸。他倒是发现了微量的砷和碳酸，但他将此归因于消毒剂。先前，警方在希尔德普新月街的地窖挖遗骸时，有一名警官在挖掘现场边上撒过这玩意儿，他也是出于好心，结果好心办了坏事。除了上述原因外，威尔科克斯只在部分器官上找到了痕迹，这进一步坐实了他的判断：砷是遗骸上沾的污染物，而非受害者的死因。接着，他开始测试遗骸里是否含有生物碱类别的毒药，如士的宁、可卡因以及从致命颠茄中提取的阿托品。他预计这项工作要两周以后才能出结果。

威尔科克斯说："生物碱可能存在于遗骸的好几个位置。这些地方，我要一个个检测。这是个细致活。我会把需要的部分分离出来，放入精馏酒精中。二十四小时以后，再把里面的酒精抽出来，然后把遗骸倒入新的精馏酒精里，之后每二十四小时我都会重复相同的动作，直至酒精不再变色。一般而言，这个步骤需要重复五次。"

他真的发现了一种生物碱，接着，他利用著名的斯塔斯提取法将酒精中的生物碱提取出来。他每提取一次，都会仔细称量，这项工作对精确度要求极高。他发现肠子里含有七分之一格令的生物碱，而肺部的含量仅为三十分之一格令。

接下来的一步既关键又简单。只要成功排除掉一大类生物碱，威尔科克斯后续的工作就会轻松许多。为了完成这一步，他要先找到一只猫。

· · ·

"劳伦提克号"上，高级督察迪尤正在进一步完善自己的方案。现在全世界都知道，他的船已经远远领先"蒙特罗斯号"。所有的大型船开到圣劳伦斯湾的佩尔角以后，都要停下来等引航员上船，这个停泊点就在里穆斯基村附近。随后，引航员会引导船只沿着圣劳伦斯河前行，最后抵达魁北克市，这条航路因时常出现笼罩一切的大雾而名声很糟。

乘客下船后的第一步是进魁北克检疫站。迪尤若想跳过这一步，就要获得相应的审查许可。他借助无线电做了疏通。

他前脚刚发出无线电，聚集在佩尔角的五十名记者后脚就知道了他的方案。

· · ·

威尔科克斯医生依旧在圣玛丽医院的实验室做测试，他将少量生物碱提取物滴入了溶液，接着在助手的协助下，给猫的眼睛里滴了几滴溶液。不久以后，猫的瞳孔放大了好几倍。这是一条重要线索，说明他分离出的是一种"散瞳剂"。据他所知，生物碱毒剂中具有散瞳功效的只有四种：可卡因、阿托品，以及两种天仙子的提取物，莨菪碱和东莨菪碱。

他用强光对准猫的双眼，瞳孔依旧没有收缩。他可以据此排除可卡因，因为可卡因的散瞳效果要差很多。如果瞳孔是因可卡因放大的，在强光照射下就会缩小。

接下来，威尔科克斯要做一系列严苛的测试，唯有如此，他才能从剩下的三种生物碱中筛选出罪魁祸首。

他放了那只猫。实验室的同事给它起名克里平。这只猫被一名医学生领养，它将来会生许多小猫咪，不过，它的结局比较惨，几年以后会被一条狗咬死。

窃窃私语

七月二十九日，周五，"蒙特罗斯号"驶入了广阔的圣劳伦斯湾，肯德尔船长发了一封新电报，称克里平和勒尼夫仍然不知道有人在监视他们。

肯德尔表示，有一次，克里平在马可尼电报室门口待了十分钟左右，此时卢埃林·琼斯就在里面发电报。克里平觉得电火花和雷鸣般的响声很新奇，还问电报是发给谁的。

从琼斯的回复就可以看出他很擅长说谎。他面无表情地说电报发给了"皇家乔治号"远洋邮轮，询问对方船长有没有在贝尔岛附近发现浮冰。

克里平听后就继续散步去了。

督察到了

七月二十九日，周五下午三点左右，"劳伦提克号"缓缓减速，最终停在了佩尔角。巨大的黑色船体上，高级督察迪尤从一扇门后走了出来，小心地爬下了舷梯，登上"尤里卡号"引航船。他看到下面的甲板上挤满了记者，他们又是喊叫又是挥手的。这一幕令他非常震惊，他在伦敦从没见过这样的阵仗，这简直是乱来，但他同时也松了口气，尽管之前从肯德尔船长口中得知自己领先，但他还是不敢确认一定能比"蒙特罗斯号"早到佩尔角。如果记者们还等在这儿，就说明另一艘船还在后面。事实上，他领先了一天半左右。

记者纷纷将照相机对准他的脸，大声提问。"他们胡搅蛮缠，想让我说点什么，不消说，我自然是无可奉告。"

多数记者似乎是美国人，他们显然觉得警方应该更配合一些，因此迪尤的沉默令他们很不满意。这帮记者不停地喊叫、推搡，迪尤拒绝回复后，他们居然还发火了。迪尤写道："这太不像话了。这种情况本应该避免，也可以避免。我很担心他们打乱我的计划。"

迪尤上岸后，有两名魁北克市警局的警探接他，带他到佩尔角灯塔附近暂住。那附近有几间简陋的房子——迪尤称之为"棚屋"——他住的就是其中一间。迪尤发现佩尔角是个"偏僻的小地方……这里满打满算，也只有十几间村舍和一个马可尼电报站"。

雾气升起后，佩尔角愈发显得与世隔绝了，不过，迪尤一点也不觉得孤单，因为媒体朋友们已经住进了村舍。他们闹出的动静很大，有的在大声喊叫，有的在开玩笑，有的则在唱歌。简而言之，记者们一向如此，他们总是在重大事件前夕聚集到一个小地方。迪尤写道："这里不仅有灯塔的雾角声，还有记者朋友们的大嗓门和歌喉，在这些声音的轮番轰炸下，没有人能睡得着。"

第二天夜里，也就是周六，一名记者给迪尤透露了一条内幕消息，他听后非常担忧。一家报纸（当然是美国报纸）的几名记者打算合伙搭一只木筏，伪装成遇难船只的水手，沿着圣劳伦斯河一路划下去，直到遇见"蒙特罗斯号"，这样，他们就可以被"救"上船，获得独家新闻了。"他们的想法够冒险的，我也不知道他们是不是认真的，"迪尤写道，"不过，从我与美国记者的接触来看，他们还真做得出来。"

他把所有的记者叫来，请他们耐心些。如果船上真有克里平和勒尼夫，他会请肯德尔船长下令，让邮轮鸣笛三声，记者听到声音后即可自由登船。他了解到，多数记者（甚至全部）已经购买了从佩尔角到魁北克的十二个小时航程的船票，因此他们有权上船。

记者们不喜欢条条框框的限制，但还是同意了。

即使到了这一刻，迪尤也不敢断言逃亡者就在"蒙特罗斯号"上。他一晚上都没睡着，反复地想，这次举世瞩目的海上追捕长达十一天，必定会在历史上留下浓墨重彩的一笔，万一他追错人该如何是好？

· · ·

在伦敦，弗罗伊斯特警司和他领导的谋杀案件组仍然对此持怀疑态度。这毕竟不是第一次了，此前警方收到过一份可靠的报案，称克里平和勒尼夫登上了"撒丁尼亚号"，全世界一度相信他们二人就在船上。巧的是，马可尼十年前去纽芬兰首次开展跨大西洋实验乘坐的也是这艘船。后来，"撒丁尼亚号"船长安排船员展开搜查，当时的氛围非常紧张，大家的心都提到了嗓子眼。最后，伦敦警察厅收到了船长的无线电报，船上没有人长得像克里平或勒尼夫。

如今，迪尤又以一位船长的判断为依据，跨大西洋追捕另一艘船。这条线索也完全可能是错的，若果真如此，伦敦警察厅的声誉将遭受重创。伦敦的报纸每天都会标绘两艘船的位置，内政大臣温斯顿·丘吉尔也高度关注这起极具戏剧色彩的案件。他的机要秘书曾致电伦敦警察厅，传达丘吉尔的指示：案件如有新的进展，要在第一时间联系他的办公室。

因此，在迪尤出发后，弗罗伊斯特并没有降低谋杀案件组的工作强度。他指派米切尔警长暂时接替迪尤，全权负责此案。谋杀案件组一方面继续追查克里平的下落；另一方面，为了摸透涉案人员的性格，也在进一步拼凑案件前前后后的细节。

他们通过调查了解到不少情况，比方说，有人注意到勒尼夫经常去汉普斯特德的两家酒馆，分别是牡鹿、马车与马，并且总是跟一名年轻男子同时出现，至少有一名目击者认为他们是"恋人"关系。刑事调查局的威廉·海曼警长顺着这条线索，找到了这个所谓的"恋人"约翰·威廉·斯通豪斯。

斯通豪斯在一份正式声明中表示，他也是艾米丽·杰克逊家的房客，去年十月份以前一直住在康斯坦丁路上，他和勒尼夫就是那个时候认识的。他谨慎地说他们只是普通朋友。海曼警长从斯通豪斯那儿得知，勒尼夫搬出杰克逊家后，住进了斯托尔街的一个房间。斯通豪斯有一天送她回家。他说："我送她到门口以后，又跟她聊了会儿天，她说自己不太舒服。"

他补充道："我们俩没有任何亲密关系，只是普通朋友。"

斯托尔街的一个房间。要知道，克里平和贝尔之前也住在斯托尔街，并且勒尼夫的房间离阿尔比恩大楼特别近。明眼人一眼就可以看出来她住在这里的用意，根本用不着警探来查。

• • •

内政大臣丘吉尔的机要秘书打来了第二通电话。他说内政大臣回家了，克里平案若有任何进展，都可以直接联系他家里，即埃克尔斯顿广场三十三号。

之后，秘书又打来一通电话，说丘吉尔去沃尔顿的希思高尔夫俱乐部了，有消息就直接发往那里。

迷雾中的小船

周六夜里，浓雾笼罩着圣劳伦斯河，肯德尔船长只得放慢"蒙特罗斯号"的船速。船上的无线电设备不断发出蓝色的电火花，照亮了空气中的雾滴。这样一来，马可尼电报室确实像魔术师的洞穴。电报室因天气原因关上了门，尽管如此，电火花的声音依旧传到了外面的甲板上。

航行中遭遇大雾向来都不是什么好事，在圣劳伦斯河这样繁忙的河道上遇到浓雾则更棘手。"最后一晚既枯燥又让人操心，我们的雾角每过几分钟就响一次，一切都异常单调，"肯德尔写道，"我在驾驶室踱步，消磨时间。我还时不时地看到鲁宾逊先生上甲板散步。"

肯德尔跟鲁宾逊聊上了，他说佩尔角的引航员一大早就会登船，鲁宾逊可以考虑早起一会儿，上甲板凑凑热闹。船长说，搞不好鲁宾逊会觉得这很有趣。

第二天，也就是周日，肯德尔于凌晨四点三十分拉响了"蒙特罗斯号"的船笛，通知佩尔角他的船即将到位。

・・・

克里平听从肯德尔的建议，起了个大早。他和埃塞尔吃过早饭后回到客舱。埃塞尔窝在角落里，继续读新书《奥德丽的补偿》，作者是乔吉·谢尔登夫人，不过这是笔名，她的真名是萨拉·伊丽莎白·福布什·唐。克里平想拉她一起去甲板上围观。她说："我真的不想去，外面的天气糟透了，我宁愿待在这里，我想在午饭前读完这本书。"

据埃塞尔回忆，克里平一个人"安静"地离开了。他到了甲板以后，开始闲逛。他的西服马甲的内衬里缝了好几样珠宝，包括四枚钻戒、一枚蝴蝶胸针和一枚镶钻的旭日形金质胸针。

・・・

"蒙特罗斯号"的船医 C. H. 斯图尔特医生也早早地来到了甲板上。他知道警方即将收网，因此，他想当场目睹这一幕。八点左右，他遇到了鲁宾逊先生，接着，他们就站在左舷的护栏边上聊开了。此时，天上下起了小雨，海上的雾也没那么浓了。

鲁宾逊看上去有些紧张。另外，斯图尔特注意到他最近刚修过胡子，他的上唇还有伤痕，显然是刮胡子时不小心伤到的。斯图尔特看过《每日邮报》登出的照片，最让他惊讶的是，眼前的鲁宾逊一点也不像照片上的那个人。

薄雾中，一条小船若隐若现，接着，轮廓越来越清晰。

"这艘小船上的人真多啊。"鲁宾逊说。他问斯图尔特："为什么这么多人啊？"

斯图尔特耸了耸肩。"船上只需要一名引航员，"他说，"剩下的可能是他的朋友，他们可能想去魁北克看看。"

鲁宾逊问，他们会不会是卫生官员，斯图尔特医生说可能性不大。

他们就这样继续围观着。

． ． ．

肯德尔回住舱找出了他的左轮手枪，以防万一，他把枪放进了口袋，接着就回驾驶室了。

危机四伏的水面

那天，天还没亮，迪尤和记者们就早早地起了床。四点三十分，在雾角的鸣叫声中，他们听到了船笛的声音。紧接着，所有记者都一窝蜂地冲向了"尤里卡号"引航船，围观民众也跟着上了一批小船。在警方的管控下，这些船才没开走。

迪尤意识到他必须改变方案。他原先打算乘"尤里卡号"去"蒙特罗斯号"，但现在引航船上满是记者，如此一来，他还没到"蒙特罗斯号"上，计划就会露馅。更何况，鲁宾逊父子还有可能不是克里平和勒尼夫。他觉得自己上"蒙特罗斯号"前最好做好伪装，这样才能神不知鬼不觉地看一眼克里平。另外，伪装还可以防止逃犯因为恐慌而做出一些意料之外的举动，比方说跳河或拔枪。迪尤和米切尔在希尔德普新月街搜出过一把左轮手枪，克里平说不定还随身带了一把。

迪尤找首席引航员借制服和帽子，他同意了。接着，迪尤打算和原有的引航员一起去"蒙特罗斯号"，不过，他们不坐"尤里卡号"，而是另找了一条需要划桨的小船。两名魁北克的警探也会一起去。

他们找了一个远离记者的地方下水，船上有四名划桨的水手。没多久，他们就看到了邮轮，透过薄雾和雨，邮轮长长的黑色船体若隐若现。迪尤下意识地压低了帽舌，挡住脸。

邮轮上的船员从甲板上抛下舷梯，下沿刚好触及水线。正牌引航员带头爬了上去，迪尤和两名魁北克的警探紧随其后。他们上船后直奔驾驶室而去，迪尤见到肯德尔后，说明了自己的身份。他们握手、问好。紧接着，下方甲板上，一位小个子男士出现在轮船的烟囱后面。迪尤目不转睛地盯着他。

肯德尔船长则在一旁盯着迪尤，他想看看迪尤是不是认出了下面这名乘客。督察什么也没说。肯德尔带着他们一行人去了自己的住舱，接着派人去请鲁宾逊先生。过了一会儿，鲁宾逊来了，他看上去情绪不错，一副无忧无虑的样子。

肯德尔站在一旁，他小心地将手伸进口袋，握住了左轮手枪。他说："我给你介绍一下。"

迪尤向前走了一步，他依旧戴着帽子。这名乘客微笑地伸出手。迪尤握住了他的手，用另一只手摘下了帽子。他平静地说："早上好，克里平医生。"

据迪尤描述，这名乘客的神情瞬间就变了，他刚开始是惊讶，接着是迷惑，然后才认出了对面的人。最后，克里平用"平静"的语气说："早上好，迪尤先生。"

如此戏剧化的见面，却配上了如此轻描淡写的对话，这一幕可以说是刻骨铭心。他们相遇的细节公开以后，所有英国人都会同意，这般震撼人心的相遇，在过往历史中，也只有斯坦利找到利文

克里平在迪尤的押送下离开"蒙特罗斯号"邮轮

斯通 [1] 的情形可以与之媲美。

迪尤对克里平说："你于去年二月前后在伦敦谋杀并肢解了自己的妻子柯拉·克里平,现在,我以警方的名义逮捕你。"

· · ·

迪尤赌赢了。"我干警探这么多年,亲历了许多重大时刻,"他写道,"不过从未产生过这么大的成就感。"与此同时,他也非常

[1]19世纪60年代,苏格兰探险家利文斯通带着一队人马前往非洲寻找尼罗河的源头,后来与外界失去联系,生死未知。1871年,美国记者斯坦利历经千险在乌吉吉发现在世的利文斯通。——编注

"同情"这位可怜的医生。他写道，克里平"离自由仅差一步，再过十二个小时，他就可以安全抵达魁北克了"。

加拿大警探给克里平戴上手铐，带他进了一间空客舱。接着，肯德尔带着迪尤来到了五号客舱的门口，此次航行中，克里平和勒尼夫住的就是这一间。

迪尤轻轻敲了几下门，就进去了。如他所料，埃塞尔确实穿着男装。

她的目光从手中的书移向了他。

他说："我是高级督察迪尤。"

他的介绍是多余的，他虽穿着引航员的衣服，但她还是一眼认出了他。她大叫一声，不自觉地站了起来，紧接着失去意识，摔了下去，就好像有人用铁棍从背后冲她的脑袋来了一下，好在迪尤一把抱住了她。

终篇·

进入以太

绞刑表

嫌犯被捕两天后，警探首次得知克里平一月买过五格令的氢溴酸东莨菪碱。不久以后，威尔科克斯医生发现，遗骸中的生物碱确实是东莨菪碱。他提取出的总量为五分之二格令，不过，如果是一具完整的尸首，提取的剂量必然会大不少。而且这东西区区四分之一格令就足以致命。他说："一个人体内的东莨菪碱达到致命剂量后，会依次出现如下反应：一开始，他可能会胡言乱语，变得亢奋；接着，他的瞳孔会开始麻痹，嘴和喉咙会变得干燥；再往后，他会很困；然后失去知觉，整个人瘫痪掉；几个小时以后，人就没了。"

威尔科克斯医生和他的同事都认为这是女性的遗骸，不过，他们的结论完全基于间接证据，具体而言是挖掘现场发现的卷发夹、漂过的头发以及残缺不全的女士内衣。验明遗骸的性别仍然困难重重，直到佩珀医生再次回伊斯灵顿太平间教堂，再次观察那里的几块皮肤，事情才有了转机。他发现一块七英寸长、六英寸宽的皮肤上有一道约四英寸长的标记。高级督察迪尤跟他提起过，贝尔的腹部动过手术，他进一步观察后觉得，这可能是伤疤。他把这块皮肤交给了威尔科克斯，威尔科克斯又交给了内政部最年轻的法医学精英伯纳德·斯皮尔斯伯里，研究伤疤的专家。

此外，警方还有一项重要发现，他们仔细比照了破碎的睡衣以及迪尤在希尔德普新月街找到的睡裤，两者刚好是一套。

· · ·

在魁北克等待引渡期间，克里平被关进亚伯拉罕平原的一座监狱，他看上去心情不错，整日都在读书。埃塞尔身体抱恙，加拿大的一名督察让她住进了自己家。也正是在这个地方，迪尤最终向她透露，自己在希尔德普新月街的地窖里发现了人体遗骸。她一言不发地盯着他，从神情就可以看出她非常震惊。

随后，米切尔警长也从伦敦赶过来，还带了两名女警官，帮迪尤押送嫌犯。一天上午，他们将克里平和勒尼夫转移到两辆密闭的马车上。他们走的都是薄雾笼罩的乡间小道，甚是僻静，他们要去的码头也相当偏远。他们到码头后，全员上了一艘内河汽船。没有人尾随。不久，汽船拦住白星航运公司旗下的"梅岗蒂克号"，邮轮停下来后，他们就全员转移上去了。

迪尤与米切尔挺照顾两名嫌犯。迪尤待埃塞尔就像父亲对女儿一般，她甚至半开玩笑地叫他"爸爸"。勒尼夫和克里平分开住，航行期间，督察每天都会多次去他们的住舱嘘寒问暖。克里平看上去一点也不焦虑，他吃得好睡得好，还非常健谈，他会聊起各种话题，唯独从来没有提过贝尔。"我对他非常好奇，"迪尤写道，"他看上去心情很好。他从不惹麻烦，也不会挑战我和米切尔警长的耐心。我觉得他的精神状态可以用波澜不惊来形容。"像往常一样，克里平的主要消遣就是读书。"我经常去船上的图书馆帮他取书，当然，我会小心过滤掉有犯罪或凶杀情节的作品。"迪尤写道，"他很喜欢读小说，尤其喜欢爱情题材。"他在魁北克监狱读过安东尼·特罗洛普的《巴彻斯特大教堂》，读完还在书上签了名，送给狱警留念。

迪尤确保克里平和勒尼夫不会见面。每天晚上八点到九点，"梅岗蒂克号"的船长会把甲板上的人清走，好让两名嫌犯到甲板放风。先是克里平，他回去后勒尼夫才会出来，他们永远也碰不上面。克里平为此感到痛苦，他恳请迪尤让他见见勒尼夫，一次就好，他不求跟她说话，只要看看她就很满足了。"我不知道后面会发生什么，"克里平说，"我可能不会出什么大事，也可能沦落到万劫不复的地步。我可能一辈子都见不到她了，我不知道你能不能让我见见她。我不会跟她说一个字的。过去三年，她是我生活中唯一的慰藉。"

迪尤同意了。此时，邮轮航行在大西洋中部，迪尤按照事先约定的时间，将克里平带到了自己住舱的门口，紧接着，埃塞尔也出现在了她的门口，中间隔着三十英尺。他们微笑地看着彼此，都没有讲话。"我必须在场，"迪尤写道，"但看着他们二人，我总觉得自己是多余的。他们一个字也没讲，也没有任何失控的举动，只是轻轻地朝彼此挥了挥手，仅此而已。"

他们的见面只持续了大概一分钟，这也是他们此次航程唯一的交集。

· · ·

克里平首次受审是在一九一〇年的十月十八日。四千余人向中央刑事法庭提出了旁听申请，人数远远超过了法庭的容纳能力，法

克里平和埃塞尔在被告席上

庭为了让更多的人有机会旁听审判，临时将旁听证的有效期改为半天。阿瑟·柯南·道尔爵士和 W. S.吉尔伯特均在旁听席上，他俩更为人熟知的称呼是"吉尔伯特与沙利文"。[①] 审判期间，克里平逐渐成了众人同情的对象。证人们说他善良、大度，至于贝尔，他们觉得她变化无常、有控制欲。就连女士综艺表演协会的女士们也找不出任何话来攻击他。随后，经媒体打字员的手，案件一下子变成了一个凄凉的爱情故事——一个常年被虐待的失意男子找到了他的灵魂伴侣，而她也深深地爱着他。

　　不过，没过多久，就有人呈上了证据，能证明地窖里的受害者经历过什么。此人正是斯皮尔斯伯里，三十三岁的他站在法庭里，玉树临风，胸前佩戴一朵红色康乃馨。他确信，那块七英寸长、六

---

①阿瑟·柯南·道尔是作曲家，W. S.吉尔伯特是剧作家，两人合作创作了多部喜剧。——编注

英寸宽的皮肤上的痕迹就是伤疤，并且极有可能是女性做完卵巢切除手术后留下的伤疤。这时，法庭将他提到的这块皮肤放进了汤盘，在陪审团中一一传递。

辩方律师被斯皮尔斯伯里的外表蒙蔽了，他觉得这位医生太年轻，又一副娇生惯养的样子，肯定很容易驳倒，他轻率地驳斥斯皮尔斯伯里的证据，还请来了两位医生，他们都断言这不是伤疤。斯皮尔斯伯里毫不动摇，听众可以从他的话语中感到淡定与自信，他最后也赢得了陪审团的支持，并成为媒体的掌上明珠。后来，他因为这件事在法医界大展宏图，最后到达了在法医史上绝无仅有的高度。

伤疤、睡衣，以及克里平购买东莨菪碱，都是实打实的证据，尽管如此，多数人依旧觉得，决定案件最终走向的是控方律师理查德·缪尔与克里平的一段对话，这场对话发生在倒数第二天的审判刚刚开始时。

缪尔问："二月一日清晨，你家只有你和妻子两个人吗？"

克里平："是的。"

"那时，她还活着吗？"

"她还活着。"

"在此以后，你知不知道有谁见过她，能证明她活着出现过？"

"我不知道。"

"自此以后，世界上还有人收到过她的信吗？"

"我不清楚。"

"你能不能找出任何在世的人，证明她活着离开了屋子？"

"我自然找不到。"

陪审团总共离场二十七分钟，他们回来时已经做出了有罪裁决。

法官宣读判决前戴上了一块黑纱。

不久以后，埃塞尔的审判也开庭了，陪审团认为她对谋杀毫不知情，因此被无罪释放。

· · ·

一九一〇年十月二十五日，克里平被转移到了本顿维尔监狱，他原来就住在这附近。狱警收走了他的钱和珠宝，封存保管，接着，狱警让他脱了衣服，检查他的耳朵以及脚趾，然后递给他一套囚服。他虽然入狱了，但还是有一位叫阿黛尔·库克的女士想请他为自己开药。为此，她专门给监狱的领导写了封信，对方是这样回复的："应告知申请者，她可以给克里平写信，监狱对此并无限制。"

他提出了上诉，但法院依旧维持原判。他在给埃塞尔的信中坚称自己是无辜的，总有一天人们会找到证据还他清白。不过他也承认，事到如今，他的命运已然没有改写的可能。他写道："我十分悲痛，不过一想到你会永远挂念我，我就没那么痛苦了。亲爱的，你要相信，我们来生还会再会的。"十一月二十三日，他起床后得知自己再也无法见到第二天的太阳了。

监狱填好行刑表，交给了行刑者约翰·埃利斯，他是乡村理发师，行刑者是他的第二职业。埃利斯仔细记下克里平的体重后，找来了"坠落表"进行比照，他要确定克里平身体的坠落距离，既要确保克里平坠落后能死亡，又要避免场面过于血腥。埃利斯是一名优秀的绞刑师，不过，他倾向于在每次定坠落长度时都增加几英寸。

埃利斯看见克里平的体重是一百四十二磅。接着，他检查了"犯人颈部特征"一栏，发现克里平的脖子很正常。埃利斯接着看到他的体型也很"匀称"，身高仅有五英尺四英寸。他最后把坠落的长度定为七英尺九英寸。

克里平说出了他的遗愿，希望典狱长米顿－戴维斯少校可以在他的棺材里放几封埃塞尔的信和一张她的照片。典狱长同意了。

上午九点，埃利斯准时按开了克里平脚下的踏板，转瞬之间，克里平的脖子就断了，第三颈椎骨断得非常干脆。在场的人也松了口气，因为他的头和脖子还连着。

狱警登记了克里平留下的遗物：一件长大衣、一件大衣、一件西服马甲、一条裤子、两顶帽子、四件衬衫、一套内衣、四双袜子、六条手帕（一条是丝质的）、十个硬高领、两个蝴蝶结、一双手套、一只手提旅行皮包、一支牙刷、少量现金以及一副眼镜。

埃利斯继续兼职做行刑者，有一次还在当地一出戏剧里客串了绞刑师的角色，这出戏的主人公是臭名昭著的罪犯查尔斯·皮斯。最后一场演出结束后，他征得剧组的同意，将绞刑架带回了家。他要是没有行刑或理发的活，就会去乡村集市演示行刑的流程。

一九三二年九月二十日，他割喉自尽。

· · ·

克里平的案子就像迷雾笼罩的墓地一般充满了神秘感。《英国佬》杂志编辑就给克里平写过一封公开信，当时离克里平的处决只差几天。编辑问："这些都是**你**干的吗？仅凭你一**个人**，就可以将作案痕迹消除干净吗？"他觉得这根本不可信。他写道："你告诉我，她这么沉，你哪来这么大力气把她搬下楼？这都是你一个人干的吗？而且还得撬开地板、挖土、填土，最后再把地板平整地铺上。

你这个个子小、视力差、年纪大、体格弱、胆子小的男人，能做到这些？此外还有开膛破肚的活，这么多道手续，都是二十四小时内干完的！"

《英国佬》的设想确实挑战读者的想象力。它假设克里平在楼上对贝尔下手后，就将贝尔拖到了地下室，埋葬地的证物也说明尸体确实被拖拽过。警方在犯罪现场找到了几段绳子和一块男士手帕，并且有人用它们打了一个结实的圈。手帕可能被套在贝尔的脖子上，绳子和手帕绑到一起做成拉手，方便拖拽尸体。在手帕被撕破前，这招肯定是管用的。

不过话说回来，克里平可能压根没有将贝尔的整个尸体拖到地下室。睡衣和贴身胸衣的碎片说明贝尔遇害时穿着睡衣。他可能就是在楼上下手的。他或许在贝尔晚上喝的白兰地里下了毒，在她昏头转向之后，顺势将她带到了楼上的洗手间。她进去后，或许突然开始大吼大叫，这出乎他的预料。他可能就是这个时候开枪的，周边的住户也确实提过枪声，不过需要再次说明，这种姗姗来迟的证词往往靠不住。相比之下，他勒死她的可能性更大一些。他将自己的手帕紧紧地缠在她的脖子上，她试图挣脱，但很快就失去意识，倒在了地上。克里平用尽了浑身力气，将她抬进浴缸。他切开她两侧的颈动脉，等着血流干。浴缸可以作为容器装她的血，也方便他清洗。如此一来，他就不用担心转移贝尔的头、手、脚、骨头时留下血迹了，他可以放心地将它们带到摄政运河、牲口市场之类的地方抛掉。余下贝尔的遗骸，他统统搬到了地窖。

不过，这个解释也有漏洞。克里平如果真选了洗手间这样光线良好又可控的环境实施犯罪，就一定能发现落在遗骸里的诸多物证——带有好几缕头发的欣德卷发夹、残缺不全的睡衣、贴身胸衣以及打结的手帕。这些物证的存在恰恰说明，作案地点的环境比洗手间要差不少，由于血和内脏混成一团，加上光线昏暗，他才漏掉这些东西。贝尔有可能死在楼上，也有可能死在楼下，他去地窖挖了坑，打算把遗体放入坑里肢解，这样血就不会流出来了。他把她拖入坑以后，开始动手肢解。光线很差，鲜血很快就浸染了坑里的一切。接着，他将贝尔的头等他想除掉的部位卸了下来，拿到旁边的厨房水池里清洗。紧接着，他用油帆布或雨衣将这些尸块小心地包起来，暂时放在地窖。他很清楚，埃塞尔不会来地窖。后面的几个晚上，他分批将头、骨头、手、脚带了出去。

此案最大的疑点在于，一个如此善良、温柔的人为何会杀人。当时一位著名法学家提出了一种可能：克里平杀死贝尔纯属意外。他用东莨菪碱，只是想让她镇静下来，这样，他就可以清静一个晚上，但他算错了剂量。这种说法并不可靠。克里平很了解东莨菪碱的特性，知道很少的剂量就足以致命。他到底用了多少，无人得知，但熟悉案件的人都觉得他一口气用光了五格令。

克里平确实想杀掉她，这一点毋庸置疑。由此出发，真相或许是这样的：克里平本身就极度厌恶贝尔，迫切地想和埃塞尔一起生活。那一晚，他没有陪保罗·马丁内蒂去洗手间，就因为这么一点鸡毛蒜皮的事，贝尔狠狠地骂了他一顿，就在那一瞬间，他的灵魂破裂了。他利用重力将贝尔的尸体拖到地下室，在肾上腺素的作用下，他决定将她彻底从这个世界上抹除，就好像她从未出现过一般。特拉弗斯·汉弗莱斯是被指派给此案的三名控方律师之一，他后来写道："我从未将克里平看作十恶不赦的大罪犯。依照社会法律，不论谁犯法，都要承担相应的惩罚，克里平犯了严重的错误，也为此付出了惨痛的代价，他罪有应得，不过，换个国家或时代背景，我觉得他完全有可能争取到'宽大处理'。"

至于克里平有没有帮凶，没有人可以给出答案。埃塞尔声称对谋杀毫不知情，陪审团也相信了，没有任何争议。在许多人看来，她就是一个陷入爱河的纯情恋人。不过，她的文字相当老练，胆子也很大，总想着冒险。克里平和埃塞尔的控方律师理查德·缪尔似乎不相信她的清白。他后来写道："正义尚未完全得到伸张。"

伦敦警察厅的警察花了大力气寻找贝尔遗体丢失的部分，最后还是无功而返。警探也仔细排查了摄政运河流经摄政公园的河段，但没有任何发现。伦敦下水道工人爱德华·霍珀支了个招，他建议警探去检查一下希尔德普新月街三十八号和三十九号的排水管"拦截装置"。科尼什警长带人去看了，他写道："我们仔细检查了拦截装置里的垃圾和残渣，完全没有发现人肉或人骨的影子。"

伦敦警察厅从先前的办案经验中了解到，英国杀人犯喜欢把尸体塞进行李箱，然后将箱子扔在火车站。因此，刑事调查局要求伦敦市区以及郊区各火车站负责人，对行李寄放处二月初以来无人认领的行李和包裹进行排查。他们发现了不少神秘的箱子和手提箱，各个尺寸都有，其中，大东部铁路沿线的剑桥希思站就有一个上了三把挂锁的行李箱。警方打开了一部分被遗弃的行李，多数情况下，他们只需进行简单的外部检查。该项工作也是由科尼什警长负责的，他在报告中总结道："这些行李没有一件散发出难闻的味道，这足以说明里面装的是一些家用物件和衣物。"

女士协会的人从伊斯灵顿太平间教堂领走了贝尔的遗骸，公共卫生处为此松了口气，他们觉得留着这些遗骸"会带来大麻烦"。一九一〇年十月十一日，下午三点十五分，由一辆马拉的灵车和三辆送殡马车组成的送葬队伍准时出发，缓慢、悲伤地从伦敦的一头行驶到东芬奇利的圣潘克拉斯墓地。不久，在协会女士的注视下，贝尔的棺材被放进了墓穴。与此同时，警方一直在现场，确保围观群众不扰乱丧礼的秩序，正如警方所说，葬礼"平静地结束了"。

· · ·

高级督察迪尤办完克里平的案子后，决定功成身退。他警探生涯的第一起案子就与凶杀和肢解有关，如今将以同样的案子画上句点。他非常同情克里平和勒尼夫。他写道："克里平医生这辈子最珍视的就是对勒尼夫的爱，他为了这个女生可以什么都不要。"

他退休后住进了一栋叫小胡斯的乡村小屋，回忆录《我抓住了克里平》于一九三八年顺利出版。书中，他将这起案件描述为"本世纪最吸引人的凶杀案"。他将书献给自己的儿女。他的儿子斯坦利死于第一次世界大战，他有三个女儿，其中一个恰巧也叫埃塞尔。

一九四七年十二月十六日，他在小屋里去世。

· · ·

肯德尔船长获得了内政部颁发的二百五十英镑悬赏金，不过，他从未将支票兑现，反而装裱了起来。

大追捕让肯德尔变成了世界名人，他在加拿大太平洋铁路公司更是成了明星员工。他在公司内晋升很快，不久以后就成了"爱尔兰女皇号"的船长，他之前在这艘船上干过大副。马可尼和比阿特丽斯去新斯科舍乘坐的也是这条船。一九一四年五月二十九日，凌晨两点前，海上突然起了大雾，"爱尔兰女皇号"行驶到迪尤当年爬上"蒙特罗斯号"的位置时，一艘挪威货轮突然撞上"爱尔兰女皇号"。货轮倒退一段距离后并没有下沉，但"爱尔兰女皇号"在十四分钟内就沉没了，最终一千零一十二人丧生。船体突然倒向一侧时，将驾驶室里的肯德尔甩到海里。他活了下来。

事故发生后，"爱尔兰女皇号"上的马可尼高级船员罗纳德·弗格森赶在船上的电力系统失灵前发出了求救信号，如果没有他，死伤会更为惨重。

调查结果宣告，肯德尔不用为此次意外负责，但公司还是把他调到了安特卫普做文案工作。他的冒险生涯并未因此终结。一战爆发时他仍待在那里，德国即将占领安特卫普之际，肯德尔征用了他先前的"蒙特罗斯号"。"蒙特罗斯号"和一艘姊妹船装满了比利时难民，他拉着他们安全回到了英国。随后他加入英国皇家海军，被任命为一艘船的船长，不过他的船没多久就被鱼雷击沉了。战后，他又为加拿大太平洋铁路公司工作了二十年，做的还是文案工作。

一战期间，海军收购了"蒙特罗斯号"，作为警戒船系在多佛尔港的入口，不过，一场风暴刮断了缆绳，船也随之漂出港口，最终毁于古德温暗沙。此前，乔治·肯普曾在那里的东古德温灯船上度过多个可怕的夜晚。"蒙特罗斯号"并没有安静地离去。它的最后一根桅杆一直撑到一九六三年六月二十二日，才逐渐消失在人们的视野里，那天游艇驾驶员突然意识到，这艘老邮轮最终离开了他们。

两年后，邮轮的老船长也离世了。

* * *

不少作家以克里平医生的案件为主题创作戏剧和书籍。导演阿尔弗雷德·希区柯克对此也十分关注，他将案子的元素融入了好几部电影，其中就包括《夺魂索》和《后窗》，《希区柯克剧场》中也至少有一集与克里平的案子有关。《后窗》里有这样一个情节，詹姆斯·斯图尔特扮演的主人公望着马路对面的邪恶公寓，说："这个活可不好干。你该从哪里下手去肢解一具尸体呢？"

雷蒙德·钱德勒也对克里平非常感兴趣。他总觉得这起案子有许多讲不通的地方：克里平这么聪明，做事情这么有条理，为何会犯下这么多低级错误？一九四八年，钱德勒给好友写信道："我实在想不通，为什么一个人愿意花这么大力气剔除一具尸体的骨头、性别和头，却不愿花一点力气用同样的方式处理肉，而宁愿将它们全部掩埋。"不少人认为，在高级督察迪尤首次到访后，克里平如果没逃走，而是继续跟埃塞尔一起待在伦敦，就不会出什么事。钱德勒并不认同这一观点，他写道，伦敦警察厅最终依旧会"依照程序，继续深挖线索"。他还有一点疑问："这样一位处乱不惊的男士，为何会失手让大家知道埃尔莫尔没有带走她的珠宝、衣服和皮草呢？她明显不是这样的人。"

钱德勒表示，这类错误常常是人在慌乱之中犯的。"不过，克里平看上去完全没有乱了阵脚。他做的许多事都说明他有一颗冷静的头脑。思维敏捷、头脑清晰的他，何以做出这些不合情理的事呢？这实在讲不通。"

钱德勒同情克里平。他在另一封信中写道："你会情不自禁地喜欢上这个家伙。他是杀人犯，死时却像个绅士。"

后来，一部名为《无线电捕获的凶手》的戏剧开始在美国巡演，一九一二年四月，这出剧到克里平的故乡密歇根科尔德沃特之后，更占据歌剧院的舞台一周之久。《科尔德沃特信使报》评论道："整部剧充满了喜剧元素。"这起案子在英国热度不减,几十年后依旧可以激发公众的想象力,并促成了音乐剧《贝尔或克里平医生之歌》。一九六一年五月四日,这部音乐剧在伦敦斯特兰德剧院首演,为观众呈现了二十余首曲目,包括《密歇根科尔德沃特》《药片、药片、药片》和《嘀-嘀之歌》。这出剧撑了四十四场后,还是以失败收场。说到底,英国人尚未准备好嘲讽这出由爱情、凶杀和发明共同谱写的现实悲剧。《每日邮报》为此写了一篇评论,标题就是"用音乐开了个糟糕的玩笑"。

· · ·

第二次世界大战爆发后,纳粹空军空袭伦敦,一颗炸弹稍微偏离目标,落到了希尔德普新月街,三十九号和周边一大片街区最终被夷为平地。

从未真实存在过的婚姻

对克里平的连续报道极大加速了公众对无线电的认可，之前，马可尼公司为了推广无线电下过不少力气——弗莱明写过公开信，马可尼则做过浮夸的演示。不过，这些努力与克里平案件的宣传效果相比简直不值一提。最近几个月，报纸基本上每天都在讨论无线电，从无线电的神奇功能到无线电的工作原理，再到马可尼无线电报如何在船舶之间收发并最终传到全世界。这场声势浩大的追捕上演以后，之前怀疑无线电的人都停止了怀疑。公众也达成了共识，无线电服务理应成为远洋邮轮的标配，在这一呼声的推动下，越来越多的航运公司提出了安装无线电设备的需求。

尽管如此，克里平事件的重大影响后来还是渐渐被忽视，因为一年半以后，又发生了一起事件一举确立了马可尼的成功地位。一九一二年四月，"泰坦尼克号"撞上冰山后沉没，不过，船上的马可尼无线电报员抢在邮轮沉没前发出了求救信号。

马可尼和比阿特丽斯本来也应该在"泰坦尼克号"上，白星航运公司有邀请他们作为贵宾登船。不过马可尼后来推掉了邀约，在

比阿特丽斯和女儿德格娜、儿子朱利奥

"泰坦尼克号"启航前几天登上了"卢西塔尼亚号"。他和以往一样有强迫症，他知道"卢西塔尼亚号"上的速记员工作效率极高，想利用好这一资源。比阿特丽斯保留了预订，不过邮轮启航前一晚，她也取消了航程，因为她儿子朱利奥发起了高烧。当时马可尼一家租住在伊格尔赫斯特庄园，院子里有一座十八世纪的塔，可以俯瞰南安普敦溺湾。比阿特丽斯和三岁半的女儿德格娜一同爬上塔顶，注视着这艘巨轮开启了处女航。她们朝着"泰坦尼克号"的方向挥手，"有十几个人挥舞着手帕和围巾，向我们回礼"，德格娜写道。

比阿特丽斯看着邮轮缓缓离港，有些伤感，她本来很期待这趟旅程的。

英国邮政大臣赫伯特·塞缪尔勋爵在下议院发表讲话时提到："这些人能幸免于难，多亏了马可尼和他了不起的发明。"一九一三年三月八日，一艘配有无线电设备的轮船出航，专门寻找和通报冰山位置。这直接促成了一九一四年国际冰情巡逻队的成立。巡逻启动后，再也没有船舶在安全水域因碰触冰山而沉没。

马可尼和德律风根达成了和解。两家公司同意暂缓专利上的纠纷，并在欧洲建立了一家联营企业共享两者的技术，从而确保两家通信系统的兼容性。不过，"休战"没有持续多久。一九一四年七月二十九日，一批马可尼的工程师专程去瑙恩参观德律风根的发报机。据传，这台巨型发报机在功率上为世界之最。德律风根的负责人带他们参观，热情地招待了他们。不过，马可尼的工程师前脚刚走，德国军方后脚就控制了电报站，并发出一封电报，命令所有德国船只立即开往友方港口。

八月四日晚十一点，英德开战。马可尼的波尔杜电报站向海军部全体军舰发了一封电报："对德开战。"与此同时，一批马可尼电报员也开始监听德国电报，到一战结束之际，他们共收集了超过八千万封电报。

英德一开战，德国鱼雷立即开始在英国周边海域穿梭。马可尼公司在一九一四年的年度报告中指出："基本上每天都会收到求助信号。"船上的无线电报室成了敌方的主要目标。一九一七年，一艘德国潜艇攻击了"班乐迪号"轮船，并将火力对准了船上的无线电报室，而此时马可尼的电报员则在向一艘美国军舰全力呼叫，以获得援助。军舰赶来，潜艇见状逃走了。随后，"班乐迪号"船长赶到无线电报室查看情况，电报员依旧坐在椅子上，舱内设备看上去也没有任何异样，不过，他突然意识到了一个可怖的变化，电报员的头没了。共有三百四十八名马可尼电报员死于这场战争，他们大多是在大海上献出了自己的生命。

· · ·

一直以来，马可尼的母亲安妮都是他坚定的支持者，不过，随着他的名气与日俱增，以及商业帝国版图的日益扩张，他与母亲的关系反而越来越疏远了。一九二〇年，她去世后葬在了伦敦的海格特公墓。马可尼并没有出席葬礼，正如德格娜所写："对他而言，过去种种早已烟消云散。"

他和比阿特丽斯也越来越疏远。他们聚在一起的时间越来越短，不久以后，马可尼就卷入了婚外恋。他们试图维系婚姻美满的幻象，但最后放弃。马可尼卖掉他们在罗马的房子，比阿特丽斯和孩子住进了露兹酒店。

马可尼的婚外恋结束了，但比阿特丽斯也受够了。她向马可尼提出离婚，他有几分犹豫，但还是同意了。随后，他们在阜姆自由邦住了一段时间，一九二三年，他们在这座城市顺利离婚。两年后，马可尼给比阿特丽斯写信说，他准备再婚。此时他五十一岁，未来的新娘则是十七岁。在比阿特丽斯看来，马可尼一直都沉迷于工作，很少关心她和孩子，如今却突然想再婚组建新家庭，这实在是太讽刺了。她脾气很好，但这次她没有给马可尼好脸色看。她写道："我很希望我能祝福你，但这个消息让我很痛苦。我们一起生活过那么多年，你总觉得家人是你工作上的障碍，你总说你要自由，这样才能全身心投入工作。为何如今你又突然觉得孤独，想组建家庭——渴望有新的纽带！！要知道，当初正是因为你觉得纽带碍事，我们的家庭才会分崩离析，我们才会走到离婚那一步的。我真不知道你到底在想什么。"

马可尼并没有娶这个女孩。他全心投入工作之中，并且，花越来越多的时间待在自己的"埃莱特拉号"游艇上。之后，他再次陷入爱河。这一次，他爱上的是罗马贵族家庭的女儿玛丽亚·克里斯蒂娜·贝齐·斯卡利。这个家庭与"黑色贵族"有千丝万缕的联系。这些贵族都宣誓效忠教皇。马可尼向她求婚，不过立刻就遇到了阻碍。依照梵蒂冈的法律，离异男士不得与天主教女性成婚。他如果想结婚，就必须宣布之前的婚姻无效。马可尼调查后发现，宣布婚姻无效的一项依据，是证明双方结婚时依照的不是天主教的婚姻法。换句话讲，他要向教会法庭证明，他和比阿特丽斯结婚前就已约法三章，婚姻不幸福就可以离婚。教会法庭如果信了他的证词，他就有可能成功。不过，走这条路必然绕不开比阿特丽斯的帮助。

她念及旧情，同意了。出庭作证的日期在一天天靠近，在此期间，马可尼写信把她该说的话一字一句地教给了她。他的信再次说明他很少顾及他人的感受。他在一封信中写道："他们的判决完全依据你的证词，所以你去之前，请务必仔细阅读我写的关于这个问题的信件。他们能否相信我们之前已说好婚姻不幸福就离婚，多半取决于你怎么说。说到底这不过是关于文字和想法的法律上的诡辩！抱歉，我只能写到这里了，我最近还是很忙。"

教会判决他的婚姻无效，之后，他很快就跟贝齐·斯卡利成婚。

· · ·

在马可尼的发明以及世界各地工程师的推动下，无线电很快就可以传输声音和音乐了。一九二〇年，马可尼公司邀请内莉·梅尔芭女爵前往切姆斯福德电报站演唱，她的歌声将透过无线电波传送出去。电报站的工程师说，她的声音会从天线塔传送出去。梅尔芭女爵误解了他的意思，她说："小伙子，我可不会爬上那座塔。"

直到一九二六年，海上无线电对许多乘客而言依旧有吸引力。这一年，亨利·莫里斯－琼斯爵士在日记里记录了自己乘坐"新蒙特罗斯号"的情形，此时，这艘由加拿大太平洋铁路公司推出的邮轮已经下水好几年了。他写道："我们生活的世界多么神奇啊！刚才，信差给我送来一封两个小时前从赫尔发来的电报，而我此时正在浩瀚的大西洋上漂着，离陆地有两千英里呢。"

后来，马可尼意识到自己在跨大西洋实验中犯了个方向性的错误。他总是执着于增加天线的长度和放大发报机的功率，但最后实验发现，短波更适合长距离通信，消耗的功率也小得多。巨型电报站不是非建不可。他在一九二七年的一次讲话中表示："我承认，是我带头用长波来实现长距离通信的。受我影响，大家都跟风建大功率电报站。实际上，如果用短波，电报站的功率只需这些巨型电报站的几百分之一即可。我现在意识到，我当初确实错了。"

马可尼早期遇到的困惑也逐渐被其他科学家解决。物理学家兼数学家奥利弗·赫维赛德提出，无线电之所以可以传播很远的距离，超越视距，是因为大气中存在一层介质，让无线电反射回地面。其他人证实了他的猜想，并将这层介质命名为赫维赛德层。科学家还发现，太阳光线会让大气中的电离层变得活跃，这也是白天信号失真的原因，马可尼当年为此头疼过很长一段时间。

一九三三年，马可尼受邀参与主题为"一个世纪的进步"的芝加哥世博会。芝加哥特地宣布十月二日为"马可尼日"。当天的高潮当数马可尼亲自敲击三个点的时刻，他用展会大功率发报机发出的字母"S"，经纽约、伦敦、罗马、孟买、马尼拉、火奴鲁鲁的电报站中继转发，绕世界一周后回到了芝加哥，整个过程只用了三分二十五秒。

马可尼上了年纪以后，人也越发冷漠了。他在伦敦总部的马可尼大厦坐电梯，要么一个人坐，要么和熟人一起坐，总之绝不会和陌生人一起坐。他为了寻找火星的信号，专门建了一个电报站，还给电报员下达要求："搜索定期重复的信号。"一九二三年，他加入法西斯党，成为墨索里尼的好友。不过随着时间流逝，法西斯和纳粹的好战日益凸显，他也就幻灭了。他很讨厌希特勒。

一九三七年七月十九日下午，马可尼突发严重心脏病。七月二十日凌晨三点，他摇铃叫来了贴身男仆。"不好意思，我今天不得不给你还有我的朋友们添麻烦。我恐怕不行了。你能否通知一下我的妻子？"四十五分钟后，他离世了。第一位到达现场的外人就是墨索里尼，他在马可尼的床边祈祷。全球的广播听众都听到了这一消息，这一天他们已经听到了一个噩耗——美国海军宣布对阿米莉亚·埃尔哈特的搜救活动以失败告终，[①] 马可尼的离世可以说是雪上加霜。

当天夜里，阴霾稍稍散去，至少对收音机前美国国家广播电台的听众来说是如此，他们正在收听定期放送的搞笑节目《阿莫斯与安迪》。

---

① 第一位独自飞越大西洋的女飞行员，1937年环球飞行时在太平洋上空神秘失踪。——编注

· · ·

　　一九三七年七月二十一日，马可尼的遗体被安放在罗马的法尔内西纳宫供人吊唁。天很热，因为台伯河就在附近，空气也很潮湿。宫殿前的广场以及周边街道上聚集了成千上万的吊唁者，他们都穿着黑衣服，远远望去，仿佛流动的墨水。

　　比阿特丽斯是一个人来的。她未收到邀请，事实上，她的孩子——准确地讲，**他们**的孩子——也没有得到葬礼安排的通知。没有人知道她来过。此时的她已经五十二岁了，但依旧美丽。轮到她以后，她走到棺材架边上，他就躺在上面。

　　她曾经是他的爱人。他们之间有太多的过往。但是她现在竟然没有被认出来，成了幽灵般的存在。距那次屈辱的无效宣判已经过去了十年，早在那个时候，他似乎就已经将她和孩子抛到了脑后。

　　她又向前走了几步，突然，他们之间积年累月的鸿沟瞬间消失了。她一下子被往事淹没，双膝着地。吊唁者从她身后依次经过，这条延伸的队伍似乎贯穿了整个罗马。

　　她最后还是站了起来，很确信没有人认出她。她给德格娜写信道："没有人发现我，也正常，他们根本不认识我。"

　　走出宫殿后，午后的热浪再次扑面而来，接着她就消失在了人群之中，成千上万的人还在排队等待入场。晚上六点，马可尼的葬礼正式开始，全世界的无线电报员为此中止了两分钟的服务，这或许是人类最后一次体验"广阔的寂静"。

弗莱明和洛奇

一九一一年夏，六十岁的奥利弗·洛奇成立了他所谓的"抗争基金"，起诉马可尼侵犯了他的调谐专利。六月十五日，他和盟友一起向基金注入了一万英镑，比今天的一百万美元还要多。洛奇给威廉·普里斯写信道："他们明显在侵权，我们有捍卫版权的正当性，我必须积极维护我的权益。"此前，马可尼联系过洛奇，提议买下洛奇的专利，他这样做明显是担心洛奇打赢官司，不过洛奇拒绝了他的提议。

此时普里斯已经七十七岁了，他给洛奇写信道："你说的每一个字我都同意，并且我觉得你的态度是正确的。"尽管如此，他还是劝洛奇谨慎行事。

就在这个夏天，普里斯将自己对马可尼的厌恶搁置一边，全力促成双方协议的签订。根据协议，马可尼公司收购了洛奇的调谐专利，具体金额并未公布，此外，在专利的保护期到期之前，公司每年都会向他支付一千英镑的津贴。一九一一年十月二十四日，普里斯给洛奇写信道："你能和马可尼公司达成共识，我非常高兴。我觉得你已经做了你应该做的事，现在可以享受成果了。不过，你得想办法挫挫马可尼的锐气，他太嚣张了。"

一战夺走了洛奇的小儿子雷蒙德。后来，他试图在以太中寻找自己的爱子，并且宣称找到了。在几位灵媒组织的降灵会中，他坚信自己和雷蒙德对话了。一九一五年圣诞节即将到来前，他听到雷蒙德说："我爱您。父亲，我太爱您了，请您和我说说话。"他们就这样交谈着，随后，洛奇听到："父亲，请转达母亲，圣诞节那一天，她儿子会回家陪她一整天。圣诞节回家的人数不胜数，不过很多人回家后都没有人欢迎他们，这太凄凉了。请给我留个位置。我只能说到这里，再见。"

洛奇的《雷蒙德》于一九一六年出版，他在书中讲述了自己的经历。他在书中给痛失亲友的人送去了安慰："有一点我希望大家了解，我们爱的人依旧活跃、幸福，他们有自己的爱好，也乐于帮助别人，从某个角度讲，他们比过去更有生命力。因此，我觉得大家应该好好生活，直到与他们再度重逢。"

许多父母都在大战中失去了儿子，他们都想和自己的爱子取得联系，这也让洛奇的书变得尤为畅销。

· · ·

随着时间的流逝，安布罗斯·弗莱明和马可尼的关系变得越来越冷淡，不过，对于马可尼独立发明无线电的观点，弗莱明并没有提出异议。一九三一年，马可尼公司再度陷入财务危机，弗莱明的顾问身份也走到了尽头，公司称不会再跟他续签合同。弗莱明觉得马可尼再一次背叛了他。为此，他决定改变自己的观点。他宣称真正发明无线电的人是奥利弗·洛奇。他表示，早在一八九四年六月，洛奇就在皇家研究院开过赫兹的专题讲座，演示过无线电技术。

一九三七年八月二十九日，弗莱明写信给洛奇："一八九四年，你已经可以用电磁波发送和接收莫尔斯码了，当时你就可以在一百八十英尺左右的范围内收发字母信号，这一点是毫无争议的事实。马可尼说他是第一人，明显与事实不符。"

此时弗莱明已经八十八岁了，他依旧咽不下这口恶气。他跟八十六岁的洛奇说："马可尼总是将一切占为己有。他第一次做跨大西洋实验时就抹去了我的功劳，这种做法非常小家子气。他的供电系统是我设计的，他首次发射信号的电路也是基于我一九〇一年的3481号英国专利而设计的，尽管如此，他从来没有提过我的名字，总是小心翼翼地和我撇清关系。"

"不过，"弗莱明补充道，"真相早晚会大白于天下，正义也会得到伸张。"

尾声 · 旅客

旅客

　　一九一〇年十一月二十三日，一名自称艾伦小姐的乘客在南安普敦登上了白星航运公司旗下的"庄严号"。她二十七岁了，但看上去依旧像青春期晚期的少女。

　　这是她四个月里第二次不得已使用假名。两次情形大不相同，但动机是一样的：她要远离别人的闲言碎语和打量的目光。上一次经历依旧令她恍惚，伦敦、布鲁塞尔、安特卫普、魁北克，这一切的一切就像一阵旋风，那时的她状态要好得多，因为那时有人深深爱着她，她也感到了前所未有的自由。不过，她现在只能离开。

　　她上了"庄严号"后，尽量不想伦敦上午发生的事。她将注意力转移到邮轮的豪华设施上，接着开始收拾住舱和行李，为接下来的航行做好准备。她在卡姆登镇听到了十五次钟声，她很清楚这意味着什么。之前天气好的时候，她在希尔德普新月街上听到过一样的声音，不过那个时候，她觉得很安全，监狱的钟声代表的只是他人的苦难，其意义与远处邻居家的犬吠声没有什么区别。

　　她到了纽约后，立即动身前往多伦多，自称埃塞尔·纳尔逊，在多伦多找了份打字员的活。不过，她在加拿大没有归属感。一九一六年，尽管大洋深处有德国潜艇穿梭，但她还是勇敢地坐上了返回伦敦的邮轮。之后，她成为家具店的店员，工作的地方离伦敦警察厅仅有几个街区，也正是在这家店里，她结识了斯坦利·史密斯。他们结婚了，住在东克罗伊登平静的中产阶级社区里，并育有两个孩子。再后来，他们成了爷爷奶奶，他不久就去世了。他一辈子都不知道埃塞尔过去的真实遭遇。

她离世的前几年，有人发现了她的秘密并决定拜访她。这个人是一位小说家，笔名是厄休拉·布卢姆，想写一部关于克里平医生和伦敦北部地窖凶杀案的小说。埃塞尔同意见这位小说家，但拒绝谈论自己的过去。

然而在某一刻，布卢姆问埃塞尔，在她已经知道克里平全都做过什么的情况下，假若克里平医生今天突然回来向她求婚，她会答应吗？

埃塞尔的目光一下子变得专注了——同多年前高级督察注意到的一样炯炯有神，他对此印象深刻，甚至写入了通告。

埃塞尔不假思索地给出了答案。

后记

寻找细节的一大好处是，我可以去遥远的地方旅行，而这样的地方通常不会出现在旅游公司的路线上。以牛津为例，我当时就有幸去了新博德利图书馆，这座图书馆的历史并不长，大家可不要将它跟古老的博德利图书馆弄混了。为了进图书馆，我老早就填好了申请表，并找了一位"推荐人"为我担保。到了图书馆，我还要大声朗读一份声明，郑重承诺我"不会带任何火源进图书馆，更不会在里面点火"。没办法，我只能将喷灯放在门口的桌子上。图书馆新近收集了一批马可尼的档案，由迈克尔·休斯负责整理。他人很好，托他的福，我才有机会阅读乔治·肯普厚厚的日记，否则，严格来讲，在休斯完成整理工作之前，我都没有机会碰里面的档案。

我还去了位于基尤的英国国家档案馆，馆址就在伦敦郊外，这里简直是作家的天堂。我进去以后花了一个小时左右熟悉档案馆搜索和检索的规定，接着就办了"读者门票"——实际上是一张印有条形码的塑料卡片。我找到了许多宝藏，其中就包括伦敦警察厅当年追捕克里平和勒尼夫时积累的海量材料，以及公诉机关搜集的成摆证词。此外，我还找到了监狱管理委员会的记录，这部分文件数量不多，但每一份都散发着寒意，其中就有"坠落表"，我用这张表算了一下，爱德华时代的绞刑师要弄断我的脖子，需要将自由落体的距离定为四英尺八英寸。我总共收集了上千页的证词、电报、备忘录和报告，它们一起帮我还原了警方追捕克里平的过程。

我很喜欢在伦敦的街道上漫步，书中的人物也曾在同一条街上行走，我走过的不少广场、公园和建筑物，也曾存在于他们的时代。暖春的黄昏，你可以在海德公园看到金色的阳光渐渐褪去；寂寥的秋日，你可以到维多利亚堤岸欣赏沿岸动人的美景。这样的景色是独一无二的。我常常有一种说不上来的感受，就仿佛突然间听到了过去的低语，在跟我说，我没有找错方向。我头一趟去伦敦查找资料的那周，天热得出奇，我住的酒店还没空调，夜里连一阵风都没有，我忍了几晚后，就搬到了几个街区以外的学院酒店，新酒店的环境好多了，里面住起来也凉爽许多。我住进新酒店的第二天，发现从窗户望出去可以看到斯托尔街，整个街区都尽收眼底。贝尔和克里平就在斯托尔街生活过，那个时候，贝尔刚刚来到伦敦，勒尼夫也在附近租过一段时间的房子。

不难想象，克里平跟安布罗斯·弗莱明多半有擦肩而过的经历，他们住得很近，从斯托尔街向北走几个街区，就到了弗莱明位于伦敦大学学院的办公室和实验室。某些夜里，克里平肯定也有和马可尼擦肩而过的经历，陪在他身旁的前期是贝尔，后期则可能是勒尼夫，他们或许同时出现在斯特兰德大街上，也可能在沙夫茨伯里大街的剧院、标准餐厅、特罗卡德罗餐厅、"吉米家"、皇家咖啡馆之类的地方碰过面。有一件事情毋庸置疑，马可尼早期用他的设备发出的无线电波，基本上每天都会撞上克里平、贝尔、女士协会的会员、高级督察迪尤、梅尔维尔爵士、弗莱明和马斯基林，事实上，凡是在这本书里出现过的人物，基本上都会碰上他的电波。

我逛了不少伦敦的博物馆，其中有两家帮了我不小的忙，少了它们，就会很难在脑海中想象过去的情景。到了伦敦博物馆后，我见到了一幅查尔斯·布思的地图，上面确实标有不同的颜色；我用手摸了摸汉瑟姆锃亮的车身，它的外面有一层瓷釉；我还看到了老马斯基林和库克的杰作，会打惠斯特的著名机器人赛科；此外还有克里平的助听器以及他曾经戴过的手铐。在我走进伦敦交通博物馆的那刻，我身体里的小男孩一下子就蹦了出来。交通博物馆里尽是古老的计价器出租车和双层公共汽车，还有老款的地下轨道车，它在地下奔跑的时候，隧道里还是烟雾缭绕、煤渣遍地的状态。到了杜莎夫人蜡像馆的恐怖屋后，我更是有机会和克里平面对面。他比我想象的要矮。

在研究过程中，我本以为会阅读不少意大利语档案，为此甚至还学了点意大利语。不过，没多久我就发现我想多了，马可尼这个"小英国人"可不是白叫的，他处理个人事务、做生意、谈感情，大多是在英国用英语完成。当然，我学意大利语还是有好处的，它让我意识到马可尼身上有多种文化的影子，另外一个难题很快迎刃而解——许多只会单一语种的美国人都不会读古列尔莫·马可尼的名，我读就完全没有问题。古列尔莫的发音是 Goo-yee-ail-mo。

一些出版物也帮了我大忙。谈到马可尼这一条线，德格娜·马可尼的《我的父亲，马可尼》（Degna Marconi, *My Father, Marconi*）对我帮助最大，这本书让我得以窥见马可尼的情感世界，这是非常难得的。还有几本书提供了不小的帮助，其中就包括理查德·维维安的《马可尼和无线电》（Richard Vyvyan, *Marconi and Wireless*），还有三本二手材料也值得一提，分别是休·艾特肯的《谐振和火花》(Hugh Aitken, *Syntony and Spark*)、洪性旭的《无线电：从马可尼的黑盒子到三极管》(Sungook Hong, *Wireless: From Marconi's Black-Box to the Audion*)，以及三本书中最新的一本，加文·韦特曼的《马可尼先生的魔法盒子》(Gavin Weightman, *Signor Marconi's Magic Box*)。我还在伦敦大学学院的特藏阅读室待了好几天，这一段时光也很有趣，我读到的尽是一些精英针对马可尼及其声明的刻薄言论，他们无疑是那个时代最聪明的一拨人，但依旧免不了小心眼、互相算计。他们在这一点上与常人并无二致，唯一的区别就是他们更能说会道罢了。此外，我还在伦敦的电气工程师学会、新斯科舍的卡普顿大学比顿研究所、科德角国家海岸、渥太华的加拿大档案馆找到了有用的信件、报告等材料。

马可尼二婚后生了一个女儿，叫埃莱特拉，后来成了王妃。我非常感激王妃能在罗马孔多蒂街的家中接受我的采访。我同样要感谢马可尼的外孙、德格娜·马可尼的儿子，弗朗切斯科·帕雷谢。他是欧洲南方天文台的物理学家。他住在平静美丽的慕尼黑，我到慕尼黑后，他在公寓里接待了我。我还要感谢格里福内庄园古列尔莫·马可尼基金会的加布里埃莱·法尔恰塞卡与巴尔巴拉·瓦洛蒂，他们带我参观了基金会的博物馆以及马可尼早期做实验的阁楼。

谈到克里平的故事，有三本回忆录帮了我的大忙，第一本是高级督察迪尤的《我抓住了克里平》(Walter Dew, *I Caught Crippen*)；第二本是埃塞尔·勒尼夫的《埃塞尔·勒尼夫》(*Ethel Le Neve*)，此书出版时，克里平正在监狱里等待死刑；第三本是梅尔维尔·麦克诺滕爵士的《我那些年的生活》(Melville Macnaghten, *Days of My Years*)。凡是对克里平医生感兴趣的人，都要读一读《霍利·哈维·克里平受审》(*The Trial of Hawley Harvey Crippen*)，读者基本上可以在里面找到他受审的全过程，这本书是"知名审判案例图书馆"系列中的一本。我还去了位于密歇根科尔德沃特的布兰奇县图书馆，那里的材料帮助我拼起了克里平的童年和族谱。在以克里平为主题的书中，汤姆·卡伦的《克里平：温和的凶手》（Tom Cullen, *Crippen: The Mild Murderer*）是最畅销的一本。

我还通过阅读了解了爱德华时代的人是如何生活的。大多数人将这个时代界定在一九〇〇年到一战前，尽管爱德华七世是一九一〇年去世的。以下几本书对我的帮助最大：塞缪尔·海因斯的《爱德华时代的思想转变》（Samuel Hynes, *The Edwardian Turn of Mind*）；珍妮特·奥本海姆的《彼岸的世界》（Janet Oppenheim, *The Other World*），这本书专门讨论英国社会早期对灵异现象的痴迷；J. B. 普里斯特利的《爱德华人》（J. B. Priestley, *Edwardians*）；乔纳森·罗斯的《爱德华时代的性情：一八九五——一九一九》（Jonathan Rose, *The Edwardian Temperament, 1895—1919*）。我在伦敦博物馆的书店买过一本老屋图书出版社再版的《一九〇〇年贝德克尔伦敦及其周边地区旅游指南》（*Baedeker's London and Its Environs 1900*）。这本书有四百多页，可提供那个时代伦敦的饭店、酒店、地铁线路、机构的全貌。我还买了本老屋图书出版社再版的《一九〇二年版培根伦敦地图》（*Bacon's Up to Date Map of London 1902*），通过这本地图集，我对爱德华时代伦敦错综复杂的道路以及新月形街区有了直观的认识。我还有一本更新近的地图集，叫《伦敦 A—Z》（*London A—Z*），多亏了这本书，我才找到一些犄角旮旯的地方。

我对互联网上的信息总是怀有戒心，但还是找到了几个靠谱、实用的网站。线上马可尼（MarconiCalling）是一个便捷的线上档案馆，里面收录了许多照片、音频、早期的影像资料，此外，牛津大学收藏的信件与电报也通过扫描的形式上传到了该网站。塔夫茨大学创立了一个网站，主题是埃德温·C.博尔斯（Edwin C. Bolles）收藏的关于伦敦历史的藏品，用户只需输入某个街道或建筑物的名称，就可以找到维多利亚后期书籍对它们的描述，没有这个网站，用户要找到相关材料就算不花上几周，也得花好几天。举个例子，你可以在网站的搜索栏输入"新牛津街"，接着就会看到对周边街区破败的根源的详尽描述。伦敦政治经济学院的查尔斯·布思线上档案馆（The Charles Booth Online Archive）则提供了布思及其调查员同僚保管的笔记本的照片，其中就包括布思走过希尔德普新月街时的一些感触。

在这本书最后定稿时，为了确保全书流畅的叙事节奏，只得删去一些引人注目但用处不大的信息，我为此感到遗憾。热衷于注释的读者会发现一部分被舍弃的"孤儿"，我之所以把它们放在这里，是因为我舍不得把它们完全从本书中剔除出去。我并不会为书中的每个事实注明出处，我只会在出于各种原因需要明确归属的地方标明出处，一般而言都是直接引语或别的作家首先发现的材料。最后，我必须再次提醒读者：凡是双引号里的内容，必出自书面材料；凡是书中出现的对话，均一字不差地出自一手材料。

注释与参考文献

请扫描二维码查看。

致谢

　　身为作家，我非常幸运。这本书已经是皇冠出版社为我出的第四本书了，与此同时，这也是我第四次与我钟爱的编辑贝蒂·普拉斯克以及文学代理人大卫·布莱克合作。实践再一次证明，我找到了可靠的合作伙伴，我把交稿的日期硬生生地推迟了六个月，但他们并没有因此表现出不快（即使有，也不多）。贝蒂总是能赶跑作者的焦虑。她编辑过很多书，也跟许多优秀的作家合作过。当她说"别担心，一切都会顺利"时，你也能舒口气，因为你知道她这么说自有她的道理。

　　我的作品总能在皇冠出版社得到最大的支持，这都多亏了珍妮弗·罗斯特、史蒂夫·罗斯以及蒂娜·康斯特布尔的热情。当然，他们秘密武器的功劳也不小，他们有一批满怀激情的图书销售人员，没有这些布道者的努力，我的书也不可能顺利问世。惠特尼·库克曼为本书设计了精美的封面。珍妮特·比尔是我的文字编辑和救星，多亏了她，这本书才能如此连贯。佩妮·西蒙是一流的图书宣传人员，读者能知道此书，少不了她的努力。我还要感谢我的助理编辑林赛·摩尔，我要协调一些事情、寻找一些物件时，她总能积极地协助我。

多亏了我的妻子克里斯汀·格里森、我的女儿、我的狗，我才能保持相对清醒、稳定的状态。你如果有三个十几岁的女儿，也不会太把自己当回事的，更何况我的三个女儿里还有俩在学开车。这一次，我的妻子再次施展了她的编辑天赋。我把稿子交给她以后，她知道自己一下子拥有了了不得的权力，但并不会胡乱使用手中的令箭。她在书稿的一些地方标上了"ZZZZZ"（睡着了），我有时候看到这样的标记，心情会像断了线的风筝，非常沮丧。不过，说归说，她的判断总是准确的。

我要感谢杰出的作家朋友卡丽·多兰和罗宾·马兰茨·赫尼格。她们阅读了书稿的关键部分后，就如何调整叙述、提升作品节奏、让作品变得更加干净，提供了宝贵的建议。

我很感激我的意大利语老师罗伯特·斯特雷特（他的名在意大利语里是 Roberto）。他学语言的天赋仅次于他给学生传授语言窍门的本领。意大利语是一门美妙且富有动感的语言。一个人说意大利语，哪怕是最简单的词组，只要他能用充沛的情感说出来，听众也会觉得妙不可言。

我为这本书四处奔走、搜集材料时，美国的国际声誉刚好处于最低点，尽管如此，我走到哪里都能感受到大家的善意与大度。我一到新斯科舍的布雷顿角，就能真切地感受到每个人都是我的朋友。我到意大利后，每个人都想让我吃点什么。到英国后，我向别人提问，也总能得到富有温度与幽默感的回答。顺便一提，英国的茶一直都是顶级的。

图书在版编目（CIP）数据

无线追凶 /（美）埃里克·拉森著 ；邢玮译.
海口 ： 南海出版公司，2024. 8. -- ISBN 978-7-5735
-0901-7

Ⅰ. I712.45

中国国家版本馆CIP数据核字第2024DW9971号

著作权合同登记号 图字：30—2024—131

Thunderstruck
by Erik Larson
Copyright © 2006 by Erik Larson
Published by arrangement with Erik Larson, c/o Black Inc.,
the David Black Literary Agency through Bardon-Chinese Media
Agency
Simplified Chinese translation copyright © 2024
by Thinkingdom Media Group Ltd.
All rights reserved.

无线追凶

〔美〕埃里克·拉森 著

邢玮 译

出　　版　南海出版公司　（0898）66568511
　　　　　海口市海秀中路51号星华大厦五楼　　邮编 570206
发　　行　新经典发行有限公司
　　　　　电话(010)68423599　　邮箱 editor@readinglife.com
经　　销　新华书店

责任编辑　张　苓
特邀编辑　杨　柳
营销编辑　吴泓林
装帧设计　✗ TT Studio 谈天
内文制作　王春雪
责任印制　史广宜

印　　刷　河北鹏润印刷有限公司
开　　本　850毫米×1168毫米　1/32
印　　张　14.5
字　　数　352千
版　　次　2024年8月第1版
印　　次　2024年8月第1次印刷
书　　号　ISBN 978—7—5735—0901—7
定　　价　69.00元